O Jogo

Outra obra do autor publicada pela Editora Record

Os milionários

Brad Meltzer

O Jogo

Tradução
ALEXANDRE RAPOSO

EDITORA RECORD
RIO DE JANEIRO • SÃO PAULO
2005

CIP-Brasil. Catalogação-na-fonte
Sindicato Nacional dos Editores de Livros, RJ

M486j Meltzer, Brad
O jogo / Brad Meltzer; tradução Alexandre Raposo.
– Rio de Janeiro: Record, 2005.

Tradução de: The zero game
ISBN 85-01-07075-0

1. Corrupção política – Ficção. 2. Ficção americana.
I. Raposo, Alexandre. II. Título.

05-2819
CDD – 813
CDU – 821.111(73)-3

Título original norte-americano:
THE ZERO GAME

Copyright © 2004 FOURTY-FOUR STEPS, INC.

Todos os direitos reservados. Proibida a reprodução no todo ou em parte, através de quaisquer meios.

Direitos exclusivos de publicação em língua portuguesa para o Brasil adquiridos pela
DISTRIBUIDORA RECORD DE SERVIÇOS DE IMPRENSA S.A.
Rua Argentina 171 – Rio de Janeiro, RJ – 20921-380 – Tel.: 2585-2000
que se reserva a propriedade literária desta tradução

Impresso no Brasil

ISBN 85-01-07075-0

PEDIDOS PELO REEMBOLSO POSTAL
Caixa Postal 23.052
Rio de Janeiro, RJ – 20922-970

EDITORA AFILIADA

Para Jonas,
meu filho,
que me toma pela mão
e me conduz na mais
deliciosa de todas as aventuras.

Se o povo americano descobrisse o que acontece ali, derrubaria o prédio tijolo por tijolo.

> Howard R. Ryland,
> policial do Capitólio,
> sobre o Congresso norte-americano

...o problema é que o governo é entediante.

> — P.J. O'Rourke

1

Há anos que não faço parte daqui. Quando cheguei ao Congresso para trabalhar para o deputado Nelson Cordell, era diferente. Mas até mesmo Mario Andretti acaba se cansando de dirigir a 350 quilômetros por hora todos os dias. Principalmente se for em círculos. Tenho andado em círculos há oito anos. Hora de sair do circuito.

— Não devíamos estar aqui — repito, em pé diante do mictório.

— Do que está falando? — pergunta Harris, abrindo a braguilha diante do mictório ao lado. Ele tem de dobrar o pescoço para conseguir me ver por inteiro. Tenho um metro e noventa e sou muito magro, de modo que pareço uma palmeira. Ao olhar para baixo, vejo o topo de sua cabeleira negra e despenteada. Ele sabe que estou nervoso, mas, como sempre, Harris é a perfeita calmaria na tempestade. — Ora vamos, Matthew, ninguém se importa com a placa lá fora.

Ele pensa que estou preocupado com o banheiro. Desta vez, está errado. Este pode até ser o banheiro da câmara dos deputados, e pode até haver uma placa na porta dizendo *Apenas para membros* — como em *membros do Congresso*... como em *eles*... como em *nós não* —, mas após todo esse tempo aqui, estou certo de que nem mesmo o mais formal dos parlamentares proibiria dois funcionários de darem uma mijada.

— Esqueça o banheiro — digo para Harris. — Estou falando do Congresso. Não fazemos mais parte disto. Quero dizer, na semana passada completei oito anos aqui, e o que tenho para mostrar? Um escritório compartilhado e um deputado que, na semana passada, se espremeu de encontro ao vice-presidente para não ficar de fora da foto no jornal no dia seguinte. Tenho trinta e dois anos... isto não é mais divertido.

— Divertido? Você acha que estamos aqui por diversão, Matthew? O que Lorax diria se o ouvisse dizer isso? — pergunta ele, apontando para o broche do personagem O Gato, de Dr. Seuss, espetado na lapela de meu paletó azul-marinho. Como sempre, ele sabe exatamente onde pressionar. Quando comecei a trabalhar com meio ambiente para o deputado Cordell, meu sobrinho de cinco anos me presenteou com o broche, para que eu soubesse quão orgulhoso ele estava. *Sou O Gato: falo em nome das árvores*, repetia ele de cor o livro que eu costumava ler para ele. Agora, meu sobrinho tem 13 anos e, para ele, o Dr. Seuss é apenas um escritor de histórias infantis. Para mim, mesmo sendo apenas uma quinquilharia... ao olhar para o pequeno e alaranjado Gato com aquele basto bigode... vejo que algumas coisas ainda importam.

— Certo — diz Harris. — O Gato sempre luta a boa luta. Ele fala em nome das árvores. Mesmo quando não é divertido.

— Você, mais que qualquer outra pessoa, não devia começar com isso...

— Esta não é uma resposta muito do tipo de Gato — acrescenta, cantarolando. — Não acha, LaRue? — pergunta ele, voltando-se para o velho negro que está sempre ali, diante da cadeira de engraxate, bem atrás de onde estamos.

— Nunca ouvi falar de O Gato — responde LaRue, olhos fixos na pequena TV sobre a porta, sintonizada na C-SPAN. — Sempre preferi *Horton Hears a Who*. — Ele olha para o nada e diz a seguir: — Belo elefantinho...

Antes que Harris possa acrescentar algo mais à minha culpa, as portas vaivém do banheiro se abrem e um homem vestindo um terno cinza e gravata-borboleta vermelha irrompe banheiro adentro. Reconheço-o imediatamente: deputado William E. Enemark, do Colorado — decano da Câmara, o mais antigo parlamentar do Congresso. Ao longo dos anos, ele acompanhou a não-segregação, a Ameaça Vermelha, o Vietnã, Watergate, Lewinsky e o Iraque. O deputado pendura o paletó no cabide entalhado a mão e, sem dar por nós, corre para o reservado de madeira nos fundos. Enquanto fechamos o zíper de nossas braguilhas, Harris e eu mal conseguimos olhar para ele.

— É o que eu estou dizendo — sussurro para Harris.

— O quê? Ele? — sussurra de volta, apontando para o reservado onde está Enemark.

— O sujeito é uma lenda viva, Harris. Você sabe quão idiotas devemos ser por tê-lo deixado passar sem dizermos olá?

— Ele estava indo para...

— Mesmo assim podia ter dito olá, certo?

Harris faz uma careta, em seguida aponta para LaRue, que aumenta o volume na C-SPAN, o canal de televisão do Senado. Seja lá o que Harris tenha a dizer, ele não quer ouvir.

— Matthew, detesto dizer isso, mas o único motivo por você não ter gritado *Olá, deputado!* é porque acha que a atuação dele na área ambiental é uma droga.

É difícil contestar. No ano passado, a campanha de Enemark foi a principal beneficiária do dinheiro das indústrias madeireiras, petroleiras *e* nuclear. Ele devastaria o Oregon, penduraria cartazes no Grand Canyon e votaria a favor de pavimentar o próprio jardim com pele de filhotes de foca se achasse que isso lhe renderia algum dinheiro.

— Contudo, se eu fosse um jovem de vinte e dois anos recémsaído da faculdade, teria esticado a mão para um rápido *Olá, deputado*. Estou lhe dizendo, Harris, oito anos é o bastante. A diversão acabou.

Ainda em pé diante do mictório, Harris faz uma pausa. Seus olhos verdes se estreitam e ele me examina com o mesmo olhar malicioso que certa vez me jogou na traseira de um carro da polícia quando ainda éramos estudantes na universidade de Duke.

— Ora vamos, Matthew, aqui é Washington, D.C. Há jogos e diversão em toda parte — provoca ele. — Basta saber onde procurar.

Antes que eu possa reagir, ele estica a mão e arranca o broche da minha lapela. Ele olha para LaRue e volta-se para o terno do deputado pendurado no cabide.

— O que vai fazer?

— Diverti-lo — promete. — Acredite, você vai adorar. Falando sério.

Ali estava: *Falando sério*. A frase feita preferida de Harris — e o primeiro sinal de problema na certa.

Aperto o botão da descarga do mictório com o cotovelo. Harris aperta o dele com a mão. Ele nunca se incomodou em sujar as mãos.

— Quanto me daria se eu pusesse isso na lapela dele? — sussurra, segurando o broche e movendo-se em direção ao paletó de Enemark.

— Harris, não... — digo eu, sibilando. — Ele irá matá-lo.

— Quer apostar?

Dentro do reservado ouve-se o ruído de papel higiênico sendo desenrolado. Enemark está quase acabando.

Harris lança-me um sorriso, estendo a mão para segurar-lhe o braço, mas ele escapa de mim com a graça habitual. É assim que ele se porta em toda contenda política. Quando tem um objetivo, não se pode detê-lo.

— Sou O Gato, Matthew. *Falo em nome das árvores!* — Ele ri ao dizer isso. Ao vê-lo caminhar na ponta dos pés em direção ao paletó de Enemark, não consigo fazer nada além de rir com ele. É uma proeza tola, mas se ele conseguir...

Retiro o que disse. Harris não erra em nada. É por isso que, aos 29 anos, foi um dos mais jovens chefes de gabinete já contratados por um senador. Também é por isso que, aos 35 anos de idade, não há ninguém — nem mesmo os sujeitos mais velhos — que possa tocá-lo. Juro, ele podia cobrar por muito do que sai de sua boca. Sorte a minha que velhos amigos de faculdade não pagam.

— Como está o tempo, LaRue? — pergunta Harris ao Sr. Engraxate, que, de seu banco junto ao chão de ladrilhos, tem uma melhor visão do que acontece dentro do reservado.

Se fosse outra pessoa, LaRue teria desconversado. Mas este não é qualquer um. É Harris.

— Limpo e ensolarado — diz LaRue enquanto abaixa a cabeça em direção ao reservado. — Mas uma tempestade se aproxima...

Harris balança a cabeça em agradecimento e ajeita a gravata vermelha, que eu sei que ele comprou de um cara que as vende no metrô. Como chefe de gabinete do senador Paul Stevens, devia usar algo melhor, mas do modo como Harris trabalha, ele não precisa impressionar.

— A propósito, LaRue, o que aconteceu com o seu bigode?

— Minha esposa não gostava dele. Disse que tinha um estilo Burt Reynolds demais.

— Eu já lhe disse, você não pode ter tudo na vida, o bigode *e* a mulher: é uma coisa ou outra — acrescentou Harris.

LaRue ri e eu balanço a cabeça. Quando os Pais-fundadores criaram o governo, dividiram o Legislativo em duas partes: a Câmara e o Senado. Estou aqui, na Câmara, que ocupa a parte sul do Capitólio. Harris trabalha no Senado, do outro lado, no norte. É um mundo completamente diferente, mas, de algum modo, Harris ainda se lembra dos pêlos do rosto de *nosso* engraxate. Não sei por que me surpreendo. Ao contrário dos monstros que caminham por esses corredores, nem sempre Harris tem intenções políticas ao falar. Ele o faz porque este é o seu dom. Como filho de um barbeiro, ele tem o dom da loquacidade. E as pessoas o amam por isso. É por isso que, ao entrar em uma sala, os senadores casualmente o cercam, e quando ele entra na cafeteria, a atendente lhe dá uma concha extra de frango em seu burrito.

Ao alcançar o paletó cinza de Enemark, Harris tira-o do cabide e procura a lapela. Ouvimos a descarga atrás de nós. Todos nos voltamos para o reservado. Harris ainda segura o paletó. Antes que possamos reagir, a porta do reservado se abre.

Se fôssemos funcionários novos, teríamos entrado em pânico. Em vez disso, mordo o interior da bochecha e absorvo um pouco da calma de Harris. Os velhos instintos despertam. Quando a porta do reservado se abre, fico diante do deputado. Tudo o que preciso é conseguir alguns segundos para Harris. O único problema é que Enemark se move muito rápido.

Enemark, que vive de se desvencilhar das pessoas, desvia de mim sem nem mesmo erguer os olhos. Ao deixar o reservado, vai direto ao cabide. Se Harris for pego com o seu paletó...

— Deputado...! — grito. Ele não diminui o passo. Volto-me para segui-lo, mas ao fazê-lo surpreendo-me ao ver que o paletó cinza de Enemark está imóvel no gancho. Ouve-se um som de água corrente no canto direito do banheiro. Harris lava as mãos na pia. No outro lado, LaRue tem o queixo apoiado sobre a palma da mão, assistindo à C-SPAN com os dedos sobre os lábios. Não vê, não ouve, não fala.

— Perdão? — diz Enemark, tirando o paletó do gancho. Do modo como o apoiou, dobrado sobre o antebraço, não posso ver a lapela. O broche não está visível.

Olho para Harris, que mantém uma calma quase hipnótica. Seus olhos verdes desaparecem em um suave estreitar das pálpebras, e suas sobrancelhas negras parecem tomar-lhe todo o rosto. Japonês é mais fácil de entender.

— Disse algo, filho? — repete Enemark.

— Só queríamos dizer olá, senhor — interrompe Harris, saindo em minha defesa. — Realmente, é uma honra conhecê-lo. Não é mesmo, Matthew?

— C-certamente — digo.

O peito de Enemark se infla ao ouvir o cumprimento.

— Muito grato.

— Sou Harris... Harris Sandler... — diz ele, apresentando-se mesmo sem Enemark pedir. Harris deixa a pia e examina o deputado como se fosse um tabuleiro de xadrez. É o único meio de manter-se dez lances adiante.

O deputado estende a mão, mas Harris a recusa.

— Perdão... minhas mãos estão molhadas — explica. — Por falar nisso, deputado, este é Matthew Mercer. Faz dotação orçamentária doméstica para o deputado Cordell.

— Lamento por isso — retruca Enemark com um falso sorriso enquanto aperta a minha mão. Babaca. Sem dizer qualquer outra coisa, abre o paletó e mete o braço em uma das mangas. Olho para a lapela. Nada ali.

— Tenha um bom dia, senhor — diz Harris enquanto Enemark veste o outro braço. Enemark mexe os ombros para ajeitar o paletó sobre o corpo. Quando a outra metade do paletó se acomoda contra seu peito, vejo um brilho. Ali... em sua outra lapela... há um pequeno broche com a bandeira dos EUA... um pequeno triângulo com um poço de petróleo... e O Gato, que sorri para mim com aqueles olhos enormes do Dr. Seuss.

Volto-me para Harris. Ele ergue a cabeça e finalmente sorri. Quando eu era calouro em Duke, Harris era veterano. Ele me apresentou à fraternidade e, anos depois, conseguiu o meu primeiro emprego aqui no Congresso. Mentor naquela época, herói agora.

— Olhe para isso! — diz Harris para o deputado. — Vejo que está usando o mascote dos madeireiros.

Volto-me para LaRue, mas ele está olhando para o chão para não rir.

— É... parece — grunhe Enemark, olhando para o broche do Gato. Ansioso para encerrar a conversa, o deputado deixa o banheiro e dirige-se ao plenário da Câmara. Nenhum de nós se move até a porta se fechar.

— O mascote dos *madeireiros*? — digo finalmente.

— Eu disse que ainda havia diversão por aqui — diz Harris, olhando para a C-SPAN no pequeno aparelho de TV. Apenas mais um dia de trabalho.

— Tenho de contar isso a Rosey... — diz LaRue, saindo do banheiro. — Harris, eles vão pegá-lo mais cedo ou mais tarde.

— Só se forem mais espertos do que nós — respondeu Harris quando a porta volta a bater.

Continuo a rir. Harris continua a assistir à C-SPAN.

— Percebeu que Enemark não lavou as mãos? — pergunta. — Mas isso não o impediu de apertar a sua.

Olho para as minhas mãos e corro para a pia.

— Lá vamos nós... vão passar os melhores momentos... — diz Harris apontando para a C-SPAN.

Na tela, o deputado Enemark se aproxima da tribuna com seu habitual jeitão de velho caubói. Mas se olhar bem de perto — quando a luz o atinge bem de frente —, O Gato brilha como uma pequena estrela em seu peito.

— Sou o deputado William Enemark e falo em nome do povo do Colorado — anuncia na televisão.

— Essa é boa — digo. — Pensei que ele falasse em nome das árvores.

Para a minha surpresa, Harris não ri. Apenas coça a cova do próprio queixo.

— Sente-se melhor? — pergunta.

— Claro... por quê?

Ele se apóia na parede de mogno sem tirar os olhos da tevê.

— Eu estava falando sério. Há ótimos jogos sendo jogados aqui.

— Refere-se a jogos como esse?

— Algo assim. — Há um novo tom em sua voz. Extremamente sério.

— Não compreendo.

— Ora vamos, Matthew, está bem diante de você — diz com um raro laivo de sotaque rural da Pensilvânia.

Olho-o fixamente e esfrego os cabelos louros da minha nuca. Sou uma cabeça inteira mais alto que ele. Mas, neste lugar, é a única pessoa para quem olho de baixo para cima.

— O que está dizendo, Harris?

— Queria a diversão de volta, certo?

— Depende do tipo de diversão à qual se refere.

Afastando-se da parede, Harris sorri e caminha em direção à porta.

— Confie em mim, será mais diversão do que você jamais teve em toda a vida. Falando sério.

2

Seis meses depois

Geralmente detesto setembro. Com o fim do recesso de agosto, os corredores ficam novamente lotados, os parlamentares imersos em mau humor pré-eleitoral e, pior de tudo, com a data limite de primeiro de outubro imposta a todos os projetos de lei que pedem dotação orçamentária, trabalhamos duas vezes mais do que no restante do ano. Este setembro, porém, eu mal percebo.

— Quem quer provar uma comida menos saudável do que *bacon*? — pergunto assim que deixo os institucionais corredores encerados do edifício Rayburn e abro a porta da sala B-308. Os relógios na parede respondem com dois altissonantes zumbidos eletrônicos. Sinal de votação no Congresso. A votação começou. Eu também...

Sem perda de tempo, dobro à esquerda diante da tapeçaria *sioux* tecida à mão pendurada na parede e caminho em direção à nossa recepcionista, uma negra que sempre tem ao menos um lápis saindo do coque de seu cabelo prematuramente grisalho.

— Aqui está, Roxanne... o almoço está na mesa — digo enquanto deixo dois cachorros-quentes embrulhados sobre a sua mesa repleta de papéis de trabalho. Como funcionário contratado do comitê orçamentário, sou uma das quatro pessoas designadas para o subcomitê doméstico. E o único, além de Roxanne, que come carne.

— Onde conseguiu isso? — pergunta ela.

— Em um evento da Associação da Carne. Você não disse que estava com fome?

Ela olha para os sanduíches, então volta a me encarar.

— O que está acontecendo com você? Tem tomado umas pílulas *maneiras* ou algo assim?

Dou de ombros e olho para o pequeno aparelho de TV atrás de sua mesa. Como muitas TVs no prédio, está ligada na C-SPAN para acompanhar a votação. Meus olhos verificam o placar. Muito cedo. Sem sins nem nãos.

Seguindo o meu olhar, Roxanne volta-se para a tevê. Fico paralisado. Não... não há como. Ela não tem como saber.

— Você está bem? — pergunta ela ao ver o meu rosto, subitamente pálido.

— Com toda esta carne no bucho? Claro — respondo, dando palmadinhas sobre o estômago. — Então, Trish já chegou?

— Está na sala de conferências — diz Roxanne. — Mas, antes de entrar, tem alguém esperando você em sua mesa.

Ao atravessar a comprida sala que abriga quatro mesas separadas, estou completamente confuso. Roxanne conhece as regras: com tantos papéis de trabalho dando sopa, ninguém tem acesso às mesas, sobretudo quando estamos em pré-conferência — o que quer dizer que, seja lá quem seja, é alguém importante...

— Matthew? — ouve-se uma voz com um sotaque malicioso da Carolina do Norte.

...ou alguém que eu conheça.

— Venha dar um bom abraço em seu lobista predileto — diz Barry Holcomb, sentado na cadeira diante de minha mesa. Como sempre, seu cabelo loiro tem um corte perfeito, assim como seu terno risca de giz, ambos cortesia de clientes de peso da indústria musical, das telecomunicações e, se me lembro bem, da Associação da Carne.

— Sinto cheiro de cachorro-quente — provoca Barry, já um passo adiante de mim. — É o que eu digo, comida de graça sempre funciona.

No Congresso, há dois tipos de lobistas: aqueles que atacam de cima para baixo e os que vêm de baixo para cima. Se você ataca de cima, é porque tem conexão direta com os parlamentares. Se ataca de baixo, é porque tem conexões com o funcionalismo — ou, neste caso, porque freqüentaram a mesma faculdade, celebraram os dois últimos aniversários juntos e costumam se encontrar para tomar cerveja ao menos uma vez por mês. O estranho é que, uma vez que ele é alguns anos mais velho, Barry sempre foi mais amigo de Harris do que meu — o que quer dizer que esta visita é mais profissional do que social.

— Então, o que está acontecendo? — pergunta. Aí está. Como lobista da Pasternak & Associados, Barry sabe que tem duas coisas a oferecer aos seus clientes: acesso e informação. Acesso é o que lhe permite estar sentado aqui. Agora, está se concentrando na informação.

— Está tudo bem — respondo-lhe.

— Alguma idéia de quando fechará o projeto?

Olho em volta para as três outras mesas da sala. Todas vazias. Isso é bom. Meus três outros colegas de trabalho já têm os seus motivos para me odiarem... desde que Cordell tomou posse do subcomitê de dotação orçamentária doméstica e me pôs no lugar de seu ex-colega, sou um estranho no ninho. Não quero aumentar seus motivos deixando que me vejam aqui com um lobista. É claro, Barry talvez seja a única exceção.

Sentado bem embaixo da litografia do Grand Canyon pendurada em minha parede, Barry apóia um cotovelo em minha mesa lotada de papéis de trabalho, incluindo as notas que fiz nas reuniões de todos os projetos que já financiamos. Os clientes de Barry pagariam milhares, talvez milhões de dólares, por aquilo. Estão dez centímetros à sua esquerda.

Mas Barry não as vê. Ele nada vê. A justiça é cega. Devido a um caso de glaucoma congênito, um dos mais renomados jovens lobistas do Congresso também é cego.

Enquanto dou a volta na mesa, os olhos azuis e vazios de Barry olham para o nada, mas a cabeça se volta para acompanhar os meus passos. Treinado desde que nasceu, ele absorve os sons. Meus braços balançando ao lado do corpo. Meu inspirar e expirar. Ouve até mesmo o ruído áspero de meus pés sobre o tapete. Na faculdade, ele tinha um *golden retriever* chamado Reagan, que era ótimo para farejar garotas. Mas no Congresso, após ser retardado por estranhos que freqüentemente queriam acariciar o cachorro, Barry passou a se virar sozinho. Desde então, não fosse pela bengala branca, passaria apenas como mais um sujeito vestindo um terno elegante. Como Barry gosta de dizer: visão política nada tem a ver com visão ocular.

— Esperamos fechar em primeiro de outubro — digo-lhe. — Estamos quase terminando o serviço de parques.

— E quanto aos seus colegas de escritório? Estão indo assim tão bem? — O que ele realmente queria saber era: as negociações vão assim tão bem? Barry não é bobo. Nós quatro que compartilhamos esse escritório dividimos todas as contas — ou setores — do orçamento nacional, cada um cuidando de sua própria especialidade. Na última apuração, o interior tinha um orçamento de vinte e um *bilhões* de dólares. Dividindo por quatro, isso quer dizer que podemos gastar mais de cinco bilhões de dólares cada um. Então, por que Barry está tão interessado? Porque somos nós que controlamos o fluxo de caixa. De fato, a verdadeira tarefa do comitê orçamentário é lavrar os cheques de todo dinheiro discricionário gasto pelo governo.

É um dos segredinhos mais sujos do Congresso: os deputados podem fazer passar um projeto de lei, mas se precisarem de fundos, não irão a lugar algum sem dotação orçamentária. Por exemplo: no ano passado, o presidente assinou um projeto de lei que garantia vacinas gratuitas para crianças de baixa renda. A não ser que o comitê orçamentário separasse dinheiro para pagar as vacinas, o presidente podia até conseguir um grande evento de mídia, mas ninguém seria vacinado. Como diz a velha piada, esse é o motivo de haver três partidos no Congresso: democratas, republicanos e os membros do comitê orçamentário. Como eu disse, é um segredo sujo — mas, a essa altura, Barry já está bem a par disso.

— Então, estão todos bem? — pergunta.

— Por que reclamar, certo?

Ao me dar conta do passar do tempo, ligo o aparelho de TV em cima do meu arquivo. Quando a C-SPAN surge na tela, Barry se atém ao som. Eu novamente verifico a contagem de votos.

— Qual o placar? — acrescenta.

Volto-me ao ouvir a pergunta.

— *O que você disse?*

Barry faz uma pausa. Seu olho esquerdo é de vidro; o direito é azul-claro e completamente baço. A combinação torna quase impossível ler a sua expressão. Mas seu tom de voz é inocente.

— O placar — repete. — Como está a contagem dos votos?

Sorrio comigo mesmo, ainda observando-o detidamente. Para ser honesto, se ele estivesse no jogo, não me surpreenderia. Retiro o que disse. Eu me surpreenderia, sim. Harris disse que só se pode convidar uma pessoa. Harris me convidou. Se Barry está dentro, é porque outra pessoa o convidou.

Convencido de que é apenas a minha imaginação, verifico os totais na C-SPAN. Tudo o que me importa são os sins e nãos. Na tela, as letras brancas se sobrepõem a uma tomada do plenário da Câmara ainda quase vazio: trinta e um sins, oito nãos.

— Faltam treze minutos. Trinta e um a oito — digo para Barry. — Vai ser um massacre.

— Não me surpreendo — diz ele, concentrado na TV. — Até mesmo um cego é capaz de ver isso.

Rio da piada, uma das favoritas de Barry. Mas não consigo deixar de pensar no que Harris disse. *É a melhor parte do jogo: não saber quem mais está jogando.*

— Ouça, Barry, podemos nos ver depois? — perguntei enquanto recolhia as minhas notas de reunião. — Trish está me esperando...

— Sem estresse — diz ele, nunca forçando a barra. Os bons lobistas nunca forçam. — Eu ligo para você daqui a uma hora mais ou menos.

— Está bem... embora talvez eu ainda esteja em reunião.

— Então, digamos, duas horas. Às três, que tal?

Novamente, retiro o que disse. Mesmo sem querer, Barry não consegue deixar de forçar a barra. Era assim na faculdade. Sempre que estávamos prontos para ir a uma festa, recebíamos duas chamadas de Barry. A primeira para saber quando sairíamos. A segunda para verificar novamente a hora em que sairíamos. Harris sempre chamou isso de compensação excessiva da cegueira; eu chamo de insegurança compreensível. Seja qual for o verdadeiro motivo, Barry sempre teve de fazer mais esforço que os outros para se certificar de que não seria deixado para trás.

— Então falo com você às três — diz ele, levantando-se e dirigindo-se para a saída. Enfio minhas anotações debaixo do braço como um jogador de futebol americano e dirijo-me à porta que leva à sala de reuniões anexa. Lá dentro, meus olhos ignoram a enorme mesa oval e os dois sofás negros, contra a parede oposta, que usamos quando a sala está muito cheia. Como antes, descubro a pequena TV nos fundos e...

— Está atrasado — interrompe Trish sentada à mesa de conferências.

Volto-me, quase esquecido de por que estava ali.

— Ajudaria se eu tiver lhe trazido cachorros-quentes? — gagueio.

— Sou vegetariana.

Harris teria uma ótima resposta para isso. Já eu ofereço um sorriso desajeitado.

Reclinada em sua cadeira, Trish está de braços cruzados, completamente desencantada. Aos trinta e seis anos, Trish Brennan tem pelo menos seis anos a mais de experiência do que eu e é o tipo de pessoa que diz que você está atrasado mesmo quando é ela quem está adiantada. Seu cabelo avermelhado, olhos verdes e as sardas suaves garantem-lhe uma expressão inocente que é surpreendentemente atraente. É claro que, neste momento, a melhor coisa da sala é o pequeno aparelho de TV lá nos fundos. Tenho de forçar a vista para ver. Quarenta e dois sins, dez nãos. Ainda está bom.

Quando afasto a cadeira do outro lado da mesa diretamente em frente à dela, a porta da sala de conferências se abre e nossos outros dois colegas chegam afinal. Georgia Rudd e Ezra Ben-Shmuel. Preparado para a batalha, Ezra tem uma barba rala de ambientalista pobre (*minha primeira barba,* como diz Trish), e uma camisa social azul enrolada até os cotovelos. Georgia é o exato oposto. Muito conformista para se arriscar, ela é quieta, veste um conjunto azul padrão, próprio para fazer entrevistas, e se satisfaz em seguir a liderança de Trish.

Ambos armados com um imenso arquivo sanfonado, rapidamente se dirigem para lados diferentes da mesa. Ezra fica ao meu lado, Georgia senta-se junto a Trish. Os quatro cavaleiros estão aqui. Quando se trata de reunião, represento a maioria da Câmara; Ezra, a minoria. Do outro lado da mesa, Trish e Georgia fazem o mesmo em relação ao Senado. E não obstante eu e Ezra estarmos em diferentes partidos políticos, até mesmo os republicanos e democratas da Câmara podem deixar de lado as suas diferenças contra um inimigo comum: o Senado.

Meu *pager* vibra dentro do bolso, eu o pego para ler a mensagem. É Harris. *Está assistindo?* pergunta em letras negras digitais.

Olho para a TV nos fundos por cima do ombro de Trish. Oitenta e quatro sins, quarenta e dois nãos.

Droga. Preciso que os *nãos* fiquem abaixo de 110. Se estão em quarenta e dois a esta altura da votação, teremos problemas.

O que vamos fazer? digito no pequeno teclado do *pager,* ocultando minhas mãos sob a mesa de modo que o pessoal do Senado não veja o que estou fazendo. Antes que eu possa enviar a mensagem, o *pager* vibra novamente.

Não entre em pânico agora, insiste Harris. Ele me conhece bem.

— Por favor, podemos continuar? — pergunta Trish. É o sexto dia seguido que estamos tentando derrubar um ao outro, e Trish sabe que ainda há muito a fazer. — Agora, onde paramos?

— Cape Cod — diz Ezra. Como leitores dinâmicos em uma competição, nós quatro folheamos as centenas de páginas de documentos diante de nós, que demonstram as diferenças entre os projetos da Câmara e do Senado. No mês passado, quando a Câmara aprovou a sua versão do projeto, destinamos setecentos mil dólares para reabilitar a beira-mar de Cape Cod. Uma semana depois, o Senado passou a sua versão, que não destinava um centavo para aquilo. Este era o objetivo da reunião: encontrar as diferenças e chegar a um acordo — item por item por item. Quando ambas as casas aprovam o mesmo projeto de dotação orçamentária, somente então ele é enviado para a Casa Branca, para ser sancionado como lei.

— Dou-lhe trezentos e cinqüenta mil — oferece Trish, esperando que eu me satisfaça com a metade.

— Feito — digo, rindo comigo mesmo. Se ela tivesse forçado, teria me contentado com duzentos.

— O Chesapeake em Maryland — acrescenta Trish, passando para o próximo item. Olho para a planilha. O Senado destinou seis milhões para a estabilização. Nós nada destinamos.

Trish sorri. Por isso ela estava tão boazinha no último item. Estes seis milhões foram impostos por seu chefe, o senador Ted Apelbaum, que também é líder do subcomitê — o equivalente senatorial de meu chefe, Cordell. Em gíria local, os líderes são conhecidos como cardeais. Neles termina a discussão. Se os cardeais querem, os cardeais conseguem.

Nas salas silenciosas do Capitólio a cena é a mesma. Esqueça a imagem de parlamentares gordos negociando em salas obscuras, imersas em fumaça de charuto. É *assim* que as salsichas são feitas. E é *assim* que o dinheiro americano é gasto: quatro funcionários sentados em uma mesa de reunião bem iluminada, sem um parlamentar à vista. O dinheiro de seu imposto em ação. É como Harris sempre diz: o verdadeiro governo oculto é o funcionalismo.

Meu *pager* vibra novamente em meu colo. A mensagem de Harris é simples: *Entre em pânico.*

Olho novamente para a TV. Cento e setenta e dois sins, sessenta e quatro nãos.

Sessenta e quatro? Não acredito nisso. Já passaram da metade.

Como? digito em resposta.

Talvez tenham os votos, responde Harris quase instantaneamente.

Não é possível, respondo.

Durante os dois minutos seguintes, Trish discorre sobre por que sete milhões de dólares é muito para se gastar no Parque Nacional de Yellowstone. Eu mal escuto uma palavra. Na C-SPAN, os nãos sobem de sessenta e quatro para oitenta e um. É impossível.

— ...não concorda, Matthew? — pergunta Trish.

Continuo ligado na C-SPAN.

— Matthew! — grita Trish. — Está aqui ou não?

— O quê? — pergunto, finalmente virando-me para ela.

Voltando-se para o lugar onde eu estava olhando, Trish olha por cima dos próprios ombros e vê a TV.

— É nisso que está tão concentrado? — pergunta. — Numa votação idiota sobre beisebol?

Ela não entende. Claro, a votação é sobre beisebol, mas não é qualquer votação. Na verdade, remonta a 1922, quando a Suprema Corte determinou que o beisebol era um esporte — não um negócio — e, portanto, recebeu uma isenção especial das regras antitruste. Futebol, basquete, todos tinham de obedecer, mas o beisebol, como decidiu a Suprema Corte, era especial. Hoje, o Congresso está tentando fortalecer a isenção, dando aos proprietários mais controle sobre o tamanho da liga. Para o Congresso, é uma votação relativamente simples: se o seu estado tem um time de beisebol, você vota pelo beisebol (mesmo os republicanos da zona rural do estado de Nova York não ousam votar contra os yankees). Se você é de um estado sem time — ou de um distrito que quer ter um time, como Charlotte ou Jacksonville —, você vota contra.

Ao fazer as contas — e levando em conta os favores políticos de proprietários poderosos — vemos uma clara maioria votando a favor do projeto de lei, e um máximo de 100 parlamentares votando contra, 105 se tiverem sorte. Mas justo agora, há alguém no Capitólio que pensa poder conseguir 110 nãos. Não há como isso acontecer, Harris e eu concluímos. Por isso apostamos contra.

— Podemos voltar aos nossos assuntos? — pergunta Trish, acompanhando a pauta da reunião.

Nos dez minutos seguintes, destinamos três milhões para reparar o quebra-mar em Ellis Island, dois milhões e meio para renovar os degraus do Jefferson Memorial e treze milhões para fazer uma manutenção estrutural na ciclovia e na área recreativa da Golden Gate. Ninguém levanta grandes objeções. Assim como no beisebol, você não vota contra coisas boas.

Meu *pager* novamente vibra dentro de meu bolso. Como antes, leio a mensagem sob a mesa. *97*, informa Harris.

Não posso crer que tenham ido tão longe. É claro, esta é a graça de jogar o jogo.

De fato, como Harris me explicou na primeira vez em que me fez o convite, o jogo começara havia anos, como uma brincadeira. Como diz a história, um funcionário júnior do Senado estava furioso por ter de ir buscar uma roupa que um senador mandara lavar a seco. Por isso, de modo a fazê-lo se sentir melhor, um colega da sua equipe meteu as palavras "lavagem a seco" (*"dry cleaning"* em inglês) em um esboço do novo discurso do senador: "*...although sometimes regarded as dry, cleaning our environment should clearly be a top priority...*" Aquilo foi feito como uma brincadeira ingênua, algo a ser retirado antes do discurso ser enviado ao senador. Então, um dos membros da equipe desafiou o colega a deixar o discurso como estava.

— Vou deixar — ameaçou o outro.
— Não, não vai — rebateu o amigo.
— Quer apostar?

Naquele momento, nasceu o jogo. E naquela tarde, o distinto senador apareceu na C-SPAN e falou para toda a nação a respeito da importância da "lavagem a seco".

No princípio, mantiveram a coisa em pequena escala: frases ocultas em um editorial, um acrônimo em um discurso de formatura. Então a coisa cresceu. Há alguns anos, no plenário do Senado, um senador meteu a mão no bolso do paletó à procura do lenço e limpou a testa com um par de meias de seda femininas. Rapidamente ele riu, como se aquilo tivesse sido um erro inocente cometido pela lavanderia. Mas não foi um acidente.

Foi a primeira vez que o jogo saiu da linha — o que levou os organizadores a criarem as regras atuais. Hoje em dia, é mais simples: os projetos de lei nos quais apostamos são aqueles em que o resultado está claramente definido. Há alguns meses, a lei do diamante lapidado passou com uma votação de 408 a 6; na semana passada, a lei para a construção de abrigos contra furacões passou com 401 votos a 10. Hoje, espera-se que a lei do beisebol para a América tenha 300 votos a favor e 100 contra. Uma vitória esmagadora. E o projeto ideal no qual apostar.

Quando eu estava no colegial, costumávamos tentar adivinhar se Jennifer Luftig estava usando sutiã ou não. No segundo grau, fazíamos cartões de bingo com os nomes dos garotos que falavam mais, e então esperávamos que abrissem a boca. Jogávamos todo tipo de jogo. Consegue mais doze votos? Consegue que os deputados de Vermont votem contra? Consegue elevar os nãos a 110, mesmo quando 100 é tudo o que é razoavelmente possível? A política sempre foi chamada de jogo para adultos. Portanto, por que se espantar ao saber que se aposta nisso?

Naturalmente, hesitei a princípio, mas então dei-me conta de quão inocente era aquilo. Não mudamos as leis, não fazemos passar leis ruins, nem alisamos nossos cavanhaques de vilão e derrubamos a democracia tal qual a conhecemos. Trabalhamos com as margens. Ali é seguro... e divertido. É como se sentar em uma reunião e apostar quantas vezes o sujeito chato do seu escritório vai dizer a palavra "eu". Você pode estimulá-lo e fazer o que quiser para alterar o resultado mas, no fim, dá na mesma. No mundo do Congresso, mesmo estando divididos em democratas e republicanos, 99 por cento de nossa legislação passam com maioria esmagadora. São apenas os poucos projetos de lei mais controversos que se tornam notícia. O resultado é um trabalho que facilmente cai em uma rotina repetitiva e monótona — ou seja, a não ser que você encontre um jeito de torná-la interessante.

Meu *pager* mais uma vez estremece dentro de minha mão fechada. *103*, diz Harris.

— Tudo bem, e quanto à Casa Branca? — pergunta Trish, ainda avançando na pauta. Era isso que ela estava guardando para o fim. A Câmara destinou sete milhões para a manutenção estrutural do complexo da Casa Branca. O Senado — graças ao chefe de Trish — zerou o programa.

— Ora vamos, Trish — diz Ezra. — Você não pode deixá-los sem nada...

Trish ergue uma sobrancelha.

— É o que veremos...

É típico do Senado. A única razão para o patrão de Trish se portar assim é porque o presidente vem forçando um acordo em um processo de discriminação racial contra a biblioteca do Congresso. O patrão de Trish, senador Apelbaum, é uma das poucas pessoas envolvidas na negociação. Tão perto das eleições, ele preferiria protelar, manter o processo na moita, longe da imprensa. É o modo de pressionar do senador. E, pela expressão presunçosa de Trish, ela está adorando cada minuto daquilo.

— Por que não dividimos a diferença? — sugere Ezra, já conhecendo nosso modo habitual de trabalhar. — Liberamos três milhões e meio e pedimos que o presidente traga o seu cartão de sócio da biblioteca da próxima vez.

— Ouçam bem... — adverte Trish, debruçando-se sobre a mesa. — Eles não terão nenhum tostão.

107, anuncia o meu *pager*.

Tenho de sorrir à medida que a contagem se aproxima do limite. Quem quer que sejam os organizadores — ou, como os chamamos, os *grandes mestres* —, esses caras sabem o que estão fazendo. As apostas podem ser feitas duas vezes por semana ou apenas uma no espaço de meses, mas quando identificam um assunto, eles sempre põem o jogo no nível perfeito de dificuldade. Há dois meses, quando o novo procurador geral veio testemunhar no comitê de serviços armados do Senado, a aposta era obrigar um dos senadores a fazer a pergunta: "Quanto de seu sucesso o senhor atribui ao apoio de sua família?". Uma pergunta simples para qualquer testemunha, mas quando se acrescenta a isso o fato do procurador geral ter insistido havia poucos dias que as pessoas públicas deveriam poder preservar a privacidade de suas vidas familiares — bem... agora tínhamos uma corrida de cavalos. Esperando as palavras serem pronunciadas, assistimos ao aborrecidíssimo depoimento do senador como se fosse o último *round* de *Rocky, o lutador*. Agora, estou concentrado em uma votação que estava decidida pela maioria há quase dez minutos. Até mesmo os lobistas do beisebol já desligaram os seus aparelhos de TV. Mas eu não consigo tirar os olhos dali. Não são os setenta e cinco dólares que estão em jogo. É o desafio. Quando Harris e eu investimos o nosso dinheiro, imaginamos que nunca chegariam perto de 110 votos. Quem quer que esteja do outro lado, obviamente acha que pode. Estão com 107. Sem dúvida, impressionante... mas serão os três últimos que farão a diferença.

108, brilha meu *pager*.

Ouve-se um zumbido. Um minuto a mais pelo relógio oficial.

— Então, como está a contagem? — pergunta Trish, voltando-se para a TV.

— Podemos por favor não mudar de assunto? — implora Ezra.

Trish não se importa. Ela ainda olha para a tela.

— Cento e oito — digo, quando a C-SPAN divulga o número na tela.

— Estou impressionada — admite ela. — Não achei que fossem tão longe.

O sorriso em meu rosto se abre ainda mais. Estaria Trish jogando também? Há seis meses, Harris me convidou e, algum dia, eu convidarei outra pessoa. As únicas pessoas que você sabe que estão no jogo são as duas com as quais você está diretamente relacionado: uma em cima, a outra embaixo. Na verdade, isso tem um objetivo de segurança: caso a coisa vaze, você não poderá denunciar alguém que não conhece. É claro, também dá um novo significado ao termo *jogo de ninguém*.

Olho ao redor na sala. Todos os meus três colegas lançam olhares furtivos para a C-SPAN. Georgia é muito quieta para ser uma jogadora. Ezra e Trish já são outra história.

Na TV, o deputado Virgil Witt, da Louisiana, entra em cena. É o chefe de Ezra.

— Aí está o seu garoto — diz Trish.

— Você está realmente levando a sério esse negócio da biblioteca? — rebateu Ezra. Ele não se importa em ver o chefe na TV. Por aqui isso acontece todos os dias.

109, informa meu *pager*.

Na TV, o chefe de Ezra novamente aparece na tela.

Por debaixo da mesa, digito uma última pergunta: *Como Witt votou?*

Meus olhos estão fixados em Ezra enquanto o *pager* vibra em minha mão. Ali está a resposta de Harris.

Não.

Antes que eu possa responder, o *pager* vibra uma última vez: *110*. Fim de jogo.

Rio alto. Setenta e cinco dólares jogados fora.

— O que foi? — pergunta Georgia.

— Nada — respondo, fechando meu *pager* sobre a mesa de conferências.

— Apenas um *e-mail* idiota.

— Na verdade, isso me faz lembrar... — diz Trish, pegando o seu próprio *pager* e verificando uma mensagem.

— Há alguém aqui que *não* esteja completamente distraído? — pergunta Ezra. — Chega de divagar. Temos um assunto sério em questão. Se a Casa Branca se sentir desprezada, sabe que ameaçarão com um veto.

— Não, não ameaçarão — insiste Trish, digitando em seu *pager* sem olhar para cima. — Não tão perto das eleições. Eles vetam agora e vai parecer que estão retendo verba do governo apenas para recapear a sua entrada de veículos.

Sabendo que ela está certa, Ezra fica em silêncio, o que não é comum. Olho para ele, esperando a confissão. Nada ali. Se este cara está no jogo, é um grande mestre.

— Você está bem? — pergunta ele, percebendo meu olhar.

— Claro — respondo. — Perfeito. Nos últimos seis meses tem sido exatamente assim. Pressão alta, adrenalina e participação no melhor segredo da cidade. Após oito anos de rotina, quase tinha esquecido de como era. Até mesmo perder não importa. A emoção é jogar.

Como disse, os grandes mestres sabem o que estão fazendo. E, para a minha sorte, estão a ponto de fazê-lo novamente. A qualquer minuto agora. Verifico o relógio na parede. Duas horas. *Exatamente às duas.* Foi o que Harris disse quando perguntei pela primeira vez como saber quando seria feita a próxima aposta.

— Não se preocupe — disse calmamente. — Vão enviar um sinal.

— Um sinal? De que tipo?

— Você verá... um sinal. Assim, quando saírem as instruções, você as receberá em seu escritório.

— Mas e se eu não vir o sinal? E se eu estiver no plenário da Câmara... ou em algum outro lugar no Capitólio? E se o sinal for enviado e eu não estiver lá para recebê-lo?

— Acredite, esse sinal você não terá como deixar de ver — insistiu Harris. — Não importa onde estiver.

Olhando novamente por cima do ombro de Trish, olho para a TV. Agora que a votação terminou, a Câmara volta-se para o púlpito — a plataforma de diversos níveis sobre a qual o presidente faz os seus pronunciamentos à nação. Agora, porém, estou de olho na pequena mesa oval de mogno que está bem em frente ao púlpito. Todos os dias os estenógrafos da câmara sentam-se ali para fazer o seu trabalho. Todos os dias, anotam tudo o que é dito no plenário. E a cada dia, como um relógio, os únicos objetos sobre a mesa são dois copos e dois suportes brancos sobre os quais se apóiam. Há duzentos anos — de acordo com os boatos — o Congresso põe ali dois copos, um de cada lado. Todos os dias. Hoje, porém, é diferente. Hoje, há apenas um copo. Não há como errar. Um copo e um suporte.

É o nosso código. É o sinal. Um copo vazio o dia inteiro, transmitido pela TV para todo o mundo ver.

Ouvimos um suave bater à porta e todos nos voltamos em direção ao som. Um jovem vestindo calças cinza, um *blazer* azul-marinho barato e uma gravata com listas azuis e vermelhas entra na sala. Não tem mais de dezesseis anos e, se o uniforme não o denuncia, o crachá retangular em sua lapela o faz. Escrito contra um fundo negro, lê-se em letras brancas:

Mensageiro da Câmara dos Deputados
Nathan Lagahit

Ele é um entre algumas dezenas — um jovem ginasiano que entrega correspondência e serve água. A única pessoa na pirâmide abaixo de um estagiário.

— P-perdão... — diz ele ao dar-se conta de que está interrompendo. — Procuro Matthew Mercer.

— Sou eu — digo em meio a um aceno.

Ele se apressa em minha direção e mal olha para mim quando entrega o envelope selado.

— Obrigado — digo. Mas ele já saiu da sala.

Correio regular pode ser aberto por uma secretária. O mesmo no caso de correspondência interna. FedEx requer um endereço de remetente. Já um serviço de mensageiro particular pode custar uma fortuna se for usado regularmente. Mas os mensageiros da Câmara e do Senado mal são notados. Estão aqui todo santo dia e, embora levem as suas mensagens para cima e para baixo, são a coisa mais difícil de ser notada. Fantasmas em *blazers* azuis. Ninguém os vê chegar, ninguém os vê partir. E, melhor ainda, uma vez que os mensageiros recebem as suas instruções verbalmente, não há registro físico do destino de uma entrega em particular.

Um copo de água vazio me diz para voltar para a minha mesa. Um envelope lacrado trazido por um mensageiro me diz o que fazer a seguir. Bem-vindo ao jogo.

— Trish, pode se juntar a nós? — implora Ezra enquanto Trish balança a cabeça.

Recusando-me a me juntar aos outros, afasto a minha cadeira do grupo e examino o envelope. Como sempre, está em branco. Nem mesmo o meu nome ou número da sala. E se eu perguntasse ao mensageiro de onde veio, diria que alguém no vestiário pediu que ele lhe fizesse esse favor. Depois de seis meses, já desisti de tentar descobrir como o jogo funciona.

Metendo o polegar sob a dobra do envelope eu o abro com um movimento brusco. Lá dentro, como de praxe, a mensagem de sempre: uma simples folha de papel com a sigla CCJ — de Coalizão Contra o Jogo — em letras azuis. A sigla obviamente é uma brincadeira, primeiro indício de que isto é apenas diversão. Abaixo da sigla, a carta diz: *A seguir, alguns assuntos iminentes que gostaríamos de tratar*... Bem abaixo há uma lista numerada de quinze itens que variam de:

(3) *Convencer os dois senadores do Kentucky a votarem contra a medida provisória de laticínios de Hesselbach.* Até:

(12) Nos próximos sete dias, substituir o paletó do deputado Eduardo Berganza por um smoking.

Como sempre, vou direto ao último item da lista. Tudo o mais é besteira — um meio de despistar caso a carta caia em mãos estranhas —, mas o último item... este é o que realmente importa.

Fico boquiaberto ao ler as palavras. Não acredito no que leio.

— Tudo bem? — pergunta Trish.

Quando não respondo, os três voltam-se para mim.

— Matthew, você ainda está respirando? — repete.

— S-sim... não... claro — digo em meio a uma risada. — Apenas outro bilhete de Cordell.

Meus três colegas imediatamente voltam ao seu combate verbal. Olho para a carta, leio as palavras pela terceira vez e tento conter o sorriso.

(15) Inserir o projeto de venda de terras do deputado Richard Grayson no projeto de dotação orçamentária da Câmara.

Uma inserção. Uma simples inserção. Sinto o sangue fluir para a minha face. Isso não é um assunto qualquer. É o *meu* assunto.

Pela primeira vez na vida, não posso perder.

3

— Então, o que acha? — pergunto ao irromper no escritório de Harris, no quarto andar do edifício Russell. Com janelas em arco e um pé-direito alto, é mais bonito do que o melhor escritório da Câmara. Os dois ramos do governo supostamente são iguais. Bem-vindo ao Senado.

— Fale você — diz Harris, folheando alguns papéis. — Acha que consegue incluir a venda de terras no projeto?

— Harris, é isso o que faço todos os dias. Estamos falando de um pequeno pedido para um projeto que talvez ninguém nem veja, nem mesmo o próprio deputado Grayson, que fez o pedido.

— A não ser que esteja no jogo.

Reviro os olhos.

— Quer parar com isso? — Desde o dia em que me chamou para entrar no jogo, este é o sonho dourado de Harris: descobrir que não apenas os funcionários, mas também os parlamentares estejam no jogo.

— É possível — insiste.

— Na verdade, não é. Se você fosse um parlamentar, não arriscaria a sua credibilidade e toda a sua carreira política em troca de algumas centenas de dólares e um jogo de xadrez.

— Está brincando? Esses caras recebem boquetes no banheiro do Capitol Grille. Quero dizer, quando saem para beber, têm lobistas que levam as garotas para que eles possam sair sozinhos do lugar. Acha que alguns deles não gostariam de um pouco de ação? Pense um instante, Matthew. Até mesmo Pete Rose aposta em beisebol.

— Não me importo. O projeto de Grayson não é uma prioridade de quatro estrelas que chegue ao nível parlamentar... é coisa pequena. E uma vez que está em minha jurisdição, não será incluído a não ser que eu o veja. Juro, Harris... já verifiquei. Estamos falando de um minúsculo pedaço de terra no meio do estado de Dakota do Sul. Os direitos de posse são do Tio Sam. Os direitos de mineração eram de uma empresa de mineração há muito extinta.

— É uma mina de carvão?

— Aqui não é a Pensilvânia, mano. Em Dakota do Sul, cava-se para achar ouro... ao menos era assim. A empresa vinha explorando a mina Homestead desde 1876, em plena corrida do ouro. Com o tempo, candidataram-se a comprar a terra, mas, quando esgotaram a reserva, a empresa foi à bancarrota e a terra ficou com o governo, que ainda lida com o problema ambiental de fechar os buracos. De qualquer modo, há alguns anos, uma empresa chamada Mineração Wendell, que achou que podia encontrar mais ouro usando tecnologias mais avançadas, comprou a concessão da empresa falida, contatou o Gabinete de Administração de Terras e conseguiu comprar o terreno.

— Desde quando vendemos terras do governo para empresas privadas?

— Como acha que nos estabelecemos no Oeste, Kimosabe? Na maioria das vezes, chegamos a abrir mão das terras, de graça. O problema aqui é que, mesmo que o GAT tenha aprovado a venda, o departamento de interior tem o assunto tão enterrado em burocracia que demorará anos para a venda se concretizar. A não ser que consigam um empurrão amigável do Congresso.

— Então a Mineração Wendell doa algum dinheiro para o deputado Grayson e pede a ele um empurrão até a linha de frente — diz Harris.

— É como funciona.

— E estamos certos quanto à terra? Quero dizer, não estamos vendendo uma área de preservação ambiental para alguma grande empresa que queira inaugurar ali um *shopping* ou um zoológico, certo?

— Subitamente você voltou a ser um idealista.

— Nunca deixei de ser, Matthew.

Ele acredita no que diz. Sempre acreditou. Nascido e criado em Gibsonia, Pensilvânia, Harris não foi o primeiro da família a ir para a faculdade — foi o primeiro de sua cidade. Mesmo que pareça bobagem, veio para Washington para mudar o mundo. O problema é que, uma década depois, foi o mundo que o mudou. Como resultado disso, é o pior tipo de cínico — o tipo que não sabe que é cínico.

— Se o faz se sentir melhor, vetei o projeto no ano passado e vetei-o novamente há alguns meses — digo. — A mina de ouro está abandonada. A cidade está louca para que a Mineração Wendell assuma. A cidade consegue empregos, a companhia consegue ouro e, mais importante, assim que a Wendell entrar no negócio, será responsável pela pior parte, que é a limpeza do meio ambiente. Vencer, vencer, vencer, todo o tempo.

Harris fica em silêncio e pega a raquete de tênis que geralmente mantém apoiada ao lado da mesa. Conheço a cidade onde Harris cresceu. Ele nunca se declarou pobre. Mas devia. Não é preciso dizer, não se joga tênis em Gibsonia. É um jogo de ricos — mas no mesmo dia que chegou em D.C., Harris começou a jogar. Sem surpreender ninguém, revelou-se um talento natural. Pelo mesmo motivo que foi capaz de correr a maratona da Marinha embora mal ter treinado. Pense no assunto. Está quase lá agora.

— Então, tudo confere? — pergunta.

— Cada detalhe — digo, ansioso. — Falando sério.

Pela primeira vez desde que comecei a trabalhar aqui, vejo um sorriso tranqüilo e carismático no olhar de Harris. Ele sabe que temos uma vitória em mãos. Uma grande vitória se formos espertos.

— Tudo bem... — diz Harris, batendo com a raquete na palma da mão. — Quanto você tem em sua conta bancária?

4

Exatamente às 9h35 da manhã seguinte, estou sentado sozinho em minha mesa, imaginando por que minha entrega está atrasada. Na C-SPAN, um rabino de Aventura, na Flórida, faz uma breve oração enquanto todos diante do púlpito curvam as cabeças. Ao terminar, bate o martelo e a câmara recua. Na mesa dos estenógrafos, os dois copos vazios estão de volta. Qualquer um poderia tê-los movido do lugar. Estão ali o dia inteiro. No meu telefone, tenho sete mensagens de lobistas, catorze de funcionários do governo e duas de parlamentares — todos loucos para saber se iríamos financiar seu projeto. Tudo de volta ao normal — ou tão normal quanto um dia desses podia ser.

Ergo o fone do gancho e digito os cinco números da extensão de nossa recepcionista.

— Roxanne, se chegar alguma encomenda...

— Ouvi as trinta e quatro vezes anteriores — reclama. — Eu mando na mesma hora. O que está esperando, afinal, resultado de exame de gravidez?

Não perco tempo tentando responder.

— Apenas cuide de...

— Trinta e cinco! Oficialmente, 35 vezes — interrompe. — Não se preocupe, meu bem... não vou decepcioná-lo.

Dez minutos depois, ela cumpre a palavra. A porta da recepção se abre e uma jovem mensageira mete a cabeça para dentro.

— Estou procurando por...

— Sou eu — digo abruptamente.

Entrando na sala com seu *blazer* azul e calças cinza, ela me entrega o envelope pardo lacrado... e olha ao redor no escritório.

— Isso não é de verdade, é? — pergunta, apontando para a doninha empalhada sobre uma estante próxima.

— Graças aos lobistas da ANR — digo. — Não é bem mais prático do que mandar flores, como faz todo mundo?

Com uma risada, ela se encaminha até a porta. Olho para o envelope. Ontem, embaralhamos as cartas. Hoje é dia de fazer as apostas.

Abro o envelope, viro-o de cabeça para baixo e balanço. Duas dúzias de papéis quadrados caem sobre a mesa. *Recibo de táxi*, é o que se lê em letras negras no topo de cada um. Eu os junto em uma pilha e verifico se estão todos em branco. Até agora, tudo bem.

Pego a caneta e rapidamente escrevo *727* no campo onde se lê *Número do veículo*. Táxi 727. Esta é minha identidade. Depois disso, faço uma marca de verificação no canto superior direito do recibo. Ali está a aposta: vinte e cinco dólares se quiser jogar. Mas não quero apenas jogar. Quero ganhar, motivo pelo qual começo com uma aposta alta. No espaço marcado *Corrida*, escrevo *$10,00*. Para olhos não acostumados, não é muito. Mas para os que estão jogando, bem... por isso acrescentamos um zero. Um dólar é dez, cinco é cinqüenta. Por isso chamam de Jogo do Zero. Neste caso, dez dólares são uma nota de Benjamin Franklin — o lance inicial do leilão.

Abro a gaveta de minha mesa, tiro dali um envelope pardo e meto os recibos lá dentro. Hora de fazer um pouco de correspondência interna. Na frente do envelope, escrevo *Harris Sandler — 427 Ed. Russell*. Junto ao endereço, acrescento a palavra *Particular*, só para me certificar. É claro, mesmo que o assessor de Harris o abra — mesmo que o presidente da Câmara o abra — eu não ficaria nem um pouco preocupado. Eu vejo ali uma aposta de cem dólares. Todo mundo vê um recibo de táxi de dez dólares — nada que chame atenção.

Vou até a recepção, jogo o envelope na cesta de metal enferrujada que usamos como caixa de saída. Roxanne faz a maior parte do trabalho de correspondência interna.

— Roxanne, por favor, pode enviar isso na próxima leva?

Ela meneia a cabeça enquanto volto até a minha mesa. Um dia como qualquer outro.

— Já chegou? — pergunto vinte minutos depois.

— Já passei adiante — responde Harris. Pelo som, vejo que ele está usando o viva voz. Impressionante, ele não tem medo de nada.

— Você deixou em branco, certo? — pergunto.

— Não, ignorei tudo o que discutimos. Tchau, Matthew. Ligue quando tiver notícias.

Quando ele está a ponto de desligar, ouço um clique ao fundo. A porta de Harris se abre.

— O serviço de entrega chegou — diz seu assistente.

Harris bate o telefone e se vai. O mesmo acontece com os recibos de táxi. De mim para o meu mentor, de Harris para o dele. Inclino-me em minha cadeira reclinável de vinil negro e não consigo evitar pensar em quem seria. Harris está no Congresso desde que se formou. Se ele é um especialista em algo, é em fazer amigos e contatos. Isso estreita a lista para alguns milhares de pessoas. Mas se está usando um serviço de entrega, aquilo está indo para fora do *campus*. Olho pela janela e tenho uma vista perfeita da cúpula do Capitólio. O campo se expande diante de meus olhos. Há ex-funcionários por toda a cidade. Firmas de advocacia... butiques de RP... e uma maioria de...

Meu telefone toca, e eu verifico a tela digital para ver quem está ligando.

...lobistas em ação.

— Oi, Barry — digo ao atender a chamada.

— Ainda está aí? — pergunta. — Ouvi dizer que vocês negociaram até às dez na noite passada.

— É esta época do ano — digo-lhe, imaginando onde conseguiu a informação. Ninguém nos viu sair na noite anterior. Mas este é Barry. Não enxerga, mas, de algum modo, vê tudo.

— Então, em que posso ajudar?

— Bilhetes, bilhetes e mais bilhetes. Neste domingo... o Redskins abre a temporada. Quer vê-los serem derrotados de um lugar no estádio obscenamente caro? Consegui o camarote privativo da indústria fonográfica. Eu, você, Harris... faremos uma pequena reunião.

Barry odeia futebol e não consegue ver um único jogo, mas isso não quer dizer que ele não goste das mordomias que acompanham esses lugares. Além disso, dá a Barry uma vantagem em sua permanente corrida com Harris. Nenhum dos dois admitiria isso, mas é um jogo nunca declarado que sempre jogaram. E, embora Barry possa nos arranjar um camarote no dia do jogo, Harris de algum modo conseguirá o melhor lugar ali. É típico do Congresso: muitos candidatos a presidentes em um mesmo lugar.

— Na verdade, isso parece ótimo. Já falou com Harris?

— Já — a resposta não me surpreende. Barry está mais perto de Harris. Sempre o chama primeiro. Mas isso não quer dizer que a recíproca seja verdadeira. Na verdade, quando Harris precisa de um lobista, ele põe Barry de lado e vai direto ao sujeito lá em cima.

— Então, como Pasternak o tem tratado? — pergunto, referindo-me ao chefe de Barry.

— Como crê que consegui os ingressos? — provoca Barry. Não é uma boa piada. Principalmente para Barry. Como o mais pobre associado de sua empresa, tem tentado sair fora há anos, motivo pelo qual está sempre pedindo a Harris para lhe jogar um bom osso. No ano passado, quando o chefe de Harris mudou de posição em relação a liberar o setor de telecomunicações da regulamentação governamental, Barry chegou a perguntar se poderia ser a pessoa escolhida para levar a notícia para as empresas de telecomunicação. *Nada pessoal*, disse Harris, *mas Pasternak tem prioridade*. Na política, como na máfia, os melhores presentes vão para os chefões.

— Mas que Deus o abençoe — acrescentou Barry falando do chefe. — O cara é um velho mestre. Não há o que argumentar quanto a isso. Como sócio fundador da Pasternak & Associados, Bud Pasternak é respeitado, bem relacionado e certamente um dos sujeitos mais gentis em Capitol Hill. Também foi o primeiro chefe de Harris — nos tempos em que Harris mexia com a máquina de assinar documentos — e foi a pessoa que deu a Harris sua primeira grande chance: escrever o primeiro esboço de um discurso de candidatura à reeleição do senador. Dali para a frente, Harris nunca mais mexeu com a máquina de assinar.

Observo as janelas em arco do Capitólio. Pasternak convidou Harris; Harris me convidou. Tem de ser isso, certo?

Converso com Barry mais uns quinze minutos para ver se consigo ouvir a chegada de algum mensageiro ao fundo. Seu escritório fica a apenas alguns quarteirões. O mensageiro não chega.

Uma hora e meia depois, há outra batida à porta. No momento que vejo o *blazer* azul e as calças cinza, pulo da cadeira.

— Imagino que seja Matthew — diz o mensageiro prognata de cabelos negros.

— Acertou — digo quando ele me entrega o envelope.

Ao abri-lo, olho rapidamente para meus três colegas de trabalho, sentados em suas respectivas mesas. Roy e Connor estão à minha esquerda. Dinah à direita. Os três têm mais de quarenta anos — os dois homens têm barbas professorais. Dinah tem uma imperdoável pochete com o logotipo do Smithsonian — são funcionários contratados por sua habilidade em orçamento.

Deputados vêm e vão. Democratas e republicanos também. Mas esses três ficam aqui para sempre. A mesma coisa acontece em todo comitê de dotação orçamentária. Com tantas mudanças de poder, não importando que partido está no comando, alguém precisa saber como governar. Este é um dos poucos exemplos de não-partidarismo em todo o Capitólio. Naturalmente, meu chefe odeia isso. Por isso, ao assumir o subcomitê, me pôs nesta posição para que eu cuidasse de seus interesses e vigiasse os outros. Mas ao abrir o envelope sem nada escrito, talvez sejam eles que estão de olho em mim.

Derramo o conteúdo do envelope em minha mesa e vejo a esperada pilha de recibos de táxi. Desta vez, porém, embora a maioria dos recibos esteja em branco, um está preenchido. A letra é evidentemente masculina: garranchos que não se inclinam para lado algum. A corrida marca um total de cinqüenta dólares. Irreal. Ainda no primeiro *round* e já chegamos a quinhentos dólares. Para mim, tudo bem.

Harris chama isso de Concurso de Mijo à Distância do Congresso. Eu chamo de Qual é a Música? Em todo o Capitólio, mensageiros da Câmara e do Senado entregam recibos de táxi em branco para as pessoas. Todos fazemos as nossas apostas e as passamos para quem quer que nos tenha convidado a jogar, que então as passa para seu padrinho, e assim por diante. Nunca conseguimos saber quão longe isso vai, mas sabemos que não é apenas uma única linha direta, o que demoraria muito. Em vez disso, a coisa é dividida em setores. Eu dou início ao nosso setor e o passo para Harris. Em algum outro lugar, outro jogador dá início ao seu setor. Pode haver quatro ramos. Ou quarenta. Mas o fato é que, em determinado momento, as diversas apostas voltam aos grandes mestres, que as recolhem, as unificam e reiniciam o processo.

Na última vez, apostei cem dólares. Agora, a aposta mínima é de quinhentos dólares. Estou a ponto de aumentá-la. Afinal, quem aposta mais alto "compra" o direito de se apropriar do objeto da aposta. Quem aposta mais alto tem de fazer a coisa acontecer — seja conseguir 110 votos no projeto de lei sobre o beisebol ou inserir um pequeno projeto de venda de terras no projeto de dotação orçamentária doméstica. Todos os outros que cobrem a aposta fazem o possível para que a coisa não aconteça. Se conseguir fazer a coisa acontecer, você fica com tudo, cada dólar apostado (menos uma pequena porcentagem para os grandes mestres, é claro). Se perder, o dinheiro é dividido entre todos os que estavam contra você.

Olho para o número do táxi no recibo de quinhentos dólares: *326*. Não me diz coisa alguma. Mas seja lá quem for esse 326, ele certamente acha que está em um bom caminho. Está errado.

Olho para o recibo em branco, com caneta a postos. Junto a *Número do táxi*, escrevo *727*. Junto a *Tarifa*, escrevo *$60,00*. Seiscentos, mais os $125,00 que apostei antes. Se a aposta subir muito, posso pular fora deixando o total da corrida em branco. Mas agora não é hora de recuar. É hora de vencer. Enfio todos os recibos dentro de um envelope que fecho e endereço a Harris. Em seguida, levo o envelope à recepção. O correio interno não demora a chegar.

O envelope seguinte só chega à minha mesa à uma e meia. O recibo para o qual estou olhando tem os mesmo garranchos de antes. O número do táxi é 326. A corrida, *$100,00*. Mil dólares exatos. É o que acontece quando a aposta está centrada em um assunto que pode ser decidido com um bom telefonema. Todos neste lugar acham que conseguem fazê-lo. E talvez até consigam. Mas ao menos desta vez, estamos na frente.

Fecho os olhos e calculo. Se eu for muito rápido, assustarei o 326. Melhor ir devagar e levá-lo junto. Com um floreio, preencho uma corrida de *$150,00*. Mil e quinhentos. E o taxímetro continua rodando.

Por volta de quinze para as três, o estômago ronca e já começo a me irritar. Mas ainda assim não vou almoçar. Em vez disso, devoro o último punhado de cereal que Roy esconde em sua mesa. O cereal não dura muito. Mas não me movo de onde estou. Estamos próximos de ganhar essa. De acordo com Harris, nenhuma aposta passou de mil e seiscentos dólares — e isso apenas porque tinha a ver com Teddy Kennedy.

— Matthew Mercer? — pergunta da porta um mensageiro com cabelo louro e bem aparado. Aceno para que o garoto entre.

— Está popular hoje — diz Dinah ao desligar o telefone.

— Culpe o Senado — digo-lhe. — Estamos em uma guerra de palavras, e Trish não apenas não acredita em fax, como também não escreve *e-mails* por achar que são fáceis demais para se encaminhar aos lobistas.

— Ela está certa — diz Dinah. — Garota esperta.

Virando minha cadeira o bastante para que Dinah não possa ver, abro o envelope e olho dentro dele. Juro, sinto meus testículos se contraírem. Não acredito. Não é a quantia, que chega a dois mil dólares. É o novo número do táxi: 189. A letra é atarracada. Há outro jogador no jogo. E claramente não se incomoda em perder algum dinheiro.

Meu telefone toca e eu praticamente pulo da cadeira. O identificador de chamadas diz que é Harris.

— Como estamos? — pergunta assim que atendo.

— Nada mal, embora ainda não a tenhamos fechado.

— Há alguém na sua sala? — pergunta.

— Com certeza — digo, mantendo as costas para Dinah. — E uma nova seção que nunca vi antes.

— Outro jogador? Que número?

— Cento e oitenta e nove.

— Esse foi o cara que ganhou ontem... na votação do projeto de lei sobre beisebol.

— Tem certeza?

É uma pergunta idiota. Harris vive e respira este negócio. Ele não se engana.

— Acha que devemos nos preocupar? — pergunto.

— Não, se você conseguir.

— Ah, mas eu vou conseguir — insisto.

— Então não se estresse. Quando muito, estou feliz — acrescenta Harris. — Com dois licitantes, o bolo fica ainda maior. E se ele ganhou ontem, estará convencido e descuidado. É a hora ideal de arriar-lhe as calças.

Assentindo para mim mesmo, desligo o telefone e olho para o recibo de táxi com a letra atarracada.

— Tudo bem? — pergunta Dinah de sua mesa

Escrevo o mais rapidamente possível e elevo a aposta a quatro mil dólares. Em seguida, enfio o recibo dentro do envelope.

— Sim — digo a mim mesmo enquanto me dirijo à caixa de saída na recepção. — Perfeito.

O envelope volta em uma hora, e peço ao mensageiro esperar para que o leve diretamente para Harris. Roxanne já entregou correspondência interna demais. Melhor variar para ela não desconfiar. Abro o envelope em busca do sinal de que temos o lance mais alto. Em vez disso, encontro outro recibo. Táxi número 189. Corrida de quinhentos dólares. *Cinco mil — mais tudo o que já apostamos.*

Durante um picossegundo, hesito, imaginando se é hora de parar. Então dou-me conta de que temos todos os ases do baralho. E os coringas. E os trunfos. O 189 pode ter dinheiro, mas temos todo o baralho. Ele não vai nos botar para correr.

Pego um recibo em branco do envelope e escrevo o número de meu táxi. No espaço junto a *Corrida*, escrevo *$600,00*. Esta é uma bela corrida.

Exatamente doze minutos depois de o mensageiro deixar meu escritório, o telefone toca. Harris acaba de receber o envelope.

— Tem certeza de que é uma boa idéia? — pergunta no instante em que atendo. Pelo eco, estou de volta ao viva-voz.

— Não se preocupe, estamos bem.

— Falo sério, Matthew. Não estamos brincando com dinheiro de Banco Imobiliário. Se somar as outras apostas, já passamos dos seis mil. E você agora quer acrescentar mais seis?

Quando falamos em limites na noite passada, disse a Harris que tinha um pouco mais de oito mil dólares no banco, incluindo todo o adiantamento do meu salário. Ele disse ter quatro mil no máximo. Talvez menos. Diferente de mim, Harris manda parte de seu pagamento para um tio na Pensilvânia. Seus pais morreram há alguns anos, mas... família é sempre família.

— Ainda podemos cobrir — digo.

— Isso não quer dizer que devamos apostar todas as nossas fichas.

— O que quer dizer?

— Nada — insiste Harris. — Só que... talvez seja hora de prender a respiração e sair fora. Não há motivo para arriscarmos todo o nosso dinheiro. Podemos apostar contra, e você se certifica de que o projeto nunca entre no orçamento.

É assim que funciona: se você não tem o maior lance, você e o restante dos que apostaram menos voltam-se para o outro lado e tentam evitar que aquilo aconteça. É uma ótima maneira de nivelar as desigualdades: a pessoa com a maior chance de fazer aquilo acontecer enfrenta um grupo que, uma vez combinado, tem muita força. Só há um problema.

— Você realmente quer dividir o bolo com todo mundo?

Ele sabe que estou certo. Por que dar isso de mão beijada para os outros?

— Se quiser diminuir o risco, talvez possamos convidar alguém mais — sugiro.

Harris faz uma pausa e pergunta a seguir:

— O que está dizendo?

Ele acha que estou tentando descobrir quem está acima dele na lista.

— Acha que é o Barry, não é? — pergunta.

— Na verdade, acho que é Pasternak.

Harris não responde e eu rio comigo mesmo. Pasternak pode ser a coisa mais perto de um mentor que ele possui, mas Harris e eu estamos juntos desde meu tempo de calouro. Não se pode mentir para velhos amigos.

— Não estou dizendo que você está certo — diz ele. — Mas, de qualquer modo, meu amigo não vai entrar nessa. Sobretudo tão em cima da hora. Quero dizer, mesmo assumindo que o 189 está associado com seu próprio mentor, ainda assim é um caminhão de dinheiro.

— E serão dois caminhões de dinheiro se ganharmos. Deve haver mais de vinte e cinco mil dólares neste bolo. Pense no cheque que você vai poder mandar para casa depois disso.

Nem mesmo Harris pode rebater essa.

Ouço um ruído na linha. Ele me tira do viva-voz.

— Só me diga uma coisa, Matthew: você realmente consegue fazer isso acontecer?

Fico em silêncio, pensando em cada possibilidade. Ele faz o mesmo, pensando em cada conseqüência. É o oposto de nossa dança tradicional. Pela primeira vez sou todo confiança, ele é todo preocupação.

— Então, você consegue fazer isso? — repete Harris.

— Acho que sim — digo.

— Não, não, não, não, não... esqueça "acho que sim". Não posso contar com "acho que sim". Estou perguntando como amigo, honestamente, sem babaquice. *Você consegue fazer isso?*

É a primeira vez que sinto um resquício de pânico na voz de Harris. Ele não tem medo de pular da borda de um precipício, mas, assim como qualquer político esperto, precisa saber o que tem no rio lá embaixo. O bom, neste caso, é que eu tenho o salva-vidas.

— Esse assunto é meu — digo. — A única pessoa mais perto é o próprio Cordell.

O silêncio indica que ele não está convencido.

— Você está certo — acrescento com sarcasmo. — É muito arriscado... devemos desistir agora.

O silêncio é ainda mais longo.

— Eu juro, Harris, Cordell não se incomoda com as sobras da mesa. É para isso que fui contratado. Não vamos perder.

— Jura?

Quando ele faz a pergunta, olho pela janela para a cúpula do Capitólio.

— Pela minha vida.

— Não se meta a melodramático comigo.

— Ótimo, então serei pragmático. Sabe qual é a regra fundamental da dotação orçamentária? Aquele que tem o ouro faz as regras.
— Temos o ouro?
— Temos.
— Está certo disso?
— Logo saberemos — digo com uma risada. — Então, está nessa?
— Você já preencheu o recibo, certo?
— Mas é você quem tem de enviá-lo.
Ouve-se outro ruído na linha. Estou de volta ao viva-voz.
— Cheese, preciso que entregue um envelope — grita para seu assistente.
Lá vamos nós. De volta à ativa.

O relógio marca 7:30 e ouço um leve bater à porta de meu escritório.
— A barra está limpa? — pergunta Harris, metendo a cabeça entre a porta e o batente.
— Entre — digo. Já que todos haviam ido embora, podíamos conversar em paz.
Quando ele entra no escritório, abaixa o queixo e me lança um leve sorriso. É uma expressão que não reconheço. Confiança renovada? Respeito?
— Você escreveu no próprio rosto — diz ele.
— O que está...
Ele sorri e bate com a ponta dos dedos no próprio rosto.
— Bochecha azul. Muito fino.
Lambendo os dedos, esfrego o resto de tinta do rosto e ignoro a piada.
— Por falar nisso, encontrei Cordell no elevador — diz ele, referindo-se ao meu chefe.
— Disse algo?
— Nada demais — brinca Harris. — Ele se sente mal por você ter apoiado a sua campanha e tê-lo levado a todos esses eventos ao longo de tantos anos sem saber que ele acabou se transformando

em um babaca. Então disse lamentar ter de abrir mão dos assuntos do meio ambiente em troca de qualquer coisa que o faça aparecer na TV.

— Gostei. Me alegro em saber que ele é grandioso o bastante para admiti-lo. — Meu rosto sorri, mas Harris sempre consegue ver mais fundo. Quando chegamos no Congresso, Harris acreditava nas matérias em debate. Já eu acreditava nas pessoas. Estas últimas são as mais perigosas.

Harris senta-se na borda da mesa, e sigo o seu olhar até a TV, que, como sempre, está sintonizada na C-SPAN. Enquanto houver sessão na Câmara, os mensageiros continuam trabalhando. E pelo que parece — com a deputada do Wyoming, Thelma Lewis, agarrada à tribuna e fazendo o maior alarde — tínhamos algum tempo. O tempo das montanhas, para ser preciso. Agora são 5:30 em Casper, Wyoming — hora do primeiro noticiário —, motivo pelo qual Lewis esperou até o fim do dia para fazer o seu grande discurso, e que leva os parlamentares do Novo México, Dakota do Norte, e Utah a fazerem fila atrás dela. Para que se esfalfar se não houver ninguém para ouvir?

— Democracia demográfica — murmuro.

— Se fossem espertos, esperavam mais meia hora — assinala Harris. — É quando os noticiários locais aumentam de audiência e...

Antes que ele pudesse terminar, ouviu-se um bater à porta.

— Matthew Mercer? — pergunta uma jovem mensageira com cabelo preto e franja aproximando-se com um envelope.

Harris e eu nos olhamos rapidamente. É isso.

Ela me entrega o envelope e eu me esforço para parecer calmo.

— Espere um pouco... você não é Harris? — diz ela abruptamente.

Ele não vacila.

— Perdão. Nós nos conhecemos?

— No treinamento... você fez um discurso.

Reviro os olhos. Nenhuma surpresa. Todo ano, Harris é um dos quatro funcionários que fala aos mensageiros durante seu treinamento. Para muitos, é um trabalho sacal. Mas não para Harris. Os outros três palestrantes falam monotonamente sobre a importância do governo. Harris lhes dá o discurso do vestiário do filme *Momentos decisivos* e diz para eles que estarão escrevendo o futuro. Todo ano, o fã clube aumenta.

— Foi realmente incrível o que você disse — acrescentou a mensageira.

— Mantenho cada palavra — diz Harris. E é verdade.

Não consigo tirar os olhos do envelope.

— Harris, devíamos realmente...

— Desculpe — diz a mensageira. Ela não consegue tirar os olhos dele. E não é por causa do discurso. Os ombros largos de Harris... a cova em seu queixo... até mesmo as suas bastas sobrancelhas negras — sempre foi um tipo clássico — como alguém que se vê em uma foto preto-e-branco da década de 1930, mas que de algum modo ainda parece bem hoje. Basta acrescentar os olhos verdes... ele nunca teve de se esforçar para isso.

— Olha... tudo de bom para você — acrescenta a mensageira, ainda olhando para ele enquanto sai.

— Para você também — diz Harris.

— Pode fechar a porta ao sair? — grito.

A porta se fecha com um estrondo, e Harris arranca o envelope de minhas mãos. Se estivéssemos na faculdade, eu me atracaria com ele e o pegaria de volta. Não mais. Hoje, há muito em jogo.

Harris mete o dedo sob a dobra e abre o envelope casualmente. Não sei como ele mantém a compostura. Meu cabelo louro já está encharcado de suor. Seus cachos negros estão secos como palha.

Procurando me acalmar, volto-me para a foto do Grand Canyon na parede. Na primeira vez que meus pais me levaram até lá, eu tinha quinze anos — e 1,83m. Quando olhei para baixo da borda sul do cânion foi a primeira vez em que me senti pequeno. Sinto-me da mesma maneira ao lado de Harris.

— O que diz? — pergunto.

Ele olha lá dentro e fica em completo silêncio. Se a aposta foi aumentada, deve haver um novo recibo de táxi ali dentro. Se somos os líderes, nosso velho pedaço de papel será tudo o que encontraremos. Tento ler o rosto dele. Não tenho uma pista. Ele está metido com política há muito tempo. A dobra em sua testa não treme. Seus olhos mal piscam.

— Não acredito nisso — diz finalmente. Ele segura o recibo de táxi com a mão.

— O que foi? — pergunto. — Ele aumentou? Ele aumentou a aposta, não foi? Estamos mortos...

— Na verdade — diz Harris, erguendo a cabeça para me encarar e erguendo lentamente a sobrancelha —, acho que estamos bem vivos.

Ele ergue o recibo de táxi como se fosse um distintivo de polícia. É a minha letra. Nossa velha aposta. Seis mil dólares.

Rio alto no momento em que a vejo.

— Dia do pagamento, Matthew. Agora, está pronto para dizer qual é a música?

5

— Bom dia, Roxanne — digo ao entrar no escritório no dia seguinte. — Tudo pronto?
— Como pediu — responde ela sem erguer a cabeça.

A caminho dos fundos da sala, encontro Dinah, Connor e Roy em suas mesas, já perdidos em meio aos seus papéis de trabalho e notas de reunião. Nesta época do ano, é tudo o que fazemos — construir o *Bebê de Rosemary* de vinte e um bilhões de dólares.

— Estão esperando por você na sala de reunião — diz Dinah apontando para lá.

— Obrigado — digo pegando meu livro de notas de cima da mesa e caminhando em direção à enorme porta bege. Uma coisa é apostar se consigo fazer esse item ser aprovado pelo pessoal do senado e entrar no orçamento. Outra coisa é fazer isso acontecer.

— Que bom que foi pontual — censura Trish assim que entro na sala.

Sou o último dos quatro cavaleiros a chegar. É intencional. Deixe-os pensar que não estou ansioso em relação à pauta. Como sempre, Ezra está ao meu lado na mesa oval. Trish e Georgia, que ocupam cargos equivalentes aos nossos no senado, estão do outro lado. Na parede da direita há uma foto em preto-e-branco de Ansel Adams, focalizando o Parque Nacional de Yosemite. A foto mostra a superfície do rio Merced dominada pelo pico nevado do Half Dome que se ergue mais adiante. Algumas pessoas precisam de café; eu preciso de paisagens. Como a foto do Grand Canyon em meu escritório. Aquela imagem me tranqüiliza instantaneamente.

— Então, algo de novo? — pergunta Trish, imaginando o que trago na manga.

— Não — respondo, fazendo o mesmo em relação a ela. Ambos conhecemos o tango da pré-conferência. Todos os dias há um novo projeto que um de nossos chefes "esqueceu" de incluir no projeto. Na semana passada, dei-lhe trezentos mil dólares para a proteção de peixes-boi na Flórida. Ela devolveu o favor dando-me quatrocentos mil dólares para financiar uma pesquisa sobre fungos tóxicos da Universidade de Michigan. Como resultado disso, o senador da Flórida e o deputado de Michigan agora têm algo de que se gabarem durante as eleições. Por aqui, os projetos são chamados de "imaculadas concepções". Favores políticos que — puft! — aparecem do nada.

Tenho uma lista mental de cada projeto — inclusive o da mina de ouro — que devo acrescentar ao projeto até a pré-conferência. Trish também. Nenhum de nós quer mostrar as cartas primeiro. Assim, durante duas horas, nos atemos à pauta.

— A biblioteca presidencial Franklin Delano Roosevelt — diz Trish. — O Senado destinou seis milhões. Vocês só destinaram quatro.

— Fechamos em cinco? — pergunto.

— Feito.

— Sobre a Filadélfia — digo. — As passarelas para o Independence Hall. Destinamos novecentos mil. O Senado, por alguma razão, zerou a verba.

— Isso foi para ensinar ao senador Didio a ficar de boca fechada. Ele sentou o pau em meu chefe na *Newsweek*. Não vamos engolir essa.

— Tem idéia de quão vingativos e infantis estão sendo?

— Nem metade do que eles foram com os transportes. Quando um dos senadores da Carolina do Norte aborreceu o presidente daquele subcomitê, cortaram os fundos da Amtrak de modo que os trens não parassem em Greensboro.

Balancei a cabeça. Devem adorar o pessoal do orçamento.

— Então, vão liberar o fundo integral para o Sino da Liberdade?

— Claro — diz Trish. — Viva a liberdade.

Por volta do meio-dia, Trish olha para o relógio, pronta para almoçar. Se ela planeja algo, está sendo muito discreta — motivo pelo qual, pela primeira vez hoje, começo a pensar se não deveria tomar a iniciativa.

— Nos encontramos de novo daqui a uma hora? — pergunta.

Meneio a cabeça e fecho meu fichário de três argolas.

— A propósito — acrescenta quando faço menção de voltar ao meu escritório —, há algo de que eu ia me esquecendo...

Paro imediatamente e volto-me, fazendo força para não rir.

— É sobre esse projeto sanitário em Marblehead, Massachusetts — diz Trish. — É a terra natal do senador Schreck.

— Ah, droga — rebato. — Isso me faz lembrar... quase esqueci daquela venda de terras para o Grayson que eu deveria pedir a você.

Trish inclina a cabeça como se acreditando no que eu digo. Faço o mesmo. Cortesia profissional.

— Quanto é o projeto sanitário? — pergunto, tentando não forçar demais.

— Cento e vinte mil. E quanto à venda de terra?

— Não custa nada... estão tentando comprar de nós. Mas o pedido vem de Grayson.

Ela mal se move ao ouvir o nome de Grayson. Se não me falha a memória, ela teve um problema com ele há alguns anos. Não foi legal. Dizem que ele lhe fez uma proposta indecorosa. Mas se ela quer vingança, não está demonstrando.

— O que há nestas terras agora? — ela pergunta.

— Poeira... cocô de coelho... coisas assim. O que eles querem é a mina de ouro no subterrâneo.

— Responsabilizam-se pela limpeza?

— Inteiramente. E uma vez que estão comprando a terra, na verdade estaremos *ganhando* dinheiro com isso. Estou lhe dizendo, é um bom negócio.

Ela sabe que estou certo. De acordo com a legislação atual, se uma empresa quiser cavar ouro ou prata em um terreno do governo, tudo o que tem a fazer é escrever uma solicitação e preencher alguns formulários. Depois disso, a empresa pode ficar com todo o resto de graça. Graças ao *lobby* dos mineradores — que conseguiram manter a mesma lei na constituição desde 1872 —, mesmo que uma empresa extraia milhões em ouro de uma propriedade do governo, ela não tem de dar ao Tio Sam uma única pepita em direito de exploração. E se eles comprarem a terra de acordo com as taxas antigas de mineração, terão de manter a terra depois de acabarem. Como disse Trish, que prevaleça a liberdade.

— E o que o Gabinete de Administração de Terras tem a dizer a respeito? — pergunta ela.

— Já aprovaram. Mas a venda está enrolada com burocracia... por isso querem aprovação para levar a coisa adiante.

Em pé, atrás da mesa oval, Trish move a mandíbula, tentando avaliar meu pedido. Sentindo-se como espectadores, Ezra e Georgia fazem o mesmo.

— Deixe-me ligar para o meu escritório — diz Trish afinal.

— Há um telefone na sala de reuniões — digo, apontando a porta ao lado para ela e Georgia.

Quando a porta se fecha atrás delas, Ezra recolhe seu bloco de anotações e diz:

— Acha que vão aceitar? — pergunta.

— Depende do quanto ela quer pelo seu projeto sanitário, certo?

Ezra meneia a cabeça, e eu me volto para a fotografia em preto-e-branco do Parque Nacional de Yosemite pendurada na parede. Seguindo os meus olhos, Ezra faz o mesmo. Olhamos silenciosamente para a imagem durante ao menos meio minuto.

— Não compreendo — deixa escapar Ezra afinal.

— O que não compreende?

— Ansel Adams... todo esse negócio de fotógrafo-cabeça. Quero dizer, tudo o que o cara fez foi tirar algumas fotografias em preto-e-branco de paisagens. Por que tanto barulho a respeito?

— Não é apenas a foto — explico. — É a idéia. — Com a mão aberta em direção à foto, circundo o pico nevado. — A mera imagem de um amplo espaço completamente vazio... Só há um lugar onde esta foto poderia ser tirada. Na América. E a idéia de proteger grandes extensões de terra do desenvolvimento de modo que as pessoas possam olhar e desfrutar daquilo é um ideal americano. Nós inventamos isso. França, Inglaterra... em toda a Europa, as pessoas pegaram os seus espaços abertos e construíram castelos e cidades. Aqui, embora certamente façamos a nossa parte no desenvolvimento, também reservamos grandes extensões de terra e as chamamos de parques nacionais. Quero dizer, os europeus dizem que a única forma de arte americana é o *jazz*. Estão errados. A majestade daquelas montanhas nevadas... isso é o John Coltrane das paisagens.

Ezra vira a cabeça ligeiramente para ver melhor.

— Ainda não consigo entender.

Voltando a cabeça, espero a porta lateral se abrir. Continua fechada. Começo a sentir gotas de suor pingando da axila sobre o lado de meu tórax. Trish está demorando muito.

— Você está bem? — pergunta Ezra, lendo a minha expressão.

— Sim... só está um pouco quente — digo, abrindo os primeiros botões da camisa. Se Trish está no jogo estamos em sérios...

Antes que eu termine o pensamento, a maçaneta gira e a porta se abre. Quando Trish volta à sala, tento ler a expressão em seu rosto. É como ler a expressão de Harris. Carregando seu fichário de três argolas como uma secundarista, ela joga o peso do corpo de uma perna para a outra enquanto eu mordo o interior da bochecha, tentando ignorar os números que passam pela minha mente. Doze mil dólares. Cada níquel do que economizei nos últimos anos. E o prêmio de vinte e cinco mil dólares. Tudo se resume a isto.

— Troco o projeto sanitário pela mina de ouro — diz Trish.

— Feito — rebato.

Ambos meneamos a cabeça para consumarmos o acordo. Trish sai para almoçar. Eu volto ao meu escritório.

De uma hora para outra, passamos a fazer parte do círculo de vencedores.

— Feito? — pergunta Harris, a voz esganiçada ao receptor.

— Feito — repito em meu escritório quase vazio. Todos estão almoçando a não ser Dinah, que, ávida por telefone como é, está falando com alguém. Ainda assim, tenho cuidado com o que digo. — Quando os parlamentares votarem a favor do projeto, o que sempre fazem já que vem repleto de benefícios para eles mesmos, estará tudo acabado.

— Tem certeza de que não haverá algum parlamentar durão que lerá o projeto e excluirá a mina de ouro? — pergunta Harris.

— Está brincando? Essa gente não lê. No ano passado, o projeto geral tinha mais de mil e cem páginas. Eu mal o li por inteiro, e esse é o meu trabalho. Mais importante, uma vez que o projeto sai da conferência, torna-se uma enorme pilha de papel coberta de notas em papel adesivo. Deixam algumas cópias no lado da Câmara e outras no Senado. É a única oportunidade que têm de examinar o orçamento, mais ou menos uma hora antes da votação. Confie em mim, até mesmo os Cidadãos Contra os Desperdícios do Governo... você sabe, aquele pessoal que descobre a verba de cinqüenta mil dólares financiada pelo governo para pesquisar suor aborígine... até mesmo eles só descobrem um quarto da gordura que metemos ali.

— Você realmente destinou cinqüenta mil dólares para estudar suor aborígine? — pergunta Harris.

— Não ria. Mês passado, quando os cientistas anunciaram um grande avanço na cura da meningite, adivinhe de onde veio esse avanço?

— Suor aborígine.

— Exato: suor aborígine. Pense nisso quando ler algo sobre carne de porco no jornal.

— Ótimo... vou ficar atento — diz Harris. — Agora, você está com o resto?

Metendo a mão no bolso do paletó de meu terno, tiro dali um envelope em branco, abro-o e, pela sétima vez naquele dia, olho para os dois cheques ali dentro. Um de $4.000, outro de $8.225. Um de Harris, o outro meu. Ambos ao portador. Completamente não rastreáveis.

— Bem aqui, diante de mim — digo enquanto fecho o envelope e o introduzo em um pacote pardo maior.

— Ainda não vieram buscar? — pergunta Harris. — Geralmente é ao meio-dia em ponto.

— Não se estresse... eles virão...

Ouve-se um pigarro educado quando a porta do escritório se abre.

— Procuro Matt... — diz um mensageiro afro-americano ao entrar.

— ...a qualquer momento — digo para Harris. — Tenho de ir... o dever me chama.

Desligo o telefone e aceno para que o mensageiro entre.

— Sou Matthew. Entre.

Somente quando o mensageiro se aproxima noto que ele está usando um terno azul em vez do *blazer* e calças cinza padrão. Esse sujeito não é um mensageiro da Câmara e, sim, do Senado. Até mesmo os mensageiros se vestem melhor por lá.

— Como está tudo? — pergunto.

— Bem. Só cansado de andar.

— É uma caminhada e tanto do Senado até aqui, hein?

— Eles me dizem onde ir. Não tenho escolha — diz ele sorrindo. — Agora, tem algo para mim?

— Bem aqui. — Fecho o envelope maior, escrevo as palavras *Particular* no verso e o estendo ao mensageiro. Diferente das outras visitas, desta vez ele não deixa nada. Veio pegar. No dia seguinte, os grandes mestres esperam que você cubra as apostas.

— Então, sabe para onde isso vai? — pergunto, sempre buscando informação suplementar.

— De volta à expedição — diz com um dar de ombros. — Eles pegam ali.

Quando ele segura o envelope, noto um anel de prata em seu polegar. E outro no indicador. Não creio que deixem mensageiros usarem jóias.

— Então, o que aconteceu com a raposa empalhada? — acrescenta, apontando para a estante com o queixo.

— É um furão. Cortesia da ANR.

— A... *o quê?*

— A ANR... você sabe, a Associação Nacional do Rifle...

— Sim, sim... não, pensei que tivesse dito outra — interrompe, passando a mão pelo cabelo carapinha. O anel do indicador reluz. Ele abre um sorriso cheio de dentes.

Sorrio de volta. Somente então dou-me conta de que estou entregando doze mil dólares a um completo estranho.

— Vê se te cuida — diz ele ao pegar o pacote e voltar-se para a recepção.

Ele desaparece porta afora. A aposta está oficializada. E lá fico eu olhando para a nuca de alguém. Não é uma sensação boa, e não apenas porque ele está levando cada dólar que ganhei e todas as economias de meu melhor amigo. É mais primal do que isso — algo que sinto na última vértebra de minha coluna. É como fechar um olho quando se está olhando uma imagem 3-D em um visor View-Master — nada de errado, necessariamente, mas também nada muito certo.

Olho para Dinah, ainda pendurada no telefone. Tenho mais meia hora antes de voltar à batalha com Trish. Tempo de sobra para uma corrida rápida até a expedição do Senado. Pulo da cadeira e contorno minha mesa às pressas. Se a curiosidade é boa o bastante para o gato, por que não seria para mim também?

— Onde vai? — grita Dinah enquanto corro para a porta.

— Almoço. Se Trish começar a encher o saco, diga-lhe que não demoro...

Ela me faz um sinal de "tudo bem", e eu saio correndo pela recepção. O mensageiro não tem nem trinta segundos de vantagem.

Ganho o corredor e dobro à direita em direção aos elevadores. Vejo-o uns trinta metros mais adiante. Seus braços balançam ao longo do corpo. Completamente despreocupado. Enquanto ele caminha pelo chão de *terrazzo*, imagino que está indo para o bonde subterrâneo que o levará de volta ao Capitólio. Para a minha surpresa, ele vira à direita e desaparece em um lance de escada. Mantendo distância, faço o mesmo e passo por uma dupla de policiais do Capitólio. À minha esquerda, os policias orientam os funcionários que chegam para que passem por uma máquina de raios X e um detector de metais. Bem à frente, a porta de vidro que leva à avenida Independence se fecha. Pelo subterrâneo é mais rápido. Por que saiu à rua?

Mas quando atravesso a porta e desço os degraus externos, a coisa começa a fazer sentido. A calçada está repleta de funcionários voltando do almoço. Aquele dia de setembro está nublado, mas ainda está quente. Se ele caminha pelos corredores o dia inteiro, talvez esteja apenas atrás de ar fresco. Além disso, há mais de um modo de ir ao Capitólio.

Continuo dizendo isso para mim enquanto o mensageiro desce o quarteirão. Cinco passos adiante, porém, mete a mão no bolso e tira dali um telefone celular. Talvez seja isso — melhor recepção do lado de fora —, mas enquanto aperta o aparelho contra o ouvido, faz a coisa mais estranha. Na esquina de Independence e South Capitol, tudo o que tem a fazer é virar à esquerda e atravessar a rua. Em vez disso, faz uma breve pausa... e vira à direita, *afastando-se* do Capitólio.

Meu pomo-de-adão salta em meu pescoço. O que diabos está acontecendo?

6

Na esquina de Independence e South Capitol, o mensageiro se volta para ver se não está sendo seguido. Me curvo por trás de alguns funcionários, mais uma vez amaldiçoando a minha estatura. O mensageiro não dá por mim. Estou muito atrás para que possa me ver. Quando volto a olhar, ele já dobrou a esquina.

Corro o máximo que posso atrás dele, os sapatos batendo contra o concreto. Aqui, a avenida Independence ergue-se ligeiramente. Isso não me detém.

Dobro a esquina e vejo que o mensageiro está na metade da South Capitol. É rápido. Mesmo estando ao celular, sabe para onde vai.

Sem ter certeza do que fazer, sigo o primeiro instinto. Saco o meu celular e ligo para Harris. Nada consigo além de ouvir uma mensagem gravada, o que quer dizer que ou ele está falando ao telefone ou almoçando. Ligo novamente, esperando que seu assistente atenda. Ele não atende.

Tento dizer a mim mesmo que aquilo ainda faz sentido. Talvez seja assim: a última transferência é feita para fora do *campus*. Deve haver algum lugar que serve como central. Quanto mais penso nisso, mais a coisa faz sentido. Mas não me faz sentir nem um pouco confortável. Ele está com o nosso dinheiro. Quero ver para onde vai.

No fim do quarteirão, o mensageiro entra na rua C e desaparece ao dobrar outra esquina. Eu o sigo, tratando de me ocultar por trás de cada funcionário que encontro pelo caminho. Qualquer coisa que me tire de seu raio de visão.

Quando ele dobra à direita na avenida Nova Jersey, estou a pelo menos 45 metros mais atrás. Ele ainda se move com rapidez, falando ao celular. A essa altura, os colegas funcionários e os prédios do Congresso já ficaram para trás. Estamos no setor residencial de Capitol Hill — casa de tijolos espremida ao lado de outra casa de tijolos. Caminho do outro lado da rua esburacada, fingindo procurar meu carro estacionado. É uma péssima desculpa, mas se ele se virar, ao menos não me verá. O único problema é que, quanto mais nos afastamos, mais a vizinhança muda ao nosso redor.

Em dois minutos, as casas de tijolos e as ruas orladas de árvores dão lugar a cercas gradeadas e garrafas quebradas espalhadas pelo chão de concreto. Um carro estacionado em lugar proibido tem uma trava de metal amarela no pneu dianteiro. Um jipe do outro lado da rua está com o pára-brisa traseiro quebrado. Há um buraco oval escuro ao centro do vidro estilhaçado. É uma das grandes ironias do Congresso: supostamente devíamos governar o país, mas não conseguimos dar conta nem da vizinhança.

Diagonalmente rua acima, o mensageiro ainda tem o celular apertado contra o ouvido. Está muito longe. Não consigo ouvir uma palavra do que diz. Mas atento para sua postura. Há um novo ritmo em seu caminhar. Seu corpo se inclina para a esquerda a cada passo. Tento imaginar o jovem educado que pigarreou polidamente ao entrar em meu escritório cinco quarteirões atrás. Não existe mais.

Em vez disso, o mensageiro caminha em um gingado, batendo com o envelope — recheado com nosso dinheiro — contra a coxa. Move-se sem qualquer hesitação. Para mim, esta é uma vizinhança perigosa. Para ele, é a sua casa.

Mais adiante, a rua ergue-se suavemente, e então volta a se nivelar, passando por baixo do elevado da I-395, que corre perpendicularmente acima de nossas cabeças. Quando o mensageiro se aproxima do elevado, ele volta a olhar para ver se alguém o está seguindo. Escondo-me por trás de um Acura negro, mas bato com o ombro no espelho lateral. Ouço um apito alto. *Oh, não.* Fecho os olhos com força quando o alarme do Acura explode como uma sirene de polícia.

Deitado no concreto, arrasto-me sobre os cotovelos até a frente do carro, rezando para que ele não pare de caminhar. Nesta vizinhança, os alarmes disparam todo o tempo. Deitado de bruços, apóio o peso do corpo sobre os cotovelos, que sinto estarem úmidos. O cheiro me diz que estou deitado sobre uma poça de graxa. Meu terno está arruinado. Mas este é o menor de meus problemas. Conto até dez e lentamente me arrasto até a calçada. O alarme ainda soa. Estou do lado do passageiro, a cabeça ainda abaixada. Da última vez que eu o vi, estava na diagonal rua acima. Levanto a cabeça e olho rapidamente. Não há ninguém ali. Viro a cabeça em todas as direções. O mensageiro se foi com o nosso dinheiro.

Em pânico, sinto-me tentado ao correr em direção ao elevado, mas vi filmes suficiente para saber que quando você começa a correr às cegas há sempre alguém esperando. Em vez disso, continuo oculto, subindo a rua agachado. Há carros bastantes ao longo da rua para me manterem oculto até o elevado, mas isso não me acalma nem um pouco. Meu coração bate forte no peito. Minha garganta está tão seca que mal consigo engolir. Carro por carro, avanço cuidadosamente até o elevado. Quanto mais me aproximo, mais ouço o rumor do tráfego na 395 — e menos escuto o que acontece diante de mim.

Ouço um ruído metálico à minha esquerda, e uma lata de cerveja vazia rola pela ladeira sob o elevado. Faço menção de correr, mas então escuto o bater de asas do pombo que pôs a lata em movimento. O pássaro voa sobre o elevado e desaparece no céu acinzentado. Mesmo com as nuvens, ainda está claro como se fosse meio-dia. Contudo, sob o elevado, as sombras são escuras como as de uma floresta.

Saio de trás de um Cutlass marrom, e a placa de *Proibido estacionar* rouba o último de meus esconderijos. Ao entrar sob o elevado, olho para as sombras lá em cima e tento me convencer de que não há ninguém ali. Ouço o zumbido do tráfego sobre a minha cabeça. Quando um carro passa sobre o elevado, é como se um enxame de abelhas estivesse passando por ali. Mas ainda estou sozinho aqui embaixo. Olho quarteirão abaixo, refazendo os meus passos. Não há ninguém. Ninguém além de mim. Estou em um lugar miserável. E ninguém sabe onde estou.

Será que sou louco? Volto-me e me afasto dali. Por mim, ele pode ficar com o dinheiro. Não vale tanto quanto minha vi...

Ouço um ruído abafado a distância. Como dados sobre um tabuleiro de jogo. Volto-me em direção ao som. Bem mais abaixo. Do outro lado do elevado. A princípio não vejo bem. Mas ouço o ruído novamente. Escondo-me por trás de um enorme pilar de concreto do elevado. Sobre a minha cabeça, as abelhas continuam a zumbir. Mas aqui embaixo, concentro-me no som de dados, ladeira abaixo do lugar onde estou. De meu ponto de vista, nada vejo ainda. Corro do pilar atrás do qual me escondia e me aprofundo sob o elevado, escondendo-me atrás de um pilar mais adiante. Outro dado corre pelo tabuleiro. Meto a cabeça para fora da coluna de concreto e olho. Do outro lado do elevado, há carros ao longo da rua. Mas o que observo não está diante de mim. Está bem à esquerda.

Quarteirão acima, um desnível na calçada conduz a uma entrada de veículos. Neste lugar, há um velho e enferrujado contêiner industrial. E bem ao lado, a fonte do ruído. Dados contra um tabuleiro. Ou pedrinhas chutadas pelo pé de alguém.

Mais adiante, o mensageiro sobe a entrada de automóveis com chão de cascalho e, em um rápido movimento, tira o paletó, a gravata, e os joga no contêiner aberto. Sem nem mesmo parar, volta à calçada, parecendo feliz por ter se livrado do traje. Não faz sentido.

Meu pomo-de-adão agora parece uma bola de tênis na garganta. O mensageiro deixa a entrada de veículos, novamente chutando pedrinhas. Enquanto sobe o quarteirão, volta a bater com o envelope contra a coxa. E pela primeira vez imagino se estou de fato olhando para um mensageiro.

Como pude ser tão estúpido? Nem mesmo perguntei-lhe o nome...
...o crachá! No paletó!

Meus olhos voltam-se para o contêiner, então de volta ao mensageiro. No fim do quarteirão, ele vira à esquerda e desaparece. Espero alguns segundos para ver se ele volta. Não volta. É a minha deixa. Mesmo com essa vantagem, ainda dá para alcançá-lo, mas antes disso...

Saio de trás do pilar, corro calçada abaixo e deixo o elevado para trás. Corro pela entrada de veículos e vou direto até o contêiner. É alto demais para eu poder olhar dentro dele. Até mesmo para mim. Do lado, há uma depressão profunda o bastante para eu poder apoiar o pé. Meu terno já está arruinado. Então vamos lá...

Com um impulso, subo até a borda do contêiner. Volto-me e meto uma perna lá dentro. É como a borda de uma piscina, embora mais suja. E com um fedor ácido nauseante. Olho ao redor uma última vez e vejo um edifício cor-de-rosa com um cartaz de néon onde se lê *Platinum Gentleman's Club*. Ninguém mais à vista. Nesta vizinhança, tudo acontece à noite.

Olho para a piscina de sacos de lixo e me jogo lá dentro.

Meus pés atingem os sacos plásticos. Espero um estalar. Em vez disso, ouço um esguichar. Meus sapatos enchem-se de um líquido que minhas meias sugam como uma esponja. Metido até a cintura dentro da lixeira, digo para mim mesmo que é apenas cerveja.

Abrindo caminho até o canto oposto do contêiner, mantenho os braços acima dos ombros, cuidando para não tocar em coisa alguma. Abro caminho em meio ao lixo, agarro o casaco azul-marinho, mantenho-o acima do nível de lixo e vou direto ao crachá.

Mensageira do Senado
Viv Parker

O que o nome de uma garota está fazendo no paletó de um rapaz? Tiro o crachá da lapela e olho para ver se há alguma marca nele. Nada. Apenas o plástico padrão...

Uma porta de automóvel bate ao longe. Volto-me para o ruído. Mas nada vejo além das imundas paredes interiores da lata de lixo. Hora de sair dali. Seguro o crachá com uma das mãos, jogo o paletó sobre o ombro e agarro a borda do contêiner com meus dedos longos. Um pequeno pulo me garante impulso suficiente para me projetar pela borda. Meus pés escorregam nas paredes internas, em busca de apoio. Com um impulso final, forço o estômago contra a borda. Ouço pneus cantarem a distância, mas não estou em condições de olhar para cima. Como um recruta tentando ultrapassar um obstáculo, volto-me à borda e caio com os pés no chão, ainda voltado para o contêiner. Quando meus pés tocam o cimento, ouço o ruído de um motor se aproximando. Dezenas de pedrinhas chocam-se contra o concreto. Está bem ali. Em direção à entrada de veículos. Pneus cantam novamente, e volto-me ao ouvir o som. Com o canto dos olhos, vejo a grade do carro vindo em minha direção. Direto em minha direção.

O Toyota negro me atinge nas pernas e me esmaga contra o contêiner. Minha cabeça é projetada para a frente e bate no capô do carro. Ouço um estalar muito alto, como um galho em uma fogueira. Minhas pernas quebram. Oh, Deus. Grito de dor. Meus ossos viram pó enquanto o carro empurra o contêiner para trás, metal contra metal, e eu no meio. Minhas pernas... meus quadris estão em chamas. Creio que se partiram em dois. A dor é intolerável... retiro o que disse. A dor se esvai. Tudo fica dormente. O tempo passa em câmera lenta. Meu corpo está em choque.

— Qual é o seu problema?! — uma voz masculina grita dentro do carro.

O sangue brota de minha boca, espalhando-se sobre o capô do Toyota. *Por favor, Deus. Não me deixe morrer...* Com o olho esquerdo nada vejo além de uma mancha vermelho-vivo. Reunindo forças, ergo a cabeça e olho pelo pára-brisa. Só há uma pessoa lá dentro... agarrada ao volante. O mensageiro que levou o nosso dinheiro.

— Tudo o que tinha a fazer era ficar sentado lá! — ele grita, batendo com o punho contra o volante. Ele grita algo mais, mas soa abafado... engrolado... como alguém berrando quando você está debaixo da água.

Tento limpar o sangue da boca, mas meu braço não se move. Olho através do pára-brisa para o mensageiro, sem saber ao certo há quanto tempo ele está berrando. Ao meu redor, tudo fica em silêncio. Tudo o que ouço é minha própria respiração entrecortada... um chiado úmido arrastando-se pela minha garganta. Tento dizer a mim mesmo que, enquanto eu estiver respirando, tudo estará bem, certo? Mas, como meu pai me disse em nosso primeiro acampamento, todo animal sabe quando está prestes a morrer.

Do outro lado do pára-brisa, o mensageiro engata a marcha a ré no carro. O Toyota move-se sob o meu peito. Meus dedos longos tentam agarrar os limpadores de pára-brisa... a grade do capô... qualquer coisa na qual se agarrar. Não tenho a menor chance. Ele acelera e o carro recua, tirando-me de cima do capô. Quando minhas costas se chocam contra o contêiner, as rodas do carro giram, lançando um tornado de pedrinhas e poeira contra meus olhos e minha boca. Tento me erguer, mas nada sinto. Minhas pernas não me sustentam e meu corpo cai no chão.

Mais adiante, o carro pára. Mas não se vai. Não compreendo. Com meu olho bom, olho através do pára-brisa e vejo o mensageiro balançar a cabeça, furioso. Ouço um leve clique metálico. Ele engata a primeira. Oh, Deus. Ele acelera e o motor ruge. Os pneus derrapam no cascalho. E a grade enferrujada do Toyota preto vem em minha direção. Imploro para que ele pare, mas nada sai de minha garganta. Meu corpo estremece, contorcendo-se ao pé do contêiner. O carro avança. P-perdão por tê-lo metido nisso, Harris... Rezando silenciosamente, fecho os olhos e tento imaginar o rio Merced no Parque Nacional de Yosemite.

7

— Como assim, morto? Como pode ter morrido?
— É o que acontece quando você pára de respirar.
— Sei o que quer dizer, seu babaca!
— Então não faça perguntas estúpidas.

O homem bem vestido afunda no assento e sente um forte aperto ao redor dos pulmões.

— Você disse que ninguém ia se ferir — gagueja, ansioso, desdobrando um clipe de metal e segurando o telefone com o queixo. — Foi o que você disse.

— Não me culpe — insistiu Martin Janos do outro lado da linha. — Ele seguiu o nosso rapaz fora do Capitólio. O garoto entrou em pânico.

— Isso não quer dizer que tinha de matá-lo!

— É mesmo? — perguntou Janos. — Então preferia que Matthew chegasse ao *seu* escritório?

Torcendo o clipe de papel ao redor do dedo, o homem não respondeu.

— Exato — disse Janos.

— Harris sabe? — perguntou o homem.

— Acabo de receber a notícia... Estou indo para lá agora mesmo.

— E quanto à aposta?

— Matthew já a introduziu no projeto... a última coisa esperta que o pobre rapaz fez na vida.

— Não deboche dele, Janos.

— Ah, agora está arrependido?

Uma vez mais, o homem se calou. No fundo do peito, sabia que lamentaria isso pelo resto de sua vida.

8

Em pé na entrada de veículos, Janos olhou para o corpo alquebrado de Matthew Mercer, tombado sem vida junto ao contêiner. Mais que tudo, Janos não conseguiu deixar de notar a estranha curvatura nas pernas de Matthew. E no modo como a sua mão direita ainda estava estendida para cima, tentando alcançar algo que jamais conseguiu pegar. Janos balançou a cabeça ao ver a cena. Tão estúpido e violento. Havia maneiras melhores de se fazer aquilo.

Enquanto o sol da tarde tocava o ponto calvo de sua cabeça agrisalhada, Janos meteu as mãos dentro dos bolsos de seu blusão azul e amarelo do FBI. Havia alguns anos, o Departamento de Justiça anunciou oficialmente que quase 450 pistolas, revólveres e rifles de assalto do FBI haviam desaparecido. Quem quer que tenha roubado as armas, certamente pensou que eram valiosas, refletiu Janos. Mas para ele, nem chegavam perto de valer tanto quanto um simples blusão, roubado quando a multidão celebrava um *homerun* durante o jogo dos Orioles. Nem mesmo a polícia do Capitólio pararia um amistoso agente vizinho do FBI.

— Onde esteve?— gritou uma voz atrás dele.

Olhando lentamente para trás, Janos não tem dificuldade para ver o Toyota preto e enferrujado. Com a grade incrivelmente dentada. Quando o carro estacionou junto ao meio-fio, Janos foi até o lado do motorista e debruçou-se à janela. Faltava o espelho lateral. Ele estalou a língua contra os dentes superiores, mas não disse palavra.

— Não olhe assim para mim — disse o jovem negro remexendo-se desconfortavelmente sobre a cadeira. A confiança que tinha como mensageiro se fora.

— Deixe-me perguntar uma coisa, Toolie: você se considera um sujeito esperto?

Travonn "Toolie" Williams assentiu, hesitante.

— S-sim... acho que sim.

— Por isso o contratamos, não foi? Para ser esperto? Fazer sua parte?

— Sim.

— Ou seja, por que mais contratar alguém com dezenove anos?

Toolie deu de ombros, sem saber como responder. Não gostava de Janos. Principalmente quando olhava assim para ele.

Janos olhou para Matthew através da janela oposta do carro. Então, voltou-se novamente para Toolie.

— V-você não disse que ele iria me seguir.... — gaguejou Toolie. — Eu não sabia que diabos fa...

— Pegou o dinheiro? — interrompeu Janos.

Toolie rapidamente alcançou no banco do passageiro o envelope que continha os dois cheques. Sua mão estava trêmula quando o entregou a Janos.

— Está tudo aí, como queria. Cheguei a evitar o escritório no caso de alguém me seguir.

— Isso certamente funcionou muito bem — disse Janos. — Agora, onde está o seu paletó?

Toolie voltou-se para o banco traseiro, pegou o terno azul-marinho. Janos notou que estava empapado de sangue, mas resolveu não perguntar. O mal já estava feito.

— Algo mais que eu deva saber? — perguntou Janos.

Toolie balançou a cabeça.

Janos meneou a cabeça levemente, então, deu um tapinha no

ombro de Toolie. As coisas estavam melhorando. Vendo a reação positiva, Toolie aprumou-se no banco do motorista e finalmente respirou. Janos meteu a mão no bolso do paletó e tirou dali uma caixa preta e larga, que parecia uma calculadora mais grossa.

— Já viu uma dessas? — perguntou Janos.

— Não, o que é isso?

Ao lado da caixa, Janos moveu um interruptor e um leve rumor eletrônico encheu o ar, algo como um rádio sendo ligado. Junto ao interruptor, rodou um sintonizador e duas agulhas com cerca de um centímetro e meio saltaram da base do aparelho. Pareciam pequenas antenas. O bastante para atravessarem a roupa, pensou Janos.

Segurando a caixa preta como se fosse um rádio transmissor, Janos levou o braço para trás e, em um movimento brusco, bateu com o aparelho no peito de Toolie.

— Ai! — gritou Toolie quando as pontas das duas agulhas feriram-lhe a pele. Com um empurrão violento, afastou Janos e o aparelho para longe de seu peito. — O que diabos está fazendo, seu babaca?

Janos olhou para a caixa preta e desligou o aparelho.

— Você verá...

Para a sua própria surpresa, Toolie emitiu um grunhido alto e involuntário.

Vendo o sorriso no rosto de Janos, Toolie olhou para o próprio peito. Abriu a camisa arrancando os botões e afastou o colarinho da camiseta até poder ver o próprio peito nu. Não havia marcas. Nem mesmo uma picada.

Por isso Janos gostava daquilo. Não deixava pistas.

Do lado de fora do carro, Janos olhou para o relógio. Treze segundos era o mínimo. Mas quinze era a média.

— O que está havendo?! — gritou Toolie.

— Seu coração está tentando bater 3.600 vezes por minuto — explicou Janos.

Enquanto Toolie agarrava o lado esquerdo do próprio peito, Janos inclinou a cabeça para o lado. Sempre agarravam o lado esquerdo, mesmo o coração não estando ali. Mas todo mundo se engana. Ali é apenas onde o sentimos bater. Na verdade, como Janos sabia muito bem, o coração ficava bem no centro do peito.

— Vou matá-lo! — explodiu Toolie. — Vou matá-lo, seu filho da...

A boca de Toolie se abriu, e todo o seu corpo tombou contra o volante como uma boneca de pano, como um fantoche quando tiramos a mão de dentro dele.

Quinze segundos cravados, pensou Janos, admirando o aparelho feito em casa. Incrível. Uma vez que se usa corrente alternada para fibrilar o coração, tudo o que se precisa é de oito pilhas AA e um transformador barato da Radio Shack. Ligando o interruptor, você converte 12 volts de corrente contínua em 120 volts de corrente alternada. Acrescente duas agulhas separadas uma da outra a uma distância que as posicione em cada lado do coração, e... zap!... eletrocussão instantânea. A última coisa que um legista vai olhar. E mesmo que o faça, uma vez que você entre e saia rápido o bastante para evitar queimaduras causadas pela eletricidade, não há o que encontrar.

Janos tirou duas luvas de borracha do bolso de suas calças, vestiu-as e cuidadosamente olhou ao redor. Cercas... outros carros... contêiner... clube de *strippers*. Tudo limpo. Ao menos Toolie escolheu a vizinhança ideal. Ainda assim, era sempre melhor sair dali o mais rapidamente possível. Abrindo a porta do motorista, Janos agarrou a nuca de Toolie com força e, em um empurrão brusco, esmagou o rosto do rapaz contra o volante. Então ele o puxou de volta e repetiu o movimento. E novamente... até o nariz de Toolie se abrir e o sangue começar a fluir.

Deixando a cabeça de Toolie repousar novamente sobre o encosto, Janos virou o volante levemente para a direita. Inclinou-se dentro do carro, apoiando o cotovelo em um dos ombros de Toolie, e olhou através do pára-brisa — apenas para se certificar de que estava perfeitamente alinhado.

De volta ao contêiner, encontrou um pedaço de tijolo quebrado, que levou até o carro. Mais do que o peso necessário. Então, engatou o Toyota em ponto morto, abaixou-se sob o painel e usou o pedaço de tijolo para pressionar o acelerador. O motor acelerou, descontrolado. Janos deixou-o ganhar giros durante alguns segundos. Sem velocidade, não daria certo. *Quase lá,* disse para si mesmo... O carro tremia, quase derrubando Toolie. Perfeito, pensou Janos. Em seguida, engatou a primeira, afastou-se e deixou que sua pontaria fizesse o resto. Os pneus cantaram. O carro avançou como uma pedra de estilingue sobre o meio-fio... saiu da rua... e bateu de frente em um poste telefônico.

Mal parando para ver o resultado, Janos voltou ao contêiner e ajoelhou-se junto ao corpo já pálido de Matthew. Janos tirou quinhentos dólares da própria carteira, enrolou-os e meteu-os no bolso da frente do morto. Aquilo explicaria o que ele fazia na vizinhança. Jovens de terno geralmente vinham até ali atrás de drogas. Com dinheiro em cima, a polícia iria saber que não fora uma desova. E com o carro amassado ao redor do poste telefônico, o quadro se esclareceria. O jovem fora atropelado na calçada. O motorista entrara em pânico e, ao fugir, fizera o mesmo estrago consigo mesmo. Ninguém a quem perseguir. Ninguém a investigar. Apenas outro atropelamento seguido de fuga.

Janos discou um número em seu celular e esperou o chefe atender. Sem dúvida, era a pior parte de seu trabalho. Fazer o relatório. Mas é isso o que acontece quando se trabalha para outra pessoa.

— Tudo limpo — disse Janos enquanto se abaixava para tirar o tijolo de dentro do carro.

— Então, vai para onde agora?

Limpando as mãos, Janos olhou para o número ao lado do nome de Harris.

— Edifício Russell. Sala 427.

9

Harris

— Tudo certo? — Harris, tem certeza de que isso é certo? — pergunta-me o senador Stevens.

— Absolutamente — respondo, verificando a lista pessoalmente. — Edward... não Ed... Gursten... marido de Catherine. De River Hills. O filho chama-se Dondi.

— Dondi?

— Dondi — repito. — Você conheceu Edward no ano passado, voando de primeira classe.

— É ele um Americano Orgulhoso?

Americano Orgulhoso é o código do senador para definir alguém que faz doações acima de dez mil dólares.

— Extremamente orgulhoso — digo. — Está pronto?

Stevens meneia a cabeça.

Disco o último número e pego o fone. Se eu fosse novato, diria: *Olá, Sr. Gursten, sou Harris Sandler... chefe de equipe do senador Stevens. O senador está aqui e deseja falar-lhe...* Em vez disso, estendo o aparelho para o senador assim que Gursten atende. O sincronismo é perfeito e dá um belo toque à chamada. O doador pensa que o próprio senador ligou, o que instantaneamente os faz parecerem velhos amigos.

Enquanto Stevens se apresenta, jogo uma peça de hamachi na boca. Sushi e solicitações: um típico almoço à Stevens.

— Então, Ed... — diz Stevens enquanto balanço a cabeça. — Onde esteve nos meus últimos doze vôos? Está de volta à classe econômica? — é uma conversa fiada, mas ainda funciona como um sonho. As chamadas pessoais de um senador sempre atingem o alvo. E quando digo *alvo*, quero dizer *a carteira*.

— Esteve aqui? Em D.C.? — pergunta Stevens. — Da próxima vez que vier, me ligue para tentarmos almoçar.

Tradução: *Não há a menor possibilidade de almoçarmos. Se você tiver sorte, teremos cinco minutos juntos. Mas se não fizer sua doação este ano, talvez só consiga um funcionário veterano e algumas entradas para galerias de arte.*

— ...vamos fazê-lo entrar no Capitólio... vamos nos certificar de que não tenha de esperar naquelas filas...

Meu pessoal o conduzirá em uma excursão interna igualzinha à que é reservada ao grande público, mas você se sentirá bem mais importante assim...

— Quero dizer, temos de cuidar dos amigos, certo?

Quero dizer, que tal contribuir com algum dinheiro?

Stevens desliga o telefone com uma promessa verbal de que "Ed" irá contribuir com quinze mil dólares. Passo o peixe cru ao senador e disco o número seguinte.

No passado, o dinheiro para a política vinha de poderosos protestantes brancos anglo-saxões que se podia encontrar em jantares em salões suntuosos. Hoje, vem de uma lista de telefones em uma sala iluminada com luzes fluorescentes bem em cima de um *sushi-bar* da avenida Massachusetts. O escritório tem três mesas, dois computadores e dez linhas telefônicas. Dinheiro velho contra *marketing* novo. Não chega nem perto. Não há um parlamentar no Congresso que não faça essas ligações. Alguns dedicam três horas por dia. Outros, como Steven, três horas por semana. Ele gosta de seu trabalho. E dos benefícios que lhe traz. E ele não quer perdê-los. É a primeira regra da política: você pode fazer tudo o que quiser, mas se não levantar grana, não o fará durante muito tempo.

— Quem é o próximo? — pergunta Stevens.
— Virginia Rae Morrison. Você a conhece de Green Bay.
— Estudamos juntos?
— Ela era sua vizinha quando você tinha nove anos — explico, lendo a lista. A lei federal proíbe que você faça levantamento de verbas usando uma instalação ou um telefone governamental — motivo pelo qual, tão perto das eleições, metade do Congresso deixa o Capitólio para ligar de outro lugar. A maioria dos parlamentares republicanos e democratas anda três quarteirões para ligar dos quartéis-generais de campanha. Os parlamentares mais espertos contratam um consultor especialista em captação de recursos para ajudar a montar um banco de dados pessoal de patrocinadores confiáveis e doadores em potencial. Apenas uma dúzia de parlamentares beijam o anel e contratam Len Logan, um especialista em captação de recursos tão organizado que a seção de "comentários" de sua lista tem detalhes como: "ela acaba de fazer um tratamento para câncer de mama."

— Oba, oba... já sei o que dizer — diz Stevens enquanto o telefone toca no meu ouvido.

— Alô? — atende uma voz feminina.

O senador me passa o *sushi*, eu lhe entrego o aparelho. Agimos com a suavidade de um balé.

— Olá, Virginia, como está minha lutadora predileta?

Meneio a cabeça, impressionado. Não se apresente se supostamente são velhos amigos. Enquanto Stevens passeia durante dois minutos pela calçada da memória, um de meus dois celulares vibra em meu bolso. O que está no bolso direito é pago pelo Senado. O da esquerda é pago por mim. Público e privado. De acordo com Matthew, em minha vida não há distinção. O que ele não compreende é que, se você ama o seu trabalho como eu, não deve haver.

Olhando para ver se Stevens ainda estava ocupado, meto a mão no bolso da esquerda e olho para a tela do celular. *Identidade bloqueada*. É alguém que conheço.

— Harris — atendo.

— Harris, é Cheese — diz meu assistente, a voz trêmula. Já não gosto do tom de sua voz. — E-eu não sei como... Foi o Matthew.

— Matthew o quê?

— Foi atropelado — diz Cheese. — Está morto. Matthew morreu.

Cada músculo de meu corpo fica flácido e sinto como se minha cabeça tivesse saído de cima de meus ombros.

— O quê?

— Estou dizendo o que ouvi.

— De quem? Quem disse isso? — pergunto em busca da fonte.

— O primo de Joel Westman, que trabalha na polícia do Capitólio. Ao que parece, alguém no escritório de Carlin esqueceu o passe de estacionamento e teve de estacionar do lado de fora, próximo ao bairro das *strippers*. Ao voltar, viu os corpos...

— Havia outros mortos?

— Aparentemente, o cretino que o atropelou entrou em pânico e fugiu. Bateu de frente em um poste e morreu na hora.

Ergo-me de um salto e levo a mão à cabeça.

— Não consigo acreditar... Quando foi isso?

— Não tenho idéia — gagueja Cheese. — Eu só... eu soube por telefone. Dizem que Matthew talvez estivesse tentando comprar drogas, Harris.

— Drogas? Nem pensar...

O senador olha para mim, imaginando o que há de errado. Fingindo não perceber, faço aquilo que nunca se deve fazer a um senador. Dou-lhe as costas. Não me importo. É Matthew... meu amigo...

— Tudo bem? — chama o senador enquanto tropeço em direção à porta.

Sem responder, abro a porta e saio correndo. Direto pela escadaria.

— A parte esquisita é que um sujeito do FBI esteve aqui procurando você — acrescenta Cheese.

As paredes da escadaria parecem se fechar sobre mim. Agarro a gravata, incapaz de respirar.

— Como?

— Disse que tinha algumas perguntas a fazer — explica Cheese. — Quer falar com você o quanto antes.

Minha mão suada desliza pelo corrimão e minhas pernas cedem. Escorrego dos últimos degraus. Um apoio bem localizado evita a queda.

— Harris, você está aí? — pergunta Cheese.

Pulo os três últimos degraus e saio ao ar livre em busca de ar puro. Isso não ajuda. Não com meu amigo morto. Meus olhos se enchem de lágrimas e as palavras ricocheteiam em meu crânio. Meu amigo está morto. Não posso acreditar que ele...

— Harris, fale comigo — acrescenta Cheese.

Cerro os dentes e tento conter o choro. Não funciona. Olhando para a rua, procuro um táxi. Nada à vista. Sem nem pensar, começo a correr quarteirão acima. Na Union Station, a fila de táxis está muito comprida. Não tenho tempo a perder.

— Harris... — pergunta Cheese pela terceira vez.

— Só me diga onde foi.

— Escute, não faça nada impensado...

— *Onde aconteceu o maldito acidente?*

— N-na Nova Jersey. Perto do clube de *strip-tease*.

— Cheese, ouça-me. Não diga a ninguém o que aconteceu. Isso não é fofoca de escritório... é um amigo. Compreende?

Antes que ele possa responder, desligo o telefone, dobro a esquina e começo a andar rapidamente. Meu andar se transforma em corrida. Minha gravata bate em meu ombro, levada pelo vento. Um nó ao redor do pescoço. Quem me dera.

Correndo em direção ao viaduto da avenida Nova Jersey, vejo luzes de giroscópios a distância. Mas no momento que me dou conta que são amarelas em vez de vermelhas, sei que cheguei tarde demais. Ouço bater a porta do lado do motorista de um caminhão-guincho, e o motor ganha vida. Na traseira do caminhão está um Toyota preto com a frente batida. O motorista acelera e o caminhão-guincho move-se em direção ao sudoeste de D.C.

— Espere! — grito, correndo atrás dele quarteirão acima. — *Por favor, espere!* — Não consigo. Não sou tão rápido. Mas na traseira do caminhão, a frente do Toyota ainda está voltada para mim. Continuo correndo a toda, olhando fixamente para a grade, que debocha de mim com um sorriso diabólico. É um sorriso recurvo, com uma depressão no lado do motorista. Como se tivesse batido em algo. Então vejo o borrão escuro na grade. Não bateu em algo. Bateu em alguém.

Matthew...

— Espere... *espeeereee!* — grito até minha garganta começar a arder. Ainda assim, a dor não passa. Nada a faz passar. É como um saca-rolhas no peito, que aperta a cada segundo. Ainda corro o mais que posso, olhando ao redor em busca de algo... qualquer coisa que faça sentido. Nada faz. Os meus dedos dos pés se encrespam. Meus pés doem. E o saca-rolhas continua a apertar.

O caminhão de reboque lança uma nuvem negra pelo cano de descarga e some quarteirão acima. Fico sem fôlego pouco antes de chegar ao acesso de veículos onde o caminhão recolheu o Toyota.

Há duas semanas, um entregador asiático de dezessete anos foi vítima de um atropelamento seguido de fuga a alguns quarteirões de minha casa. Os policiais mantiveram o lugar isolado com fitas durante quase seis horas, de modo a recolher amostras de tinta de outros carros nos quais o veículo colidiu. Curvado e encharcado de suor, olho para cima e para baixo no quarteirão. Não há sinal de fita de isolamento em lugar algum. Quem quer que tenha trabalhado na cena do crime... quem quer que a tenha investigado... encontrou todas as respostas de que precisava. Sem suspeitos. Sem pontos obscuros. Nada com o que se preocupar.

Perdido e confuso, chuto um seixo que atravessa a rua e choca-se contra o meio-fio próximo ao poste telefônico. O vidro das lanternas dianteiras está espalhado pelo chão e há alguns tufos de grama arrancados no lugar onde rebocaram o carro. Afora isso, o poste está intacto. Olho para cima. Talvez esteja inclinado uns dez graus.

Não é difícil seguir o trajeto do veículo. Marcas de pneu no chão de cascalho mostram-me onde as rodas do Toyota começaram a girar. Dali, a trilha segue o acesso de veículos acima terminando diante de um contêiner de lixo.

Chuto outra pedra que, ao atingir o contêiner faz um som metálico diferente. Oco. Completamente vazio.

Há uma depressão à base do contêiner, e uma poça escura bem abaixo. Digo a mim mesmo para não olhar, mas... tenho de fazê-lo. Abaixo o queixo e olho, hesitante. Espero ver sangue. Mas não é. É preto. Apenas uma mancha preta. Tudo o que resta.

Meu estômago se revolve e sinto um gosto ácido na garganta. Trinco os dentes para evitar o vômito. Minha cabeça volta a se soltar dos ombros e eu cambaleio para trás, em busca de equilíbrio. Não consigo. Caio com a traseira sobre o chão de cascalho e machuco minhas mãos nas pedras. Juro, não consigo me mover. Viro de lado, mas acabo voltando-me para a depressão à base do contêiner. E para a mancha negra. E para o cascalho ao redor. Não estou certo de por que vim até aqui. Pensei que me faria sentir melhor. Não faz. Com o rosto rente ao chão, vejo um espaço estreito sob o contêiner. Se eu fosse pequeno o bastante, eu me esconderia ali, metido atrás de papéis de chiclete, garrafas vazias de cerveja e... há algo claramente fora de lugar... Foi realmente enfiado ali. Só o percebo quando o sol incide diretamente sobre o objeto.

Virando a cabeça de lado, meto a mão sob o contêiner e tiro dali um crachá de plástico azul com letras brancas:

Mensageira do Senado
Viv Parker

Fico boquiaberto. Meus dedos ficam dormentes. Há terra sobre as letras, mas eu a retiro. O crachá brilha: não está aqui há muito tempo. Olho novamente para a depressão e para a mancha escura. Talvez apenas algumas horas.

Ai, droga.

Só haveria um motivo para Matthew interagir com um mensageiro do Senado. Hoje era o dia. Nossa maldita e estúpida aposta... se estavam ambos aqui, talvez alguém... o telefone toca no meu bolso e eu pulo para trás ao sentir a vibração em minha perna.

— Harris — atendo.

— Harris, é Barry... onde você está?

Olho para o terreno vazio, e me pergunto o mesmo.

Barry pode ser cego, mas não é estúpido. Se está ligando para mim, ele...

— Acabo de saber do Matthew — diz Barry. — Não posso crer. Estou... Lamento muito.

— Quem contou?

— Cheese. Por quê?

Fecho os olhos e amaldiçôo meu assistente.

— Harris, onde você está? — repete Barry.

É a segunda vez que pergunta. Só por causa disso, não vou responder.

Eu me levanto e limpo a poeira das calças. Minha cabeça ainda gira. Não posso fazer isso agora, mas... tenho de fazê-lo. Preciso saber quem mais sabe.

— Barry, você contou isso para alguém?

— Ninguém. Quase ninguém. Por quê?

Ele me conhece bem.

— Nada — digo. — E quanto aos colegas de trabalho de Matthew... já sabem?

— Na verdade, foi com eles que falei. Liguei para dar a notícia, mas Dinah... Trish do Senado... já sabiam. De algum modo, souberam primeiro.

Olho para o nome do mensageiro no crachá em minha mão. Durante todo o tempo, pouco importava contra quem estávamos apostando. Essa era a graça da coisa. Mas agora, tenho a impressão de que é a única coisa que importa.

— Barry, tenho de ir.

Aperto o botão END e disco outro número. Mas antes que eu consiga terminar, ouço um ranger de cascalho atrás do contêiner. Corro até lá, mas não vejo ninguém.

Mantenha a calma, digo para mim mesmo.

Respiro profundamente e deixo o ar preencher meu abdome. Exatamente como fazia meu pai quando chegavam as contas. Meus dedos voltam ao teclado. Hora de ir à fonte. E quando se trata do jogo, a única fonte que tenho é a pessoa que me colocou nele.

— Escritório de Bud Pasternak, em que posso ser útil? — atende uma voz feminina. Pasternak é o chefe de Barry. Meu mentor.

— Melinda, sou eu. Ele está?

— Lamento, Harris. Reunião telefônica.

— Não consegue tirá-lo de lá?

— Não dessa.

— Ora vamos, Melinda...

— Nem tente jogar charme, querido. Está tratando com um grande cliente.

— Quão grande?

— Rima com *Bicrosoft*.

Atrás de mim, ouço outro ranger de cascalho. Volto-me para ver de onde vem o som. Terreno acima, atrás de uma moita.

É isso. Vou embora.

— Quer deixar recado? — pergunta Melinda.

Não a esse respeito. Matthew... o FBI... é como uma onda se formando sobre a minha cabeça, pronta para estourar.

— Diga-lhe que vou passar aí.

— Harris, você não vai interromper esta reunião...

— Nem pensei nisso — digo ao desligar o telefone. Corro em direção ao viaduto. Fica a apenas algumas quadras da rua Um. Sede da Pasternak & Associados.

10

— Prazer em vê-la — disse Janos ao entrar no saguão da Pasternak & Associados e acenar brevemente para a guarda de segurança.

— Poderia assinar aqui, por favor? — pediu a guarda, apontando para o livro aberto em sua mesa.

Janos parou e voltou-se para a guarda. Não era hora de criar caso. Melhor ficar quieto.

— Claro — respondeu ao se aproximar da mesa. Pegou a caneta e assinou o nome *Matthew Mercer* na folha de entrada.

A guarda viu as letras *FBI* no blusão azul e amarelo de Janos. Para encerrar o assunto, Janos rapidamente mostrou um distintivo de xerife que comprou em uma loja de artigos militares de segunda mão. Quando Janos olhou-a, a guarda voltou-se para outro lado.

— Belo dia lá fora, hein? — disse a guarda, olhando através do enorme painel de vidro do saguão.

— Está mesmo — comentou Janos ao se encaminhar para os elevadores. — Bonito como um pêssego.

11

— Prazer em vê-la, Barb — digo após entrar no saguão da Pasternak & Associados e lançar um beijo para a guarda de segurança.
Ela agarra o beijo no ar e o atira de lado. Sempre a mesma piada.
— Como vai Stevens? — pergunta ela.
— Velho e rico. Como... como vai seu marido?
— Esqueceu o nome dele, não é?
— Desculpe — gaguejo. — Uma daquelas tardes.
— Todos as têm, meu bem.
Não me faz sentir nem um pouco melhor.
— Está aqui para ver o Barry?
Meneio a cabeça e o elevador chega. Barry trabalha no terceiro andar. Pasternak, no quarto. Ao entrar, aperto o botão do 4. No momento em que as portas se fecham, encosto-me na parede dos fundos do carro. Meu sorriso se esvai, meus ombros caem. Em meu bolso, apalpo o crachá do mensageiro. O elevador sobe até o último andar.

As portas se abrem no quarto andar e eu saio no moderno corredor. A luz vem de refletores ocultos em nichos no teto. Há uma recepcionista à minha direita. Vou para a esquerda. A assistente de

Pasternak nunca me deixaria passar. Não tenho escolha a não ser contorná-la. O corredor termina em uma porta de vidro opaco com um teclado numérico. Vi Barry digitar ali centenas de vezes. Teclo o código, as trancas destravam e eu entro. Apenas um outro lobista trabalhando.

Decorada como um escritório de advogados mas com um pouco mais de atitude, os corredores de Pasternak & Associados estão cobertos de fotos em preto e branco da bandeira americana tremulando sobre o Capitólio, a Casa Branca e cada monumento da cidade — qualquer coisa para demonstrar patriotismo. A mensagem para clientes em potencial é clara: os lobistas de Pasternak seguem o sistema — e trabalham nele. O trabalho nas internas definitivamente.

Sem perda de tempo, evito todos os escritórios e viro à direita em direção aos fundos, além da copa. Se tiver sorte, Pasternak ainda estará na sala de reunião, longe de seu...

— Harris? — chama uma voz atrás de mim.

Volto-me com um sorriso falso nos lábios. Para minha surpresa, não reconheço o rosto.

— Harris Sandler, certo? — pergunta o sujeito de novo, evidentemente surpreso. Sua voz range como uma madeira solta no chão e seus olhos verdes e intimidadores fecham sobre mim como uma armadilha para urso. No entanto, a única coisa que me chama atenção é o blusão azul e amarelo do FBI que ele veste.

— Podemos falar um instante? — pergunta apontando para a sala de reunião. — Prometo... só vai levar um segundo.

12

— Eu o conheço? — pergunto, em busca de informações. O homem com blusão do FBI também sorri com falsidade e passa a mão pelo cabelo grisalho. Conheço esse gesto. Stevens o faz quando se encontra com eleitores. Pobre tentativa de esquentar as coisas.

— Harris, talvez possamos conversar em algum lugar?

— E-eu devo me encontrar com Pasternak.

— Eu sei. Parece que ele é um bom amigo seu. — Sua linguagem corporal muda de modo imperceptível. Ele está sorrindo, mas seu queixo aponta para mim. Vivo de fazer política. A maioria das pessoas não perceberia. Eu sim.

— Agora, gostaria de ter essa discussão na sala de reunião ou prefere conversar em frente de toda a empresa? — ele pergunta. Para reforçar o que diz, acena para um senhor ruivo que entra na copa para tomar café. Falando sem nada dizer. Seja lá quem for esse cara, seria um grande parlamentar.

— Se é sobre Matthew...

— É sobre algo mais que Matthew — interrompe. — O que me surpreende é Pasternak tentar manter o seu nome fora disso.

— Não sei do que está falando.

— Por favor, Harris... até mesmo um sujeito que não soubesse jogar apostaria contra.

A referência é sutil como uma bala de canhão contra o meu peito. Ele não apenas sabe sobre Matthew. Ele sabe do jogo. E quer que eu saiba disso.

Olho friamente para ele.

— Pasternak está na sala de reunião?

— Por aqui — diz ele, apontando para o corredor como um requintado gerente de hotel. — Você primeiro...

Vou na frente. Ele me segue bem atrás.

— Parece que se conhecem há muito tempo — diz ele.

— Eu e Pasternak ou eu e Matthew?

— Os dois — diz ele ajeitando uma foto em preto-e-branco da Suprema Corte pendurada na parede. Ele faz perguntas, mas não se incomoda com as respostas.

Olho por cima de meu ombro para vê-lo melhor. Blusão... calças cinza... e sapatos marrons de couro de bezerro. A marca de peltre diz que são Ferragamo. Volto-me novamente para o corredor à minha frente. Belos sapatos para quem é pago pelo governo.

— Bem aqui — diz ele, apontando para a porta à minha direita. Assim como a porta perto dos elevadores, também é fosca, de modo que só consigo ver o perfil de Pasternak sentado em sua cadeira favorita de couro preto no meio da longa mesa de reunião. É uma das primeiras lições de Pasternak: melhor estar no centro do que à cabeceira da mesa. Se quiser que algo seja feito, tem de estar perto das pessoas.

Giro a maçaneta. Não me surpreendo que Pasternak tenha escolhido esta sala de reunião — é a maior da empresa —, mas quando a porta se abre, surpreendo-me ao ver que as luzes estão apagadas. Não percebi a princípio. Com exceção da fraca luz do sol da tarde que entrava pelas janelas, Pasternak estava sentado no escuro.

A porta se fecha atrás de mim, seguida de um leve zumbir elétrico, como um rádio transistorizado sendo ligado. Volto-me a tempo de ver o homem com olhos intimidadores investindo contra mim.

Em sua mão há uma caixa que parece um tijolo preto. Inclino-me para trás no último segundo e ergo um braço como escudo. A caixa bate em meu antebraço e sinto uma forte picada. Filho-da-puta. Terá me esfaqueado?

Ele espera que eu recue. Em vez disso, mantenho a caixa em meu braço e o puxo para perto de mim. Quando ele tropeça e tomba em minha direção, afasto a perna e o atinjo diretamente no olho. Sua cabeça é lançada para trás, e ele cai de encontro à porta de vidro opaco. A caixa preta sai de sua mão e se espatifa no chão, espalhando pilhas sobre o tapete. O sujeito não cai facilmente. Apalpando o olho com a ponta dos dedos, ele olha para mim com o outro olho e dá um sorriso admirado, quase como se estivesse gostando daquilo. Você não faz uma cara assim sem ter levado alguns bons socos na vida, e ele certamente levou socos melhores do que este. O sujeito umedece o canto dos lábios e me envia uma mensagem: se pretendo causar-lhe algum dano, tenho de fazer melhor que isso.

— Quem o ensinou a lutar? — diz enquanto recolhe as peças da caixa preta e as guarda no bolso. — Seu pai ou seu tio?

Ele está tentando demonstrar algum conhecimento... me deixar emocionado. Sem chance. Passei mais de doze anos no Congresso. No que diz respeito a boxe mental, já enfrentei um Congresso inteiro de Muhammad Alis. Mas isso não quer dizer que vá apostar tudo em uma briga.

Ele se levanta, e eu olho em volta em busca de ajuda.

— Amigo! — grito para Pasternak. Ele não se move. Ele está sentado atrás da mesa de reunião... reclinado no encosto da cadeira. Os olhos estão arregalados. O mundo fica fora de foco quando as lágrimas me vêm aos olhos. Corro em direção a ele, mas então paro e ergo as mãos. Não toque no cadáver.

— Sempre pensando, não é mesmo? — grita o intimidador.

Atrás de mim, ouço o farfalhar de seu blusão azul e amarelo enquanto ele se aproxima lentamente de mim. FBI é o cacete. Volto-me para encará-lo, e ele novamente sorri com malícia, certo de que bloqueou o único caminho que eu tinha para escapar. Volto-me para a janela e para o pátio mais adiante. O pátio. E a porta que leva até lá.

Pulo como um coelho em direção à porta de vidro no fundo da sala. Como antes, há um teclado numérico. Agora, o intimidador está se movendo. Minhas mãos tremem quando digito o código de Barry.

— *Ora vamos!...* — imploro, esperando a tranca abrir. O homem corre ao redor da mesa de reunião, dez passos atrás de mim. A tranca se abre. Saio e volto-me para fechar a porta. Se eu trancá-lo ali dentro... mas ele mete a mão no vão quando a porta está a ponto de fechar.

Ouve-se um som de algo sendo esmagado. Ele trinca os dentes de dor, mas não solta. Puxo a porta ainda mais, ele me olha através do vidro, os olhos verdes mais intimidadores do que nunca. Ainda assim não solta. Os nós de seus dedos ficam roxos, tão forte agarram a moldura da porta. Ele mete o pé no vão e começa a forçar. Não é uma briga que eu possa vencer.

Olho por sobre os ombros, para o pátio, repleto de espreguiçadeiras de teca, marca Adirondack. Na primavera, o pátio é usado principalmente por captadores de recursos de alto nível. Por que alugar uma sala quando se pode tê-la em casa? À esquerda e à direita, treliças de madeira cobertas de heras simulam paredes falsas no topo do edifício. Bem à frente tenho uma visão impressionante da cúpula do Capitólio e, mais importante, do outro edifício de quatro andares ao lado daquele onde estou. A única coisa que separa ambos os edifícios é um vão de dois metros de largura.

O sujeito se prepara para uma arrancada final. Quando seu ombro atinge a porta, eu a solto e me afasto. Ele cai no chão e eu corro em direção à borda do teto do edifício.

— Você não vai conseguir! — ele grita.

Novamente com o jogo mental. Não ouço. Não penso. Apenas corro. Direto em direção à borda. Digo para mim mesmo para não olhar para o vão entre os edifícios, mas enquanto me aproximo rapidamente, não vejo outra coisa. Quatro andares... dois metros, talvez um metro e oitenta se eu tiver sorte... por favor, que seja um metro e oitenta.

Olhando direto em frente e correndo sobre o pavimento de terracota, trinco os dentes, chego ao parapeito de concreto e me lanço no ar. Quando conheci Matthew na universidade, ele me disse ser alto o bastante para pular sobre o capô de um fusca. Esperemos que o mesmo seja verdade para mim.

Atinjo o telhado do edifício ao lado com os calcanhares e derrapo para a frente até cair de costas sobre o osso do cóccix. Sinto um choque espinha acima. Diferente do pátio ao lado, o telhado aqui é alcatroado, e queima ao ser tocado. O impacto cria um redemoinho de poeira de telhado que entra em meus pulmões, mas não há tempo para parar. Olho para o outro prédio. O Intimidador corre em minha direção, já a ponto de repetir o meu salto.

Ergo-me e olho ao redor em busca de uma porta ou escada. Nada à vista. Na borda oposta, vejo as extremidades metálicas de uma escada de incêndio dobrando o parapeito como as pernas de uma aranha. Corro desesperadamente naquela direção, desço a escada enferrujada e caio com estrondo sobre a plataforma superior da escada de incêndio. Seguro o corrimão e baixo em círculos, meio lance por vez. Quando estou no segundo andar, ouço um estrondo e sinto toda a escada vibrar.

Lá em cima, o sujeito chegou ao topo da escada. Ele olha para baixo através das grades. Tenho uma vantagem de três andares.

Com um chute, empurro a escadinha de metal que leva à calçada da viela entre os dois edifícios. Meus sapatos atingem o concreto. À minha esquerda há um beco sem saída. À direita, do outro lado da rua, está o Bullfeathers, um dos bares mais antigos de Capitol Hill. Devem estar no auge da *happy hour*: hora ideal para me perder em meio à multidão.

Ao atravessar a rua correndo, ouço uma buzina, um cantar de pneus e um Lexus prateado quase me atropela. No Bullfeathers, vejo Dan Dutko — certamente um dos lobistas mais legais da cidade — segurando a porta para seu grupo entrar.

— Ei, Harris, vi seu chefe na TV... você tem se saído muito bem! — diz rindo.

Forço um sorriso e abro caminho em meio ao grupo, quase derrubando uma mulher de cabelos negros.

— Posso ajudar? — pergunta a recepcionista quando entro aos tropeços.

— Onde é o banheiro? — digo ofegante. — É uma emergência.

— F-fica nos fundos, à direita — diz ela. Evidentemente eu a estou assustando.

Sem parar de correr, passo diante do bar em direção aos fundos. Mas não dobro à direita para os banheiros. Em vez disso, atravesso as portas vaivém da cozinha, passo pelo chefe e pelo auxiliar de cozinha, me abaixo ao passar por um garçom com uma bandeja repleta de hambúrgueres e subo alguns degraus no outro extremo da cozinha. Com um empurrão, abro uma porta e saio em um beco, nos fundos do restaurante. Como aqui uma vez por semana há mais de dez anos. Sei onde ficam os banheiros. Mas, se eu tiver sorte, quando o sujeito irromper no restaurante e perguntar à recepcionista para onde fui, ela o mandará para os fundos, à direita. E ele topará com os banheiros.

Corro beco acima, o olhar fixo na porta dos fundos do Bullfeathers. Silêncio mortal. Nem mesmo ele é bom o bastante para... a porta se abre e o sujeito sai. Ambos paramos. Balançando a cabeça diante de minha previsibilidade, ele ajeita o blusão. Escuto cuidadosamente e ouço um ruído de chaves à minha esquerda. Atrás de mim, na diagonal, um rapaz de vinte e poucos anos com um par de fones de ouvido abre a porta dos fundos do prédio onde mora.

O Intimidador corre em minha direção. Eu corro em direção a Fones de Ouvido.

— Desculpe, garoto... desculpe... — digo passando por ele. Antes de entrar, agarro as chaves da fechadura e as levo para dentro comigo.

— Idiota! — grita.

Desculpando-me novamente, fecho a grossa porta de metal. Ele fica do lado de fora, com o Intimidador. Eu estou a sós dentro do prédio. Já o ouço dar com o ombro na porta. Como antes, não vai durar muito.

Atrás de mim, a escada cinza industrial pode me levar para cima ou para baixo. Pelo que vejo junto ao corrimão, para cima leva ao saguão principal e para o resto do prédio. Para baixo, há um lance de escadas que termina em um bicicletário. A lógica manda que eu suba. É o melhor caminho para fugir. Mais importante, tudo dentro de mim me diz para subir. Exatamente por isso, desço. Dane-se a lógica. Seja lá quem for esse psicopata, tem estado em minha cabeça tempo demais.

Descendo em direção ao beco sem saída, encontro dois baldes vazios e sete bicicletas, uma com rodinhas e fitas coloridas no guidom. Não sou MacGyver. Nada que eu possa usar como arma. Pulando sobre a grade de metal do bicicletário, me encolho e olho corrimão acima. Deste ângulo estou o mais escondido possível.

Lá em cima, a porta tomba sobre o concreto e ele entra.

Ele está ao pé da escada, pensando no que fazer. Não tem tempo de verificar ambas as alternativas. Para nós dois, cada segundo é importante.

Prendo a respiração e fecho os olhos. Ouço seus sapatos de camurça tocarem o concreto quando dá um breve passo adiante. Ouço o farfalhar de seu blusão. Ele bate calmamente com a ponta dos dedos sobre o corrimão. Está olhando pela borda.

Dois segundos depois, ganha a escada... mas o som de seus passos torna-se cada vez mais distante. Outra porta de metal bate contra a parede. Então, silêncio. Ele se foi.

Mas quando finalmente ergo a cabeça e respiro, rapidamente dou-me conta de que meus problemas estão só começando.

Tento me levantar, mas a vertigem me atinge rapidamente. Mal consigo me equilibrar... passou o efeito da adrenalina. Ao escorregar de volta à posição em que estava, meus braços pendem flácidos ao meu lado. Como Pasternak. E Matthew.

Deus...

Volto a fechar os olhos. Novamente, ambos voltam a me olhar. São tudo o que vejo. O suave sorriso de Matthew e seu andar de paspalho. O modo como Pasternak sempre estalava o dedo médio...

Encolhido como uma bola, mal posso olhar para cima. Estou onde mereço. Matthew sempre me pôs em um pedestal. Pasternak também. Mas nunca fui tão diferente assim. Ou menos medroso. Só tinha mais habilidade para esconder isso dos outros.

Olho para a bicicleta com rodinhas, mas tudo o que isso faz é me lembrar do filho de dois anos de Pasternak... sua esposa, Carol... os pais de Matthew... seus irmãos... suas vidas... tudo arruinado...

Umedeço o lábio superior e o gosto de sal toma conta de minha língua. Somente então dou-me conta das lágrimas que rolam pelo meu rosto.

Era um jogo. Apenas um jogo idiota. Mas assim como em todo jogo, bastou um mau passo para deixar de ser jogo e lembrar a todos quão fácil as pessoas podem se machucar. Seja lá o que Matthew viu... seja lá o que fez... o sujeito que está me seguindo claramente está tentando manter as coisas na moita. A qualquer preço. Não é um novato, basta lembrar como deixou Matthew. E Pasternak... Foi por isso que recolheu as peças da caixa preta. Quando encontrarem o corpo, não haverá do que desconfiarem. As pessoas morrem em suas mesas de trabalho todos os dias.

Balanço a cabeça ao pensar nesta nova realidade. Aquele maluco... o modo como armou tudo... e aquela caixa preta, fosse o que fosse. Pode não ser do FBI, mas certamente é um profissional. E embora eu não esteja certo se ele está acabando com todos os jogadores ou apenas com o nosso setor, não é preciso ser um gênio para identificar a tendência. Pasternak me convidou, eu convidei Matthew. Dois abatidos, falta um. Sou eu quem carrega o alvo nas costas.

Encosto os joelhos no peito e rezo para que tudo seja um sonho. Não é. Meus amigos estão mortos. E eu sou o próximo da lista.

Como diabos isso aconteceu? Olho ao redor e vejo meu reflexo no guidom cromado da bicicleta com rodinhas. É como olhar dentro de uma colher. O mundo inteiro fechado ali. Não posso sair dessa sozinho... não sem alguma ajuda.

Corro para a escada e saio pela porta dos fundos. Corro cinco quarteirões sem parar. Ainda inseguro se estou longe o bastante, pego o celular e disco o número de informações.

— Que cidade? — pergunta a voz feminina na gravação.
— Washington, D.C.
— Que número?
— O do Departamento de Justiça.

Aperto o telefone contra o ouvido quando me dão o número. Sete dígitos depois, passo por três secretárias antes de conseguir falar com quem desejo.

Eles sacaram as suas armas. Hora de sacar as minhas. Como sempre, ele atende no primeiro toque.

— Estou aqui — responde.
— É Harris — digo. — Preciso de ajuda.
— Diga onde e quando. Já estou a caminho...

13

— Você o perdeu?

— Apenas por enquanto — disse Janos em seu telefone celular ao dobrar a esquina do quarteirão do Bullfeathers. — Mas ele não...

— Não foi o que perguntei. O que eu disse foi: Você. Perdeu. Harris?

Janos parou de súbito no meio da rua. Um hispânico em um Oldsmobile marrom meteu a mão na buzina para que ele se movesse. Janos não saiu do lugar. Em vez disso, deu as costas para o Oldsmobile, agarrou o celular, inspirou profundamente e disse:

— Sim... sim, Sr. Sauls. Eu o perdi.

Sauls se calou.

Idiota, pensou Janos. Já vira aquilo acontecer na última vez em que trabalhara com Sauls. Gente importante sempre faz questão de dizer coisas importantes.

— É só? — perguntou Janos.

— Sim. Por enquanto — respondeu Sauls.

— Bom... então deixe de se preocupar. Conversei longamente com nosso homem lá dentro. Sei onde Harris vive.

— Realmente acha que ele é estúpido o bastante para voltar para casa?

— Não estou falando da casa *dele* — disse Janos. — Eu o venho investigando há seis meses. Sei onde ele *vive*.

Quando Janos finalmente encostou junto ao meio-fio, o homem no Oldsmobile tirou a mão da buzina e pisou no acelerador. O carro arrancou, e então parou bem ao lado de Janos. O homem lá dentro baixou até a metade a janela do lado do passageiro.

— Tenha alguma educação, seu cara de babaca! — gritou lá de dentro.

Voltando-se para o carro, Janos repousou o braço calmamente sobre o vidro semi-aberto, que cedeu à pressão. Seu paletó se abriu apenas o bastante para que o homem visse o coldre de couro que trazia pendurado ao ombro e, mais importante, a pistola Sig nove milímetros ali guardada. Janos ergueu o canto direito dos lábios. O homem no Oldsmobile acelerou o mais que pôde. Quando o carro arrancou, Janos manteve o braço firme onde estava, deixando que seu anel arranhasse o Oldsmobile enquanto passava por ele.

14

— Deseja alguma coisa? — perguntou a garçonete.
— S-sim — digo, erguendo os olhos do cardápio que ela acha que eu fiquei lendo durante muito tempo. Ela está apenas parcialmente certa. Eu *de fato* estou sentado aqui já faz quinze minutos, mas a única razão de manter o cardápio erguido é para ocultar o meu rosto.

— Fico com um Stan's Famous — digo a ela.
— Como prefere?
— Malpassado. Sem queijo... e com um pouco de cebola frita.

A citação no cardápio diz, "a melhor maldita bebida da cidade", mas o único motivo para eu ter escolhido o restaurante do Stan é por causa da clientela. Localizado perto da redação do *Washington Post*, sempre há alguns repórteres e editores por ali. E assim que o jornal do dia seguinte fechava, o bar ficava praticamente lotado. Eu aprendi a lição. Se algo der errado, quero testemunhas que possam fazer um estardalhaço.

— Posso levar? — pergunta a garçonete, apontando com o queixo para o cardápio.
— Na verdade, prefiro ficar com ele... tudo bem?

Ela sorri e inclina a cabeça em minha direção.
— Nossa, seus olhos são tão verdes!

— O-obrigado.

— Desculpe — diz ela, recompondo-se. — Não pretendia...

— Está tudo bem — digo. — Minha mulher diz o mesmo.

Ela olha para minhas mãos, mas não vê anel. Aborrecida, a garçonete se afasta. Não é hora de fazer novos amigos e, sim, de rever os antigos...

Olho para o pulso e para a porta de entrada do bar. Pedi que me encontrasse às nove. Conhecendo-o, imaginei que chegasse às nove e quinze. São quase nove e meia. Ergo o telefone para...

A porta se abre, e ele entra mancando, seqüela de um antigo acidente de esqui. Mantém a cabeça baixa, esperando passar despercebido, mas ao menos quatro pessoas o vêem e, depois, fingem estar olhando para outro lado. Agora, sei quem são os repórteres.

Quando conheci Lowell Nash, eu era funcionário segundanista e cuidava da máquina de assinaturas. Ele era o chefe de gabinete que escreveu minha carta de recomendação para a divisão noturna da faculdade de Direito Georgetown. Três anos depois, quando começou a trabalhar por conta própria, devolvi-lhe o favor enviando-lhe alguns grandes doadores como clientes. Há dois anos, devolveu-me o favor doando cinqüenta mil dólares em nome de sua empresa de advocacia para a campanha de reeleição do senador. No ano passado, quando o presidente o nomeou representante do procurador geral, devolvi-lhe novamente o favor certificando-me de que o senador, antigo membro do comitê do judiciário, fizesse com que o processo de confirmação corresse o mais tranqüilamente possível. É assim que Washington funciona. Favores devolvendo favores.

Lowell é hoje a segunda pessoa da Justiça — uma das maiores autoridades legais do país. Eu o conheço há mais de dez anos. O último favor foi meu. Preciso do troco.

— Deputado — diz com um menear de cabeça.

— Sr. Presidente — devolvo o cumprimento. Mas isso não é inteiramente impossível. Aos quarenta e dois anos, Lowell é o negro mais jovem a assumir aquele cargo. Isso por si só garante-lhe projeção nacional. Como dizia a manchete do *Legal Times*: UM NOVO COLIN

POWELL? Fazendo justiça ao artigo, ele mantém o cabelo curto e sempre se porta com perfeita cortesia. Nunca esteve no exército, mas sabe o valor de representar o papel. Como eu disse, Lowell está a caminho — ou seja, a não ser que lhe ocorra algum desastre pessoal.

— Você está horrível — diz ele, pendurando o sobretudo no encosto da cadeira e jogando as suas chaves junto aos meus celulares.

Não respondo.

— Só me diga o que houve...

Novamente, sem resposta.

— Ora vamos, Harris... fale comigo — pede.

É difícil argumentar. Foi para isso que vim. Finalmente, ergo a cabeça.

— Lowell, preciso de sua ajuda.

— Pessoal ou profissional?

— Policial.

Ele cruza as mãos sobre a mesa com os indicadores apontados para a frente, como se estivesse na igreja.

— É muito sério? — pergunta.

— Pasternak morreu.

Ele meneia a cabeça. As notícias correm rápido nesta cidade. Sobretudo quando o morto é seu antigo chefe.

— Ouvi dizer que foi um ataque cardíaco — acrescenta.

— É o que estão dizendo?

Desta vez, ele se cala. Volta-se para os repórteres, olha rapidamente em torno do restaurante e então volta o olhar para mim.

— Fale-me de Matthew — diz afinal.

Começo a explicar, mas paro no meio. Aquilo não faz sentido. Ele não conhece Matthew.

Lowell e eu nos encaramos. Ele rapidamente desvia o olhar.

— Lowell, o que está acontecendo?

— Hambúrguer... malpassado — interrompe a garçonete, jogando o prato diante de mim. — Quer alguma coisa? — pergunta para Lowell.

— Estou bem... obrigado.

Ela me dá uma última chance para eu me redimir e sorrir para ela. Quando não o faço, ela me fulmina com os olhos e volta-se para outra mesa.

— Lowell, isto não é... — faço força para sussurrar: — Lowell, chega de fazer o papel do sujeito ansioso e calado... trata-se de minha vida...

Ele ainda não me olha. Está olhando para o tampo da mesa, mexendo com as chaves do chaveiro.

— Lowell, se souber de alguma coisa...
— Você está marcado.
— *O quê?*
— Você está marcado, Harris. Se o encontrarem, você morre.
— Do que está falando? Quem são *eles*? Como você os conhece?

Lowell olha para trás. Pensei que estivesse de olho nos repórteres. Não está. Está de olho na porta.

— Precisa sair daqui — diz ele.
— E-eu não compreendo. Não vai me ajudar?
— Não entendeu, Harris? O jogo é...
— Você sabe do jogo?
— Ouça-me, Harris. Essas pessoas são animais.
— Mas você é meu amigo — insisto.

Seus olhos voltam-se para o chaveiro, que tem uma foto emoldurada em plástico. Ele esfrega o polegar sobre a foto, e eu olho melhor. É um retrato de sua esposa e de sua filha de quatro anos. Estão na praia e uma onda estoura atrás delas.

— Não somos perfeitos, Harris — diz ele afinal. — Às vezes, nossos erros ferem mais pessoas além da gente.

Meus olhos continuam fixos no chaveiro. Seja lá o que tenham com Lowell... nem quero saber.

— Você deve ir embora — diz pela segunda vez.

O hambúrguer diante de mim fica completamente intragável. O pouco apetite que eu tinha se foi.

— Você conhece o sujeito que matou Matthew e Pasternak?
— Janos — diz ele. — Aquele sujeito devia estar em uma jaula.

— Para quem trabalha? É agente da lei?

Suas mãos começam a tremer. Está começando a perder o controle.

— Lamento quanto aos seus amigos...

— Por favor, Lowell...

— Não me pergunte mais nada — implora. Sobre seus ombros, os mesmos quatro repórteres se voltam.

Fecho os olhos e pouso as mãos espalmadas sobre a mesa. Quando abro os olhos, vejo Lowell olhando para o relógio.

— Vá agora — insiste. — *Agora.*

Dou-lhe uma última chance. Ele não a aproveita.

— Lamento, Harris.

Levanto ignorando o tremor nas pernas e dou um passo em direção à porta da frente. Lowell me agarra pelo pulso.

— Pela frente não — murmura, apontando para os fundos.

Paro, incerto se devo confiar nele. Mas não tenho outra escolha. Pela segunda vez, corro para uma cozinha.

— Não pode entrar aí — diz a garçonete.

Eu a ignoro. Além das pias, há uma porta aberta nos fundos. Corro para fora, subo os degraus de concreto e continuo a correr até dobrar à direita em um beco mal iluminado. Um rato negro aparece ameaçadoramente diante de mim, mas esse é o menor de meus problemas. Sejam lá quem forem essas pessoas... como podem se mover tão rapidamente? Sinto uma dor aguda na nuca e, durante um segundo, sinto a visão se turvar. Preciso me sentar... ordenar meus pensamentos... encontrar um lugar para me esconder. Penso na pequena lista de pessoas com as quais posso contar. Mas, após ver a reação de Lowell, está claro que, seja lá para quem Janos trabalhe, estão a par de minha vida. E se podem chegar a alguém grande como Lowell...

Bem à frente, uma ambulância se dirige à avenida Vermont. As sirenes são ensurdecedoras e reverberam pelo estreito beco cercado de prédios de tijolos. Instintivamente, procuro meus celulares. Bato em todos os meus bolsos. Droga... não diga que eu os deixei...

Paro e me volto. A mesa do restaurante. Não. Não posso voltar.

Ao verificar novamente, meto a mão no bolso do peito de meu paletó. De fato há algo ali, mas não é um celular.

Abro a palma da mão e leio novamente o nome no crachá azul:

Mensageira do Senado
Viv Parker

As letras brancas praticamente brilham diante de mim. A sirene da ambulância desaparece a distância. Será uma longa noite, mas ao dobrar a esquina e correr pela avenida Vermont, sei exatamente para onde ir.

15

Ao sair do restaurante do Stan, Lowell Nash olhou atentamente para cima e para baixo da avenida Vermont. Observou as sombras diante de cada loja. Observou até mesmo os mendigos que dormiam no banco da parada de ônibus do outro lado da rua. Mas ao dobrar a esquina na rua L, não viu movimento algum. Nem mesmo ventava naquela noite. Acelerando o passo, correu até o carro, que estava estacionado no meio do quarteirão.

Novamente Lowell verificou as calçadas, as entradas das lojas e os bancos da parada de ônibus. Se sua recente notoriedade o ensinou alguma coisa foi nunca se arriscar. Ao se aproximar do Audi prateado, pegou as chaves do carro, apertou um botão e ouviu as portas destravarem. Deu uma última olhada nas redondezas, então entrou e fechou a porta.

— Onde diabos ele está? — perguntou Janos no banco do passageiro.

Lowell gritou e pulou tão alto que bateu com o nervo do cotovelo contra a porta.

— Onde está Harris? — exigiu Janos.

— Eu estava... — disse Lowell segurando o cotovelo, tentando conter a dor. — Aaah... eu estava pensando o mesmo a seu respeito.

— Do que está falando?

— Esperei quase uma hora. Ele acabou indo embora.

— Ele já esteve aqui?
— E já foi embora — respondeu Lowell. — Onde você estava?
A testa de Janos franziu-se de ódio.
— Você disse dez horas — insistiu.
— Eu disse nove.
— Não me engane.
— Juro, disse nove.
— Eu o ouvi dizer... — Janos interrompeu o que dizia e examinou Lowell cuidadosamente. A dor do nervo já passara, mas Lowell ainda estava curvado, segurando o cotovelo e evitando fazer contato visual. Se Janos pudesse ver a expressão de Lowell, também veria pânico no rosto dele. Lowell podia ser fraco, mas não era um filho-da-puta. Harris ainda era seu amigo.
— Não me sacaneie — advertiu Janos.
Lowell rapidamente ergueu a cabeça, olhos arregalados de pavor.
— Nunca... jamais faria isso...
Janos estreitou os olhos, analisando-o cuidadosamente.
— Juro — acrescentou Lowell.
Janos continuou a olhar. Passou um segundo. Dois.
O braço de Janos moveu-se como um gato selvagem, atingindo o rosto de Lowell e arremessando a cabeça dele contra o vidro da porta. Sem largar, Janos puxou e voltou a batê-la contra o vidro. Lowell agarrou o pulso de Janos, tentando fazer com que ele o largasse. Janos não largou. No último golpe, usou toda a sua força. A janela finalmente se rompeu com o impacto, criando um veio em ziguezague no vidro partido.
Lowell arriou sobre o assento segurando a cabeça dolorida. Sentiu um fio de sangue descer pela sua nuca.
— V-você é louco?
Sem dizer uma palavra, Janos abriu a porta do carro e saiu para o ar quente da noite.
Levou vinte minutos para Lowell se recuperar. Quando voltou para casa, disse para a esposa que um jovem na rua Dezesseis jogara uma pedra no seu carro.

16

— Ali... ele está fazendo aquilo de novo! — disse Viv Parker na tarde de segunda-feira, apontando para o veterano senador de Illinois.
— Onde?
— Bem *ali*.

Do outro lado do plenário do Senado, na terceira fileira de escrivaninhas antigas, o veterano senador de Illinois baixou os olhos.

— Perdão, mas continuo sem ver — sussurrou Devin enquanto o martelo batia atrás dele.

Como mensageiros do Senado dos EUA, Viv e Devin estavam sentados nos degraus atapetados ao lado do púlpito, literalmente esperando o telefone tocar. Nunca demorava muito. Em um minuto, o aparelho zumbiu baixinho, e uma pequena luz cor de laranja começou a piscar. Mas Viv e Devin não atenderam.

— Plenário, aqui é Thomas — atendeu um mensageiro louro com sotaque da Virginia pondo-se de pé. Viv não sabia por que ele se erguia a cada chamada. Quando perguntou a Thomas, disse que era em parte por decoro, em parte para estar preparado no caso de um senador estar passando por ali no momento. Pessoalmente, Viv achava que só havia uma "parte" que realmente importava: mostrar que era mensageiro-chefe. Mesmo na base da pirâmide, a hierarquia predominava.

— Sim... pode deixar — disse o mensageiro ao telefone. Ao desligar, olhou para Viv.

— Precisam de alguém — explicou.

Devin meneou a cabeça, levantou-se do degrau do púlpito e correu até a expedição.

Ainda sentada no púlpito, Viv olhou para o senador de Illinois, que novamente ergueu a cabeça e lançou um olhar malicioso diretamente em direção a ela. Viv tentou desviar o olhar, mas não tinha como ignorá-lo. Era como se ele a estivesse devorando com os olhos. Viv mexeu no crachá que trazia ao redor do pescoço, imaginando se era para aquilo que ele estava olhando. Não a surpreenderia. O crachá era seu ingresso na casa. Desde o primeiro dia, teve medo de que alguém se adiantasse e o tirasse dela. Ou talvez estivesse olhando para seu uniforme barato... ou para o fato de ela ser negra... ou para o fato dela ser mais alta do que os outros mensageiros, incluindo os meninos. Tinha um metro e oitenta de altura, isso sem contar os sapatos surrados e o denso penteado afro, igual ao de sua mãe.

O telefone tocou atrás dela.

— Plenário, aqui é Thomas — disse o mensageiro-chefe erguendo-se. — Sim... pode deixar. — Ao desligar, voltou-se para Viv e disse: — Precisam de alguém.

Viv meneou a cabeça e levantou-se olhando para o chão de carpete azul em uma última tentativa de evitar o olhar do senador de Illinois. Ela conseguia se virar com a cor da pele. O mesmo quanto à sua altura. A mãe lhe ensinara a não se desculpar por aquilo que Deus lhe dera. Mas quanto à sua roupa, tolo como possa parecer, bem... desde o dia em que começou a trabalhar ali ouviu seus vinte e nove companheiros mensageiros reclamarem do uniforme. Todo mensageiro do Senado reclamava. Todos menos Viv. Como aprendeu na escola, em Michigan, quem reclama de uniforme são aqueles que podem competir em um desfile de moda.

— Vamos lá, Viv... precisam de alguém agora — gritou o mensageiro-chefe do púlpito.

Viv não olhou para trás. Na verdade, ao caminhar para a expedição nos fundos da Câmara, não olhou para outro lugar além do chão. Ainda sentindo o olhar do senador sobre ela, e recusando-se a fazer contato visual, ela acelerou os passos. Contudo, enquanto atravessava as fileiras de escrivaninhas, não conseguia ignorar a voz dentro de sua cabeça. Era a mesma voz que ouviu quando tinha onze anos e Darlene Bresloff roubou seus patins... e quando ela tinha treze e Neil Grubin derramou calda de sorvete sobre seu vestido de igreja. Era uma voz forte, inflexível. Era a voz de sua mãe. A mesma mãe que obrigou Viv a ir até Darlene e exigir que esta lhe devolvesse os patins *na mesma hora*... e que, embora Viv tenha implorado o contrário, levasse o vestido manchado de calda à casa de Neil, subisse três lances de escada e entrasse na sala de estar de modo que a mãe do menino — que ela não conhecia — pudesse ver o estrago que o filho fizera. Era essa voz que ecoava em sua cabeça. E foi essa voz que ouviu enquanto caminhava entre as escrivaninhas... tendo o senador bem diante dela.

Talvez devesse dizer algo, pensou Viv. Nada rude do tipo "O que está olhando?". Não, afinal, ele ainda era um senador dos EUA. Nenhum motivo para ser grosseira. Melhor sair-se com um simples: *Olá, senador...* ou *Prazer em vê-lo, senador...* ou algo como... como... *Posso ajudá-lo?* É isso. *Posso ajudá-lo?* Simples e direto. Assim como a mamãe.

A menos de vinte passos, Viv ergueu a cabeça apenas para se certificar se o senador ainda estava lá. Ele não se moveu de trás da escrivaninha centenária. Ainda olhava para ela.

A dois passos de distância, os passos de Viv retardaram-se imperceptivelmente, e ela novamente segurou o crachá que pendia de seu pescoço. O polegar estava na parte de trás do crachá, arranhando um pedaço de fita adesiva que fixava uma foto da mãe. Uma foto de Viv na frente, outra da mãe atrás. Era justo, pensou Viv no dia em que a fixou ali. Viv não chegou sozinha ao Senado. Jamais chegaria ali sozinha. E com mamãe encostada no peito... bem... todo mundo esconde a sua força em um lugar diferente.

O senador estava impassível a três metros dela, ao fim do corredor. *Vivian, não ouse recuar,* ouviu a mãe advertindo-a. *Seja positiva.* Viv trincou os dentes e olhou pela primeira vez para os sapatos do senador. Tudo o que tinha de fazer era erguer a cabeça e dizer: Posso ajudá-lo?... Posso ajudá-lo?... repetiu mentalmente. O polegar continuava a arranhar a parte de trás do crachá. *Seja positiva.* Estava perto o bastante para ver a bainha das calças do senador. *Apenas erga a cabeça,* disse para si mesma. *Seja positiva.* E com um último suspiro, Viv fez exatamente isso. Forçou-se a erguer a cabeça e olhou no fundo dos olhos acinzentados do senador... mas rapidamente voltou a olhar para o tapete azul-marinho.

— Com licença — murmurou, desviando-se do senador, que a ignorou. Viv deixou o corredor entre as escrivaninhas e caminhou até os fundos da Câmara. Finalmente largou o crachá... e sentiu-o bater em seu peito.

— Tenho um serviço para você, Viv — anunciou Blutter quando ela abriu a porta de vidro e sentiu o cheiro de mofo familiar da expedição. Originalmente projetada para abrigar os casacos dos senadores quando vinham trabalhar no Senado, a expedição era um lugar pequeno e abarrotado. Não teve que procurar muito para encontrar Blutter.

— Está fechado? — perguntou Viv, já exausta.

— S-414-D — disse Blutter sentado em sua mesa. Ron Blutter tinha vinte e dois anos e era o mais jovem dos quatro funcionários de tempo integral que atendiam os telefones na expedição, motivo pelo qual também foi designado chefe do serviço de mensageiros da expedição. Blutter sabia que era um trabalho chato — controlar um grupo de adolescentes de dezesseis e dezessete anos — mas ao menos era melhor do que ser mensageiro. — Exigiram que fosse você — acrescentou Blutter. — Tem algo a ver com o seu padrinho.

Viv meneou a cabeça. O único meio de conseguir trabalho como mensageiro no Senado era ser apadrinhado por um senador, mas como a única mensageira negra de todo o serviço, ela estava habituada ao fato de ter encargos extras além de entregar volumes.

— Outra sessão de fotografia? — perguntou.

— Acho que sim. — Blutter deu de ombros enquanto Viv assinava o protocolo. — Mas pelo número da sala... talvez seja apenas uma recepção.

— É, estou certa disso. — Atrás dela, a porta da expedição se abriu, e o senador de Illinois entrou, caminhando pesadamente em direção às velhas cabinas telefônicas que se alinhavam na sala em L. Como sempre, havia senadores metidos nas cabinas, retornando chamadas e tagarelando. O senador entrou na primeira cabina à direita e fechou a porta.

— A propósito, Viv... — acrescentou Blutter quando seu telefone começou a tocar. — Não deixe o senador Fantasmagórico assustá-la. Não é nada com você... é com ele. Sempre que prepara um discurso para ser lido na Câmara, ele olha para todo mundo como se fossem fantasmas.

— Não, eu sei... Eu só...

— Não é você. É ele — reiterou Blutter. — Ouviu? É ele.

Viv ergueu o queixo, ajeitou os ombros e abotoou o paletó azul-marinho. O crachá pendia de seu pescoço. Correu para a porta o mais rapidamente possível. Blutter voltou ao telefone. Ela não queria que ele visse o sorriso em seus lábios.

S-414-B... S-414-C... S-414-D... contou Viv para si mesma enquanto seguia os números das salas do quarto andar do Capitólio. Ela não sabia que o senador Kalo tinha escritórios ali, mas aquilo era típico do Capitólio: todo mundo espalhado por toda parte. Lembrando-se da história da mensageira pega dando novo sentido ao termo *brifar um senador,* ela parou diante da pesada porta de carvalho e bateu com força. Verdade seja dita, ela sabia que a história não era verdadeira — apenas algo que Blutter contava para que se comportassem bem. De fato, alguns funcionários podem até ter se divertido um pouco, mas pela aparência dos outros... a circunspeção que ela via nos corredores... nenhuma daquelas pessoas estava transando.

Ao esperar pela resposta, surpreendeu-se ao não ouvir nenhuma. Bateu novamente. Apenas para se certificar.

Novamente, sem resposta.

Ela girou a maçaneta e abriu a porta.

— Mensageira do Senado — anunciou. — Alguém aí...?

Ainda nenhuma resposta. Viv não pensou duas vezes. Se algum funcionário andava atrás do senador para uma sessão de fotos, eles a queriam apenas para ocupar uma cadeira junto à mesa. Mas quando Viv entrou no escritório às escuras, não havia cadeira. Na verdade, não havia nem mesmo uma mesa. Em vez disso, no centro da sala havia duas grandes mesas de mogno unidas, de modo a abrigarem cerca de uma dúzia de monitores obsoletos. À sua esquerda, havia três cadeiras de couro vermelhas com rodinhas, empilhadas umas sobre as outras. À sua direita, empilhavam-se gabinetes de arquivo vazios, caixas de papelão, alguns teclados de computador e até mesmo um refrigerador de cabeça para baixo. As paredes estavam despojadas. Sem figuras... diplomas... nada pessoal. Aquilo não era um escritório. Parecia mais um depósito. Pela camada de poeira que cobria as persianas fechadas pela metade, o lugar evidentemente estava abandonado. Na verdade, a única prova de que alguém estivera ali era o bilhete manuscrito que encontrou sobre a mesa de reunião:

Por favor, atenda ao telefone.

No fim do bilhete havia uma seta apontando para a direita, onde se via um telefone apoiado sobre um arquivo.

Confusa, Viv ergueu uma sobrancelha, sem saber por que alguém... o telefone tocou, e Viv pulou para trás, batendo com as costas na porta fechada. Olhou ao redor da sala. Não havia ninguém ali. O telefone voltou a tocar.

Viv releu o bilhete e avançou cuidadosamente.

— A-alô — respondeu ao erguer o aparelho do gancho.
— Alô, quem fala? — disse uma voz simpática do outro lado.
— Quem é você? — perguntou Viv.
— Andy — respondeu o homem. — Andy Defresne. Agora, quem fala?
— Viv.
— Viv de quê?
— Viv Parker — respondeu. — Isso... é algum tipo de brincadeira? Thomas, é você?

Ouviu-se um clique. O telefone emudeceu.

Viv desligou o aparelho e olhou em volta para verificar os cantos do teto. Certa vez, ela assistira a uma pegadinha parecida. Mas não havia câmeras por ali. Cada vez mais Viv dava-se conta de que estava ali havia tempo demais.

Voltando-se, correu para a porta e agarrou a maçaneta com as mãos suadas. Tentou abrir, mas não se movia... como se alguém a estivesse segurando do lado de fora. Tentou uma última vez e conseguiu girá-la. Mas quando a porta se abriu, viu um homem de cabelos marrons e despenteados bloqueando-lhe a passagem.

— Viv, hein? — perguntou.
— Juro que se tentar me tocar vou gritar tão alto que seus bagos vão se quebrar como... ahn... como bolas de cristal.
— Relaxe — disse Harris enquanto entrava. — Tudo o que quero é falar com você.

17

Procuro pelo crachá na lapela da garota. Não está ali. Vendo minha reação, ela obviamente está assustada. Não a culpo. Após o que aconteceu com Matthew, deveria estar.

— Afaste-se — ameaça ela. Andando de costas para o interior da sala, ela respira fundo, preparando-se para gritar. Ergo a mão para impedi-la e, de repente, era inclina a cabeça para o lado.

— Espere um pouco... — diz ela, erguendo uma sobrancelha. — Eu *conheço* você.

Eu também ergo uma sobrancelha.

— O que disse?

— Daquela... daquela palestra que você deu. Para os mensageiros... — Ela se encosta à borda da mesa de reunião e olha para mim. — Você... você foi muito bom, principalmente naquela parte em que disse que devemos fazer os inimigos certos... Pensei nisso durante semanas.

Está tentando me enrolar. Ergo a minha guarda.

— E então quando você fez... — Ela se interrompe, olhando para os pés.

— O quê? — pergunto.

— Aquilo que você fez com O Gato...

— Não sei a que se refere.

— Ora... vamos... você pôs aquele broche no deputado Enemark. Aquilo foi... a coisa mais legal de todas.

Como disse, estou de guarda erguida. Mas ao ver o largo sorriso em seu rosto, começo a mudar de idéia. À primeira vista, ela é um tanto imponente, e não é apenas por causa do paletó azul-marinho que lhe acrescenta um ou dois anos à idade. Sua altura... quase um e oitenta... é mais alta do que eu. Mas quanto mais a olho, mais entendo o resto do quadro. De costas contra a mesa, ela abaixa os ombros e a cabeça. O mesmo truque de Matthew para parecer menor.

— Ele nunca descobriu, não é? — pergunta, subitamente hesitante. — Sobre o Gato, quero dizer...

Ela tenta não forçar a barra, mas a empolgação a trai. A princípio, imaginei que ela estava fingindo. Agora, não estou tão certo. Estreito os olhos, examinando-a mais de perto. O terno cerzido aqui e ali... o colarinho da camisa puído... ela certamente não tem dinheiro, e pelo modo como está irrequieta e tentando esconder um botão solto, aquilo a aborrece. Já é difícil se afirmar quando se tem dezessete anos. E ainda pior quando todo mundo ao seu redor tem ao menos uma década ou duas a mais que você. No entanto, seus olhos marrons cor de café mocha aparentam maturidade. Adivinho emancipação precoce pela falta de dinheiro... ou então vai ganhar o Oscar de melhor atriz. O único meio de saber é fazê-la continuar falando.

— Quem lhe falou do Gato? — pergunto.

Ela cora ao ouvir a pergunta.

— Não pode dizer que fui eu quem contou, certo? Prometa, por favor?

Ela está verdadeiramente constrangida.

— Tem a minha palavra — acrescento, fingindo entrar na brincadeira.

— Foi LaRue... do banheiro.

— O engraxate?

— Você prometeu não dizer nada. É só que... nós o encontramos em um elevador... Ele ria e Nikki e eu perguntamos o que era tão engraçado, mas ele disse que ninguém devia saber. Ele pediu que jurássemos que manteríamos segredo... — As palavras tropeçam de sua boca como se estivesse confessando um namorico de ginásio. Mas há um quê de pânico por trás de cada sílaba. Ela leva a confiança a sério.

— Você não é louco, é? — pergunta.

— Por que eu seria louco? — respondo, tentando mantê-la falando.

— Não... por nada... — Ela se interrompe, e um largo sorriso volta ao seu rosto. — Mas, devo dizer... pôr aquele Gato no senador... assim tão discretamente, sem exageros, *foi o maior trote de todos os tempos!* E Enemark era o parlamentar ideal... não apenas pelo trote em si e, sim, pelo princípio da coisa — acrescenta, a voz acelerando. Ela é toda exagero e idealismo. Não há como detê-la. — Meu avô... foi um dos últimos bilheteiros de trem Pullman, e costumava dizer que se a gente não escolhesse as lutas certas...

— Você tem idéia do problema em que está metida? — deixo escapar.

Ela finalmente pisa no freio.

— O quê?

Esqueci-me de como ter dezessete anos. De oito a oitenta, e de oitenta a oito, tudo em um piscar de olhos.

— Sabe do que estou falando — digo.

Sua boca se escancara.

— Espere — gagueja enquanto começa a mexer no crachá ao redor do pescoço. — É sobre as canetas do Senado que Chloe roubou? Disse-lhe para não tocar nelas, mas ela continuou afirmando que, já que estavam no copo...

— Perdeu algo recentemente? — pergunto, tirando seu crachá azul de meu bolso e estendendo-o diante de mim.

Ela está completamente surpresa.

— Como conseguiu isso?

— Como o perdeu?

— Não... não faço idéia... sumiu na semana passada... eles simplesmente me deram outro. — Esteja mentindo ou falando sério, ela não é burra. Se realmente está enrolada, quer saber o quanto.

— Por quê? Onde o encontrou?

Blefo alto.

— Toolie Williams me deu — digo, referindo-me ao jovem negro que arremessou o carro contra Matthew.

— Quem?

Trinco os dentes para manter a calma. Meto a mão no bolso e tiro uma fotografia de Toolie que saiu no jornal pela manhã. Tem orelhas grandes e um sorriso surpreendentemente gentil. Quase rasgo a foto em dois ao tentar desdobrá-la.

— Já o viu antes? — pergunto ao entregar a foto.

Ela balança a cabeça.

— Acho que não...

— Tem certeza disso? Não é seu namorado? Ou algum sujeito que conhece de...

— Por quê? Quem é ele?

O rosto humano é capaz de fazer quarenta e três movimentos musculares diferentes. Tenho amigos, senadores e deputados que mentem na minha cara todos os dias. Engolem o lábio inferior, erguem as pálpebras superiores, abaixam o queixo. A essa altura, conheço todos os truques. Mas, ao olhar para esta menina negra e alta com cabelo afro, não vejo qualquer músculo dizer qualquer outra coisa além de inocência juvenil.

— Espere um instante — interrompe ela, agora rindo. — É outro trote? Nikki o meteu nisso? — Ela vira o crachá azul como se procurando pelo Gato. — O que fez? Encheu-o de tinta para que eu a espirre no primeiro senador com quem falar?

Ela se inclina para olhar cuidadosamente para o crachá. Ao redor de seu pescoço, seu crachá novo começa a girar. Fixado no verso com fita adesiva, vejo a foto de uma negra. Imagino que seja a mãe ou uma tia. Alguém que a fortalece... ou ao menos tenta fazê-lo.

Observo Viv novamente. Sem maquiagem, sem bijuterias da moda... sem corte de cabelo elegante... nenhum dos ícones de popularidade. Até mesmo esses ombros arriados... Há uma garota como ela em toda escola... o exterior mostrando o interior. Em cinco anos, vai romper o casulo, e seus colegas de classe vão se perguntar por que nunca prestaram atenção nela. No momento, ela senta no fundo da sala de aula, observando em silêncio. Igual a Matthew. Igual a mim. Balanço a cabeça para mim mesmo. Não há como esta garota ser uma assassina.

— Ouça, Viv...

— A única coisa que não entendo é quem é esse tal de Toolie — diz ela, ainda rindo. — Ou Nikki também armou essa para você?

— Não se preocupe com Toolie. Ele apenas... ele é apenas um cara que conhecia um amigo meu.

Agora ela está confusa.

— Então, o que isso tem a ver com o meu crachá?

— Na verdade, também estou tentando entender.

— Bem, qual é o nome de seu amigo?

Decido tentar uma última vez.

— Matthew Mercer.

— Matthew Mercer? Matthew Mercer — repete. — Eu conheço esse nome...

— Você *não* conhece. Apenas...

— Espere um pouco — interrompe. — Não é aquele cara que foi atropelado?

Tiro a foto das mãos dela. Agora é Viv quem me observa detidamente.

— Era ele quem estava com o meu crachá?

Não respondo.

— Por que ele haveria de...? — Ela se interrompe, observando meu olhar. — Se o faz sentir melhor, não faço idéia de como ele conseguiu meu crachá. Quero dizer, compreendo que esteja aborrecido com o acidente de seu amigo...

Ergo a cabeça quando ela diz a palavra "acidente". Ela fixa o olhar em mim. Sua boca se abre, revelando sua idade, embora os olhos mostrem algo diferente. Seu olhar tem profundidade.

— O que foi? — pergunta.

Volto-me, fingindo seguir um som imaginário.

— Foi um acidente, não foi?

— Tudo bem, vamos todos nos acalmar — digo, forçando um sorriso. — Ouça, você realmente precisa ir, Viv. Este é o seu nome, certo? Viv? Viv, sou Harris.

Estendo a mão direita para um breve cumprimento e apóio a outra mão sobre o ombro dela. Essa eu aprendi com o senador. As pessoas não falam quando estão sendo tocadas. Ela não se move. Mas ainda olha para mim com seus olhos cor de café.

— Foi um acidente ou não foi? — ela pergunta.

— Claro que foi um acidente. Tenho certeza de que foi um acidente. Positivo. Eu só... quando Matthew foi atropelado, seu crachá estava em um dos contêineres de lixo ali perto. É só isso. Nada demais... nada para se entrar em pânico. Só imaginei que você pudesse ter visto algo... prometi à família dele que investigaria. Agora sabemos que seu crachá estava em uma lixeira ali perto por coincidência.

Era um ótimo discurso e funcionaria com 99 por cento das pessoas. O problema é que ainda não sei se esta menina está entre o um por cento restante. Contudo, acabo tendo sorte. Ela meneia a cabeça, parecendo aliviada.

— Então está tudo bem? Era tudo o que queria?

Nos dez minutos em que estivemos juntos, foi a pergunta mais difícil que ela me fez. Quando acordei esta manhã, pensei que Viv poderia ter todas as respostas. Em vez disso, estou de volta a outro beco sem saída. Agora, o único meio de resolver o quebra-cabeça é descobrir quem mais está jogando o jogo. Matthew tinha arquivos em seu escritório... Eu tenho anotações na minha mesa... hora de fuçar o restante dessa bagunça. O problema é que Janos não é burro. No momento em que eu tentar voltar à minha vida, ele vai espetar a sua caixinha no meu peito. Já tentei procurar os amigos... apenas um tolo tentaria isso novamente. Olho ao redor da sala, mas não tenho como evitar o pensamento... não me resta a menor chance. A não ser que eu descubra como me tornar invisível... ou conseguir alguma ajuda neste departamento.

— Obrigada novamente por ter achado o meu crachá — interrompe Viv. — Se eu puder devolver o favor, não hesite em me procurar.

Estendo a mão e repito as palavras em minha mente.

Não é a aposta mais segura que já fiz, mas agora, com a vida em risco, não penso ter muita escolha.

— Ouça, Viv, detesto ser chato, mas... falou sério a respeito daquele favor?

— C-claro... mas não tem a ver com Matthew, certo? Porque...

— Não, não... — insisto. — É apenas uma pequena incumbência... para ajudar em uma audiência na qual estamos trabalhando. Você resolve em dois minutos. Tudo bem?

Sem dizer uma palavra, Viv olha ao redor da sala onde estamos, dos teclados à pilha de cadeiras descartadas. É a única falha em minha história. Se tudo fosse realmente confiável, por que conversávamos em um depósito?

— Harris, eu não sei...

— Você só tem de pegar algo para mim... ninguém nem saberá que você esteve lá. Tudo o que tem de fazer é pegar um arquivo e...

— Não podemos pegar nada a não ser que seja pedido pela expedição...

— Por favor, Viv... é apenas um arquivo.

— Lamento por seu amigo.

— Já disse, nada tem a ver com Matthew.

Ela baixa os olhos e nota o cerzido no joelho da calça de meu terno. Fui a uma tinturaria e pedi que consertassem o buraco resultante do pulo entre edifícios que dei ontem. Mas a marca ainda está ali. Ela volta a mexer no crachá.

— Desculpe — diz ela, a voz ligeiramente trêmula. — E-eu não posso.

Em vez de implorar, forço um sorriso e digo:

— Não, eu compreendo. Tudo bem.

Quando eu tinha dezessete anos, no momento em que um pensamento me vinha à mente, ele saía pela minha boca. Já Viv fica em completo silêncio. Ela abre a porta, metade do corpo ainda dentro da sala.

— Ouça, eu preciso...

— Você precisa ir embora — concordo.

— Mas se você...

— Viv, não se preocupe. Vou pedir à expedição... não demora nada.

Ela meneia a cabeça, olhando-me diretamente.

— Realmente sinto muito por seu amigo.

Aceno-lhe em agradecimento.

— Então, nos vemos por aí no Capitólio? — ela pergunta.

Forço outro sorriso

— Com certeza — digo. — E se precisar de algo, basta ligar para o meu escritório.

Ela gostou dessa.

— E não se esqueça: — acrescenta, abaixando a voz em sua melhor imitação de mim mesmo — o melhor que você pode fazer na vida é escolher os inimigos certos...

— Sem dúvida — digo quando a porta se fecha. Ela se vai, e minha voz baixa a um murmúrio. — Não resta a menor dúvida quanto a isso.

18

Caminhando pelo corredor do quarto andar, Viv obrigou-se a não olhar para trás. Seja lá como seu crachá tenha ido parar ali, bastava-lhe ver a expressão desesperada de Harris para saber onde aquilo iria dar. Quando o viu pela primeira vez, discursando para os mensageiros, caminhava pela sala de modo tão suave que ela se sentiu tentada a olhar para seus pés para ver se tocavam o chão. Mesmo agora, ela ainda não estava certa da resposta. E não era apenas por causa de seu charme. Na igreja que freqüentava em Michigan, ela vira muito charme. Harris tinha algo mais.

Dos quatro palestrantes que deram as orientações de boas-vindas aos mensageiros, dois fizeram advertências, um deu conselhos... e Harris... Harris deu-lhes um desafio. Não apenas como mensageiros, mas como pessoas. Como disse, a primeira regra da política era: não despreze ninguém. Enquanto as palavras saíam de seus lábios, toda a sala se aprumava nas cadeiras. Hoje, porém, o homem que vira naquela sala... hoje, o homem que tivera coragem de fazer um discurso daquele... esse homem já não estava mais ali. Hoje, Harris estava abalado... no limite... sem dúvida sua confiança se quebrara. Seja lá o que o tenha atingido, claramente o atingiu no meio do peito.

Mantendo o passo, Viv correu em direção ao elevador. Na política, não demora até o furacão chegar, e justo agora, a última coisa de que ela precisava era se meter no redemoinho. *Não é problema seu*, disse para si mesma. *Apenas continue a andar.* Mas ao apertar o botão para chamar o elevador, não conseguiu evitar. Voltou-se bruscamente, e olhou para a porta da sala onde Harris estava. Ainda fechada. Sem surpresa. Pela expressão sombria de seu rosto, não sairia dali tão cedo.

Um rumor abafado quebrou o silêncio, e a porta do elevador se abriu, revelando a ascensorista — uma negra retinta com cabelos brancos acima das têmporas. Sentada no tamborete de madeira do elevador, olhou Viv e ergueu uma sobrancelha ao ver o quanto era alta.

— Sua mamãe a alimentou bem, hein? — disse a ascensorista.

— É... acho que sim...

Sem mais palavras, a ascensorista ergueu o jornal em frente ao rosto. Viv já estava habituada àquilo. Do colegial até ali, nunca fora fácil.

— De volta à base? — perguntou a ascensorista por trás do jornal.

— Claro — respondeu Viv com um dar de ombros.

A ascensorista baixou o jornal e passou a examinar a reação de Viv.

— Dia ruim, hein?

— Um tanto esquisito.

— Veja o lado bom da coisa: hoje temos tacos no almoço — disse a ascensorista, voltando ao jornal enquanto o elevador descia.

Viv agradeceu, mas a ascensorista não ouviu.

Sem erguer a cabeça, a ascensorista disse:

— Não se aborreça tanto, doçura... desse jeito seu rosto vai ficar assim para sempre.

— Eu não estou... Eu... — Viv interrompeu-se. Se aprendeu algo nas últimas semanas foram as vantagens de ser discreta. Era algo que sua família sempre a ensinou: do trabalho do pai nas forças armadas, ao trabalho da mãe como dentista, ela sabia o valor de manter a boca fechada e os ouvidos atentos. Na verdade, esse foi um dos motivos de Viv ter conseguido aquele emprego. Há um ano, sua mãe estava curvada sobre uma cadeira de dentista fazendo uma extração de emergência de um dente do siso. Se ela não estivesse atenta aos comentários a meia voz, ela nunca saberia que o paciente era o senador Kalo, de Michigan, um dos mais antigos defensores do programa de mensageiros. Quatro dentes inclusos depois, o senador deixou o consultório com o nome de Viv no bolso do paletó. Foi o que bastou para mudar sua vida: um gentil favor de um estranho.

Encostando-se contra a parede dos fundos do elevador, Viv lê o jornal por sobre o ombro da ascensorista. Outro caso para a Suprema Corte. A filha do presidente se metera em confusão novamente. Mas nada disso parecia importante. No chão, o resto do jornal estava metido embaixo do tamborete de madeira. A seção *Cidade* estava no topo. Os olhos de Viv foram direto para a manchete: *Divulgada identidade do motorista de atropelamento seguido de fuga*. Embaixo da manchete, a foto que Harris lhe mostrou. O jovem negro com sorriso simpático. Toolie Williams. Viv não conseguia tirar os olhos dele. Por algum motivo, seu crachá fora encontrado ao lado de um morto. Aquilo não poderia ser boa coisa em hipótese alguma.

— Posso ver isso um instante? — perguntou enquanto se abaixava e pegava o jornal debaixo do tamborete. Seus olhos se estreitaram ao olhar a foto. A imagem saiu de foco tornando-se uma floresta de pontos cinzentos. Com um piscar de olhos, voltou ao foco — e Toolie Williams olhava diretamente para ela. Ela lembrou-se do senador. Foi o que bastou para mudar sua vida. Um gentil favor de um estranho.

— Aqui estamos — disse a ascensorista quando o elevador parou e a porta se abriu. — Segundo andar...

Quando Viv abaixou a cabeça para passar pelo senador de Illinois com aquele olhar malicioso, pôde ouvir a mãe censurando-a com insistência no fundo de sua mente. *Imponha-se. Sempre se imponha.* Isso era parte do motivo por que a mãe queria que Viv viesse trabalhar no Congresso. Mas agora, ao olhar para a foto granulada no jornal, ela se deu conta de que a mãe só compreendia parte da situação.

Não é apenas uma questão de se impor. Era também questão de ajudar aqueles que precisavam dela.

— Você fica aqui, certo? — perguntou a ascensorista.

— Na verdade, esqueci algo lá em cima — respondeu Viv.

— Você é quem manda, senhora. Quarto andar. Vamos subir, então...

No momento em que a porta do elevador se abriu, Viv esgueirou-se para fora e avançou corredor acima, esperando não estar muito atrasada. Seu paletó tremulava atrás dela enquanto corria. Se o perdesse agora... Não. Não queria pensar nisso. Seja positiva. Seja positiva.

— Desculpem... estou passando... — gritou, passando entre dois funcionários, cada um carregando um arquivo sanfona.

— Devagar — advertiu o mais alto dos dois.

Típico, pensou Viv. Todo mundo gosta de mandar nos mensageiros. Instintivamente, reduziu o passo a um plácido caminhar, mas dois passos depois olhou para os dois sujeitos. Eram apenas funcionários. Claro, ela era uma mensageira, mas... eram apenas funcionários. Voltou a correr e sentiu-se melhor do que imaginava que se sentiria.

Ao chegar ela parou, certificou-se de que não havia ninguém no corredor e bateu na porta.

— Sou eu! — gritou.

Sem resposta.

— Harris, é Viv. Você está aí?

Novamente, sem resposta. Ela tentou a maçaneta. Não se moveu. Trancada.

— Harris, é uma emergên...

Ouviu-se um clique. A maçaneta girou e a pesada porta se abriu. Harris meteu a cabeça para fora, cuidadosamente verificando o corredor.

— Você está bem? — perguntou afinal.

Viv limpou a palma das mãos nas calças e refez a si mesma a pergunta. Se pretendia ir embora, aquela era a sua chance. Podia sentir o crachá pesando em seu pescoço. Mas desta vez não o segurou. Em vez disso, olhou para Harris diretamente nos olhos.

— Eu... ahn... eu só... ainda quer que eu pegue aquilo para você?

Harris tentou esconder o sorriso, mas nem mesmo ele conseguiu evitar.

— Não vai ser tão fácil quanto pensa. Está certa de que pode...

— Harris, eu era uma das duas únicas meninas negras em uma escola de brancos, e eu era a mais escura de nós duas. Certo dia, arrombaram meu armário e escreveram *crioula* nas costas de minha roupa de ginástica. Quão pior isso pode ser? Agora, me diga onde ir antes que eu morra de medo e mude de idéia.

19

Viv olhou para a folha de papel grudada com fita adesiva no lado da geladeira de aço inoxidável da expedição e seguiu com o indicador a ordem alfabética de senadores. Ross... Reissman... Reed. Atrás dela, lá fora, no plenário, o senador Reed da Flórida fazia outro discurso sobre a importância da indústria de franquias. Para Reed, era o modo perfeito de manter as taxas de serviços em alta. Para Viv, era o momento perfeito de levar água ao entusiasmado palestrante. Quisesse ele ou não.

Olhando uma última vez para a lista de água, verificou ao longo das três colunas: *Gelada, Sem gelo* e *Saratoga Seltzer*. Viv ainda via aquilo como uma das demonstrações de poder do Senado. Não sabem apenas como você gosta do café. Sabem como você gosta de sua água. De acordo com a lista, Reed era um sujeito sem gelo. *Era de se esperar,* pensou Viv.

Ansiosa para entrar em ação, tirou uma garrafa de água da geladeira, encheu um copo gelado e entrou no Senado. O senador Reed não pedira água alguma, nem ergueu a mão para chamar um mensageiro. Mas Viv sabia muito bem como funcionava o programa de mensageiros. De fato, com tantos jovens de dezessete anos trabalhando com funcionários adultos, o programa tinha de se responsabilizar por onde estava cada mensageiro. Se Viv quisesse desaparecer por uma hora ou mais, era melhor que parecesse que sua ausência estava relacionada com seu trabalho.

Quando Viv pôs a água junto ao leitoril do senador, este, como sempre, a ignorou. Rindo para si mesma, ela se inclinou um pouco — tempo o bastante para que parecesse verdade —, como se estivesse recebendo instruções. Voltando-se com determinação, Viv voltou à expedição e dirigiu-se à mesa do chefe do programa de mensageiros.

— Reed acaba de me pedir para fazer algo para ele — disse para Blutter que, como sempre, atendia uma ligação. Folheando o controle da expedição, Viv assinou a sua saída. Sob *Destino*, escreveu *Rayburn* — o prédio mais distante servido pelos mensageiros no complexo do Capitólio. Isso por si só dava-lhe ao menos uma hora. E uma hora era tudo de que precisava.

Cinco minutos depois, Viv abria a porta de nogueira nodosa da expedição da Câmara dos Deputados.

— Vim pegar uma encomenda — disse para o guarda de segurança, que a deixou entrar. Ao entrar na expedição, sentiu um cheiro forte de cachorro-quente. Mais acima à sua esquerda, seguiu o cheiro até topar com uma pequena multidão de parlamentares e funcionários em frente a um pequeno balcão, fonte do cheiro. Esqueça charutos e outros clichês — na Câmara dos Deputados, esse era o cheiro da expedição. E bastou sentir aquele cheiro para que Viv visse a diferença sutil, embora inevitável: os senadores podiam escolher como queriam a sua água; os deputados lutavam por seus cachorros-quentes. O Clube dos Milionários contra A Casa do Povo. Uma nação sob os olhos de Deus.

— Posso ajudá-la? — perguntou uma voz feminina enquanto ela se encaminhava para o plenário da Câmara.

Voltando-se, Viv viu uma jovem pequena, com cabelo louro e encrespado, sentada atrás de uma mesa de madeira escura.

— Estou procurando o supervisor dos mensageiros — explicou Viv.

— Prefiro o termo *soberano* — disse a mulher sério o bastante para deixar Viv em dúvida se aquilo era ou não uma brincadeira.

Antes que pudesse dizer qualquer coisa, o telefone na mesa da mulher tocou e ela atendeu.

— Expedição — anunciou. — Sim... número da sala?... Mandarei um agora mesmo... — Erguendo o dedo ela sinalizou para os mensageiros sentados em bancos de mogno junto à sua mesa. Um segundo depois, um jovem hispânico de dezessete anos usando calças cinza e um *blazer* azul-marinho pulou do banco.

— Pronto para correr, A. J.? — perguntou a mulher para o rapaz, que olhava Viv de cima abaixo. Vendo-a de terno, acrescentou ao olhar um desdém quase imperceptível. Terno em vez de *blazer*. Mesmo na hierarquia dos mensageiros, era a Câmara contra o Senado. — Encomenda em Rayburn B-351-C — acrescentou a mulher.

— De novo? — reclamou o mensageiro. — Será que essa gente nunca ouviu falar em *e-mail*?

Ignorando a queixa, a mulher voltou-se para Viv.

— Agora, como posso ajudá-la? — perguntou.

— Trabalho no Senado...

— Obviamente — disse a mulher.

— É, bem... nós... ahn... estávamos pensando se vocês mantêm registro das entregas de seus mensageiros. Temos um senador que recebeu uma encomenda na semana passada e jura ter dado ao mensageiro outro envelope quando este saiu... mas obviamente, como é um senador, não tem idéia se o mensageiro era da Câmara ou do Senado. Nós todos parecemos iguais, você sabe.

A mulher sorriu da piada e Viv suspirou aliviada. Ela havia conseguido se infiltrar.

— Só mantemos os registros do dia — disse a mulher, apontando para a planilha de saída. — Tudo o mais vai para o lixo.

— Então não tem nada anterior a...

— Hoje. É isso mesmo. Jogo fora toda noite. Para ser honesta, isso só está aí para eu saber onde vocês estão. Se algum desaparecer... bem, você sabe o que acontece quando se deixa jovens de dezessete anos soltos em uma sala repleta de parlamentares... — Inclinando a cabeça para trás, a mulher soltou uma gargalhada.

Viv ficou em silêncio.

— Relaxe, querida... Apenas um pouco de humor de mensageiro.

— É — disse Viv, forçando um sorriso. — Escute, ahn... posso fazer algumas cópias desses registros? Ao menos assim teremos algo para mostrar a ele.

— Fique à vontade — disse a mulher de cabelo encrespado. — Qualquer coisa que facilite a sua vida.

20

Escondido no depósito, esperando por Viv, mantenho o telefone contra o ouvido e disco um número.

— Escritório do deputado Grayson — responde uma voz jovem e masculina com sotaque de Dakota do Sul. É preciso dar crédito a Grayson por isso. Sempre que um eleitor ligar, a primeira voz que ouvirá será a do recepcionista. Por esse motivo, parlamentares espertos se certificam de que seu pessoal de frente sempre tenha o sotaque certo.

Olhando para as cadeiras empilhadas no depósito, dou ao recepcionista uma pausa suficiente apenas para fazê-lo pensar que estou ocupado.

— Olá, estou procurando o seu encarregado de dotação orçamentária — digo afinal. — Não sei como, mas acho que perdi as informações a respeito dele.

— E a quem devo anunciar?

Sinto-me tentado a usar o nome de Matthew, mas as notícias certamente já chegaram ali. Ainda assim, me apego ao fator medo.

— Estou falando do departamento de dotação orçamentária doméstica. Preciso...

Ele me interrompe e me põe em espera. Alguns segundos depois, ele volta.

— Desculpe-me — diz ele. — O assistente diz que ele saiu um instante.

É uma mentira óbvia. Neste nível, os funcionários da Câmara não têm assistentes. Contudo, não deveria me sentir culpado. Se estou ligando para a linha central, não é uma chamada que mereça ser atendida.

— Diga-lhe que sou do escritório do presidente da assembléia e que é sobre o pedido do deputado Grayson...

Fico novamente em espera. Novamente ele volta alguns segundos depois.

— Aguarde um momento, senhor. Eu o estou transferindo para Perry...

Primeira regra da política: todo mundo tem medo.

— Perry — responde uma voz áspera e mal-humorada.

— Oi, Perry, estou ligando aqui do departamento de dotação orçamentária doméstica... estou cuidado dos assuntos de Matthew após o que...

— Sim, não... ouvi dizer. Lamento muito. Matthew era um cara legal.

Ele diz a palavra "era" e eu fecho os olhos. Ainda me atinge como uma meia repleta de moedas de vinte e cinco centavos.

— Então, o que posso fazer por você? — pergunta Perry.

Penso na aposta que originou tudo isso. Seja lá o que Matthew viu naquele dia... o motivo pelo qual ele e Pasternak foram mortos... começou assim. A venda de uma mina de ouro em Dakota do Sul que precisava ser inserida no orçamento. O escritório de Grayson fizera o pedido inicial. Não tenho muita informação além disso. Esse cara pode me dar mais.

— Na verdade, estamos apenas examinando novamente todos os pedidos — explico. — Quando Matthew... sem Matthew, queremos nos certificar de que sabemos as prioridades de todos.

— Claro, claro... fico feliz em ajudar. — Ele é um funcionário a serviço de um parlamentar de baixo nível e pensa que posso adiantar-lhe alguns projetos. Neste instante, a antipatia em sua voz desaparece.

— Pois bem — começo, olhando para uma folha de papel em branco. — Estou vendo sua lista original e, obviamente, sei que não estão chocados em saber que não podem ter tudo o que pedem...

— Claro, claro... — diz ele novamente, rindo à socapa. Quase consigo ouvi-lo dando tapas no joelho. Não sei como Matthew lidava com isso.

— Então, quais projetos são prioritários para vocês? — pergunto.

— O sistema de esgoto — responde, mal respirando. — Se puder fazer isso... se pudermos melhorar a drenagem... ganharíamos o município.

É mais esperto do que pensei. Ele sabe quão baixo o seu parlamentar está na pirâmide do poder. Se pedir todos os presentes da lista de Natal, terá sorte de conseguir apenas um. Melhor ficar com a Casa dos Sonhos da Barbie.

— Esses esgotos... realmente irão mudar o resultado das eleições — acrescenta, já implorando.

— Então, tudo o mais na lista...

— Tudo o mais é secundário.

— E quanto a esse negócio de mina de ouro? — pergunto, lançando meu blefe. — Pensei que Grayson realmente estivesse interessado.

— Interessado? Ele nem mesmo tinha ouvido falar a respeito. Lançamos essa a pedido de um de nossos doadores, na base do "se colar, colou".

Quando Matthew me falou da aposta, disse exatamente o mesmo: o escritório de Grayson aparentemente não estava preocupado com a mina — o que quer dizer que esse tal de Perry ou está genuinamente concordando ou batendo o recorde mundial dos mentirosos.

— Estranho... — digo, tentando sondar mais um pouco. — Pensei que Matthew tinha alguma urgência nisso.

— Se tinha, é apenas porque a Mineração Wendell forçou a barra.

Escrevo *Mineração Wendell* na folha de papel. Enquanto jogava, sempre pensei que os diferentes votos e os diferentes pedidos não tinham importância — mas isso não se aplica se me disserem quem mais está jogando.

— E quanto ao resto de sua delegação? — pergunto, referindo-me aos senadores de Dakota do Sul. — Alguém vai chiar se vetarmos o pedido de venda da mina?

Ele pensa que estou tentando me garantir antes de cortar o projeto de venda, mas o que realmente quero saber é quem mais no Congresso tem interesse neste projeto.

— Ninguém — diz ele.

— Alguém contra?

— É uma pequena mina de ouro em uma cidade tão pequena que nem sinal de trânsito tem. Para ser sincero, não creio que alguém mais saiba a esse respeito além de nós. — Ele me lança outro sorriso à socapa que me dói no ouvido. Há três noites, alguém apostou $1.000 pelo direito de pôr esta mina no projeto. Alguém mais apostou cinco mil. Isso quer dizer que há ao menos duas pessoas atentas ao que estava acontecendo. No momento, porém, não consigo encontrar nenhuma delas.

— Então, e quanto ao nosso sistema de esgotos? — pergunta Perry do outro lado da linha.

— Farei o melhor que puder — digo, olhando para minha folha de papel em branco. As palavras *Mineração Wendell* flutuam no topo. Mas, ao agarrar o papel e relê-lo pela sexta vez, lentamente vejo o tabuleiro de xadrez se expandir. É claro. Como não pensei nisso antes...

— Ainda está aí? — pergunta Perry.

— Na verdade, preciso ir — digo, já sentindo a adrenalina. — Acabo de me lembrar de uma ligação que preciso fazer.

21

— Oi, estou aqui para buscar uma encomenda — anunciou Viv ao entrar na sala 2.406 do edifício Rayburn, escritório base do antigo chefe de Matthew, deputado Nelson Cordell, do Arizona.

— Perdão? — respondeu o rapaz detrás do balcão com um sotaque nativo americano. Vestia uma camisa de zuarte e uma gravata com um prendedor de prata com o selo do estado do Arizona. Viv não vira aquilo nos escritórios de outros parlamentares do Arizona. Bom para Cordell, pensou Viv. Era legal ver gente que se lembrava de suas origens.

— Pediram para buscar um pacote — explicou Viv. — Aqui é a sala 2.406, certo?

— É — disse o jovem recepcionista, remexendo em sua mesa em busca da correspondência. — Mas eu não chamei um mensageiro.

— Bem, alguém chamou — disse Viv. — Havia um pacote a ser levado para a assembléia.

O jovem se aprumou na cadeira e sua gravata bateu contra seu peito. Todo mundo tem medo do chefe — exatamente como Harris dissera.

— Posso usar um telefone? — pediu Viv.

Ele apontou para um aparelho sobre a mesa de aço trabalhado em estilo do sudoeste.

— Vou ligar de volta para saber quem fez o pedido.

— Ótimo... obrigada — disse Viv quando o jovem desaparecia por uma porta à direita. No momento em que ele se foi, ela ergueu o fone do gancho e digitou os cinco números que Harris lhe dera.

— Aqui é Dinah — respondeu uma voz feminina. Como colega do escritório de Matthew e escriturária-chefe do subcomitê de dotação orçamentária doméstica da Câmara, Dinah tinha acesso a muita coisa e uma quantidade de poder desconcertante. Mais importante, ela tinha identificador de chamadas, motivo pelo qual Harris disse que a ligação deveria ser feita dali. Naquele exato momento, as palavras *Hon. Cordell* apareciam na tela digital do telefone de Dinah.

— Oi, Dinah — disse Viv, cuidando para manter a voz baixa e macia —, aqui é Sandy do escritório de Cordell. Lamento incomodá-la, mas o deputado deseja dar uma olhada nos livros de projetos de Matthew, apenas para se certificar de que estão prontos para a conferência...

— Não acho que seja boa idéia — Dinah deixou escapar.

— Perdão?

— É que... a informação que contém... não é boa idéia deixá-la sair do escritório.

Harris a advertira de que isso podia acontecer. Por isso, ensinou-lhe a réplica definitiva.

— O deputado as quer — insistiu Viv.

Houve uma breve pausa no outro lado da linha.

— Vou separar — disse Dinah afinal.

Viv olhou para trás e viu a porta à sua direita se abrir. O jovem recepcionista voltou à sala.

— Ótimo — gaguejou Viv. — E-eu vou mandar alguém buscar.

Viv desligou o telefone e voltou-se para a mesa da recepção.

— Ops... sala errada... — disse Viv ao recepcionista ao dirigir-se à porta.

— Não se preocupe — respondeu. — Não fez mal algum.

Recusando-se a esperar pelo elevador, Viv desceu quatro lances de escada, pulou os últimos dois degraus e pousou ruidosamente sobre o chão encerado do subsolo do edifício Rayburn. Em média, um mensageiro do Senado caminhava onze quilômetros de corredores todos os dias, pegando e entregando volumes. Em um dia típico, esses onze quilômetros poderiam levá-los da sala de audiências onde Nixon foi impugnado por causa do escândalo Watergate até a antiga câmara da Suprema Corte, onde foi decidido o caso Dred Scott. Da frente oeste do Capitólio, onde cada novo presidente faz o juramento do cargo, ao centro da enorme rotunda — sob a majestosa cúpula do Capitólio — onde foram velados os corpos de Abraham Lincoln e John F. Kennedy. Viv via aquilo todos os dias. Mas não se sentia tão entusiasmada desde o seu primeiro dia de trabalho.

Ainda sem saber se era entusiasmo ou medo, não deixou que isso a retardasse. Com o coração saltando do peito, Viv Parker atravessou o fantasmagórico saguão branco. Deixava de manipular correspondência para fazer aquilo que o programa de mensageiros lhe prometera inicialmente: fazer diferença na vida de alguém.

Parando em frente à sala B-308, sentiu mais do que seu ímpeto esmorecer. Ali ainda era o escritório de Matthew e, se não fosse cuidadosa, jamais conseguiria fazê-lo. Quando estendeu a mão para girar a maçaneta, olhou para o corredor exatamente como Harris a instruíra. À esquerda, a porta de um armário de serviço se abriu, mas até onde podia ver, não havia ninguém lá dentro. À sua direita, o corredor estava vazio.

Contendo a respiração, ela girou a maçaneta de bronze, surpresa com a frieza do objeto. Ao forçar o peso do corpo contra a porta, a primeira coisa que ouviu foi um telefone tocar: à sua esquerda, além da tapeçaria *sioux*. Novamente, exatamente como Harris dissera.

Seguindo o som, além das superlotadas caixas de entrada e saída à beira da mesa, Viv sentiu um súbito alívio ao dar-se conta de que a recepcionista era negra. Sem nada dizer, Roxanne ergueu a cabeça para Viv, leu seu crachá e meneou a cabeça discreta, embora inequivocamente. Viv já recebera esse tipo de gesto ao menos uma dúzia de vezes. Das senhoras da cafeteria... de uma das ascensoristas... até mesmo da deputada Peters.

— O que deseja, querida? — perguntou Roxanne com um sorriso simpático.

— Estou aqui para buscar uns livros de notas.

Quando Harris falou com Viv a esse respeito, ela se disse preocupada com a possibilidade de alguém se perguntar o que um mensageiro do Senado estava fazendo na Câmara. Roxanne nem mesmo olhou duas vezes. Esqueça o que está escrito no crachá... até mesmo para as recepcionistas, um mensageiro é apenas um mensageiro.

— Dinah está...

— Depois desta porta — disse Roxanne, apontando para os fundos.

Viv encaminhou-se para a porta e Roxanne voltou-se para a votação em curso na C-SPAN. Viv não conseguiu evitar o sorriso. No Congresso, até mesmo o pessoal de apoio era viciado em política.

Acelerando os passos, Viv entrou na sala.

— Então, onde estamos? — perguntou uma voz masculina.

— Eu disse que estamos trabalhando nisso — respondeu Dinah. — Ele se foi há apenas dois...

A porta se abriu e Dinah parou de falar abruptamente voltando-se para Viv.

— Desculpe — disse Viv.

— Em que posso ajudá-la? — perguntou Dinah de mau humor.

Antes que Viv pudesse responder, o homem em frente à mesa de Dinah voltou-se, seguindo o som. Viv olhou-o diretamente nos olhos, mas havia algo errado. Olhava mais para cima, como fosse...

Viv viu a bengala branca que portava. Por isso parecia-lhe tão familiar... ela já o vira andando pelos corredores durante as votações, do lado de fora do plenário do Senado.

— Eu disse: posso ajudá-la? — repetiu Dinah.

— Pode — gaguejou Viv, fingindo olhar para o furão empalhado sobre a estante. — Eu só estava... aquele furão...

— Está aqui por causa dos livros de notas? — interrompeu Dinah.

— Estou aqui por causa dos livros de notas.

— Naquela cadeira — disse Dinah, apontando para uma mesa oposta à sua.

Viv se aproximou dali o mais rápido que pôde e se pôs atrás da mesa, onde viu dois enormes fichários de três anéis sobre a cadeira. Na lombada de um lia-se: *A-L;* no outro, *M-Z.* Ao afastar a cadeira para pegar os livros, Viv notou uma pilha de três porta-retratos empilhados sobre o tampo da mesa. Como se alguém estivesse de mudança... ou *sendo mudado.* O computador junto à mesa estava desligado, mesmo sendo perto do meio-dia. Os diplomas que estavam nas paredes agora se empilhavam no chão. O tempo parou quando ela se curvou e seu crachá bateu na borda da mesa.

Ela olhou novamente para o porta-retratos no topo da pilha, onde via-se um homem de cabelos louros diante de um lago azul-safira. Era alto, com um pescoço comprido que o fazia parecer ainda mais parvo. Ainda mais notável, estava tão à esquerda que quase saía de enquadramento. Ao apontar para o lago com a mão aberta, Matthew Mercer deixava perfeitamente claro quem ele pensava que era a verdadeira estrela do espetáculo. O sorriso de seu rosto era de puro orgulho. Viv nunca vira aquele homem, mas assim que viu a sua foto, não conseguiu tirar os olhos dele.

Viv sentiu uma mão pesada sobre o seu ombro.

— Você está bem? — perguntou Barry. — Quer ajuda?

Afastando-se, Viv ergueu os livros da cadeira e tropeçou até o outro lado da mesa, agindo como se o peso dos livros a tivessem desequilibrado. Em segundos, ela se aprumou e deu uma última olhada para a mesa de Matthew.

— Lamento por seu amigo — disse ela.

— Obrigado — disseram Dinah e Barry ao mesmo tempo.

Forçando um sorriso desajeitado, Viv correu para a porta. Barry não se moveu, mas seus olhos azuis enevoados seguiram seus movimentos o tempo todo.

— Apenas certifique-se de nos devolver — gritou Dinah, ajustando a pochete. Como colega de escritório de Matthew, ela se sentara ao lado dele durante quase dois anos, mas ainda era escriturária-chefe do comitê. Aqueles livros eram assunto vital.

— Com certeza — disse Viv. — Assim que o deputado terminar, serão todos seus.

22

— E quanto à casa dele? — A voz de Sauls irrompeu pelo celular.
— Tem um bocado de paisagens de Adams Morgan — disse Janos, mantendo a voz baixa ao dobrar o longo e imaculado corredor de mármore do edifício Russell, no Senado. Não corria, mas andava rápido. Determinado. Assim como todos ao seu redor. Essa sempre foi a melhor maneira de desaparecer.
— Mas o apartamento não é dele... assim como tudo o mais. Não tem carro, ações, nada em sua conta bancária. Acho que ainda paga empréstimos. Fora isso, nada tem de permanente.
— Já esteve na casa dele?
— O que você acha? — rebateu Janos.
— Então, suponho que ele não estava lá, certo?
Janos não respondeu. Odiava perguntas idiotas.
— Algo mais que queira saber? — perguntou.
— Família e amigos?
— O rapaz é esperto.
— Isso nós sabemos.
— Não creio que saiba. Está no Congresso há dez anos. Sabe quão impiedoso isso o torna? O rapaz é uma navalha... já pensou em tudo. Embora seja bem relacionado, o jogo o impede de contactar seus

colegas de trabalho... e após termos seguido de perto seu amigo na Procuradoria... não creio que Harris se engane duas vezes.

— Porra nenhuma. Todo mundo se engana duas vezes. Por isso reelegem os presidentes.

Seguindo o número das salas, Janos voltou a silenciar.

— Acha que estou errado? — perguntou Sauls.

— Não — respondeu Janos. — Ninguém sobrevive sozinho. Há alguém em quem ele confia.

— Então pode encontrá-lo?

Parando em frente à sala 427, Janos agarrou a maçaneta da porta de mogno de três metros e meio de altura e girou-a com força.

— É o meu trabalho — disse ele antes de apertar o botão END do telefone e metê-lo no bolso de seu blusão do FBI.

Lá dentro, o escritório estava igual à última vez em que lá estivera. A mesa de Harris estava intocada por trás da divisória de vidro, e seu assistente ainda estava sentado na outra mesa.

— Agente Graves — gritou Cheese quando Janos entrou no escritório de Harris. — Em que posso ajudá-lo hoje?

23

Durante a minha primeira entrevista de emprego no Congresso, um diretor de pessoal exausto e com o pior tipo de brilhantina que eu já vira na vida, debruçou-se em sua mesa e me disse que, no fundo, o Congresso operava como uma pequena cidade. Às vezes, parecia ensimesmada. Outras, estava agressiva, disposta a brigar com o resto do mundo. Como cresci em uma cidade pequena, entendi perfeitamente a analogia. De fato, esta é a razão para eu estar caminhando para cima e para baixo no depósito, esperando alguém atender no outro lado da linha. Como todo habitante de cidade pequena está cansado de saber, se você quiser conhecer os segredos do lugar, tem de visitar a fofoqueira local.

— Centro de Recursos do Legislativo — responde uma voz feminina de tom matronal.

— Oi, espero que possa me ajudar. Estou procurando informações sobre um lobista.

— Vou transferi-lo para o Gary.

Em termos de cidade pequena, o Centro de Recursos do Legislativo é como sentar na varanda da velha rabugenta que mora em frente ao único motel da cidade. Não é um lugar agradável de se ficar, mas, ao fim de tudo, acabará sabendo exatamente quem está transando com quem.

— Gary Naftalis — responde uma voz masculina. É uma voz seca, que quase não demonstra emoção. — Como posso ajudá-lo?

— Oi, Gary... estou ligando do escritório do senador Stevens. Há uma empresa que quer fazer passar um projeto e estamos tentando descobrir com quais lobistas eles trabalham. Vocês ainda fazem esse serviço?

— É o único meio de fazer os nossos lobistas serem honestos, senhor — diz ele, rindo consigo mesmo.

É uma péssima piada, mas um ponto válido. Todos os anos, mais de dezessete mil lobistas vêm ao Congresso, cada um armado com uma metralhadora giratória de solicitações e pedidos especiais. Some isso à tonelada de projetos de lei que são submetidos e votados todos os dias, e terá um volume avassalador de coisas a serem consideradas. Como todos no Congresso sabem, nenhum funcionário pode ser especialista em todas elas. Logo, se precisa de alguma pesquisa? Procure os lobistas. Quer alguns assuntos para discussão? Procure os lobistas. Confuso com os efeitos de uma emenda específica? Procure os lobistas. É como comprar drogas. Se o que lhe derem for bom, você continua voltando. E é assim que a influência se propaga. Discreta e rapidamente, sem deixar impressões digitais.

O fato é que, no momento, preciso dessas impressões digitais.

Se Pasternak estava no jogo, outros lobistas também estariam. Para minha sorte, todos os lobistas precisam se registrar no Centro de Recursos do Legislativo e discriminar o nome de seus clientes, o que me dá a chance de ver quem está trabalhando para a Mineração Wendell.

— Seria possível procurar o lobista de uma empresa em particular? — pergunto.

— Com certeza, senhor... Tudo o que tem a fazer é vir aqui e...

— Posso pedir um imenso favor? — interrompo. — Meu senador está a ponto de cortar a minha cabeça e vomitar na minha traquéia... por isso, se eu lhe desse o nome da empresa, você procuraria para nós? É apenas uma empresa, Gary...

Digo seu nome, buscando simpatia. Ele faz uma pausa, deixando-me em silêncio.

— Isso realmente salvaria a minha pele — acrescento.

Novamente ele faz uma pausa. Isso é o que mais detesto quando falo ao telefone...

— Qual o nome da empresa, senhor?

— Ótimo... muito bom. Mineração Wendell — digo. — Mineração Wendell.

Ouço o ruído de seu teclado e paro de andar a esmo. Olhando por baixo das persianas verticais cobertas de poeira, vejo claramente o estreito passeio com parapeito de mármore que corre ao longo da entrada oeste do edifício. O sol da manhã incide sobre o teto de folha-de-flandres, mas aquilo não se compara ao calor que sinto agora. Enxugo uma poça de suor de minha nuca e desabotôo os primeiros botões da camisa. O terno e a gravata foram suficientes para que eu entrasse no prédio sem que olhassem duas vezes, mas se eu não conseguir algumas respostas logo...

— Perdão — diz Gary. — Não está aparecendo.

— O que quer dizer com não está aparecendo? Pensei que todo lobista tinha de discriminar os seus clientes...

— E tem. Mas nessa época do ano... ainda estamos no meio da pilha.

— Que pilha?

— Dos formulários de discriminação — aqueles que os lobistas preenchem. Recebemos mais de dezessete mil formulários a cada período de registro. Sabe quanto tempo demora para processar isso e atualizar nossa base de dados?

— Semanas?

— Meses. O prazo acabou há apenas algumas semanas, em agosto, portanto ainda temos uma tonelada de formulários não processados.

— Então é possível um lobista estar trabalhando em uma matéria...

— Aqui é o Congresso, senhor. Tudo é possível.

Enrolo a língua dentro da boca. Detesto humor governamental.

— Acrescentam cerca de setecentos nomes à base de dados todos os dias — continua Gary. — Melhor seria ligar mais no fim da semana, quando poderemos verificar se já está lá.

Lembro-me de que este é o segundo ano que a Mineração Wendell fez o pedido.

— E quanto ao ano passado? — pergunto.

— Como disse, não veio nada do banco de dados, o que quer dizer que ou a empresa não tem um lobista, ou então esse lobista não discriminou a empresa ao se registrar.

Esta parte realmente faz sentido. No que diz respeito a conseguirem se fazer notar, as empresas menores tentam fazê-lo por conta própria. Então, quando não conseguem, caem em si e passam a tarefa para um profissional. Se a Wendell tivesse alguém trabalhando para ela, o nome acabaria aparecendo naquela base de dados.

— Ouça, obrigado por...

Ouve-se uma batida forte à porta. Fico em silêncio.

— Senhor, ainda está aí? — pergunta Gary do outro lado da linha.

A pessoa bate novamente.

— Sou eu, você trancou a porta! — chama Viv. — Abra!

Corro e destranco a porta. Puxo tanto o fio do telefone que o aparelho tomba sobre a pilha de teclados, que caem no chão quando a porta se abre.

— Missão cumprida, senhor Bond. O que vem a seguir?

Viv entra na sala carregando os livros de notas como se ainda estivesse no colegial. É quando me dou conta de que ela *ainda* está no colegial. Viv entra e passa por mim com um novo balanço no andar. Vi o mesmo tipo de atitude em funcionários no primeiro dia em que vão ao plenário do Senado. Sensação de poder.

Ouço a voz de Gary do outro lado da linha:

— Senhor, está...

— Estou aqui... desculpe — digo, voltando-me para o aparelho.

— Obrigado pela ajuda. Na semana que vem eu ligo novamente.

Quando desligo, Viv joga os livros sobre o tampo da mesa. Eu estava errado. Pensei que ela era a garota que ficava sentada em silêncio no fundo da sala... e embora isso seja verdade, estou me dando conta de que ela também é a garota que, ao lado de gente que ela conhece, nunca cala a boca.

— Imagino que não teve problemas — digo.

— Precisava ver! Fui incrível... estou dizendo, foi como se eu estivesse no filme *Matrix*. Estavam todos ali sentados, perplexos, então eu avancei em supercâmera-lenta... desviando-me das balas... fazendo a minha mágica... Oh, eles nem sabem o que os atingiu!

As piadas estão vindo rápido demais. Conheço mecanismos de defesa quando vejo um. Ela está com medo. Mesmo sem saber disso.

— Você se orgulharia de mim, Harris...

— Dinah disse alguma coisa?

— Está brincando? Estava mais cega que o cara cego...

— O cara cego?

— Tudo de que preciso é um nome de código...

— Barry estava lá?

— ...algo legal... como Garota Senado...

— Viv...

— ...ou Gata Preta...

— *Viv!*

— ou... ou Doce Mocha. Que tal essa? Doce Mocha. Ah, sim, vamos ficar com Viv-íssima!

— *Droga, Viv, cale a boca!*

Ela pára em meio a uma sílaba.

— Tem certeza de que era Barry? — pergunto.

— Não sei o nome dele. Um cego com uma bengala e olhos enevoados...

— O que ele disse?

— Nada... embora tenha me seguido enquanto eu andava. Não sei... ele estava ligeiramente... era como se tentasse provar, não que isso importe, mas tentando provar que não era assim tão cego, sabe como?

Corro para o telefone e disco o número de seu celular. Não. Desligo e ligo novamente. Melhor pela telefonista. Principalmente agora.

Cinco dígitos depois, a telefonista do Capitólio me transfere ao ex-escritório de Matthew.

— Assuntos domésticos... — responde Roxanne.
— Oi, Roxanne, é Harris.
— Harris... como vai?
— Bem. Poderia...
— Você sabe que rezo por você, querido. Tudo que aconteceu com Matthew...
— Não... é... claro. Ouça, lamento aborrecê-la, mas é uma emergência. Barry ainda anda por aí?

Viv acena para chamar minha atenção, movendo-se lentamente para a porta.

— Já volto — murmura. — Só mais uma parada.
— Espere — chamo.

Ela não ouve. Está se divertindo demais para se sentar e ouvir uma bronca.

— Viv!

A porta bate, e ela vai embora.

— Harris? — ouço em meus ouvidos uma voz que reconheceria em qualquer parte. É Barry.

24

— Como vai você? Está bem? — pergunta Barry.
— Por que não estaria? — rebato.
— Com o que aconteceu com Matthew... imaginei... de onde está ligando?

É a terceira pergunta que me faz. Surpreende-me não ter sido a primeira.

— Estou em casa — respondo. — Só precisava de algum tempo para... só precisava de algum tempo.

— Deixei quatro mensagens.

— Eu sei... e agradeço... só precisava de tempo.

— Não, compreendo perfeitamente.

Ele não engole essa nem por um segundo. Mas não pelo que eu disse.

Há anos, alguns colegas de trabalho fizeram uma festa surpresa no aniversário de Ilana Berger, assessora de imprensa do senador Conroy. Como velhos amigos de universidade, Ilana, Matthew, Barry e eu fomos convidados, assim como todo mundo no escritório do senador, e aparentemente todo mundo do Congresso. Os amigos de Ilana queriam um *evento*. Por algum motivo, porém, o convite de Barry foi parar em um endereço errado. Sempre preocupado em não ser deixado para trás, Barry ficou arrasado. Quando lhe dissemos que deveria ter acontecido algum engano, ele não acreditou. Quando lhe dissemos para ligar para a organizadora da festa, recusou-se. E quando ligamos para a organizadora, que ficou muito constrangida pelo fato de o convite não ter chegado e imediatamente enviou outro, Barry viu aquilo como um ato de piedade. Sempre foi o maior defeito de Barry — ele consegue andar em uma rua lotada sem ajuda de ninguém, mas quando tem de interagir com os outros, a única coisa que vê é a si mesmo sentado a sós na escuridão.

É claro, no que dizia respeito às fofocas do Congresso, seu radar era muito bom.

— Então, suponho que ouviu falar sobre Pasternak? — ele pergunta.

Fico calado. Não é o único com radar por aqui. Ele aumenta ligeiramente o tom de voz. Tem algo a dizer.

— Os médicos dizem que foi ataque cardíaco. Acredita nisso? O cara corre oito quilômetros todas as manhãs e — tcham! — o coração pára de funcionar... em um segundo. Carol está arrasada... toda a família dele... é como se uma bomba tivesse caído. Se ligasse para eles... iam realmente gostar, Harris.

Espero que pare de falar.

— Posso fazer uma pergunta? — digo afinal. — Você está nessa?

— O quê?

— Mineração Wendell... o pedido no qual Matthew estava trabalhando... você era lobista deles?

— Claro que não. Sabe que não faço esse tipo de...

— Eu não sei coisa alguma, Barry.

Ele ri, divertido. Mas eu não rio em resposta.

— Vou dizer outra vez, Harris: nunca trabalhei nos assuntos de Matthew.

— Então, o que está fazendo no escritório dele?!

— Harris...

— Não me venha com *Harris!*

— Sei que teve duas imensas perdas esta semana...

— O que há de errado com você, Barry? Pare com essa massagem mental e responda à maldita pergunta!

Há um longo silêncio no outro lado da linha. Ou está entrando em pânico ou está chocado. Preciso saber qual das duas alternativas é a correta.

— Harris — volta a falar afinal, a voz titubeando na primeira sílaba. — E-eu estou aqui há dez anos... são meus amigos... esta é a minha família, Harris... — Ao ouvi-lo dizer isso, fecho os olhos e tento conter as lágrimas. — Perdemos Matthew. Ora vamos, Harris. Era o Matthew...

Se ele está brincando com meus sentimentos, vou matá-lo por isso.

— Ouça-me — implora. — Não é hora de se fechar em um casulo.

— Barry...

— Quero vê-lo — insiste. — Apenas diga onde realmente está.

Meus olhos se arregalam, olhando para o telefone. Quando Pasternak me contratou anos atrás, disse-me que um bom lobista é aquele que, se você estiver sentado ao lado dele em um avião e o joelho dele tocar o seu, você não se sentirá desconfortável. Ao perguntar onde estou, Barry tornou-se oficialmente desagradável.

— Tenho de ir... — digo. — Falo com você depois.

— Harris, não...

— Adeus, Barry.

Bato o fone no gancho e volto-me novamente para a janela onde o sol ricocheteia sobre o telhado. Matthew sempre me advertiu sobre amizade competitiva. Não posso mais discutir com ele.

25

Janos aproximou-se cuidadosamente da mesa de Cheese e forçou um falso sorriso amistoso. Pela expressão ansiosa no rosto do assistente de Harris, o blusão do FBI já era o bastante. Como Janos bem sabia, se você aperta o ovo com muita força, ele quebra.

— Acha que ele está bem? — perguntou Janos com seu tom de voz mais preocupado.

— Soou bem na mensagem — respondeu Cheese. — Mais cansado do que qualquer outra coisa. Teve uma semana ruim, você sabe, motivo pelo qual obviamente vai folgar pelo resto da semana.

— Então ele ligou esta manhã?

— Na verdade, creio que foi tarde da noite de ontem. Agora, diga-me novamente por que deseja falar com ele.

— Estou apenas fazendo um acompanhamento da morte de Matthew Mercer. O acidente ocorreu em território federal, então pediram que falássemos com alguns de seus amigos. — Lendo a expressão no rosto de Cheese, Janos acrescentou: — Não se preocupe... é apenas um acompanhamento-padrão...

A porta de entrada do escritório se abriu e uma jovem negra vestindo um paletó azul-marinho meteu a cabeça para dentro.

— Mensageira do Senado... — anunciou Viv, balançando três caixinhas nas cores vermelha, branca e azul. — Entrega de bandeiras — disse ela.

— Como é? — perguntou Cheese.

— Bandeiras — repetiu Viv, olhando tanto para Cheese quanto para Janos. — Bandeiras dos EUA... você sabe, daquelas que estendem no topo do Capitólio, e depois vendem para as pessoas só porque estiveram em um mastro lá no topo... De qualquer modo, tenho três aqui para... — Ela lê o que está escrito no topo das caixas. — ...um tal de Harris Sandler.

— Pode deixá-las ali — disse Cheese, apontando para a sua própria mesa.

— E mexer nas suas coisas? — perguntou Viv. E apontou através da divisória de vidro para o bagunçado lugar de trabalho de Harris.

— Ali é o chiqueiro de seu patrão? — e antes que Cheese pudesse responder, Viv atravessou a porta da divisória. — Ele quer as bandeiras... deixe-o cuidar delas.

— Vê, isso é o que temos de ouvir mais vezes! — gritou Cheese, batendo no próprio peito. — Respeito pelo *Garoto*!

Observando a menina cuidadosamente, Janos notou quando Viv se aproximou da mesa de Harris. Estava de costas para ele e seu corpo obstruía a maior parte do que estava fazendo, mas pelo que Janos podia entender, era apenas uma entrega de rotina. Sem uma palavra, ela abriu um espaço para as caixas das bandeiras, alinhou-as sobre a mesa de Harris e, em um movimento suave, voltou-se para o resto do escritório. Viv estremeceu ao ver Janos olhando diretamente para ela. Era isso. Contato.

— E-ei — disse ela com um sorriso quando seus olhos se encontraram. — Tudo bem?

— É claro — respondeu Janos secamente. — Está tudo certo.

— Então você pode estender *qualquer coisa* sobre o Capitólio? — perguntou Cheese. — Meias? Cuecas? Tenho essa ótima camiseta *Barney Miller* que adoraria tremular.

— Quem é Barney Miller? — perguntou Viv.

Cheese agarrou o peito fingindo dor.

— Tem idéia do quanto isso me fere fisicamente? Estou morto. Sério. Estou sangrando por dentro.

— Desculpe — disse Viv sorrindo, encaminhando-se para a porta.

Janos voltou a olhar para a mesa de Harris, onde as caixas de bandeiras estavam cuidadosamente dispostas. Mesmo nessa hora, não pensou muito a respeito. Mas ao voltar-se para Viv... ao ouvi-la rir e vê-la caminhar em direção à porta... viu o olhar que ela lhe lançara. Então deu-se conta de que não fora para ele e sim para o seu blusão. *FBI*.

A porta bateu e Viv se foi.

— Então, sobre o que conversávamos? — perguntou Cheese.

Ainda olhando para a porta, Janos não respondeu. Não era tão incomum alguém olhar para um blusão do FBI... mas isso somado ao modo como ela entrou... e foi direto ao escritório de Harris...

— Conheço esse sorriso — brincou Cheese. — Está pensando naquele negócio de estender uma cueca no topo do Capitólio.

— Você já a viu antes? — disse Janos.

— A mensageira? Não, não que eu...

— Tenho de ir — disse Janos voltando-se calmamente para a porta.

— Ligue se precisar de mais ajuda — gritou Cheese, mas Janos já havia ido embora corredor acima. Ela não pode estar muito...

Ali, pensou Janos, sorrindo para si mesmo.

Janos meteu a mão no bolso do blusão, segurou a caixa preta, apertou o interruptor e sentiu um leve tremor elétrico na palma de sua mão.

26

Abro o primeiro dos dois livros, vou até os Gs e continuo a virar as páginas até finalmente chegar à etiqueta marcada *Grayson*. Alfabeticamente organizado pelo nome do parlamentar, as subseções do livro apresentam uma análise profunda de cada projeto de lei que um deputado pleiteie — incluindo a transferência de posse de uma mina de ouro para uma empresa chamada Mineração Wendell.

Folheando o pedido original feito pelo escritório de Grayson, molho a ponta do indicador e vou direto à análise. Mas enquanto faço uma leitura dinâmica das três páginas seguintes, ouço uma voz familiar soar dentro da minha cabeça. Oh, Deus. É inconfundível... as divagações ao princípio de um novo pensamento... o uso excessivo da palavra e*specificamente*... até mesmo o modo como se torna um tanto pomposo no fim. Sem dúvida, essas três páginas foram escritas por Matthew. É como se ele estivesse sentado aqui ao meu lado.

As análises são exatamente como ele me contou da primeira vez. A mina de ouro de Homestead é uma das mais antigas de Dakota do Sul, e tanto a cidade quanto o estado se beneficiariam se a Mineração Wendell comprasse a terra e tomasse posse da mina. Para comprovar isso havia três cartas fotocopiadas anexadas com clipes ao livro de notas: uma do Gabinete de Administração de Terras, uma do presidente da Mineração Wendell e uma emocionada recomendação final do prefeito de Leed, Dakota do Sul, cidade onde ficava a mina. Três cartas. Três cabeçalhos. Três novos números de telefone a chamar.

A primeira chamada para o GAT cai em um correio de voz. O mesmo acontece quando ligo para o presidente da mineração. Fico apenas com o prefeito. Tudo bem para mim. Sou melhor com políticos.

Disco o número, deixo o telefone tocar no meu ouvido e olho para meu relógio. Viv deve estar de volta a qualquer...

— L&L Lanchonete — diz um homem com uma voz queimada de cigarro e sotaque de caubói de Hollywood. — Em que posso ajudar?

— Desculpe-me — gaguejo, olhando para o pé da carta. — Estava ligando para o escritório do prefeito Regan.

— E quem devo anunciar? — pergunta.

— Andy Defresne — digo. — Da Câmara dos Deputados. Em Washington, D.C.

— Bem, por que não disse antes? — acrescentou o homem com uma risada gutural. — Aqui fala o prefeito Regan.

Faço uma pausa, subitamente lembrando-me da barbearia de meu pai.

— Não está acostumado com cidades pequenas, não é? — diz o prefeito, rindo.

— Na verdade, sim.

— Veio de uma?

— Nascido e criado.

— Bem, aqui é menor — provoca. — Garantido, ou seu dinheiro de volta.

Meu Deus, ele me faz lembrar de casa.

— Então, o que posso fazer por você? — pergunta.

— Para ser honesto...

— Não esperaria nada menos que isso — interrompe ele, às gargalhadas. Ele também me faz lembrar por que fui embora.

— Tenho apenas uma pequena pergunta sobre a mina de ouro que...

— A Homestead.

— Exato. A Homestead — digo, nervoso, dedilhando um dos teclados abandonados da sala. — Então, de volta ao assunto: estou trabalhando no pedido do deputado Grayson de venda da terra...

— Ah, todo mundo gosta de uma briga.

— Alguns sim — dou corda. — Pessoalmente, estou apenas me certificando de que estamos fazendo a coisa certa e pondo os interesses locais em primeiro lugar. — Ele silencia ao ouvir isso, desfrutando da súbita atenção. — De qualquer modo, ao incluirmos o pedido, precisamos saber com quem mais podemos contar para apoio, portanto, poderia me dizer como a cidade pode se beneficiar da venda da mina? Ou, melhor: há alguém particularmente ansioso que o negócio se concretize?

Como já fez duas vezes, o prefeito ri alto.

— Filho, para ser sincero, é mais fácil ganhar a loteria do que ver alguém se dar bem com isso.

— Não sei se compreendi.

— Talvez eu também não tenha entendido — admite o prefeito. — Mas se eu fosse investir dinheiro em uma mina de ouro, ao menos eu o faria em uma que tivesse ouro.

Meus dedos param de brincar com o teclado.

— Como?

— A mina Homestead está vazia.

— Tem certeza disso?

— Filho, a Homestead pode ter quebrado a banca em 1876, mas o último grama de ouro foi tirado de lá há quase vinte anos. Desde então, sete empresas diferentes tentaram provar que todos estavam errados, e a última se deu tão mal que levou junto com ela a maior parte da cidade. É por isso que a terra é de propriedade do governo.

A população desta cidade era de nove mil habitantes. Agora, somos cento e cinqüenta e sete. Não precisa de um ábaco para fazer a conta.

Quando ele acaba de falar, o depósito está tão silencioso que quase consigo ouvir os meus próprios pensamentos.

— Então está me dizendo que não existe ouro naquela mina?

— Há quase vinte anos — repete.

Meneio a cabeça embora ele não possa me ver. Não faz o menor sentido.

— Desculpe, prefeito... talvez eu seja muito burro, mas se não há chance de encontrar ouro na mina, por que o senhor escreveu aquela carta?

Meus olhos voltam-se para a mesa, para a carta endossando a transferência de terras para a Mineração Wendell anexada ao livro de notas de Matthew. É assinada pelo prefeito de Leed, de Dakota do Sul.

— Você é o prefeito Tom Regan, certo?

— Sim. O único.

Observo a assinatura no fim da carta. Leio-a novamente. Há um leve borrão no *R* de *Regan* que torna a coisa confusa o bastante para não merecer uma segunda olhada. E bem ali, pela primeira vez desde que tudo isso começou, começo a ver a pequena ondulação no espelho.

— Ainda está aí, filho? — pergunta o prefeito.

— Sim... não... estou aqui — digo. — Eu só... Mineração Wendell...

— Deixe-me falar sobre a Mineração Wendell. Quando vieram bisbilhotar aqui pela primeira vez, eu liguei pessoalmente para a ASSM...

— Ass-eme?

— Administração de Segurança e Saúde nas Minas... o pessoal da segurança. Quando se é prefeito, é preciso saber quem está entrando na sua cidade. Então, quando falei com o meu conhecido lá, ele me disse que esse pessoal da Wendell podia até ter comprado a concessão original de mineração da terra, preenchido todos os formulários e até mesmo ter posto dinheiro no bolso de alguém para conseguir um bom registro de mineração... mas quando fomos ver quem eram, descobrimos que esses caras nunca operaram uma única mina na vida.

Sinto uma dor queimar meu estômago, e o fogo se espalha rapidamente.

— Está certo disso?

— Filho, Elvis gostava de *bacon*? Já vi isso um milhão de vezes. Empresas como a Wendell têm pouco dinheiro, mas muita ganância. Se quer saber a minha opinião, digo que a última coisa de que precisamos aqui é dar esperanças a essa gente e desiludi-la novamente. Sabe como é uma cidade pequena... quando aqueles caminhões chegaram...

— Caminhões? — interrompo.

— Os que chegaram no mês passado. Não é por isso que está ligando?

— S-sim. Claro.

Matthew incluíra a mina no projeto havia três dias. Como poderia haver caminhões por lá há um mês?

— Então já estão garimpando? — pergunto, completamente confuso.

— Deus sabe o que estão fazendo... fui lá pessoalmente... sabe como é, só para me certificar de que estão obedecendo às leis sindicais... Deixe-me dizer, eles não têm uma única peça de equipamento de mineração por lá. Nem mesmo um enxadão. E quando falei nisso... deixe-me dizer... *grilos* não ficam mais agitados do que ficaram. Quero dizer, aqueles caras me espantaram dali como uma mosca na extremidade errada de um cavalo.

Minhas mãos agarram com força o aparelho.

— Acha que estão fazendo algo além de mineração?

— Não sei o que estão fazendo, mas quanto a mim... — ele se interrompe. — Filho, pode esperar um instante? — Antes que eu pudesse responder, ouço-o dizer ao fundo: — Tia *Mollie* — está subitamente empolgado. — Em que posso lhe ajudar, minha querida?

— O de sempre — diz uma mulher com um doce sotaque local. — Sem geléia na torrada.

Atrás de mim, alguém bate na porta.

— Sou eu — diz Viv. Estico o fio do telefone e abro a porta.

Viv entra, mas o gingado desapareceu de seu caminhar.

— O que houve? — pergunto. — Conseguiu o...

Ela tira minha agenda eletrônica de dentro das calças e a atira para mim.

— Tome. Está contente? — pergunta.

— O que houve? Não estava onde eu disse?

— Vi um agente do FBI em seu escritório — diz abruptamente.

— O quê?

— Ele estava lá... falando com o seu assistente.

Bato o telefone no ouvido do prefeito.

— Como ele era?

— Não sei...

— Não... esqueça esse papo de *não sei*. Como ele era? — insisto. Ela pressente o meu pânico, mas, diferente da outra vez, não o ameniza.

— Não o vi tempo bastante... cabelo grisalho à escovinha... Um sorriso arrepiante... e olhos como, bem... como um cão de guarda se é que isso faz sentido...

Sinto um nó na garganta e meus olhos voltam-se para a porta. Mais especificamente, para a fechadura. Está destrancada.

Corro para a porta, disposto a trancá-la. Mas justo quando estou a ponto de fazê-lo, a porta se abre com força e bate em meu ombro. Viv grita e uma mão grosseira irrompe pela fresta.

27

A porta mal se abriu três centímetros, mas Janos já tem uma mão dentro da sala. Viv grita, e eu ainda estou em movimento. Para a minha sorte, o impulso está do meu lado.

Todo o meu peso colide contra a porta, esmagando os dedos de Janos no batente. Espero que grite enquanto tenta livrar a mão. Ele mal grunhe. Viv também fica em silêncio e eu olho para ver se ela está bem. Ali está ela, olhos fechados e mãos agarradas ao crachá, rezando.

A porta bate e eu a tranco, vibrando. A porta vibra com um estrondo quando Janos joga o corpo contra ela. As dobradiças estremecem. Isso não vai durar muito tempo.

— Janela! — digo, voltando-me para Viv, que finalmente me olha. Está imóvel, em choque. Seus olhos parecem dizer que ela está a ponto de explodir. Pego a sua mão e a arrasto em direção à pequena janela, um pouco mais alta na parede. É uma janela de duas folhas que se abrem para fora, como portinholas.

Ouve-se outro estrondo à porta.

Viv volta-se, em pânico.

— Ele é...

— *Vamos!* — grito, empurrando uma das cadeiras para baixo da janela.

Viv sobe na cadeira. Suas mãos tremem enquanto ela tenta abrir a trava.

— Rápido! — imploro, ao mesmo tempo em que a porta volta a estremecer.

Ela força as janelas, que não se mexem.

— *Com mais força!* — digo.

Ela bate de novo. Ela não é uma menina pequena... não é um empurrão à toa.

— Acho que pintaram a moldura com a janela fechada!

— Aqui, deixe-me...

Com a base da palma da mão, Viv dá um último empurrão, e a janela esquerda se abre. Ela agarra o peitoril, e eu lhe dou um impulso. Ouve-se um estrondo forte à porta. A fechadura se retorce. Dois parafusos parecem estar a ponto de ceder.

Viv volta-se para o som.

— Não olhe! — digo.

Ela já tem meio corpo para fora da janela. Agarro o seu calcanhar e dou-lhe um último empurrão.

Um parafuso se solta e cai no chão. Estamos sem tempo. Pulo sobre a cadeira no exato instante em que Viv cai na sacada lá fora. Atrás de mim, vejo os livros de notas de Matthew sobre uma mesa próxima. Janos está a um chute de nós. Nunca vou conseguir...

Não importa. Preciso daquela informação. Pulo da cadeira, volto aos tropeços para a mesa, agarro a parte sobre Grayson e arranco as páginas.

A porta cai no chão com um estrondo. Nem me ocupo de olhar para trás. Em uma corrida desabalada, pulo na cadeira e atravesso a janela aberta. Meu quadril bate contra o parapeito, mas é o bastante. Oscilo para a frente, caio do lado de fora e sou ofuscado pelo sol que bate sobre a sacada.

— Para onde? — pergunta Viv, batendo a janela enquanto eu me levanto.

Enrolo as folhas de papel e guardo-as no bolso da frente, agarro o pulso de Viv e a conduzo para a esquerda, ao longo da trilha de um metro de largura do lado de fora da janela.

Estamos na longa sacada que corre do lado de fora da ala do Senado, em frente ao monumento a Washington. Ao contrário da enorme cúpula do Capitólio, que se ergue bem diante de nós, o caminho deste lado do edifício é plano.

Olho para trás e vejo a janela se abrir. O vidro se quebra quando bate na parede branca do edifício. Quando Janos mete a cabeça para fora, começamos a correr ainda mais rápido. Estamos nos movendo tão rapidamente que o intrincado parapeito de mármore à minha direita começa a ficar fora de foco. Para a minha surpresa, Viv já está alguns passos adiante de mim.

O sol está forte, refletindo tão intensamente no parapeito branco que tenho de fechar um pouco os olhos para conseguir enxergar. Ao menos sei para onde estou indo. Bem adiante, o caminho se bifurca quando nos aproximamos da base da cúpula do Capitólio. Podemos ir em frente e seguir o parapeito, ou dobrar à esquerda em um recesso do prédio. Da última vez, Janos me pegou desprevenido. Desta vez, estamos em meu território.

— Esquerda — digo, puxando o ombro de Viv. Eu a forço a entrar à esquerda rumo a uma escada de metal enferrujado que fica mais adiante e que leva a uma passarela que nos conduzirá ao teto, diretamente acima da sala onde estávamos.

— Continue — digo, apontando para a escada.

Viv continua a correr. Eu fico onde estou. Aos meus pés, há três fios de metal que correm pelo chão da sacada, junto às janelas. No inverno, a divisão de manutenção liga uma pequena corrente elétrica por esses fios para derreter a neve e evitar que o gelo se acumule. No resto do ano, os fios ficam ali, sem uso. Até agora. Eu me agacho, forço os nós dos dedos contra o chão e agarro os fios. Posso ouvir as passadas de Janos contra o telhado.

— Ele está quase chegando! — grita Viv do alto da passarela.

É o que espero. Puxando como se eu estivesse levantando um halter, forço os fios o mais que posso. Os grampos que os mantêm no lugar voam para longe. A fiação de metal fica frouxa, erguendo-se a alguns centímetros do chão. Altura exata de um tornozelo.

As pernas de Janos se chocam contra os fios assim que ele dobra à esquerda vindo em nossa direção. A velocidade com que corre faz com que o fino metal afunde em suas canelas. Pela primeira vez, ele grita de dor. Não é muito mais do que um rugido contido, mas me satisfaz. Ele cai para a frente, de cara no chão. Apenas o som daquilo já vale a pena.

Antes que possa se levantar, corro em sua direção, agarro-o pela nuca e aperto seu rosto contra o chão de cobre esverdeado. Quando o rosto toca o metal, ele finalmente grita: um rumor gutural que faz meu peito vibrar. É como tentar domar um touro. Mesmo comigo agarrado à sua nuca, ele já está de joelhos, erguendo-se. Como uma pantera acuada, ele ataca, investindo com uma garra carnuda em minha direção. Eu me afasto, e os nós de seus dedos mal tocam um ponto abaixo de meu ombro, bem embaixo da axila. Não dói... mas quando sinto uma picada e todo o meu braço direito fica dormente, dou-me conta de que era aquilo que ele visava todo o tempo.

— *Harris, corra!* — grita Viv da passarela.

Ela está certa. Não posso com ele no mano a mano. Volto-me para Viv e corro o máximo que posso. Meu braço está morto, balançando a esmo ao meu lado. Atrás de mim, Janos ainda está no chão, às voltas com os fios. Quando corro até a escada de metal que leva ao telhado, mais meia dúzia de grampos se soltam. Vai se livrar em segundos.

— *Vamos!* — grita Viv, na beira do último degrau, acenando para mim.

Usando o meu braço bom para segurar o corrimão, subo até a passarela que ziguezagueia pelo teto. Daqui, com a cúpula às minhas costas, o teto plano do Senado estende-se diante de mim. A superfície está repleta de dutos de ar, uma rede de fios elétricos e um punhado de cúpulas redondas que se erguem como bolhas da altura da cintura de um homem. Avanço em meio a tudo isso e sigo a passarela quando esta se curva ao redor da pequena cúpula diante de nós.

— Tem certeza de que sabe para onde você...?

— *Aqui.*

Dobro à esquerda e pego uma bifurcação de escadas de metal que nos tira da passarela e nos leva de volta a uma outra seção da sacada. Graças a Deus a arquitetura neoclássica é simétrica. Ao longo da parede à minha esquerda, há uma janela correspondente que nos levará de volta ao interior do edifício.

Chuto a moldura da janela o mais forte possível. O vidro se quebra, mas a moldura continua no lugar. Tirando um pouco de vidro quebrado para poder segurar firme, forço o quanto posso. Ouço os passos de Janos subindo a passarela.

— Empurre com mais força! — grita Viv.

A madeira cede sob a minha mão e a janela se abre. Os passos se aproximam.

— Vá... — digo, ajudando Viv a entrar. Estou bem atrás dela e caio pesadamente dentro do escritório de alguém.

Um funcionário atarracado vem correndo até a porta.

— Vocês não podem ficar aqui...

Viv o afasta com um empurrão e eu a sigo. Como mensageira, Viv conhece este lugar melhor que ninguém. E pelo modo como corre, sem vacilar quanto a que caminho tomar, não está mais seguindo. Está liderando.

Atravessamos a área de recepção do escritório do curador do Senado e descemos por uma escada estreita e em curva que faz ecoar nossos passos. Tentando ficar fora da linha de visão, pulamos os últimos três degraus e nos escondemos no terceiro andar do Capitólio. A porta fechada à nossa frente tem uma placa onde se lê: Capelão do Senado. Não é um mau lugar onde se esconder. Viv tenta a fechadura.

— Está trancada — diz ela.

— Era querer demais.

— Não diga isso — censura.

Ouvimos um baque lá em cima. Ambos olhamos a tempo de ver Janos no topo da escadaria. O lado esquerdo de seu rosto está vermelho-vivo, mas ele não diz uma palavra.

Viv lança-se para a esquerda, corredor acima em direção a outro lance de escadas. Dirijo-me ao elevador, que fica um pouco além, dobrando a esquina.

— O elevador é mais rápido... — digo.

— Só se estiver...

Aperto o botão de chamada e ouço um sinal sonoro. Viv volta rapidamente. Enquanto as portas se abrem, ouvimos Janos movendo-se pesadamente escada abaixo. Empurro Viv no elevador, entro atrás dela e forço a porta para que feche mais rápido.

Viv aperta freneticamente o botão de fechar a porta.

— Vamos, vamos, vamos...

Agarro os frisos de metal da porta e puxo o mais que posso, tentando fechá-la. Viv se agacha atrás de mim e faz o mesmo. Janos está a apenas alguns metros. Vejo as pontas de seus dedos estendidos para a frente.

— Prepare-se para tocar o alarme! — grito para Viv.

Janos investe em direção ao elevador e nossos olhares se cruzam. Ele estende a mão em nossa direção quando a porta finalmente se fecha.

O elevador desce e eu mal consigo recuperar o fôlego.

— Minha... minha mão... — murmura Viv, tirando algo da palma empapada de sangue. É um pedaço de vidro de uma das janelas quebradas.

— Você está bem? — pergunto, aproximando-me.

Concentrada na própria mão, ela não responde. Nem mesmo tenho certeza se ela ouviu a pergunta. A mão treme sem parar enquanto ela olha para o ferimento. Ela está em choque. Mas ainda é inteligente o bastante para saber que tem coisas muito mais importantes com que se preocupar. Ela agarra o pulso para parar de tremer.

— Por que o FBI está atrás de você? — pergunta, a voz trêmula.

— Ele não é do FBI.

— Então, quem é?

Não é hora de responder.

— Apenas prepare-se para correr — digo.

— Como assim?

— Duvida que, neste exato momento, ele está descendo as escadas às pressas?

Ela balança a cabeça, tentando parecer confiante, mas sinto o pânico em sua voz.

— N-não é uma escada contínua... ele terá de parar e atravessar um corredor em dois lances de escada.

— Em apenas um — corrijo.

— Sim, mas... ele ainda terá de parar em cada andar para se certificar de que nós não saltamos — tenta convencer a si mesma. Mas nem mesmo ela acredita muito no que diz. — Não há como ele ser mais rápido que nós... certo?

O elevador pára no subsolo e a porta se abre lentamente. Mal saímos da cabina, ouço ruído de passos na escada de metal bem adiante de nós. Ergo a cabeça a tempo de ver Janos assomar no último degrau. Ele ainda está calado, mas tem um sorriso malicioso no canto dos lábios.

Filho-da-puta.

Viv lança-se para a esquerda e lá estou eu atrás dela. Janos desce a escada correndo. Temos nada mais que trinta passos de vantagem. Viv dobra à esquerda de modo que não fiquemos em sua linha de visão, então dobra rapidamente à direita. Aqui embaixo, o subsolo tem teto baixo e corredores estreitos. Somos como ratos correndo em um labirinto enquanto o gato lambe os beiços atrás de nós.

Mais adiante, o longo corredor se alarga e um brilhante raio de sol atravessa as portas duplas de vidro que ficam ao fim do corredor. Ali está a nossa saída. A saída oeste — a porta que o presidente cruza para tomar posse. De onde estamos, é uma corrida em linha reta.

Viv olha para trás durante meio segundo.

— Você sabe o que...

Eu meneio a cabeça. Ela compreende.

Aumentando o ritmo de nossa corrida, Viv fecha os punhos e corre em direção à luz. Algumas gotas de sangue pingam no chão.

Atrás de nós, Janos galopa como um cavalo de corrida, aproximando-se cada vez mais. Ouço o seu ofegar — quanto mais perto, mais alto. Nós dois corremos o mais que podemos, nossos passos ecoando no corredor. Estou cabeça a cabeça com Viv, que lentamente vai perdendo o gás. Agora, está meio passo atrás de mim. *Vamos, Viv...* faltam apenas alguns metros. Examino seu rosto. Olhos arregalados. Boca aberta. Já vi gente assim no quilômetro dezesseis da maratona. Ela não vai conseguir. Sentindo que ela está esmorecendo, Janos move-se um pouco para a esquerda. Bem atrás de Viv. Está tão perto que quase posso sentir-lhe o cheiro.

— Viv...! — grito.

Janos estende os braços para agarrá-la. Ele investe. A porta está bem à frente. Mas no momento em que ele tenta pegá-la, agarro o ombro de Viv e dobro à direita, afastando-nos da porta.

Janos derrapa no chão encerado, tentando nos seguir. Mas é muito tarde. Quando volta a nos perseguir, Viv e eu irrompemos através de portas duplas de vinil negro que parecem levar a uma cozinha de restaurante.

Quando as portas se abrem, porém, encontramos catorze policiais armados no corredor. O escritório à nossa direita é o quartel-general da polícia do Capitólio.

Viv começa a falar.

— Tem um sujeito lá atrás que está tentando...

Olho para ela e balanço a cabeça. Se ela denunciar Janos, ele vai me denunciar e... neste momento, não posso ser pego. Pelo olhar confuso em seu rosto, Viv não compreende, mas é o bastante para que ela me deixe tomar a dianteira.

— Tem um sujeito lá atrás que fala sozinho — digo para os três policiais mais perto de mim. — Começou a nos seguir sem motivo, dizendo que éramos o inimigo.

— Acho que ele abandonou a excursão com a qual entrou — acrescenta Viv, que sabe exatamente como despertar o interesse desses caras. Ela aponta para o crachá ao redor do pescoço e acrescenta: — Ele não tem crachá.

Janos abre as portas de vinil preto. Três policiais do Capitólio se adiantam.

— Posso ajudá-lo em algo? — pergunta um deles. Ele não está impressionado com o blusão do FBI, que ele sabe que pode ser comprado em uma loja de presentes.

Antes que Janos consiga inventar alguma desculpa esfarrapada, Viv e eu continuamos a seguir pelo corredor que se estende à nossa frente.

— Detenha-os! — grita Janos, começando a correr atrás de nós. Um policial segura-o pelo blusão.

— O que está fazendo? — rosna Janos.

— Meu trabalho — diz o policial. — Seus documentos.

Novamente enveredamos pelo labirinto do subsolo e acabamos saindo pela frente leste do Capitólio. O sol já está do outro lado do prédio, mas ainda falta uma hora para escurecer. Passamos em frente ao grupo de turistas que fotografam a cúpula e corremos para a rua Um, esperando que a polícia do Capitólio nos dê uma boa vantagem. As colunas de mármore branco da Suprema Corte estão bem do outro lado da rua, mas estou muito ocupado tentando pegar um táxi.

— Táxi! — Viv e eu gritamos. Um táxi pára.

Ambos entramos e trancamos as nossas portas. Lá atrás, no Capitólio, Janos não está à vista. Por enquanto.

— Acho que estamos bem — digo, encolhendo-me no assento e perscrutando a multidão.

Ao meu lado, Viv não olha pela janela. Está muito ocupada olhando diretamente para mim. Seus olhos marrons estão arregalados. Ela está com medo, sim, mas também está furiosa.

— Você mentiu... — diz afinal.

— Viv, antes que você...

— Não sou idiota, sabe? — acrescenta, ainda recuperando o fôlego. — Então, que diabos está acontecendo?

28

Desço a escada rolante que leva aos andares inferiores do Museu Smithsonian de História Americana, mantendo os olhos na multidão e as mãos sobre os ombros de Viv. Ainda é a melhor maneira de mantê-la calma. Ela está um degrau abaixo e duas vezes mais nervosa que eu. Depois do que aconteceu no Capitólio, não confia em ninguém — inclusive em mim —, motivo pelo qual me evita, tentando tirar as minhas mãos de seus ombros.

Sem dúvida, o museu não é o lugar ideal para fazê-la mudar de idéia, mas é um lugar público o bastante para que Janos não pense em começar a nos procurar aqui. Enquanto descemos, Viv corre os olhos pelo lugar, encarando a todos. Imagino que isso não seja novo para ela. Ela disse ser uma das duas únicas meninas negras em uma escola branca. No Senado, era a única mensageira negra. Sem dúvida, sempre foi minoria. Mas não como agora. Abro o mapa do museu que peguei no balcão de informações e nos oculto da multidão. Se quisermos nos misturar aos turistas, temos de assumir esse papel.

Ao sairmos da escada rolante vejo uma loja de sorvetes à moda antiga.

— Quer um sorvete?

Viv me encara com um olhar que geralmente só vejo no pessoal de imprensa.

— Pareço ter treze anos?

Tem todo o direito de estar danada da vida. Ela se ofereceu para me fazer um favor. Em vez disso, passou a última meia hora correndo para salvar a vida. Só por isso, precisa saber o que realmente está acontecendo.

— Não queria que isso acontecesse — digo.

— Verdade? — Ela aperta os lábios e me olha com o cenho franzido.

— Viv, quando disse que iria me ajudar...

— Não devia ter deixado! Eu não sabia no que estava me metendo!

Não havia como contradizê-la.

— Desculpe-me — digo. — Nunca pensei que eles...

— Não quero as suas desculpas, Harris. Apenas diga-me por que Matthew foi morto.

Não tinha certeza se ela sabia o que estava acontecendo. Não era a primeira vez que eu a subestimava.

Enquanto caminhamos por uma exposição chamada *O mundo material*, somos cercados por mostruários de vidro que contam a história dos processos de manufatura nos EUA ao longo dos tempos. O primeiro mostruário contém madeira, tijolos, cimento e couro bovino. O último tem um cubo mágico e uma máquina de PacMan.

— Isso é o progresso — anuncia um guia de excursão. Olho para Viv. Hora de fazer algum progresso aqui também.

Demoro quase quinze minutos para contar-lhe a verdade. Sobre Matthew... Pasternak... até mesmo minha tentativa com o representante do procurador-geral. Surpreendentemente, ela não esboça reação — isto é, até eu dizer o que causou tudo isso. O jogo... e a aposta.

Ela fica boquiaberta e leva ambas as mãos à cabeça. Está a ponto de explodir.

— Vocês apostavam? — pergunta.

— Sei que soa como uma loucura...

— Era isso o que você fazia? Jogava no Congresso?

— Juro, era apenas um jogo idiota.

— *Candyland* é um jogo idiota! *Mad Libs* é um jogo idiota! Isso é real!

— Sempre tratava de assuntos pouco importantes... nada que importasse...

— *Tudo importa!*

— Viv, por favor... — imploro, olhando ao redor quando alguns turistas param para olhar.

Ela baixa o tom de voz, mas ainda está furiosa.

— Como pôde fazer isso? Você nos disse que... — ela se interrompe à medida que a voz falseia. — O discurso que você fez... Tudo o que disse era mentira.

Subitamente dou-me conta de que eu a estava entendendo mal. Não há raiva em sua voz e, sim, desapontamento. Seus ombros se arqueiam mais que o habitual e ela demonstra profunda tristeza. Estou no Congresso há mais de uma década, mas Viv está aqui há pouco mais de um mês. Levei três anos de facadas nas costas para adquirir a expressão que ela tem agora. Seus olhos estão pesarosos. Não importa quando acontece: o idealismo sempre demora para morrer.

— É isso... estou fora — anuncia, empurrando-me para o lado.

— Onde vai?

— Entregar correspondência no Senado... fofocar com os amigos... e ver a quantas anda o nosso placar de senadores com cabelo ruim e sem bunda... são mais do que você pensa.

— Viv, espere — grito, correndo atrás dela e pousando uma das mãos em seu ombro. Ela tenta se livrar de meu toque. Agarro com força, mas diferente de antes, isso não a acalma.

— *Tire a mão!* — grita. Com um último safanão, ela se livra de mim. Não é uma menina pequena. Esqueci-me de quão forte era.

— Viv, não seja estúpida... — grito enquanto ela atravessa a exposição intempestivamente.

— Já fui: você é minha quota até o fim do mês!

— Espere.

Ela não desacelera. Caminhando pelo setor principal da exposição, ela passa na frente de um casal que tentava ser fotografado ao lado da cadeira de Archie Bunker.

— Viv, por favor... — imploro, correndo atrás dela. — Você não pode fazer isso.

Ela pára ao ouvir o ultimato.

— O que disse?

— Você não está me ouvindo...

— *Nunca* me diga o que fazer.

— Mas eu...

— *Não ouviu o que eu disse?!*

— Viv, eles vão matá-la.

O dedo estanca em meio ao gesto.

— O quê?

— Vão matá-la. Quebram o seu pescoço e dizem que você caiu da escada. Como fizeram com Matthew. — Ela silencia ao me ouvir. — Sabe que estou certo. Agora que Janos sabe quem você é... você viu a cara dele. Ele não se importa se você tem dezessete ou setenta anos de idade. Acha que ele simplesmente vai deixá-la voltar a encher os copos de água dos senadores?

Ela tenta responder, mas nada sai. A sobrancelha deixa de ficar franzida e suas mãos começam a tremer. Como antes, passa a mexer ansiosamente no verso do crachá.

— E-eu preciso fazer uma ligação — insiste, correndo para o telefone público no balcão de sorvete. Estou um passo atrás dela. Ela não diz mais nada, mas vejo o modo como agarra o crachá. Ela quer a mãe.

— Viv, não ligue para ela...

— Isso não é da sua conta, Harris.

Ela pensa que estou vendo o meu lado. Está errada. A culpa está me consumindo desde o momento em que pedi aquele pequeno favor. Estou horrorizado pelo fato de ter chegado a esse ponto.

— Gostaria de poder voltar atrás... de verdade — digo. — Mas se não for cuidadosa...

— Eu *era* cuidadosa! Lembre-se, não fui eu quem provocou tudo isso!

— Por favor, apenas pare um minuto — imploro quando ela volta a andar. — Janos provavelmente está fuçando a sua vida neste exato momento.

— Talvez não. Já pensou nisso?

Ela está ficando muito exasperada. Corta o meu coração fazê-lo, mas é o único meio de mantê-la a salvo. Quando ela está a ponto de entrar na loja de sorvete, eu me meto na sua frente.

— Viv, se ligar, colocará toda a sua família em risco.

— *Você não tem certeza!*

— Não? De trinta mensageiros, você é a única mensageira negra com um metro e oitenta de altura. Janos vai descobrir o seu nome em dois segundos. É o que ele vai fazer. Agora, sei que está me odiando... e deve mesmo... mas, por favor... apenas ouça... se entrar nesta loja e ligar para os seus pais, serão mais duas pessoas que Janos terá de matar para abafar essa bagunça.

É o que basta. Seus ombros se erguem, revelando sua altura verdadeira, enquanto as lágrimas denunciam-lhe a idade. É muito fácil esquecer quão jovem ela é.

À minha esquerda, vejo nosso reflexo em um mostruário de vidro: eu de terno preto, Viv de azul-marinho. Tão profissionais e combinando. Atrás do vidro estão o suéter vermelho do senhor Rogers e um boneco de Gugu, o Rabugento. Gugu está dentro de sua lata de lixo com a boca aberta. Seguindo meu olhar, Viv olha para o boneco, cujos olhos vazios a encaram assustadoramente.

— Perdão, Viv. — É a segunda vez que digo essas palavras hoje. Mas, agora, ela precisa ouvi-las.

— E-eu só estava fazendo um favor — gagueja, a voz falseando.

— Não devia ter pedido a você, Viv... nunca pensei...

— Minha mãe... se ela... — Ela se interrompe, tentando não pensar a respeito. — E quanto à minha tia na Filadélfia? Talvez ela possa...

— Não arrisque a sua família.

— Eu *arriscar* a vida deles? Como pôde... como pôde fazer isso comigo?! — Ela tropeça para trás, novamente observando cada turista. Pensei que fosse porque estava amedrontada, nervosa, sempre um membro da minoria tentando se enturmar. Mas quanto mais a observo, mais dou-me conta de que isso é apenas parte do quadro. As pessoas que procuram ajuda são aquelas que costumam obtê-la. A mão continua agarrada ao crachá. Sua mãe... seu pai... sua tia... eram sua vida, dando força, ajudando, incentivando. Agora, eles se foram. E Viv sente isso.

Não é a única. Enquanto ela observa cuidadosamente a multidão, sinto uma dor aguda e nauseante na barriga. Não importa o que mais aconteça, nunca me perdoarei por feri-la assim.

— Q-que faço agora? — pergunta.

— Está tudo bem — prometo, tentando acalmá-la. — Tenho dinheiro bastante... talvez possa escondê-la em um hotel...

— Sozinha?

Pelo modo como fez a pergunta, já vejo que é uma má idéia. Principalmente se ela entrar em pânico e não ficar quieta. Eu a usei antes. Não vou abandoná-la e nem usá-la de novo.

— Tudo bem... esqueça o hotel. E se nós...?

— Você arruinou a minha vida — diz abruptamente.

— Viv...

— Não me venha com *Viv*. Você arruinou a minha vida, Harris, e então você... oh, Deus... tem idéia do que fez?

— Era para ser um pequeno favor... juro, se eu soubesse que isso ia acontecer...

— Por favor, não diga isso. Não diga que não sabia...

Ela está absolutamente certa. Eu deveria saber. Passei a vida calculando permutas políticas, mas agora só estou preocupado comigo mesmo.

— Viv, juro, se eu pudesse desfazer isso...

— Mas não pode!

Nos últimos três minutos, ela passou por emoções extremas: raiva, negação, desespero, aceitação... agora volta à raiva. Tudo em reação a um único fato: agora que eu a envolvi, Janos não desistirá até que estejamos os dois mortos.

— Viv, preciso que se concentre... temos de sair daqui.

— ...e tornar as coisas ainda piores — murmura. — Eu fiz isso comigo.

— Não é verdade — insisto. — Nada tem a ver com você. *Eu* fiz isso. Com nós dois.

Ela ainda está chocada, lutando para compreender todo o ocorrido. Ela me olha, então volta a ensimesmar-se. Não é mais apenas *eu*. Agora somos *nós*. Daqui em diante, estamos algemados.

— Podemos chamar a polícia... — murmura.

— Depois do que aconteceu com Lowell?

Ela é esperta o bastante para entender tudo instantaneamente. Se Janos tem poder sobre o segundo homem da justiça do país, todos os caminhos da lei nos levam direto para ele.

— E quanto a ir a algum outro lugar...? Você não tem amigos?

A pergunta me dói como um tapa na cara. As pessoas de quem eu era mais próximo estão mortas. Lowell voltou-se contra mim, e não há como saber sobre quem mais Janos tem influência. Todos os políticos e funcionários com quem trabalhei ao longo dos anos — certamente são amigos, mas, nesta cidade, bem... isso não quer dizer que confio neles.

— Além disso — explico —, estaremos pintando um alvo nas costas deles. Devemos fazer com eles o que fiz com você?

Ela me olha, sabendo que estou certo. Mas isso não a impede de buscar uma saída.

— E quanto aos outros mensageiros? — pergunta. — Talvez possam dizer quem fez entregas para... você sabe, quem mais estivesse nesse jogo.

— Por isso queria os registros da expedição. Mas não há nada ali a respeito dos dias de jogo.

— Então todos nós... todos os mensageiros... estamos sendo usados sem saber?

— Talvez para as outras apostas, mas não para a mina de ouro.
— Do que está falando?
— Aquele garoto que atropelou Matthew, o tal de Toolie Williams... era ele quem estava com o seu crachá. Estava vestido para parecer um mensageiro.
— Por que alguém desejaria parecer um mensageiro?
— Imagino que Janos o pagou para isso... e que Janos está agindo em nome de alguém que tem interesse no resultado da aposta.
— Acha que tem a ver com a mina de ouro?
— Difícil dizer, mas são os únicos beneficiários.
— Ainda não entendi — diz Viv. — Como Mineração Wendell lucraria se, supostamente, não há ouro na mina?
— Ou, mais especificamente — acrescento —, por que uma companhia que não tem experiência em mineração passa dois anos tentando comprar uma mina sem ouro dentro?

Trocamos um olhar, mas Viv rapidamente desvia os olhos. Podemos ter de ficar juntos, mas ela não me perdoará tão facilmente. Mais importante, não creio que ela deseje conhecer as respostas. Ruim para ela.

Tiro do bolso as páginas arrancadas do livro de notas de Matthew. Ainda ouço a voz do prefeito. A Wendell já estava trabalhando, mas não havia um equipamento de mineração à vista.

— Então, o que fazem lá embaixo?
— Quer dizer, além de garimpar?

Balanço a cabeça.

— Do modo como o prefeito falou... não creio que estejam garimpando.
— Então, para que mais querem uma mina de ouro?
— Esta é a questão, certo?

Ela sabe no que estou pensando.

— Por que não liga de novo para o prefeito e...
— E o quê? Pedir a ele para dar uma olhada e também arriscar a vida? Além disso, mesmo que ele o fizesse, você acreditaria nas respostas que nos desse?

Viv silencia novamente.

— Então, o que fazer? — pergunta afinal.

Todo esse tempo, procurava uma pista. Releio o nome da cidade no papel que tenho em mãos. *Leed*. Que seja Leed, então. O único lugar onde estão as respostas.

Olho uma última vez para a exposição e caminho em direção à escada rolante.

— Vamos — chamo Viv.

Ela está bem atrás de mim. Pode estar furiosa, mas compreende o perigo de ficar por conta própria. O medo por si só a leva de volta da raiva à aceitação, mesmo relutante. Ao se juntar a mim, ela lança um último olhar para Gugu, o Rabugento.

— Você acha que é uma boa idéia ir até Dakota do Sul?

— Acha que é mais seguro ficar aqui?

Ela não responde.

Certamente é um jogo, mas não chega nem perto do risco que assume uma empresa ao apostar em uma mina de ouro sem ouro dentro e manter os cidadãos locais afastados para que não vejam o que realmente pretendem. Até mesmo alguém de dezessete anos vê que há algo de podre nesta história. E o único modo de descobrir é indo diretamente à fonte.

29

Duas horas depois, estamos no banco traseiro de um táxi em Dulles, Virginia.

A placa adiante não é muito visível, mas já estive aqui antes: terminal de aviação Piedmont-Hawthorne.

— Dê apenas cinco de troco — digo para o motorista, que está lançando olhares demais para nós pelo retrovisor. Talvez seja nosso silêncio... talvez seja o fato de Viv nem mesmo olhar para mim. Ou talvez seja o fato de eu ter lhe dado uma gorjeta miserável.

— Pensando bem, fique com o troco — digo para o motorista enquanto forço um sorriso e, depois, uma gargalhada ao ouvir o anúncio do programa *Elliot in the Morning* que toca no rádio. O motorista sorri de volta e conta o seu dinheiro. As pessoas lembram menos de você quando você não as aborrece.

— Tenha um bom dia — acrescento quando eu e Viv saltamos. Ela acena sem olhar para trás.

— Tem certeza de que isso é legal? — pergunta Viv, sempre a boa menina, enquanto me segue em direção ao prédio moderno e atarracado.

— Não pretendo seguir a lei... tudo o que quero é ser esperto.

— Isso é ser esperto?

— Prefere viajar em vôo comercial?

Viv volta a ficar em silêncio. Passamos por isso no caminho até aqui. Mas a verdade é que, deste modo, eles nem pedem a sua carteira de identidade.

Não há muitos lugares onde você pode conseguir um avião particular em menos de duas horas. Por sorte, o Congresso é um deles. E tudo o que me custou foi um simples telefonema. Há dois anos, durante uma votação decisiva sobre um projeto de lei controvertido sobre aviação, o chefe do gabinete de relações com o governo da FedEx ligou e pediu para falar com o senador Stevens. Pessoalmente. Sabendo que eles não dão alarme falso, arrisquei-me e passei a ligação. Era um belo lance de xadrez da parte deles. Com Stevens no tabuleiro, abriram caminho para o restante dos senadores do Meio-Oeste, que rapidamente aprovaram a emenda.

Há exatamente duas horas, liguei para o gabinete de relações com o governo da FedEx e pedi que retribuíssem o favor. O senador, expliquei, não queria perder uma oportunidade de levantar fundos surgida de última hora em Dakota do Sul. Daí que me pediu para ligar. Pessoalmente.

É o que nos traz aqui. De acordo com as leis da ética, um senador pode usar um jato particular desde que pague à empresa uma quantia equivalente à de um bilhete comercial de primeira classe, que pode ser reembolsado posteriormente. É um artifício genial do qual Viv e eu não hesitamos em lançar mão.

Quando estamos a ponto de entrar no prédio, uma porta automática se abre, revelando um ambiente que lembra um saguão de hotel de luxo. Cadeiras acolchoadas com descanso de cabeça. Lampiões de bronze vitoriano. Tapete vermelho e cinza.

— Posso ajudá-los a encontrar o seu avião? — pergunta uma negra por trás de um balcão de recepção à nossa direita.

Viv sorri mas depois faz cara feia ao notar que a súbita simpatia é dirigida a mim.

— Senador Stevens — digo.

— Aí estão vocês — diz uma voz grave além do balcão da recepção. Olho e vejo um piloto de cabelo louro penteado para trás acenando para nós.

— Tom Heidenberger — diz ele, apresentando-se com um aperto de mão de piloto. Só pelo aperto de mão, sei que é ex-militar. Ele também aperta a mão de Viv. Ela se empertiga, desfrutando da atenção.

— O senador está a caminho? — pergunta o piloto.

— Na verdade, ele não vai conseguir chegar a tempo. Vou no lugar dele.

— Sorte sua — diz ele com um sorriso.

— E esta é Catherine, nossa nova assistente legislativa — digo, apresentando Viv. Graças ao seu paletó azul-marinho e altura acima da média, ela nem mesmo pede uma segunda olhada. O quadro de funcionário do Congresso é repleto de crianças.

— Então, pronto para embarcar, senador? — pergunta o piloto.

— Com certeza — respondo. — Embora adoraria poder usar um de seus telefones antes de decolarmos.

— Sem problema — diz o piloto. — É uma ligação de trabalho ou particular?

— Particular — Viv e eu dizemos ao mesmo tempo.

O piloto ri.

— Vão ligar para o senador, hein? — Nós rimos e ele nos diz para dobrarmos adiante e seguir o corredor. — Primeira porta à sua direita.

O lugar assemelha-se a uma sala de reunião não maior do que uma copa. Há uma mesa, uma cadeira de couro e, na parede, um cartaz onde se vê um homem escalando uma montanha. No centro da mesa há um telefone preto brilhante. Viv ergue o fone do gancho. Eu aperto o botão do viva-voz.

— O que está fazendo? — pergunta quando ouvimos o tom de discar.

— Caso precise de ajuda...

— Estarei bem — rebate, aborrecida por eu a estar vigiando. Ela aperta o botão escrito *viva-voz*, e o tom de discar desaparece.

Não a culpo... mesmo esquecendo-se que eu a meti nessa, e ela não se esqueceu, este é o *show* dela — e esses dois telefonemas são os únicos que poderá fazer.

Seus dedos correm pelo teclado, e posso ouvir o tom de chamada através do receptor. Uma voz feminina atende do outro lado.

— Ei, Adrienne, é Viv — diz ela, cheia de empolgação na voz. O *show* começou. — Não... é... hahã, é mesmo? E ela disse isso? — Há uma breve pausa na representação de Viv. — Foi por isso que liguei — explica Viv. — Não... apenas ouça.

A voz feminina do outro lado da linha é Adrienne Kaye, uma das duas colegas de quarto de Viv no dormitório dos mensageiros do Senado. Como Viv me disse a caminho daqui, todas as noites, quando os mensageiros voltam do trabalho, devem assinar o ponto. Para os trinta mensageiros, é um sistema simples que funciona bem — ou seja, até a semana passada, quando Adrienne decidiu não obedecer ao toque de recolher e ficar fora com um grupo de internos de Indiana. O único modo de Adrienne fazer isso foi com Viv assinando o nome Adrienne na folha de ponto e dizendo aos inspetores que ela estava no banheiro. Agora, Viv está tentando que ela lhe retribua o favor.

Em trinta segundos, o trabalho está feito.

— Ótimo... sim, não... apenas diga-lhes que é aquele período do mês. Isso os manterá afastados — diz Viv, mostrando-me o polegar erguido. Adrienne caiu. — Não, não... ninguém que você conheça — acrescenta Viv olhando para mim. Ela não sorri.

— Jason? *Nunca* — diz Viv rindo. — Está maluca? E daí que é bonito? Ele pode cutucar o nariz com a língua...

Ela mantém a conversa apenas tempo o bastante para torná-la verossímil.

— Legal, obrigada de novo, Adrienne — diz, finalmente desligando.

— Muito bom — digo-lhe enquanto ela disca outro número.

Ela meneia a cabeça para si mesma, demonstrando um laivo de orgulho. A fuga de Janos a abalou. Ela ainda está tentando se recuperar. Coitada de Viv, a segunda ligação vai ser ainda pior.

Enquanto o telefone toca no outro lado, já vejo a mudança em sua postura. Ela abaixa o queixo, curvando-se ligeiramente. Os dedos de seus pés voltam-se para dentro, um sapato tocando a ponta do outro. Com as mãos agarrando o fone, ela olha para mim outra vez e então se volta. Sei reconhecer um pedido de ajuda.

Aperto o botão do viva-voz justamente quando uma voz feminina atende do outro lado. Viv olha para a luz vermelha onde se lê: *viva-voz*. Desta vez ela não desliga.

— Consultório.

— Oi, mãe, sou eu — diz Viv, forçando um tom casual. O tom é perfeito, ainda melhor do que o da ligação anterior.

— O que há de errado? — pergunta a mãe.

— Nada... estou ótima — diz Viv apoiando a mão esquerda sobre a mesa. Ela já está com dificuldade de se manter em pé. Há dois minutos, ela tinha entre dezessete e vinte e sete anos de idade. Agora, mal fez treze anos.

— Por que estou no viva-voz? — pergunta a mãe.

— Não está, mamãe. É um celular que...

— Tire-me do viva-voz... sabe que odeio isso.

Viv olha para mim e eu instintivamente me afasto. Ela aperta o botão do *viva-voz*, e a voz da mãe deixa a sala. A boa nova é que, graças ao volume da voz da mãe, ainda consigo ouvi-la.

Mais cedo, disse que não devíamos fazer aquela ligação. Agora, temos de fazê-la. Se mamãe tocar o alarme de incêndio, não vamos a lugar algum.

— Melhor assim — diz a mãe. — Agora, o que está havendo?

Há verdadeira preocupação em sua voz. Tudo bem, mamãe fala alto, não apenas pela raiva... ou por ser mandona. O senador Stevens tem o mesmo tom de voz. Isso é senso de imediatismo. O som da força.

— Diga-me o que houve — insiste a mãe. — Alguém fez algum comentário?

— Ninguém fez comentário algum.

— E quanto àquele rapaz de Utah?

Não consigo identificar o sotaque da mãe... tem um quê arrastado do sul de Ohio, e as vogais abertas de Chicago... mas seja o que for, quando fecho os olhos... a entonação... a velocidade de cada sílaba... é como ouvir Viv daqui a vinte anos. Então, abro os olhos e vejo Viv curvada pelo estresse. Ainda tem muito pela frente.

— Foi o rapaz de Utah? — insiste a mãe.
— O cara é um babaca...
— Vivian...
— Mãe, por favor... não é palavrão. Dizem *babaca* em toda série idiota de TV.
— Então agora você vive em uma série de TV, hein? Então, suponho que a mamãe da *série de TV* pagará as suas contas e cuidará de todos os seus problemas.
— Não tenho problemas. Foi um comentário de um rapaz... os inspetores se encarregaram dele... está tudo bem.
— Não deixe que façam isso com você, Vivian. Deus diz...
— Eu disse que está tudo bem. *Eu estou bem.*
— Não deixe que façam...
— *Mãe!*

A mãe faz uma pausa, uma pausa três vezes mais longa que qualquer pausa, daquelas que apenas as mães sabem fazer. Nota-se que ela está a ponto de berrar todo o amor que tem pela filha através do telefone, mas que ela também sabe que a força não é facilmente transferível, tem de ser encontrada dentro de cada um.

— Fale-me sobre os senadores — diz a mãe afinal. — Já pediram que redigisse alguma lei?
— Não, mamãe, ainda não redigi nenhuma lei.
— Você *redigirá*.

É difícil explicar, mas do modo como ela diz isso, até mesmo eu acredito.

— Ouça, mãe... O único motivo de eu estar ligando... estão nos levando para passar a noite em Monticello... na casa de Thomas Jefferson...
— Sei o que é Monticello.
— É, bem... eu não queria que você ficasse apavorada ao ligar e saber que não estamos aqui.

Viv pára, esperando para ver se a mãe acredita. Ambos prendemos a respiração.

— Eu disse que a levariam até lá, Viv... vi fotografias naquele velho panfleto — diz a mãe, claramente entusiasmada. E, quando menos se espera, está tudo certo.

— É... fazem isso todos os anos — acrescenta Viv. Há uma súbita tristeza em sua voz. Quase como se desejasse que não fosse tão fácil. Ela olha para cima, para o cartaz na parede. Todos temos montanhas a escalar.

— Então quando vai voltar?

— Acho que amanhã à noite — diz Viv, olhando para mim. Dou de ombros e meneio a cabeça ao mesmo tempo. — É... amanhã à noite — acrescenta.

— Não se esqueça de perguntar por Sally Hemings...

— Não se preocupe, mamãe... estou certa de que faz parte do passeio.

— Tomara que faça... ou eles pensam que vamos esquecer tudo isso? *Por favor.* Já basta atualmente quererem vender isso como um caso de amor... — Ela faz uma pausa. — Tem dinheiro bastante e tudo o mais?

— Tenho.

— Bom. Resposta certa.

Viv deixa escapar um sorriso.

— Você está bem, Boo? — pergunta a mãe.

— Estou ótima — insiste Viv. — Só um pouco empolgada com a viagem.

— Deveria estar. Valorize cada experiência, Vivian. Todas são importantes.

— Eu sei, mãe...

Assim como antes, há uma pausa maternal.

— Tem certeza de que está bem? — Viv apóia-se ainda mais pesadamente à mesa. Do modo como está curvada, é como se precisasse da mesa para se manter de pé. — Já disse, mãe. Estou ótima.

— É. Você está realmente ótima. — A voz da mãe praticamente brilha através do telefone. — Faça com que nos orgulhemos de você, Vivian. Deus nos deu você por um motivo. Amo, amo, amo você.

— Eu também amo você, mamãe.

Quando desliga, Viv ainda está curvada sobre a mesa. Claro, as duas chamadas podem tê-la abalado... mas ainda assim é bem melhor do que estar morta.

— Viv, só para que você saiba...

— Por favor, Harris...

— Mas eu...

— Harris... por favor... pare de falar.

— Prontos para voar? — pergunta o piloto quando voltamos à recepção.

— Tudo certo — digo enquanto ele nos leva aos fundos do prédio. Sobre meus ombros, vejo que Viv está em silêncio, propositalmente andando alguns passos atrás. Não estou certo se ela não quer me ver ou não quer que eu a veja. De qualquer modo, já forcei o bastante.

Corredor acima, há duas portas de segurança. Atrás de mim, olho uma última vez para a área de recepção e noto um homem magro vestindo um terno risca de giz sentado em uma das cadeiras acolchoadas. Não estava ali quando chegamos. É como se tivesse aparecido do nada. Não nos demoramos tanto. Tento vê-lo melhor, mas ele rapidamente desvia o olhar e abre o celular.

— Tudo bem? — pergunta o piloto.

— Sim... claro — insisto ao chegar às portas.

A mulher na recepção aperta um botão e ouve-se o ruído surdo de uma trava magnética. As portas estão destrancadas e o piloto as abre, convidando-nos a sair. Sem detector de metais... sem raios x... sem bagagem... sem aborrecimento. Sessenta metros adiante de nós, pousado na pista, há um Gulfstream G400 novinho em folha. Ao longo do jato, vê-se uma fina faixa azul e cor de laranja que brilha ao sol da tarde. Há até mesmo um pequeno tapete vermelho ao pé da escada.

— Tremendo aviãozinho, hein? — pergunta o piloto. Viv meneia a cabeça. Tento não parecer impressionado. Nossa carruagem nos espera.

Ao subirmos as escadas do avião, olho para a janela do hangar, tentando ver outra vez o homem magro que está lá dentro. Não está em lugar algum.

Ao abaixar-me para entrar na cabine, vejo nove cadeiras de couro, um sofá de couro claro e uma aeromoça.

— Se precisarem de algo, é só chamar — diz ela. — Champanhe... suco de laranja... qualquer coisa.

Há um segundo piloto já na cabine. Quando ambos entram, a aeromoça fecha a porta e começamos a nossa viagem. Sento-me na primeira cadeira à frente. Viv senta-se na última, no fundo.

A aeromoça não nos manda apertar os cintos e nem enumera uma lista de regras.

— As poltronas se reclinam completamente — anuncia. — Podem dormir o vôo inteiro se quiserem.

A doçura da voz dela equipara-se à de uma fada-madrinha, mas não me faz sentir melhor. Nos últimos seis meses, Matthew e eu passamos horas incontáveis tentando adivinhar quais de nossos amigos e colegas de trabalho estavam jogando o jogo. Acabamos achando que qualquer um poderia estar jogando — motivo pelo qual a única pessoa em que ainda acredito é uma garota de dezessete anos que está aterrorizada e me odeia. Da mesma forma, embora eu esteja sentado em um avião particular de trinta e oito milhões de dólares, não muda o fato de dois de meus amigos mais próximos estarem mortos, e um assassino profissional estar atrás de nós, ansioso para que nos encontremos com eles. Sem dúvida, não há o que celebrar.

O avião se movimenta e eu afundo na poltrona. Do lado de fora da janela, um homem usando calças azuis e uma camisa com listras azuis e brancas enrola o tapete vermelho e nos saúda à partida. Mesmo tendo terminado a sua tarefa ele continua ali, imóvel. Neste instante, percebo um súbito movimento acima dos ombros dele. Lá no hangar, o homem magro que fala ao celular aperta a palma da mão contra o vidro e nos observa partir.

— Tem idéia de quem é? — pergunto à aeromoça, ao perceber que ela também o observa.

— Nenhuma — diz ela. — Pensei que estivesse com vocês.

30

— Estão em um avião — disse Janos ao telefone enquanto saía do Hotel George e sinalizava para que o porteiro lhe providenciasse um táxi.
— Como sabe? — perguntou Sauls do outro lado da linha.
— Acredite... eu sei.
— E quem disse isso para você?
— Importa?
— Na verdade, sim.
Janos fez uma pausa, recusando-se a responder.
— Contente-se apenas com o fato de eu saber.
— Não me trate como um idiota — advertiu Sauls. — Subitamente, o mágico não pode revelar seus truques?
— Não quando os babacas fora de cena estão sempre dando com a língua nos dentes.
— Do que está falando?
— Vendeu alguns Renoirs ultimamente? — perguntou Janos.
Sauls fez uma pausa e disse a seguir:
— Faz um ano e meio. E era um Morisot.
— Sei muito bem o que era... principalmente porque quase fui morto — destacou Janos. Não era a primeira vez que ele e Sauls trabalhavam juntos. Mas, como Janos bem o sabia, caso não conse-

guisse controlar as coisas logo, provavelmente seria o seu último trabalho com o outro.

— Apenas diga como...

— A rediscagem no telefone de Harris indicou que ele estava falando com o prefeito.

— Ai, merda — resmungou Sauls. — Acha que ele está indo para Dakota?

Um táxi parou à sua frente e o porteiro abriu-lhe a porta. Janos não agradeceu.

— Não acredito — acrescentou Sauls. — Tenho um jantar em uma embaixada hoje à noite, e eles estão estragando... — interrompeu-se. — Onde você está agora?

— Em trânsito — disse Janos atirando uma bolsa de couro no banco traseiro.

— Bem, é melhor você ir a Dakota do Sul antes que eles...

Janos apertou o botão END e fechou o celular. Depois de seu incidente com a polícia do Capitólio, ele já estava com dor de cabeça. Não precisava de outra. Entrou no táxi, fechou a porta e tirou um exemplar da revista *MG World* de sua bolsa de viagem. Em seguida, foi até a matéria que falava da restauração de um MGB roadster 1964 e perdeu-se em detalhes como acrescentar um volante menor para complementar o tamanho diminuto do carro. Era a única coisa que trazia paz ao dia de Janos. Diferente das pessoas, as máquinas podiam ser controladas.

— Para onde? — perguntou o motorista.

Janos ergueu a cabeça da revista um instante.

— Aeroporto Nacional — respondeu. — E faça-me um favor: tente evitar os buracos...

31

O céu de Dakota do Sul está negro como piche quando nosso Chevy Suburban pega a direção oeste na Interestadual 90. O pára-brisa está coberto de insetos mortos e ouve-se o metralhar daqueles que se atiram como camicases de encontro aos faróis

Graças à FedEx, o Suburban estava à nossa espera quando aterrissamos, e como foram eles que o alugaram, não tivemos de mostrar carteira de motorista e nem cartão de crédito. Na verdade, quando disse que o senador estava interessado em cultivar a sua imagem de menino de fazenda, eles ficaram mais do que felizes em dispensar o motorista e dar-nos o carro para que nós mesmos dirigíssemos. Qualquer coisa para agradar o senador.

— É isso aí — digo para Viv, sentada no banco do carona. — O senador Stevens preferiria dirigir por conta própria.

Recusando-se a dizer qualquer coisa, Viv olha pela janela e mantém os braços cruzados à altura do peito. Após quatro horas de tratamento similar no avião, já estou habituado ao silêncio, mas quanto mais no afastamos das luzes de Rapid City, a coisa se torna mais desconcertante. E não apenas por causa do humor de Viv. Ao passarmos a entrada para o monte Rushmore, os postes de luz à beira da estrada começaram a escassear mais e mais. A princípio, apareciam a cada trinta metros... depois, a cada cinqüenta, cem e, agora... não vejo um há quilômetros. O mesmo acontece com os outros carros. São quase nove da noite, horário local, mas enquanto nossos faróis atravessam a escuridão, não há viva alma à vista.

— Tem certeza de que estamos no caminho certo? — pergunta Viv quando seguimos uma placa que indica a auto-estrada 85.

— Estou fazendo o melhor que posso — digo. Mas quando a estrada se estreita para apenas duas pistas, olho e vejo que seus braços já não estão cruzados à altura do peito. Em vez disso, as mãos agarram-se à tira do cinto de segurança que corre diagonalmente sobre seu tórax. Agarrando-se à vida.

— Isso está certo? — repete ansiosa, voltando-se para mim pela primeira vez em cinco horas. Ela se empertiga no banco e, ao falar, seus olhos enormes praticamente brilham no escuro. Tenho ao meu lado uma adolescente muito aborrecida comigo por eu tê-la feito voltar a ser uma garotinha assustada.

Faz muito tempo desde que fiz dezessete anos, mas há uma coisa da qual me lembro: a necessidade de afirmação.

— Estamos indo bem — respondo, forçando confiança em meu tom de voz. — Falando sério.

Ela sorri sem convicção e volta a observar a paisagem através do pára-brisa. Não estou certo se ela acredita em mim, mas a esta altura — após termos ido tão longe —, ela vai se agarrar ao que puder.

Bem adiante, a estrada de mão dupla curva-se à direita, então novamente para a esquerda. Apenas quando os faróis iluminam os enormes penhascos à beira da estrada é que me dou conta de que estamos atravessando um desfiladeiro. Viv se inclina para a frente, virando o pescoço e olhando para cima através do pára-brisa. Seus olhos vêem algo e ela se inclina um pouco mais para a frente.

— Algo errado? — pergunto.

Ela não responde. Do modo como sua cabeça está virada, não posso ver sua expressão, mas ela não está mais agarrada ao cinto de segurança. Em vez disso, mantém ambas as mãos no painel enquanto olha para cima.

— Oh... — murmura afinal.

Inclino-me sobre o volante e volto a cabeça para cima. Nada vejo.

— O quê? — pergunto. — O que é?

Ainda olhando para cima, ela pergunta:

— Aquelas são as Black Hills?

Olho na direção indicada. A distância, as paredes do desfiladeiro erguem-se dramaticamente ao menos cento e vinte metros em direção às nuvens. Não fosse pelo luar — que permite que vejamos a borda negra dos penhascos contra um céu cinza-escuro —, não conseguiria ver onde terminavam.

Volto-me para Viv, que ainda está fascinada olhando para cima. O modo como está boquiaberta e com as sobrancelhas erguidas... a princípio, pensei que fosse medo. Mas não. É puro assombro.

— Suponho que não haja montanhas assim no lugar de onde veio — digo.

Ela balança a cabeça, ainda perplexa. O queixo está quase no colo. Vendo como reage lembro-me de que havia apenas uma pessoa que olhava para as montanhas desse jeito. Matthew sempre disse que eram a única coisa que o faziam sentir-se pequeno.

— Você está bem aí? — Viv pergunta.

De volta à realidade, surpreendo-me ao vê-la olhando diretamente em minha direção.

— C-claro — digo, voltando-me a me concentrar na linha amarela do centro da estrada.

Ela ergue uma sobrancelha. É muito esperta para acreditar em mim.

— Você não mente tão bem quanto pensa.

— Estou bem — insisto. — É só que... Matthew teria gostado de estar aqui. Ele realmente... teria gostado.

Viv me observa cuidadosamente, medindo cada sílaba. Fico atento às linhas amarelas que serpenteiam ao longo da estrada. Conheço esse tipo de silêncio constrangido. É como o período de trinta segundos que se segue após eu aconselhar o senador a respeito de um assunto delicado. A calma perfeita. O momento em que se tomam as decisões.

— Você sabe, eu... ahn... eu vi a foto dele no escritório — diz ela afinal.

— O que disse?

— Matthew. Vi a fotografia dele.

Olho para a estrada, lembrando-me.

— Aquela com ele e o lago azul?

— É... essa mesma — diz Viv meneando a cabeça. — Ele parecia... parecia um cara legal.

— E era.

Ela acaba voltando-se novamente para o céu escuro. Fico com as linhas amarelas e sinuosas. Não é diferente da conversa com a mãe. Desta vez, o silêncio é ainda mais longo.

— Michigan — murmura calmamente.

— Como disse?

— Você falou: *suponho que não haja montanhas assim no lugar de onde veio.* Bem, foi lá que nasci.

— Michigan?

— Michigan.

— Detroit?

— Birmingham.

Bato com os polegares sobre o volante e outro inseto se espatifa contra o pára-brisa.

— Isso não quer dizer que eu o perdôo — acrescenta Viv.

— Não esperaria que o fizesse.

Adiante de nós, as paredes de pedra desaparecem à medida que o desfiladeiro fica para trás. Acelero, o motor ruge e responde sem demora. Como antes, nada à nossa esquerda ou direita, nem mesmo um anteparo. Aqui, você tem de saber aonde vai. Embora isso sempre comece com aquele primeiro passo crucial.

— Então, gosta de Birmingham? — pergunto.

— É a escola — responde ela, fazendo-me sentir cada ano de minha idade.

— Costumávamos assistir a jogos de basquete em Ann Arbor — digo.

— Verdade? Então conhece Birmingham... já esteve lá? — Há uma leve hesitação em sua voz. Como se quisesse uma resposta.

— Só uma vez — digo. — Um cara da nossa fraternidade nos convidou para ficarmos na casa dos pais dele.

Ela olha para o retrovisor do lado de fora de sua janela. O desfiladeiro desapareceu há muito, perdido no horizonte negro.

— Sabe, eu menti — diz ela com um tom de voz monótono e sem vida.

— O que disse?

— Menti... — diz ela, olhos ainda no retrovisor. — O que eu disse no depósito a respeito de ser uma das duas únicas negras na escola.

— Do que está falando?

— Sei que não devia... foi estupidez...

— O quê...

— Disse que havia duas, mas na verdade éramos catorze. Catorze crianças negras. Juro por Deus. Acho... é... catorze.

— Catorze?

— Perdão, Harris... só queria convencê-lo de que sabia me cuidar... Não fique com raiva... achei que você pensaria que eu era forte e...

— *Não importa* — interrompo.

Ela finalmente se volta para mim.

— O quê?

— Não importa — reitero. — Quero dizer, catorze... entre quantas? Quatrocentas? Quinhentas?

— Seiscentas e cinqüenta. Talvez seiscentas e sessenta.

— Exato — digo. — Duas... doze... catorze... ainda assim eram uma minoria.

Um pequeno sorriso começa a iluminar-lhe o rosto. Ela gostou dessa. Mas pelo modo como suas mãos novamente agarram o cinto de segurança, ainda está incomodada.

— Pode rir — digo.

Ela balança a cabeça.

— É o que minha mãe sempre diz. Logo depois de *bocheche e cuspa*.

— Sua mãe é dentista?

— Não, ela é... — Viv faz uma pausa e dá de ombros levemente. — Ela é uma higienista dental.

Então eu vejo. Dali vem a sua hesitação. Não que não se orgulhe da mãe... mas ela sabe o que é ser a criança diferente do grupo.

Não me lembro muito de quando tinha dezessete anos, mas sei como é ter um Dia da Carreira na escola quando você secretamente espera que seu pai não seja convidado. No mundo das universidades tradicionais da Ivy League, Washington, eu também sei como é se sentir alguém de segunda classe.

— Sabe, meu pai era barbeiro — digo.

Ela olha timidamente em minha direção, voltando a me medir da cabeça aos pés.

— Fala sério? Verdade?

— Verdade — digo. — Cortava o cabelo de todos os meus amigos por sete dólares cada. Até mesmo os cortes do tipo cuia.

Voltando-se para mim, ela sorri ainda mais.

— Apenas para que saiba, não tenho vergonha de meus pais — insiste.

— Nunca achei que tivesse.

— O problema é que... eles queriam muito que eu estudasse na escola da cidade, mas o único meio de conseguir isso era comprando uma casinha pequena, literalmente a última da periferia. Bem no limite. Sabe o que é isso? Quero dizer, quando você começa daí...

— Não há como evitar se sentir o último de sua espécie — digo, meneando a cabeça. — Acredite, Viv, ainda me lembro de quando cheguei ao Congresso. Passei os primeiros anos tentando consertar tudo de errado que foi feito contra meus pais. Mas às vezes a gente tem de se dar conta de que não é possível vencer certas batalhas.

— Isso não quer dizer que não deva lutá-las — desafia.

— Você está certa... e é uma grande citação para agrado de todos os fãs de Winston Churchill... mas quando o sol se põe no fim do dia, você não pode vencê-los...

— *Você não pode vencê-los?* Não, não, não. Você realmente pensa assim? — pergunta com total sinceridade. — Achei que isso só se dissesse em filmes ruins... Não sei... as pessoas dizem que o governo não tem cara e, você sabe, não funciona, mas mesmo se você está aqui há muito tempo... como quando eu o vi... aquele discurso... você realmente pensa assim?

Agarro o volante como se fosse um escudo, mas isso não impede que sua pergunta me atinja em cheio. Junto a mim, Viv espera uma resposta. E lembra-me do que esqueci já há muito. Às vezes você precisa levar um tapa na cara para dar-se conta do que está saindo de sua boca.

— Não... — digo afinal. — Não é o que estou dizendo...

Viv meneia a cabeça, contente por tudo estar certo ao menos naquela parte de seu mundo.

— Mas deixe-me dizer uma coisa — acrescento rapidamente. — Há algo mais que acontece quando nos sentimos o último dos últimos: é não é algo ruim. Ser o último representa ter uma garra que ninguém jamais será capaz de compreender. Não conseguem comprá-la com todo o dinheiro que têm. E sabe o que essa garra lhe dá?

— Além de um traseiro grande?

— Sucesso, Viv. Não importa onde vá, ou o que faça. A garra alimenta o sucesso.

Ficamos em silêncio um minuto inteiro enquanto minhas palavras são abafadas pelo som do motor. Ela deixa o silêncio se instalar... e desta vez, acho que o faz de propósito.

Viv examina a longa e sinuosa estrada adiante de nós através do pára-brisa, e não permite que eu imagine o que ela está pensando. Algum dia, será uma negociadora implacável.

— Quanto falta para chegarmos? — pergunta afinal.

— Oitenta quilômetros até Deadwood... depois, uma cidadezinha chamada Puma... mais uma boa hora de viagem depois disso. Por quê?

— Por nada — diz ela, sentando-se com as pernas cruzadas sobre o banco do carona, ao estilo indígena. Com o indicador e o médio da mão direita, ela abre e fecha uma tesoura imaginária. — Queria saber quanto tempo temos para você me falar de sua barbearia.

— Se quiser, acho que podemos comer em Deadwood. Mesmo num lugar assim, não há como se fazer errado um queijo coalho frito.

— Vê, agora temos algo — diz Viv. — Queijo coalho frito em Deadwood soa maravilhoso.

32

Em sua viagem, Janos tomou dois aviões diferentes, fez uma escala, e pegou um trecho de três horas ao lado de uma pequena asiática cujo sonho era abrir um restaurante de comida natural que servisse camarão frito. Mesmo assim, ainda não chegara ao seu destino.

— Mineápolis? — perguntou Sauls pelo celular. — O que está fazendo em Mineápolis?

— Ouvi dizer que existe uma grande loja da Foot Locker no Mall of America — rosnou Janos, tirando sua sacola da esteira de bagagem. — Ficar preso no aeroporto uma noite inteira não foi divertido o bastante.

— E quanto ao jato?

— Não conseguiriam me arranjar um com a rapidez necessária. Liguei para cada empresa da lista. Alguma outra maravilhosa sugestão?

— E agora cancelaram o seu vôo?

— Nunca houve um... imagino que terei de conseguir outra conexão para Rapid City. Mas digamos que Dakota do Sul não é uma grande prioridade nos planos das empresas aéreas.

— Então, quando será o próximo...

— Primeira hora da manhã — disse Janos ao sair ao ar livre e ver passar um Mustang conversível azul 1965. O emblema da grade era de um 67, mas a capota parecia original. Belo trabalho.

— Janos...

— Não se preocupe — disse ele, olhos ainda fixos nas luzes vermelhas da traseira do conversível que desaparecia noite adentro. — Quando acordarem, estarei em cima deles.

33

Há poucas coisas mais deprimentes do que o cheiro de mofo e bolor de um velho quarto de motel. O fedor azedo e musgoso ainda paira no ar quando acordo. *Desfrute de sua estadia no Gold House*, diz uma placa de plástico na mesa-de-cabeceira. No canto inferior direito da placa há um desenho de um pote de ouro feito com impressora matricial, que parece ter sido feito no mesmo ano em que trocaram os lençóis pela última vez.

Na noite passada, não conseguimos chegar antes da meia-noite. Agora a luz digital do despertador me diz que são cinco da madrugada. Ainda estou no fuso da Costa Leste. Para mim, são sete horas da manhã. Chutando de lado o cobertor fino e surrado (poderia ter me coberto com um rolo de gaze que daria no mesmo), olho para o travesseiro e conto dezessete fios de cabelo pretos. A esta altura já sei que será um dia ruim.

Ao meu lado, a outra cama ainda está feita. Quando nos hospedamos ontem à noite, fiz Viv esperar no carro e disse à mulher que precisava de um quarto para mim e outro para meus filhos pequenos. Não me importo quão alta e madura é Viv. Um sujeito branco de seus trinta anos de idade hospedando-se em um motel com uma negra mais jovem... e sem bagagem. Mesmo em uma cidade *grande*, isso atrairia a atenção das pessoas.

À minha esquerda, as cortinas com motivos florais da década de 1970 estão fechadas, mas ainda posso ver uma fresta de céu escuro lá fora. À minha direita, há uma pia junto à cama. Pego a escova de dentes e os artigos de toalete que compramos no posto de gasolina e ligo o ferro que peguei emprestado na recepção. Com tanta correria, parece que jogamos beisebol com nossos ternos. Se pretendemos levar isso adiante, precisamos representar bem o papel e termos de volta vincos bem demarcados.

Enquanto o ferro esquenta, volto-me para o telefone e ligo para o quarto de Viv. Toca sem parar. Nenhuma resposta. Na verdade, não me surpreendo. Após o que passamos ontem à noite, deve estar exausta. Desligo e disco novamente. Ainda nada. Eu era igualzinho no segundo grau. O despertador podia berrar durante uma hora, mas nada me acordava até minha mãe bater à porta.

Visto as calças e volto a olhar meu relógio. Mesmo que tivesse tomado o primeiro vôo, Janos não chegaria senão daqui a uns dez minutos, isso sem incluir a viagem de carro de duas horas para chegar até aqui. Estamos bem. Vou bater à porta e acordá-la.

Destranco e abro a porta. Uma baforada de ar fresco afasta o cheiro de mofo — mas ao dobrar à direita, imediatamente sinto algo me atingir os tornozelos. E caio de cara no chão de concreto. É impossível. Ele não pode ter chegado tão rápido...

Bato com o rosto no chão mesmo usando as mãos para evitar a queda. Volto-me o mais rápido possível. Já imagino o rosto de Janos... então ouço uma voz atrás de mim.

— Desculpe... desculpe — diz Viv, sentada no chão de concreto e tirando as suas longas pernas do caminho. — Você está bem?

— Pensei que você estivesse dormindo.

— Não dormi... ao menos, não tão bem — diz ela, erguendo a cabeça de um pequeno panfleto. — Mas não me importo... minha mãe diz que há coisas que simplesmente *são*. Durmo pouco. É assim que eu sou.

— O que faz aqui fora?

— Meu quarto fede. Literalmente. Como um estábulo geriátrico. Pense nisso: gente velha e animais... é uma boa descrição.

Ergo-me e enrolo a língua dentro da boca.

— Então sempre acorda tão cedo?

— A escola de mensageiros começa às seis e quinze. A mulher da recepção... fala muito, mas é legal, sabia? Conversei com ela durante meia hora. Acredita que ela só tem duas pessoas em sua aula de graduação? Esta cidade está em maus lençóis.

— O que você...? Eu disse para você não falar com ninguém.

Viv se encolhe, mas não muito.

— Não se preocupe... disse que eu era a babá... tomando conta das crianças.

— Vestindo um terno executivo azul-marinho? — pergunto, apontando para sua roupa.

— Não estava usando o terno. Não se preocupe... ela acreditou em mim. Além disso, eu estava com fome. Ela me deu uma laranja — explica, tirando outra do bolso. — Peguei uma para você também.

Ela me dá um saco plástico com uma laranja já descascada dentro.

— Ela descascou para você?

— Não pergunte. Ela insistiu. Não quis aborrecê-la. Somos os primeiros hóspedes que eles têm... desde a Corrida do Ouro.

— Então foi ela quem lhe deu o panfleto?

Ela olha para um velho panfleto intitulado *Mina Homestead — Reivindicando um Lugar no Futuro*.

— Achei que deveria ler. Está tudo bem, não está...?

Ouve-se um ruído abafado na porta que leva ao vão da escada. Como um baque.

— O que...

— Shhh!

Seguimos o som corredor abaixo. O vão da escada fica do outro lado. Ninguém lá. Ouvimos outro ruído semelhante. É quando descobrimos a sua origem. Uma máquina de gelo trabalhando. Apenas gelo, digo para mim mesmo. Mas isso não me faz sentir mais calmo.

— Devemos...

— ...ir embora daqui — concorda Viv.

Nos dirigimos para nossos respectivos quartos. Quatro minutos de ferro de passar depois, estou pronto para ir. Viv já me espera do lado de fora, a cabeça novamente enfiada no velho panfleto turístico.

— Tudo pronto? — pergunto.

— Harris, você realmente precisa conhecer este lugar... você nunca viu nada parecido.

Não preciso ler o panfleto para dar-me conta de que ela está certa. Não temos idéia de onde estamos nos metendo, mas enquanto avanço pelo corredor — com Viv bem atrás de mim —, nada é capaz de me deter. Seja lá o que a Wendell esteja cavando, precisamos saber o que está acontecendo.

Viv e eu entramos às pressas no saguão principal do Gold House. Mesmo considerando a hora, está mais vazio do que espero. A recepção está vazia, as máquinas de refrigerante têm fita isolante nas frestas de colocar moedas e as máquinas de vender o *USA Today* têm um cartaz escrito a mão que diz: *Comprem jornais no Tommy's (do outro lado da rua).* Olhando para a rua principal, vemos cartazes em todas as janelas. *Fechado,* diz o cartaz no posto de gasolina. *Arrendamento vencido*, diz o da Fin's Hardware. Naturalmente, meus olhos procuram a barbearia: *Fomos para Montana — Que Deus os abençoe!*

Do outro lado do saguão, vejo um mostruário de metal repleto de panfletos turísticos iguais ao que Viv pegou. *Veja como se faz uma barra de ouro! Visite o Teatro Leed! Explore o Museu da Mineração!* Contudo, pelo desbotado das fotos e pelo amarelado do papel, sabemos que o museu e o teatro estão fechados e que não se vêem barras de ouro por ali há anos. Aconteceu o mesmo quando tive de arrumar a casa quando meu pai morreu. Às vezes a gente não tem coragem de jogar certas coisas fora.

Quando estávamos vindo para cá, pensei estar em casa. Longe disso. Isto aqui não é uma cidade pequena. É uma cidade morta.

— Bem triste, hein? — pergunta uma voz feminina.

Volto-me, e uma jovem de cabelos pretos e curtos vinda dos fundos entra no saguão e vai para trás do balcão. Não deve ter mais de vinte e cinco anos. Seu biotipo e suas maçãs do rosto salientes denunciam claramente a sua origem nativa americana.

— Olá, Viv — diz ela, esfregando os olhos sonolentos.

Olho para Viv. *Você disse o seu nome?*

Viv dá de ombros e recua um passo. Eu balanço a cabeça e ela dá um passo à frente.

— Vou ver as crianças — diz, caminhando para a porta da frente.

— Elas estão bem — intervenho, recusando-me a deixá-la longe de meus olhos. Ela já falou o bastante. O único motivo para falarmos com alguém seria para conseguir informação ou ajuda ou, neste caso em particular, algumas orientações de última hora.

— Pode nos dizer como chegar à mina Homestead? — digo enquanto caminho para a recepção.

— Então estão reabrindo? — pergunta.

— Não faço idéia — rebato, pousando um cotovelo sobre o balcão e procurando informações. — Todos parecem ter uma resposta diferente.

— Bem, foi o que ouvi... embora papai tenha dito que eles ainda não falaram com o sindicato.

— Ao menos estão aumentando a freqüência de vocês? — pergunto, imaginando se havia mais alguém no motel.

— Seria bom... Mas eles têm tudo em *trailers* por lá mesmo: cozinhas... dormitórios... tudo. Vou lhe dizer uma coisa, são nota zero no quesito fazer amigos.

— Talvez estejam apenas aborrecidos por não terem achado um Holiday Inn — digo.

Ela sorri da piada. Em uma cidade pequena, todos odeiam as grandes redes.

Analisando-me cuidadosamente, ela inclina a cabeça para o lado.

— Já o vi antes? — pergunta.

— Não creio...

— Tem certeza? Em Kiwanis?

— Com certeza. Não sou nem mesmo da vizinhança.

— Verdade? E eu aqui pensando que todos os habitantes locais vestiam calças e camisa social.

Retraio-me um pouco. Ela está começando a ficar amistosa, mas este não é o meu objetivo.

— Escute, quanto a como chegar à mina...

— É claro. A mina. Tudo o que tem a fazer é seguir a estrada.

— Qual?

— Só temos uma — diz ela, lançando-me outro sorriso. — Saindo daqui, pegue a esquerda, depois dobre à direita colina acima.

Sorrio instintivamente.

Ela pula o balcão, segura o meu braço e me conduz até a porta.

— Vê aquele edifício... não parece uma gigantesca cabana de metal? — ela pergunta, apontando para a única montanha com uma edificação no topo.

— Ali é a estrutura principal.

Ela imediatamente lê a expressão confusa em meu rosto.

— Cobre o poço da mina... — acrescenta. Continuo confuso. — ...também, conhecida entre alguns como *o grande buraco no chão* — explica com uma risada. — Protege a entrada do mau tempo. Ali vocês encontrarão a gaiola.

— Gaiola?

— O elevador — diz ela. — Quero dizer, supondo que queiram descer...

Viv e eu trocamos um olhar, mas nenhum de nós diz coisa alguma. Até agora, sequer pensei que esta fosse uma opção.

— Apenas siga a placa que diz *Homestead* — acrescentou a mulher. — Não vai demorar cinco minutos. Tem negócios por lá?

— Só mais tarde. Por isso acho que vamos visitar o monte Rushmore primeiro — explico. — Como faço para chegar lá?

É um blefe patético, mas se Janos está tão perto quanto penso, ao menos precisamos tentar apagar as pistas. Ela me indica o trajeto e eu finjo escrever as suas orientações.

Quando ela termina, aceno em despedida e me encaminho para o Suburban. Viv caminha ao meu lado, balançando a cabeça.

— Faz isso de propósito ou lhe vem naturalmente? — pergunta ela afinal, quando deixamos o estacionamento.

— Não entendo.

— Esse charme todo: debruçar-se no balcão... ela se desmanchando com o seu jeito de homem de cidade pequena... — Viv pára de falar um instante. — Sabe, hoje somos quem sempre fomos e sempre seremos. Você sempre foi assim? — pergunta.

O Suburban faz uma curva fechada à direita, forçando-me contra a porta e Viv contra o braço do assento. Enquanto subimos a colina, nos concentramos no edifício triangular de dois andares que fica no topo. Ao dobrar a última curva, as árvores e as estradas pavimentadas desaparecem, e o chão se nivela e torna-se pedregoso. Adiante, há um espaço do tamanho de um campo de futebol. O chão é de terra, cercado por afloramentos de rochas pontudas que circundam todo o campo e erguem-se a cerca de seis metros de altura. É como se tivessem cortado o topo da montanha e construído aquele acampamento plano que se estendia bem diante de nós.

— Então, tem alguma idéia do que estamos procurando? — pergunta Viv, estudando o terreno. É uma boa pergunta, que me venho fazendo desde o momento em que saímos do avião.

— Acho que saberemos quando virmos — respondo.

— Mas quanto a Matthew... realmente acha que a Mineração Wendell o matou?

Continuo observando a estrada à minha frente.

— Tudo o que sei é que, nos últimos dois anos, a Wendell vem tentando comprar esta velha mina de ouro no meio do nada. No ano passado, falharam. Este ano, tentaram se livrar da burocracia introduzindo-a no projeto de dotação orçamentária, o que, segundo Matthew, nunca iria a lugar algum... ou seja, até ter aparecido como a nova aposta em nosso jogo.

— Isso não quer dizer que a Mineração Wendell o matou.

— Está certa. Mas quando comecei a pesquisar, descobri que a Wendell não apenas forjou ao menos uma das cartas endossando a transferência, como também que essa maravilhosa mina de ouro que supostamente querem não tem ouro bastante para fazer uma tornozeleira para a Barbie. Pense nisso um segundo. Esses caras da Wendell gastaram os últimos dois anos se matando por um buraco gigantesco escavado no chão e estão tão ansiosos para entrar nele que já começaram a se mudar para cá. Acrescente isso ao fato de dois amigos meus terem sido mortos por causa disso. Bem... com toda essa insanidade no ar, pode crer que eu quero ver esse negócio de perto.

Quando nos aproximamos da extremidade no estacionamento improvisado, Viv volta-se para mim e meneia a cabeça.

— Se quiser saber qual é o problema, você tem de ver qual é o problema pessoalmente.

— Quem disse isso, sua mãe?

— Um biscoito da sorte — murmura Viv.

No centro do campo está o edifício em forma de cabana indígena com a palavra *Homestead* pintada em um dos lados. Mais perto de nós, há ao menos mais doze carros no estacionamento com chão de cascalho. À esquerda, vejo três *trailers* de construção tamanho família dos quais entram e saem sujeitos vestindo macacões. Há dois caminhões de carga junto ao prédio. De acordo com o relatório de Matthew, o lugar supostamente estava abandonado e vazio. Em vez disso, vemos uma colméia.

Viv aponta para o lado do prédio onde outro homem vestindo macacão usa uma empilhadeira enlameada para descarregar da traseira de um caminhão de oito rodas uma imensa peça de equipamento de informática. Comparado à empilhadeira suja de lama, o computador novo em folha destaca-se como uma carreta em um campo de golfe.

— Por que você precisa de um sistema de computador para cavar um buraco gigante no chão? — pergunta Viv.

Meneio a cabeça e observo a entrada principal do edifício triangular.

— Esta é a pergunta de cem mil dólares, não é mesmo...?

Alguém dá com os nós dos dedos na janela do lado do motorista. Volto-me e vejo um sujeito com o capacete de construção mais imundo que já vi na vida. Ele sorri. Hesitante, abro a janela.

— Olá — diz ele, acenando com seu fichário. — Vocês são da Wendell?

34

— Então terminamos? — perguntou Trish, recostada em sua cadeira na sala de audiências do comitê interno da Câmara.

— Desde que você não tenha mais nada — disse Dinah, reunindo uma grande quantidade de folhas soltas e organizando-as em uma pilha ordenada sobre a longa mesa de reunião. Não estava gostando de ocupar o lugar de Matthew, mas, como dissera para os outros colegas de escritório, o trabalho ainda tinha de ser feito.

— Não, creio que... — Interrompendo-se, Trish rapidamente abriu o seu fichário e folheou as páginas. — Ai, droga... — acrescentou. — Acabo de me lembrar... tenho um último projeto.

— Na verdade, eu também — disse Dinah com secura, folheando o seu próprio fichário mas sem tirar os olhos de sua equivalente no Senado.

Trish aprumou-se na cadeira e olhou para Dinah. Durante quase vinte segundos, as duas mulheres ficaram ali sentadas, em lados opostos da mesa de reunião, sem dizer uma palavra. Junto a elas, Ezra e Georgia as observavam como espectadores que sempre foram.

Impasse de samurais, como Matthew costumava chamar. Acontecia toda vez que tentavam fechar o projeto de dotação orçamentária. A última pilhagem do saco de doces.

Dinah bateu a ponta do lápis contra a mesa, preparando a espada. Mesmo com a morte de Matthew, a batalha tinha de continuar. Ou seja, até alguém desistir.

— Erro meu... — disse Trish afinal. — Estava lendo errado... Este projeto pode esperar até o ano que vem.

Ezra riu. Dinah mal moveu o canto dos lábios. Ela nunca debochava de ninguém. Principalmente do Senado. Como bem o sabia, se você debocha do Senado, eles o ferram de volta.

— Fico feliz em ouvir isso — respondeu Dinah, fechando a sua pochete e levantando-se da mesa.

Desfrutando da vitória, Ezra cantarolou baixinho "Someone's in the kitchen with Dinah." Matthew fazia o mesmo quando sua colega de escritório tentava se impor. *"Someone's in the kitchen, I knooow..."*

— Então é só? — perguntou Georgia. — Finalmente acabamos?

— Na verdade, Matthew disse que vocês deveriam ter terminado há uma semana — esclareceu Dinah. — Agora estamos em uma corrida louca com uma votação no fim da semana.

— O projeto estará na câmara legislativa no fim da semana? — perguntou Trish. — Desde quando?

— Desde esta manhã, quando a liderança o anunciou sem perguntar nada a ninguém.

Seus três colegas balançaram a cabeça, mas não era uma grande surpresa. Em ano de eleição, a maior corrida no Congresso era a de chegar em casa. Era assim que se ganhavam as campanhas. Isso e os projetos individuais que parlamentares traziam de seus distritos: um projeto de água na Flórida, um novo sistema de esgotos em Massachusetts... e até mesmo aquela pequena mina de ouro em Dakota do Sul, pensou Dinah.

— Realmente acha que podemos terminar a conferência em uma semana? — perguntou Trish.

— Não vejo por que não — respondeu Dinah, levando o resto da papelada para a porta que dava para o seu escritório. — Tudo o que tem a fazer é vendê-lo para o seu chefe.

Trish meneou a cabeça enquanto observava Dinah indo embora.

— A propósito — chamou —, obrigada por assumir o lugar de Matthew. Sei que está sendo difícil com tudo o que...

— Tinha de ser feito — interrompeu Dinah. — É simples assim.

A porta bateu atrás dela e Dinah voltou para seu escritório. Não era mulher de falsidades, porém, mais importante, se tivesse esperado mais, talvez perdesse a pessoa que, ao olhar do outro lado da sala, a esperava tão pacientemente.

— Tudo certo? — perguntou Barry, debruçando-se sobre o pequeno gabinete de arquivos que separava as mesas de Matthew e Dinah.

— Tudo certo — respondeu Dinah. — Agora, onde quer ir para comemorar?

35

— É... claro... somos da Wendell — digo, meneando a cabeça para o sujeito corpulento vestindo macacão que está de pé ao lado da janela do carro. — Como soube?

O sujeito aponta para minha camisa social. Sob o macacão, ele veste uma camiseta onde se lê *Spring Break '94* em letras cor de laranja. Não é preciso ser um gênio para saber quem é o forasteiro.

— Shelley, certo? — pergunto, lendo o nome escrito com pincel atômico preto em seu surrado capacete de construção. — Janos disse para dizer olá.

— Quem é Janos? — pergunta, confuso.

Isso me dá uma certeza. Seja lá o que esteja acontecendo lá embaixo, esses sujeitos são apenas empregados contratados.

— Desculpe... — digo. — É outro cara da Wendell. Achei que vocês dois talvez...

— Shelley, você está aí? — ouve-se uma voz pelo radiotransmissor que ele traz à cintura.

— Perdão — diz ele pegando o rádio. — Mileaway? — pergunta.

— Onde está? — pergunta a voz.

— O dia inteiro aqui na superfície — responde Shelley.

— Rato de superfície.

— Toupeira.

— Melhor do que a porcaria dos níveis mais baixos — retruca a voz.

— Amém — diz Shelley, rindo para mim e me chamando para participar da brincadeira. Meneio a cabeça como se tivesse sido a melhor piada de mineiro que ouvi a semana inteira, e então aponto para uma das vagas de estacionamento.

— Escute, podemos...?

— Ah... sim... bem ali é perfeito — diz Shelley enquanto o sujeito do outro lado continua falando. — Os equipamentos estão ali — acrescenta Shelley, apontando para um grande edifício de tijolos bem atrás da cabana de metal. — E aqui... — tira do bolso um chaveiro repleto de plaquetas de metal, abre-o e deixa cair quatro plaquetas em minha mão. Duas têm impresso o número *27*. As outras duas, o *15*. — Não se esqueça de dar entrada — explica. — Uma fica em seu bolso, outra na parede.

Agradecemos rapidamente, procuramos a nossa vaga e ele se volta para o rádio.

— Tem certeza de que sabe o que está fazendo? — pergunta Viv, que senta-se um pouco mais aprumada do que na véspera. Mas não há como deixar de notar o modo como olha ansiosamente para o espelho retrovisor. Quando ouvi a conversa de Viv com a mãe, achei que a força deve ser procurada dentro de si mesmo. Pelo modo como Viv continua a olhar pelo retrovisor, nota-se que ela ainda está procurando.

— Viv, este lugar não tem um pingo de ouro, mas eles estão arrumando as coisas igual àquela cena do *E.T.* em que o governo dá as caras.

— Mas se nós...

— Escute, não estou dizendo que quero descer na mina, mas tem alguma idéia de como descobrir o que está acontecendo por aqui?

Ela baixa a cabeça e olha para o colo, onde repousam os panfletos do motel. Na primeira página, lê-se: *Da Bíblia à República de Platão, o subsolo sempre foi associado ao Conhecimento.*

É o que esperamos.

— Todos os amigos de meu pai costumavam garimpar — acrescento. — Acredite, mesmo que entremos, é como se fosse uma caverna. Falamos de algumas dezenas de metros, no máx...

— Que tal 2.450? — intervém.

— O quê?

Ela se surpreende com a súbita atenção.

— É... é o que diz aqui... — acrescenta, mostrando-me o panfleto. — Antes de ser fechado, este lugar era a mina em atividade mais antiga de toda a América do Norte. Superava qualquer mina de ouro, carvão, prata e outras minas do país.

Arranco o panfleto de suas mãos. *Desde 1876,* está escrito na capa.

— Andaram cavando durante 125 anos. Isso quer dizer que é um poço bem fundo — continua. — Esses mineiros que ficaram presos na Pensilvânia há algumas semanas... a que profundidade estavam? Seriam sessenta metros?

— Setenta e três — digo.

— Bem, esta tem 2.450. Pode imaginar? *Dois mil quatrocentos e cinqüenta.* São seis edifícios Empire State para baixo da terra.

Folheio o panfleto e confirmo os fatos: seis Empire States... cinqüenta e sete níveis... quatro quilômetros de largura... e quase seiscentos *quilômetros* de passagens subterrâneas. No fundo, a temperatura chega a 56 graus centígrados. Olho para o chão através da janela. Esqueça a colméia. Estamos em cima de um formigueiro.

— Talvez eu deva ficar aqui em cima — diz Viv. — Sabe... tipo tomando conta...

Antes que eu possa responder, ela volta a olhar pelo espelho retrovisor. Atrás de nós, uma caminhonete Ford entra no estacionamento. Viv olha ansiosamente para o motorista, tentando ver se o rosto lhe é familiar. Sei o que está pensando. Mesmo que Janos esteja aterrissando agora, não está muito longe. Esta era a escolha: o demônio da superfície contra o demônio do subterrâneo.

— Realmente acha mais seguro ficar aqui em cima por conta própria? — pergunto.

Ela não responde. Ainda está observando a caminhonete prateada.

— Por favor, apenas prometa que será rápido — implora.

— Não se preocupe — digo, abrindo a porta e saindo do carro. — Vamos entrar e sair antes que alguém se dê conta.

36

Janos batia ligeiramente com o lado do polegar sobre o balcão da empresa de carros alugados Hertz no aeroporto de Rapid City e não escondia a sua frustração com o modo de vida de Dakota do Sul.

— Por que está demorando tanto? — perguntou ao jovem funcionário que usava uma gravata do Monte Rushmore.

— Perdão... é apenas uma dessas manhãs atarefadas — respondeu o homem por trás do balcão, folheando uma pequena pilha de papéis.

Janos olhou para o saguão do aeroporto ao seu redor. Havia um total de seis pessoas, incluindo um zelador nativo americano.

— Tudo bem... e quando vai devolver o carro? — perguntou o homem por trás do balcão.

— Espero que hoje à noite — rebateu Janos.

— Apenas uma visita rápida, hein?

Janos não respondeu. Seus olhos olhavam para um chaveiro na mão do atendente.

— Posso ficar com a chave?

— Precisa fazer um seguro...

As mãos de Janos avançaram como um raio, agarraram o pulso do homem e arrancaram a chave de sua mão.

— Pronto? — rosnou Janos.

— É... é um Ford Explorer azul... na vaga quinze — disse o homem enquanto Janos arrancava um mapa de um bloco sobre o balcão e dirigia-se à saída.

— Tenha um bom dia... — O homem olhou para a fotocópia da carteira de motorista de Nova Jersey que Janos lhe dera. Robert Franklin. — Tenha um bom dia, Sr. Franklin. E bem-vindo a Dakota do Sul!

37

Caminho o mais rápido que posso com minha agenda em mãos, mantendo meu passo de senador enquanto nos dirigimos ao edifício de tijolos vermelhos. A agenda é, na verdade, o manual do proprietário que achei no porta-luvas do Suburban, mas na velocidade com que nos movemos ninguém vai notar. À minha direita, Viv completa o quadro, caminhando atrás de mim como a fiel ajudante de um executivo da Wendell. Com sua altura e terno recém-passado, ela parece adulta o bastante para fazer o papel. Digo-lhe para não rir, apenas ficar quieta. A única forma de fazer parte é agir como se fizesse. Mas quanto mais perto chegamos do edifício de tijolos, mais me dou conta de que não há ninguém ao redor para olhar e desconfiar de alguma coisa. Ao contrário dos *trailers* lá atrás, o lugar aqui está vazio.

— Acha que estão no subterrâneo? — pergunta Viv, notando a súbita queda populacional.

— Difícil dizer. Contei dezesseis carros no estacionamento... mais todo aquele maquinário. Talvez todo o trabalho seja feito nos *trailers*.

— Ou talvez, seja lá o que for, é algo que não querem que milhares de pessoas vejam.

Mantenho o passo. Viv acompanha. Ao contornarmos o edifício, vemos uma porta e uma escadaria de metal que desce até uma entrada no lado do edifício. Viv olha para mim. Eu concordo. Sempre seguindo caminhos secundários, ambos nos dirigimos à escadaria. Ao descermos, fragmentos de cascalho desprendem-se de nossos sapatos, atravessam a grade da escada e caem em uma passagem no chão de concreto, seis metros mais abaixo. Não chega nem perto da descida que faremos. Viro para trás. Olhando através dos degraus, Viv começa a desacelerar as passadas.

— Viv...

— Estou bem — diz, embora eu nada tenha perguntado.

Dentro do edifício de tijolos vermelhos, atravessamos um corredor de ladrilhos escuros e entramos em uma pequena copa-cozinha aparentemente abandonada. O chão de vinil está rachado, a geladeira está aberta e vazia, e há um quadro de avisos deitado no chão, repleto de boletins sindicais amarelados e quebradiços, datados de ao menos dois anos. Seja lá o que esses caras estejam fazendo, estão aqui há pouco tempo.

De volta ao corredor, meto a cabeça em uma sala com a porta fora das dobradiças. Entro facilmente, mas paro logo a seguir. À minha frente há fileiras e mais fileiras de chuveiros industriais que, do modo como estão, parecem uma câmara de gás — apenas os canos saem das paredes. E embora saiba que são apenas chuveiros, quando penso nos mineiros lavando-se após outro dia estafante de trabalho, é com certeza uma das visões mais deprimentes que já tive na vida.

— Harris, achei! — diz Viv, chamando-me de volta ao corredor, enquanto aponta para uma placa que diz *Rampa* com uma pequena seta apontando para outro lance de escada.

— Tem certeza de que este é...?

Ela aponta para o velho relógio de ponto, então olha novamente para o quadro de avisos e para a geladeira. Não há dúvidas quanto a isso. Quando os mineiros freqüentavam este lugar, era aqui que começavam os seus dias de trabalho.

Escada abaixo, o corredor se estreita e o teto abaixa. Só pela umidade, dá para ver que estamos no subsolo. Não há mais salas nas paredes laterais. E nenhuma janela à vista. Seguindo outra placa escrita *Rampa*, chegamos a uma porta azul enferrujada coberta de lama e que me lembra a porta de um *freezer* industrial. Puxo com força, mas a porta não se move.

— O que há de errado? — pergunta Viv.

Balanço a cabeça e tento novamente. Desta vez, a porta se abre um pouco e sinto uma forte baforada de ar quente lamber meu rosto. Lá embaixo é um túnel de vento. Puxo um pouco mais forte e a porta se abre. As dobradiças enferrujadas rangem enquanto o calor seco nos atinge em cheio.

— Cheira a pedra — diz Viv, cobrindo a boca.

Lembrando-me de que o sujeito no estacionamento nos disse para vir por aqui, me animo a dar o primeiro passo no estreito corredor de concreto.

Quando a porta se fecha atrás de nós, o vento pára de soprar, mas a secura permanece. Umedeço os lábios, mas não adianta. É como comer um castelo de areia.

Mais adiante, o corredor se curva para a direita. Há alguns baldes no chão, uma luz fluorescente no teto. Finalmente, um sinal de vida. Aprofundando-me em direção à curva, não estou certo do que respiramos, mas ao provar o ar amargo com a língua, sinto-o empoeirado, quente e de má qualidade. Na parede da esquerda, há uma placa dos anos 1960 onde se lê: *Abrigo Nuclear* e uma seta apontando diretamente para a frente. Coberto de lama seca, ainda dá para ver o sinal amarelo e preto indicador de radioatividade.

— Abrigo nuclear? — pergunta Viv, confusa. — A dois mil quatrocentos e cinqüenta metros de profundidade? Um pouco demais, não é mesmo?

Ignoro o comentário e concentro-me no corredor que, ao voltar a ficar reto, revela outro sinal de vida.

— O que é isso? — diz Viv, avançando com hesitação.

À nossa frente, as paredes da direita e da esquerda estão cobertas do chão ao teto de estantes com prateleiras de metal. Em vez de livros, porém, as prateleiras estão repletas de equipamentos: dúzias de botas de borracha que vão até a altura do joelho, grossos cinturões de ferramentas e, mais importante, lanternas de mineração e capacetes de construção.

— Será que serve? — pergunta Viv, forçando uma risada enquanto tenta enfiar o capacete em seu compacto cabelo afro. Está tentando parecer estar pronta para aquilo, mas antes de me convencer, tem de convencer a si mesma. — O que é isso? — acrescenta, nervosamente tocando o gancho de metal na frente de seu capacete.

— Para fixar a lanterna — digo, tirando uma das lanternas de mineração da prateleira. Mas quando tento pegar a lâmpada de metal, percebo que está conectada a uma caixa de plástico vermelha. Vejo que a caixa de plástico contém uma bateria de carro do tamanho de um livro de bolso — e que a bateria está conectada a alguns clipes na prateleira. Aquilo não é apenas uma estante — é um posto de recarga.

Destravo os clipes, tiro a bateria da prateleira e meto-a em um dos cintos de utilidades. Viv o prende ao redor da cintura, eu estico o fio ao longo de suas costas e fixo a lanterna na frente de seu capacete. Agora ela está pronta. Oficialmente, é uma mineira.

Ela liga um interruptor e a luz se acende. Há vinte e quatro horas, teria mexido a cabeça para frente e para trás, brincando de me ofuscar com o facho de luz. Agora, a luz ilumina os seus pés. A excitação já acabou há muito. Uma coisa é dizer que se vai para debaixo da terra. Outra, completamente diferente, é ir.

— Não diga... — adverte quando estou a ponto de abrir a boca.

— É mais seguro que estar...

— Eu disse *não diga*. Estarei bem... — insiste. Ela trinca os dentes e inspira profundamente o ar quente e seco.

— Como saber quais estão carregadas? — pergunta. Lendo minha expressão, aponta para as estantes à direita e à esquerda. Ambas estão repletas de baterias. — Qual é o posto de entrada, qual o de saída? — acrescenta, batendo na caixa vermelha de sua bateria. — Esta pode ter sido deixada ali há apenas dez minutos.

— Acha que é assim que eles...

— No jogo *laser tag* é assim — ressalta.

Olho para ela durante algum tempo. Detesto trazê-la até aqui.

— Você fique com a sua, da esquerda. Eu pego a minha, da direita — digo. — Ao menos teremos uma carregada.

Ela concorda e eu tiro dois coletes de construção cor de laranja de uma lata de lixo.

— Vista isso — digo, atirando-lhe um dos coletes.

— Por quê?

— Pelo mesmo motivo que em todo mau filme de espionagem tem sempre alguém se infiltrando em algum lugar vestido como um zelador. Um colete cor de laranja a levará a qualquer lugar...

Examinando-se enquanto ajusta as tiras de velcro do lado do colete, acrescenta:

— Parece que vou trabalhar em uma estrada de rodagem.

— Verdade? Estava pensando em guarda de porta de escola.

Ela ri da piada — e, pela expressão de seu rosto, parece que é exatamente o que ela precisava.

— Sente-se melhor? — pergunto.

— Não — diz, sem conseguir conter o sorriso. — Mas vou conseguir.

— Tenho certeza de que iremos.

Ela gosta disso.

— Então acha que podemos sair dessa? — acrescenta.

— Não me pergunte... fui eu quem disse que não se pode ganhar todas.

— Ainda se sente assim?

Ergo um dos ombros e continuo a avançar pelo corredor empoeirado.

Viv segue bem atrás de mim.

Ao fim do corredor não há mais estantes de metal. Em vez disso, alinhados ao longo das paredes, há bancos de madeira encostados uns nos outros ao longo de uns trinta metros. A julgar pelas fotos do panfleto, os mineiros alinhavam-se ali todas as manhãs, esperando para descerem. Em D.C., fazemos o mesmo: nos alinhamos no subterrâneo para pegar o metrô para o centro da cidade. A única diferença aqui é que o metrô não anda na horizontal e, sim, na vertical.

— Que barulho é esse?... — pergunta Viv, ainda alguns passos atrás de mim.

Bem à nossa frente, o corredor se abre em um salão com um teto de cerca de nove metros de altura e ouvimos um barulho ensurdecedor. Os bancos de madeira vibram ligeiramente e as luzes começam a tremeluzir — mas nossos olhos estão fixos no poço do elevador que corta o salão do chão ao teto. Como um trem de carga vertical, o elevador passa pelo nosso andar e desaparece no teto. Diferente de um elevador normal, porém, este só é fechado por três lados. Com certeza, há uma porta de aço inoxidável que previne alguém de meter a cabeça no poço e ser decapitado, mas acima da porta — no espaço de nove metros até o teto — podemos ver o elevador inteiro quando ele passa.

— Viu alguém? — pergunto a Viv.
— Foi muito rápido.
Concordo.
— Mas acho que estava vazio.
— Com certeza, vazio — concorda.

Entramos mais profundamente no salão e erguemos as nossas cabeças ao mesmo tempo em direção ao poço do elevador. Por algum motivo, há água escorrendo pelas paredes. Como resultado disso, as paredes de madeira do poço são escuras, escorregadias e ligeiramente corroídas. Quanto mais nos aproximamos, mais sentimos o ar frio que emana do buraco. Ainda estamos no subsolo, mas, pelo modo como o túnel se curvou, acho que estamos em outro edifício.

— Acha que a cabana de metal fica ali em cima? — pergunta Viv, apontando com o queixo para uma fímbria de luz solar no topo.

— Tem de ser... a mulher no motel disse que é ali que...

Um baque surdo ecoa pelo poço do elevador vindo do andar de cima. É seguido de outro... e mais outro. O ruído permanece, mas não aumenta. Suave e regular, como passos. Viv e eu ficamos paralisados.

— Frannie, é o Garth... a gaiola está na estação — anuncia uma voz com sotaque de Dakota do Sul. Sua voz reverbera pelo poço. Vem do salão acima de nós.

— Gaiola parada — responde uma voz feminina através de um rádio.

Ouvimos um ranger de metal semelhante a uma velha porta de garagem se abrindo, certamente a porta de segurança de metal da parte da frente da gaiola. Ouvimos passos dentro da cabine.

— Gaiola parada — diz o homem quando as portas se fecham com outro rangido. — Vamos para o treze-dois — acrescenta. — Baixe a gaiola.

— Treze-dois — repete a mulher pelo rádio. — Baixando a gaiola.

Um segundo depois, ouve-se um suave rumor, e os bancos atrás de nós voltam a vibrar.

— Ah, merda... — murmura Viv.

Se podemos vê-los, eles podem nos ver. Quando o elevador desce a prumo, ambos corremos para lados opostos do poço. Viv vai para a esquerda. Eu, para a direita. O elevador passa guinchando por nós como um brinquedo de queda livre de um parque de diversões, mas em alguns segundos o barulho diminui à medida que desce poço abaixo. Escondido no canto, ainda não me movo. Apenas ouço, esperando para ver quanto tempo demora. Aparentemente, é uma queda interminável. Seis Empire States para baixo. Então... bem lá embaixo, o metal da gaiola murmura suavemente, emite um último ofegar e, finalmente — puuf! —, desaparece no silêncio e na escuridão. A única coisa que ouvimos agora é o suave rumor da água que escorre pelas paredes do poço.

Acima de mim, próximo à porta amarela e enferrujada, há um painel com um alarme de incêndio. Junto a este alarme há um interfone e um teclado enferrujado. É a nossa porta de entrada.

Olho para Viv, que tem as mãos à cabeça e uma expressão estarrecida ao observar o elevador.

— Não mesmo — diz ela. — Não há a menor chance de você me meter nesse negócio...

— Viv, você sabia que desceríamos.

— Não neste troço enferrujado. Eu não vou, esqueça, Harris... estou fora. Não, não. Mamãe não me deixa tomar ônibus muito melhores do que esta porcaria...

— Não estou achando graça.

— Concordo... por isso vou ficar bem aqui.

— Você não pode se esconder aqui.

— Posso... irei... e vou. Pule você no poço... eu fico aqui rodando a manivela de modo que ao menos tenhamos o balde de água de volta no fim do dia.

— E onde você vai se esconder?

— Vários lugares. Muitos... — Ela olha em volta. Vê os bancos de madeira, o corredor estreito... até mesmo o poço vazio do elevador, onde nada se vê além de uma cascata de água corrente. O resto do lugar é tão vazio quanto o poço. Há alguns pneus velhos em um canto e uma enorme bobina de cabos descartados ao fundo.

Cruzo os braços e olho para ela.

— Vamos, Harris, *pare*...

— Não devemos nos separar, Viv. Acredite em mim... Sinto no meu íntimo. Precisamos ficar juntos.

Agora é ela quem olha para mim. Ela examina meus olhos, então olha para o interfone. Bem atrás de nós, encostado na parede, há uma placa azul com letras brancas:

Nível	Código da Estação
Topo	1-1
Rampa	1-3
60	2-2
91	2-3
244	3-3

A lista continua passando por todos os cinqüenta e sete níveis. Agora, estamos na *Rampa*. No fim, a lista termina com:

Nível	Código da Estação
2350	12-5
2393	13-1
2450	13-2

O nível de 2.450 metros. Código da estação: *treze-dois*. Lembro-me do sujeito com sotaque dizer isso há uns dois minutos. Este é o código que berrou ao interfone para descer de elevador, o que quer dizer que é lá que está a ação. *Treze-dois*. Nosso próximo destino. Volto-me para Viv, que ainda olha para o cartaz azul e para o número *2.450*.

— Vá adiante e chame o elevador — murmura. — Mas se ficarmos presos lá embaixo... — ameaça, soando exatamente como a mãe — ...você vai rezar para que Deus o pegue antes de mim.

Sem perder tempo, pego o interfone e olho para o teto procurando câmaras de vídeo. Nada a vista — o que quer dizer que ainda temos espaço de manobra. Disco o número de quatro dígitos impresso na base do teclado enferrujado: *4881*. As teclas se agarram à medida que eu as aperto.

— Controle... — responde uma voz feminina.

— Ei, aqui é o Mike — digo, jogando verde. — Preciso descer ao trinta-dois.

— Mike de quê? — rebate, nada impressionada. Pelo sotaque, sei que é uma nativa. Pelo meu, ela sabe que não sou.

— *Mike* — insisto, fingindo estar aborrecido. — Da Wendell. — Se os caras da Wendell de fato estão vindo para cá, ela deve ter conversas assim a semana inteira. Há uma breve pausa, e eu praticamente ouço um suspiro exalar de seus lábios.

— Onde você está? — pergunta.

— Na Rampa — digo, recorrendo novamente ao cartaz.

— Espere aí.

Ao me voltar para Viv, ela mete a mão no bolso e tira dali um aparelho de metal que parece uma versão mais fina de uma calculadora, mas sem tantos botões.

Lendo meu olhar, ela ergue o aparelho para que eu possa ver. Embaixo da tela digital há um botão onde está escrito O_2%.

— Detector de oxigênio? — pergunto enquanto ela meneia a cabeça. — Onde conseguiu isso?

Ela aponta para trás em direção às prateleiras no corredor. Os números digitais na tela marcam *20.9*.

— Isso é bom ou mau?

— É o que estou tentando entender — diz ela enquanto lê as instruções do verso. — Ouça isso: *Cuidado: a ausência de oxigênio pode ser imperceptível e pode causar inconsciência e/ou morte rapidamente. Verifique o detector com freqüência.* Deve estar de sacanagem...

O pensamento é interrompido por um grande rumor a distância. É como um trem chegando a uma estação — o chão começa a vibrar, sinto-o em meu peito. As luzes tremelicam e eu e Viv nos voltamos para o poço. Ouvimos um rangido muito alto quando os freios são acionados e a gaiola vem chacoalhando em nossa direção. Mas, ao contrário da última vez, em vez de continuar através do teto, pára bem à nossa frente. Olho através da janela aberta na porta de metal amarelo, mas não vejo luz dentro da gaiola. Vai ser uma descida escura.

— Vê alguma coisa? — diz a operadora com sarcasmo através do interfone.

— É... não... está aqui — respondo, tentando me lembrar do protocolo. — Gaiola parada.

— Muito bem, entre e aperte o interfone — diz ela. — E não se esqueça de deixar sua placa de identificação antes de ir. — Antes que eu pergunte, explica: — Tem um quadro atrás do interfone.

Desligo o interfone e procuro atrás do painel onde está o interfone e o alarme de incêndio.

— Estamos bem? — pergunta Viv.

Não respondo. Atrás do painel, descubro pregos pequenos cravados sobre uma placa de madeira numerados de *1* a *52*. Há plaquetas de metal penduradas nos pregos *4, 31* e *32*. Três homens já estão na mina, afora os que entraram pelo nível superior. Tiro do bolso as duas plaquetas — ambas numeradas *27*. *Uma no bolso, outra na parede,* disse o cara lá fora.

— Tem certeza de que é boa idéia? — pergunta Viv quando penduro uma de minhas plaquetas no prego de número *27*.

— Se algo acontecer, é a única prova de que estamos lá embaixo — destaco.

Insegura, ela tira a sua plaqueta e pendura-a no prego de número *15*.

— Harris...

Antes que ela possa falar, vou até a frente da gaiola e digo:

— É só por uma questão de segurança... vamos subir e descer em meia hora — digo, tentando acalmá-la. — Agora vamos, sua carruagem a espera.

Puxo com força a alavanca da porta de metal. A trava se abre com um ruído surdo, mas a porta pesa uma tonelada. Meto o pé e forço até conseguir abri-la. Sinto água fria borrifada em meu rosto. Grossas gotas de água chocam-se contra o topo de meu capacete de construção. É como ficar diretamente à borda de um toldo durante uma tempestade. A única coisa entre nós e a gaiola é a porta de segurança da própria gaiola.

— Vamos... — digo para Viv, travando o fecho no fundo da porta da gaiola. Com um último puxão e um último guincho metálico, ela se abre como uma porta de garagem, revelando um interior que me faz lembrar o contêiner onde encontrei o crachá de Viv. O chão... as paredes... até mesmo o teto baixo... tudo é feito de metal enferrujado, tudo é escorregadio por causa da água e coberto de barro e graxa.

Gesticulo para Viv, mas ela fica parada onde está. Gesticulo novamente, e ela me segue, hesitante, procurando desesperadamente onde se segurar. Não há nada. Nenhuma balaustrada, corrimão, nem mesmo um tamborete dobrável.

— É um ataúde de ferro — sussurra enquanto sua voz ecoa no metal. Não tenho como contradizê-la. Construída para transportar até trinta homens, lado a lado, para baixo da terra e suportar qualquer explosão que ocorra em qualquer nível, o espaço é frio e desguarnecido como um vagão de carga abandonado. O problema é que, enquanto grossas gotas de água continuam a tamborilar no meu capacete, dou-me conta de que existe algo pior do que estar preso em um ataúde: estar preso em um ataúde com goteira.

— Isso é *só* água, certo? — pergunta Viv, apertando os olhos por causa da névoa úmida.

— Se fosse algo ruim, aqueles caras não teriam entrado — lembro.

Viv liga sua lanterna de mineiro acionando um interruptor à frente do capacete. Em seguida, olha para o detector de oxigênio. Também ligo a minha lanterna e me aproximo do interfone, que parece com o de meu antigo prédio. A única diferença é que, graças a anos de ação da água, todo o painel frontal está coberto por uma grossa camada de musgo que cheira a tapete molhado.

— Vai tocar nisso? — pergunta Viv.

Não tenho escolha. Aperto o botão vermelho com a ponta dos dedos. Está coberto por uma substância pegajosa. Meus dedos escorregam quando eu o toco.

— Gaiola parada — digo.

— Fechou o portão de segurança? — diz a voz feminina pelo interfone.

— Estou fazendo isso agora... — Agarro uma tira de náilon encharcado e arrasto a porta da garagem de volta ao lugar. Ela range contra os trilhos e fecha-se com um clangor metálico. Viv assusta-se com o barulho. Agora, não há como voltar atrás.

— Só mais uma pergunta — digo ao interfone. — Toda essa água aqui embaixo...

— É para o poço — explicou a mulher. — Mantém as paredes lubrificadas. Só não a beba e tudo estará bem — acrescenta com uma risada. Nenhum de nós ri de volta. — Agora, está pronto ou não? — pergunta.

— Certamente — digo, olhando através da tela de metal para o vazio do subsolo. Pelo modo como a lanterna de Viv brilha sobre o meu ombro, vejo que ela também está dando uma última olhada. Sua lanterna aponta para o alarme de incêndio e para o telefone. Do outro lado do painel estão nossas plaquetas. A única prova de nossa descida.

Volto-me para dizer algo, mas desisto. Não precisamos de outro discurso. Precisamos de respostas. E seja o lá o que haja lá embaixo, é o único meio de conseguir essas respostas.

— Vamos para o treze-dois — digo no interfone, usando o mesmo código de antes. — Baixe a gaiola.

— Treze-dois — repete a mulher. — Baixando a gaiola.

Ouve-se um ranger metálico e uma dessas pausas intermináveis que se sentem em uma montanha-russa antes da grande descida.

— Não olhe — provoca a mulher através do interfone. — É um longo caminho até lá embaixo...

38

— Já está aí? — perguntou Sauls ao celular com Janos.

— Quase — respondeu Janos enquanto se dirigia a Leed a bordo de seu Ford Explorer e passava por outro bosque de pinheiros.

— O que quer dizer com *quase*? — perguntou Sauls. — Está a uma hora? Meia hora? Dez minutos? Qual é a história?

Segurando o volante, examinando a estrada, Janos ficou em silêncio. Já era ruim o bastante estar dirigindo aquela banheira. Não precisava também ficar ouvindo censuras. Janos ligou o rádio e mexeu no sintonizador até encontrar nada além de estática.

— Estou perdendo o seu sinal... — disse para Sauls. — Não consigo ouvi-lo.

— Janos...

Ele fechou o telefone, atirou-o no banco do carona e voltou a se concentrar na estrada adiante. O céu da manhã estava de um azul cristalino, mas pela curvatura interminável da estrada de duas pistas e a claustrofobia das montanhas que o cercavam, esta seria uma viagem difícil durante o dia, que diria à noite — sobretudo se você nunca esteve ali antes. Acrescente a isso a hora tardia em que Harris e Viv chegaram, e é de se supor que devem ter parado para comer, talvez até para dormir. Janos fez outra curva e balançou a cabeça.

Era uma boa idéia, mas como ele se dera conta há uma hora ao passar por aquele restaurante em Deadwood, uma coisa é parar para comer e fazer a toalete — outra é estabelecer acampamento antes de chegar a seu destino. Se Harris fora esperto o bastante para ir tão longe, também seria esperto o bastante para não parar antes de chegar ao seu destino.

Bem-vindos a Leed — lugar da mina Homestead, dizia a placa no lado da estrada.

Ao passar por ali, Janos refez em sua mente a linha de tempo. Mesmo que o jato tenha decolado imediatamente, não podem ter chegado antes da meia-noite. Neste caso, teriam de dormir em algum lugar...

Dobrando à esquerda no estacionamento de um edifício atarracado da década de 1960, Janos leu os cartazes nas vitrines das lojas vizinhas: *Fora de serviço... Arrendamento vencido... Fomos para Montana.* Sauls ao menos estava certo quanto àquilo — Leed realmente estava acabando. Mas ao estacionar o carro e ver o letreiro de néon que dizia *Há vagas,* era evidente que um lugar ao menos estava aberto: o *Gold House Motel.*

Janos abriu a porta e entrou. À sua esquerda, viu a estante de metal com panfletos turísticos. Todos estavam descorados pelo sol, todos eles — exceto aqueles intitulados *Mina Homestead.* Janos observou as cores vivas do panfleto. O sol não o esmaecera. Era quase como se... como se tivesse sido exposto há cerca de uma hora.

— Olá! — disse a mulher na recepção com um sorriso amistoso. — Então, o que posso fazer por você hoje?

39

Sinto um frio no estômago quando a gaiola desce. Nos primeiros metros não é diferente de um trajeto de elevador, mas à medida que a velocidade aumenta e descemos pelo poço, meu estômago sobe até o esôfago. Balançando para frente e para trás, a gaiola bate violentamente contra as paredes, quase nos derrubando no chão. É como tentar ficar de pé enquanto o barco balança embaixo de você.

— Harris, diga-lhe para desacelerar antes que...

A gaiola balança violentamente para a esquerda e Viv perde a oportunidade de terminar a frase.

— Encoste-se na parede... fica mais fácil! — grito.

— *O quê?!* — grita, embora eu mal possa ouvi-la. Entre o bater da gaiola, a velocidade de nossa descida e o rumor da água, tudo está imerso em um rugido interminável e penetrante.

— *Encoste-se na parede!* — grito.

Seguindo o meu próprio conselho, encosto-me na parede e tento manter o equilíbrio enquanto o barco chacoalha debaixo de mim. É a primeira vez que olho para fora da gaiola. O portão de segurança pode estar fechado, mas através da grade, o mundo subterrâneo passa em alta velocidade: uma mancha de terra marrom... então o brilho de um túnel subterrâneo... outra mancha de terra... outro túnel. A cada oito segundos, passamos por um nível diferente. As aberturas do túnel passam tão rapidamente que mal posso olhar — e quanto mais tento, mais fica borrado, e mais tonto me sinto. Abertura de caverna após abertura de caverna após abertura de caverna... devemos estar a uns sessenta quilômetros por hora.

— *Sente isso?* — grita Viv, apontando para os ouvidos.

Meus ouvidos estalam e eu meneio a cabeça. Engulo em seco e eles voltam a estalar, mais que da vez anterior.

Já faz uns três minutos desde que começamos a descer. É a maior descida de elevador que já fiz na vida. À minha direita, as entradas dos túneis continuam a passar em meio aos borrões e, então, para a minha surpresa, começamos a desacelerar.

— Chegamos? — pergunta Viv, voltando-se para mim. Sua lanterna ilumina meu rosto.

— Acho que sim — digo e me volto para ela, ofuscando-a acidentalmente. Leva alguns segundos até nos darmos conta de que, enquanto nossas lanternas estiverem acesas, o único meio de conversarmos é voltando as nossas cabeças em outra direção, sem nos olharmos nos olhos. Para algumas pessoas no Capitólio, isso vem naturalmente. Para mim, é como lutar às cegas. Toda emoção começa nos olhos. E, neste momento, Viv não me encara.

— Como está nosso ar? — pergunto enquanto ela olha para o detector de oxigênio.

— Vinte e um por cento é normal... estamos com 20.4 — diz ela, procurando as instruções no verso. Sua voz está trêmula, mas está fazendo o que pode para mascarar as emoções. Olho para ver se suas mãos estão trêmulas. Ela se volta ligeiramente, de modo que não posso vê-las. — Aqui diz que precisa de sessenta por cento para respirar normalmente. Com nove por cento você fica inconsciente... e com seis, você pode dar adeus....

— Mas não estamos com 20.4? — pergunto, tentando encorajá-la

— Tínhamos 20.9 lá em cima — rebate.

A gaiola pára finalmente.

— Gaiola parada? — pergunta a mulher pelo interfone.

— Gaiola parada — digo, apertando o botão vermelho e limpando o visgo no cinturão.

Ao olhar através do portão metálico de segurança, olho para o teto e minha lanterna ilumina um cartaz cor de laranja pendurado por arames que diz: *Nível 1.480*.

— Você deve estar brincando — murmura Viv. — Ainda estamos na *metade do caminho*?

Aperto o botão do interfone e digo:

— Alô...

— O que há de errado? — responde a operadora.

— Pedimos para ir para o nível dois mil...

— Atravesse o túnel e encontrará o Poço Inclinado Seis. A gaiola os está esperando lá.

— O que há de errado com essa aqui?

— É boa se quiser parar no 1.480, mas se deseja descer mais, tem de pegar o outro elevador.

— Não me lembro disso na última vez em que estive aqui — digo, blefando para ver se alguma coisa havia mudado.

— Filho, a não ser que tenha estado aqui na década de 1900, não há nada de diferente. Hoje temos cabos capazes de segurar uma gaiola a três mil metros, mas naquela época, o máximo que podiam ir era mil e quinhentos. Agora, saia, atravesse o túnel e diga-me quando chegar lá.

Abro o portão de segurança. A água do poço forma uma cortina que quase impede que vejamos lá fora. Atravessando-a e sentindo a água gelada nas costas, entro na mina, na qual o chão, as paredes e o teto são feitos de terra marrom compactada. Não diferente de uma caverna, digo para mim mesmo, enfiando o pé até o tornozelo em uma poça de lama. Em ambos os lados do túnel existe outra fileira de seis metros de bancos de madeira postos lado a lado. Não são diferentes daqueles no topo, com exceção da bandeira americana alongada que alguém pintou com *spray* nos encostos. É a única cor que vemos neste submundo marrom cor de lama, e enquanto atravessamos a longa fileira de bancos, se fecho os olhos, juro que posso ver os fantasmas de centenas de mineiros — cabeças baixas, cotovelos nos joelhos — esperando no escuro, exaustos após outro dia de trabalho no subsolo.

Era a mesma expressão de meu pai no dia quinze de cada mês, quando contava quantos cortes de cabelo teria de fazer para pagar a hipoteca. Mamãe brigava com ele por recusar gorjetas, mas, naquela época, ele achava que isso não pegava bem em uma cidade pequena. Quando eu tinha doze anos, desistiu da loja e mudou a barbearia para o porão de nossa casa. Mas ainda tinha aquele olhar. Eu achava que era remorso por ter passado a vida inteira no porão. Não era. Era medo... a dor que sentia ao pensar que teria de fazer aquilo outra vez, no dia seguinte. Vidas inteiras perdidas no subsolo. Para esconder isso, papai pregava cartazes de Ralph Kiner, Roberto Clemente e do campo verde-esmeralda de Forbes Field. Aqui, usaram o vermelho, o branco e o azul da bandeira... e o amarelo vivo da porta da gaiola a uns quinze metros adiante.

Atravessamos o túnel pisando em lama e nos dirigimos diretamente para a porta onde se lê *Poço Inclinado Seis*.

Ao entrar na outra gaiola e fechar o portão de segurança, Viv olha para aquela caixa de sapato de metal ainda mais apertada que a outra. O teto mais baixo faz o ataúde parecer menor. Viv olha para baixo e eu quase sinto a sua claustrofobia começando.

— Este é o elevador número seis — anuncia a mulher pelo interfone. — Tudo pronto?

Olho para Viv. Ela não ergue a cabeça.

— Tudo pronto — digo no interfone. — Baixar a gaiola.

— Baixar a gaiola — repete, enquanto o ataúde começa a tremer. Ambos nos recostamos em nossas respectivas paredes, preparando-nos para a queda livre. Uma goteira pinga do teto da gaiola formando uma pequena poça no chão. Prendo a respiração... Viv ergue a cabeça ao ouvir o ruído... e o chão outra vez cai a prumo debaixo de nós.

Próxima parada: dois mil quatrocentos e cinqüenta metros abaixo da superfície terrestre.

40

A gaiola mergulha mina abaixo, meus ouvidos novamente estalam e sinto uma dor de cabeça aguda, como se estivessem enfiando um saca-rolhas em minha testa. Mas enquanto luto para manter o equilíbrio e tento me apoiar na parede que vibra, algo me diz que esta dor de cabeça instantânea não é apenas por causa da pressão em meus ouvidos.

— Como está nosso oxigênio? — grito para Viv, que tenta ler o que marca o detector enquanto somos chacoalhados para frente e para trás. O barulho é novamente ensurdecedor.

— O quê? — grita em resposta.

— *Como está nosso oxigênio?!*

Ela inclina a cabeça ao ouvir a pergunta, como se estivesse lendo algo em meu rosto.

— Por que está preocupado com isso agora? — pergunta.

— Apenas me dê as porcentagens — insisto.

Ela volta a me olhar com atenção absorta. A gaiola cai um nível por segundo. A expressão de Viv muda quase tão rapidamente. Seu lábio inferior começa a tremer. Nos últimos mil e quinhentos metros, Viv apoiou-se em meu estado de espírito: na confiança que nos trouxe até aqui, no desespero que nos fez embarcar na primeira gaiola, até mesmo na teimosia que nos mantinha em movimento. Mas no momento em que pressente o meu medo pela primeira vez — no momento em que pensa que minha âncora está solta —, ela começa a se debater e está pronta para emborcar.

— Como está nosso oxigênio? — pergunto novamente.
— Harris... quero subir...
— Apenas me diga os números, Viv.
— Mas...
— Diga-me os números!

Ela olha para o detector, quase perdida. A testa está molhada de suor. Mas não é só ela: ao nosso redor, a brisa fria do topo do poço há muito se foi. Nestes níveis, quanto mais fundo baixamos, mais quente fica — e mais Viv se desespera.

— Dezenove... baixamos para dezenove — gagueja, tossindo e segurando a garganta.

Dezenove por cento ainda está na faixa normal, mas isso não a acalma. Seu peito sobe e desce em rápida sucessão e ela cambaleia para trás em direção à parede. Eu ainda respiro bem.

Seu corpo começa a tremer, e não apenas por causa do movimento da gaiola. É ela. Viv empalidece. Abre a boca. Quando o tremor da gaiola aumenta, mal consegue manter-se em pé. Um ofegar vazio ecoa no interior de seu peito. O detector de oxigênio cai de suas mãos. Oh, não. Se ela estiver hiperventilando...

A gaiola desce a mais de sessenta quilômetros por hora. Viv olha para mim, olhos arregalados, implorando ajuda.

— Hhhh... — ela agarra o peito, ofega e encolhe-se no chão.
— Viv...

Pulo em direção a ela no momento em que a gaiola bate no lado direito do poço. Desequilibrado, sou jogado para a esquerda e bato com o ombro contra a parede. A dor percorre meu braço como um choque. Viv ainda ofega, e o súbito solavanco a faz cair para frente. Escorregando sobre os joelhos, aproximo-me e a amparo no momento em que está prestes a bater com o rosto no chão.

Eu a viro e seguro seu corpo em meus braços. Seu capacete cai no chão e seus olhos se reviram. Ela está em pânico.

— Estou com você, Viv... estou aqui — digo, repetindo as palavras sem parar. Sua cabeça está no meu colo e ela tenta recuperar o fôlego, mas quanto mais fundo caímos, mais calor sentimos. Lambo o suor depositado na dobra de meu lábio superior. Está fazendo uns trinta e dois graus.

— O q-que está acontecendo? — pergunta Viv. Ao me olhar, suas lágrimas escorrem por suas têmporas e são absorvidas pelo seu cabelo.

— O calor é normal... é só a pressão das pedras acima de nós... além disso, estamos mais perto do núcleo da Terra.

— E quanto ao oxigênio? — gagueja.

Volto-me para o detector, caído ao lado dela. No momento em que minha lanterna ilumina a tela digital, a porcentagem baixa de *19.6%...* para *19.4%*

— Continua normal — digo.

— Está mentindo para mim? Por favor, não minta...

Não é hora de assustá-la.

— Estaremos bem, Viv... Apenas continue respirando fundo.

Seguindo minhas próprias instruções, encho o peito de ar quente e vaporoso. Queima o pulmão como se eu estivesse em uma sauna. O suor escorre por meu rosto, acumulando-se na ponta do nariz.

Ajoelhado por trás de Viv, que ainda está no chão, tiro seu colete cor de laranja e a empurro para frente, de modo que sua cabeça fique entre os próprios joelhos. Sua nuca está empapada e há uma longa mancha de suor na camisa ao longo de sua coluna.

— Respire fundo... fundo — digo.

Ela murmura algo, mas à medida que a gaiola desce, o barulho das paredes é muito alto para que eu possa ouvi-la. Uma... duas... três entradas de túneis passam em trinta segundos. Temos de estar perto de dois mil metros.

— Quase lá... — acrescento, pondo ambas as mãos em seus ombros e segurando-os com força. Precisa saber que não a deixarei.

Outro túnel e meu ouvido estala outra vez, e tenho certeza de que minha cabeça está a ponto de explodir. Mas quando trinco os dentes e fecho os olhos, meu estômago volta ao lugar. Há um guincho audível e um súbito puxão, que me faz lembrar um avião freando com força. Finalmente estamos desacelerando. Enquanto a gaiola desacelera, a respiração de Viv a acompanha. De frenética... para acelerada... até se acalmar e normalizar... Quanto mais devagar, mais ela se acalma.

— Aí está... acabou... — digo, ainda segurando-lhe a nuca. Quando a gaiola finalmente pára, sua respiração está de volta ao normal. Durante um minuto, ficamos ali, sem nos movermos. Viv está deitada no fundo da gaiola. E a gaiola está pousada no fundo do poço.

Sua respiração se acalma lentamente, como um lago após ter sido atingido por uma pedra.

— Hhhh... hhhh... hh...

Eu me afasto e me levanto. Viv demora um pouco, mas acaba se voltando e sorrindo em agradecimento. Tenta ser forte, mas pelo modo ansioso como olha ao redor, posso ver que ainda está apavorada.

— Gaiola parada? — pergunta a operadora pelo interfone.

Ignorando a pergunta, volto-me para Viv.

— Como você está?

— Sim — responde ela, sentando-se, tentando me convencer de que está bem.

— Não fiz uma pergunta tipo sim ou não — digo. — Agora, quer tentar de novo? *Como você está?*

— B-bem — admite, mordendo o lábio inferior.

É tudo o que preciso ouvir. Vou até o interfone.

— Operadora, está aí?

— O que foi? — responde a operadora. — Todo mundo feliz?

— Na verdade, pode me levar de volta para...

— *Não!* — grita Viv.

Largo o interfone e olho para ela.

— Estamos aqui — implora Viv. — Tudo o que tem de fazer é abrir a droga da porta.

— ...depois de tê-la levado de volta lá para cima.

— Por favor, Harris... não depois de termos ido tão longe. Além disso, realmente acha que lá em cima é mais seguro que aqui? Lá em cima, estarei só. Você mesmo disse: *Não devemos nos separar.* Estas foram as suas palavras, não foram? *Ficarmos juntos?*

Nem me ocupo em responder.

— Ora, vamos — continua. — Viemos até aqui... Dakota do Sul... dois mil quatrocentos e cinqüenta metros... vai voltar agora?

Fico em silêncio. Ela sabe o que está em jogo.

— Tudo bem aí embaixo? — pergunta a operadora pelo interfone.

Olho fixamente para Viv.

— Estou bem — promete. — Agora diga que estamos bem antes que ela comece a se preocupar.

— Desculpe, operadora — digo no interfone. — Só estava reajustando meu equipamento. Tudo bem. Gaiola parada.

— Gaiola parada — repete a operadora.

Ergo o portão de segurança e dou um empurrão na porta externa. Como antes, um vento quente atravessa a abertura — mas, desta vez, o calor é quase insuportável. Meus olhos queimam e eu os fecho com força.

— Q-que está acontecendo? — pergunta Viv atrás de mim. Pelo som de sua voz, ainda está no chão, arrastando-se para fora.

Atravesso a catarata que pinga de cima da porta e passo a caminhar sobre o chão de terra. Imediatamente, o vento se vai, dissipando-se poço acima.

Piscando a areia dos olhos, volto-me para Viv, que ainda não se levantou. Está sentada em uma prancha de madeira fora da gaiola olhando para o teto.

Seguindo o seu olhar, volto minha cabeça para a parte mais alta da caverna. O teto ergue-se a cerca de nove metros de altura e há uma luz industrial pendurada no centro.

— O que está olhando...

Oh.

— Aquilo está fazendo o que eu acho que está fazendo? — pergunta Viv, ainda olhando para o teto.

Bem acima de nós, uma fenda longa e negra atravessa o teto como uma cicatriz profunda, a ponto de se abrir. De fato, a única coisa que mantém aquilo junto — e, portanto, evita que o teto se abra — são as tiras de metal enferrujado de três metros de comprimento que estão presas ao teto como pontos cirúrgicos de metal ao longo da fenda. Daquela distância, parecem vigas mestras de um antigo brinquedo de armar — cheio de buracos circulares nos quais se encaixam as porcas.

— Estou certo de que é apenas precaução — digo. — Neste nível... com toda pressão vinda de cima... simplesmente não querem um desmoronamento. É apenas uma fenda.

Ela meneia a cabeça ao ouvir a explicação, porém não se mexe de onde está.

Diante de mim, o teto é baixo e as paredes se estreitam como um buraco de minhoca. Não pode ter mais de três metros de altura, e é largo o bastante para dar passagem a um carro pequeno. Ao longo do chão enlameado, sigo os antigos trilhos de trem. São mais compactos que os trilhos comuns, mas estão conservados o bastante para me dizer que os mineiros estão movendo sobre eles todo o equipamento de computador que entra na mina.

Quando eu tinha doze anos, o pai de Nick Chiarmonte levou toda a nossa turma de sexta série para Clarion, Pensilvânia, para visitarmos uma mina de carvão em atividade. Descemos cerca de trinta metros sob a superfície, mas, na época, pareceu estarmos no centro da Terra. Quando chegamos no fundo, o pai de Nick disse que uma mina era um organismo vivo, não diferente do corpo humano — uma artéria central principal com dezenas de ramos interseccionados que levam o sangue para o coração. Aqui não é diferente. Os trilhos seguem direto em frente, então se bifurcam como aros de uma roda — uma dúzia de túneis em uma dúzia de diferentes direções.

Olho para cada um, tentando ver alguma diferença entre eles. A lama na maioria dos túneis está seca. Mas no túnel da extrema esquerda, está molhada, e vejo uma marca de bota do grupo que desceu antes de nós. Não é lá uma grande pista, mas é tudo o que temos no momento.

— Está pronta? — Volto-me para Viv. Ela não se move.

— Vamos... — chamo novamente.

Ela fica imóvel.

— Você vem ou não vem?

Ela, balançando a cabeça, recusa-se a olhar para cima.

— Perdão, Harris. Não posso...

— O que quer dizer com *não posso*?

— Não posso — insiste, encolhendo os joelhos até tocarem seu queixo. — Simplesmente não posso.

— Você disse estar bem.

— Não, disse que não queria ficar lá em cima sozinha.

É a primeira vez que ela olha para mim. Seu rosto esta coberto de suor — mais que antes. E não é apenas por causa do calor.

Viv olha para a fenda no teto, então para uma padiola de emergência encostada à parede. Acima da padiola há uma caixa de metal com uma placa que diz: *Em caso de ferimento sério, abra a caixa e remova o cobertor*. No momento, à medida que a temperatura chega a quarenta graus, um cobertor é o que menos precisamos — mas Viv não consegue tirar os olhos dali.

— Você deve ir — diz afinal.

— Não... Se nos separarmos agora...

— Por favor, Harris — ela implora. — Vá...

— Viv, não sou o único a crer que você consegue... Sua mãe...

— Por favor, não fale nela... não agora...

— Mas se você...

— *Vá* — insiste, contendo as lágrimas. — Descubra o que estão fazendo.

Com tudo pelo que passamos nas últimas quarenta e oito horas, é a primeira vez que vi Viv Parker completamente paralisada. Não estou certo se é claustrofobia, a hiperventilação no elevador ou apenas a simples noção de seus próprios limites. Mas quando Viv esconde a cabeça entre os joelhos, lembro-me de que as piores surras que recebemos são aquelas que damos em nós mesmos.

— Viv, se isso a faz sentir-se melhor, ninguém mais teria vindo tão longe. *Ninguém.*

Ela continua com a cabeça entre os joelhos.

Só me dei conta de que não era invulnerável no último ano de faculdade, quando meu pai morreu. Viv está aprendendo isso aos dezessete. De todas as coisas que tirei dela, esta será a que eu mais lamentarei.

Volto-me para ir, chapinhando na lama úmida.

— Leve isso — diz ela. E estende o detector de oxigênio.

— Na verdade, você deveria ficar com isso, em caso de...

Ela o joga em minha direção. No momento em que agarro o aparelho, ouvimos um guinchar atrás dela. A gaiola volta à vida, desaparecendo poço acima. Último vôo.

— Se quiser sair — digo —, pegue o interfone e disque...

— Não vou a lugar algum — insiste. Mesmo agora ela não desiste completamente. — Apenas descubra o que estão fazendo — diz ela uma segunda vez.

Meneio a cabeça para ela e vejo a luz de minha lanterna subir e descer em seu rosto. É a última boa visão que tenho antes de dar as costas e voltar-me para o túnel.

41

— Então vai querer um quarto? — pergunta a mulher na recepção do motel.
— Na verdade, estou apenas procurando meus amigos — responde Janos. — Você viu...
— Será que ninguém mais quer alugar um quarto?
Janos inclinou levemente a cabeça.
— Viu meus amigos... um cara branco e uma jovem negra?
A mulher repetiu o gesto.
— São seus amigos?
— Sim. São meus amigos.
A mulher subitamente se calou.
— São meus amigos do trabalho... deveríamos ter tomado o mesmo vôo ontem à noite, mas me atrasei e... — Janos se interrompe. — Ouça, acordei às quatro da manhã para pegar o vôo esta manhã. Agora, estão aqui ou não estão? Temos um longo dia pela frente.
— Desculpe — disse a mulher. — Já foram embora.
Janos meneou a cabeça. Ele já imaginava isso, mas tinha de se certificar. — Então já foram para lá? — acrescentou, apontando para o prédio triangular no topo da colina.
— Na verdade, pensei terem dito que iriam ao monte Rushmore primeiro.

Janos não conseguiu evitar o sorriso. Boa tentativa, Harris.

— Partiram há uma hora — acrescentou a mulher. — Mas se você se apressar, tenho certeza de que ainda os pega.

Meneando a cabeça para si mesmo, Janos caminhou até a porta.

— É... com certeza pegarei.

42

Dez minutos depois, estou com lama até os joelhos. Sob a luz de minha lanterna a lama brilha com uma cor de metal enferrujado. Imagino ser apenas vazamento de óleo do veículo que corre ao longo dos trilhos, mas, por segurança, mantenho-me no canto da caverna, onde há menos lama. Ao meu redor, as paredes da caverna pedregosa formam uma colcha de retalhos de cores — marrom, cinza, ferrugem, verde-musgo — e até mesmo alguns veios brancos em ziguezague. Bem à frente, minha luz ilumina as curvas dentadas do túnel, atravessando as trevas como um refletor em uma floresta escura. É tudo o que tenho. Uma vela em um mar de escuridão silenciosa.

A única coisa capaz de tornar isto pior é aquilo que posso ver. Bem acima, ao longo do teto do túnel, os canos mais enferrujados que já vi na vida estão molhados de água. Ocorre o mesmo nas paredes e no resto do teto. A esta profundidade, o ar é tão quente e úmido que a própria caverna transpira. Eu também. A cada minuto, uma nova onda de calor atravessa o túnel, se dissipa e volta novamente. Para dentro... para fora. Para dentro... para fora. É como se a mina estivesse respirando. A esta profundidade, a pressão do ar força passagem pelos espaços livres que encontra e sinto outro imenso arroto de calor através do poço. Não consigo deixar de pensar que, se esta é a boca da mina, estou em pé em cima de sua língua.

Enquanto sigo em frente, sinto outra onda de calor, ainda mais quente que a anterior. Sinto-a em minhas pernas... meus braços... a esta altura, até mesmo meus dentes transpiram. Enrolo as mangas da camisa, mas não melhora coisa alguma. Estava errado: isto não é uma sauna. Com essa umidade... é um forno.

Sinto minha respiração acelerar e espero que seja apenas por causa do calor. Olho para o detector de oxigênio: *18.8%*. No verso, diz que preciso de 16% para viver. As pegadas adiante de mim dizem que ao menos duas pessoas trilharam este caminho. Por enquanto, isso me basta.

Limpo uma nova camada de suor do rosto e passo dez minutos seguindo os trilhos através do túnel, mas, em vez do monótono marrom e cinza de outras partes da mina, as paredes aqui estão repletas de letreiros vermelhos e brancos pintados com spray diretamente sobre a rocha: *Rampa Por Aqui... Elevador Adiante... Rampa 2.395... Perigo: explosões*. Cada uma das inscrições tem uma seta apontando em uma direção específica. Mas não é senão quando sigo as setas que finalmente dou-me conta do porquê: ao seguir adiante, minha luz não desaparece em um túnel interminável. Em vez disso, atinge uma parede. O caminho reto acabou. Agora, o caminho se bifurca em cinco. Ilumino cada uma das opções, releio as inscrições e examino cada novo túnel. Como antes, quatro deles estão cobertos de uma camada de lama seca, ao passo que um está molhado e fresco. É o que tem a inscrição: *Perigo: explosões*. Droga.

Volto um pouco atrás, abro a carteira, tiro meu cartão cor-de-rosa do California Tortilla Burrito Club, encaixo-o sob uma pedra à entrada do túnel que acabei de deixar — o equivalente mineiro de deixar migalhas de pão pelo caminho. Se eu não conseguir encontrar a saída, não importa quão longe eu vá.

Seguindo a inscrição que diz *Perigo: explosões*, entro no túnel da direita, o qual, logo dou-me conta, é ligeiramente mais largo que os outros. Sigo os trilhos pisando em lama até chegar a uma bifurcação. Pintadas com *spray* as inscrições dizem *Elevador* e *Rampa 2.395*, mas as setas agora apontam em diferentes direções. Para me assegurar, deixo mais migalhas de pão pelo caminho: meu cartão Triplo-A na primeira esquerda, um pedaço de papel com uma lista de filmes a alugar na locadora na próxima à direita. Não são muito distantes uma da outra, mas mesmo após dois minutos, as paredes irregulares... os trilhos de trem enlameados... tudo se parece em todas as direções. Sem as migalhas de pão da carteira, estaria perdido neste labirinto, e mesmo com elas, ainda tenho vontade de dar as costas e voltar para Viv. Porém ao dobrar à esquerda e meter meu cartão da academia de ginástica sob uma pedra, meus olhos vêem algo que eu ainda não havia visto.

Bem adiante... a menos de nove metros... o túnel alarga-se um pouco à direita, abrindo espaço para um estreito desvio onde há um carro de mineiro vermelho-vivo, que parece um carrinho de sorvete com uma vela adaptada no teto. Ao me aproximar, vejo que a vela não passa de uma cortina de chuveiro de plástico e que, no topo, o carro é fechado por uma porta circular que parece uma escotilha de navio com uma tranca giratória. Com certeza há algo ali dentro e, seja o que for, se é importante o bastante para estar trancado, é importante bastante para que eu abra e veja.

Afasto a cortina, agarro a tranca giratória com ambas as mãos e a giro com força. A tinta vermelha está quebradiça e solta-se em minha mão, mas a escotilha deixa escapar um som cavo e metálico. Puxo com força e abro a escotilha. O cheiro me atinge em cheio. Mais forte que o fedor ácido de vômito... pior que queijo estragado... Ugggh... Merda. Literalmente.

Pela escotilha vejo um amontoado de torrões marrons. O carro inteiro está repleto de merda. Toneladas dela. Tropeço para trás, prendendo a respiração e tento conter o vômito. Tarde demais. Meu estômago arqueja, minha garganta entra em erupção e um jato de queijo frito da noite passada se espalha pelo carro. Curvado e agarrando a barriga, vomito outras duas vezes. Todo o sangue vem para meu rosto quando cuspo os últimos pedaços. Meu corpo arqueja com um espasmo seco... e outro. Quando abro os olhos, minha luz ilumina o longo fio de baba que pende de meu lábio inferior. Olho de volta para o vagão, e finalmente compreendo. A cortina de chuveiro é para que se tenha privacidade. A escotilha é o assento. Mesmo no fundo da terra, esses caras ainda precisam ir ao banheiro.

Choco-me contra a parede em busca de equilíbrio. Meu rosto ainda está retorcido de nojo. Não tive tempo de fechar a escotilha e não há como eu me aproximar para fazê-lo. Com um empurrão, afasto-me da parede e volto a caminhar pelo túnel. À minha esquerda, há um buraco raso escavado na parede. Minha lanterna o ilumina, produzindo sombras ao longo de suas bordas irregulares. A cor da luz é quase amarela. Mas, ao passar pelo buraco e continuar a me aprofundar na caverna, surpreendo-me ao ver que o tom amarelado ainda está ali.

Oh, não... não me diga que é... Um zumbido agudo irrompe acima de minha testa. Imediatamente olho para cima — mas não demora até eu me dar conta de que o som vem de meu capacete. Diante de mim, o brilho amarelo de minha lanterna está quase dourado. Antes, podia ver ao menos quinze metros à minha frente. Agora, meu campo visual diminuiu para dez. Tiro o capacete e olho para a lanterna. Pulsa ligeiramente. A cor se esvai. Não acredito. Minhas mãos começam a tremer. A luz tremula e eu olho para a caixa de bateria no meu cinto de ferramentas. Viv estava certa quanto à estação de recarga... O problema é que, à medida que a luz de meu capacete volta a zumbir e escurece para um tom marrom, fica cada vez mais evidente que escolhi a bateria do lado errado.

Voltando-me o mais rapidamente possível, digo a mim mesmo para não entrar em pânico — mas já sinto o pânico crescer em meu peito. Minha respiração acelera à velocidade da luz, tentando compensar. Olho para cima... para baixo... para os lados... O mundo começa a encolher. Ao longo das paredes e do chão, as sombras se aproximam. Mal consigo ver o vagão vermelho a distância. Se não sair daqui rapidamente...

Corro o mais que posso para refazer o caminho, mas os milhares de pedras no chão tornam o ato de correr mais difícil do que pensei. Meus tornozelos se torcem a cada passo, em busca de tração.

Enquanto as paredes do túnel passam por mim, a luz do capacete oscila, lutando para vencer a escuridão como uma luz de *flash* esmorecendo através de uma nuvem de fumaça negra. Pior que tudo, minha respiração está a pleno galope. Não estou certo se é a profundidade da mina ou apenas medo, mas em um minuto, estou completamente sem fôlego. Corri em maratonas. Não pode ser...

Exalo pela boca, levantando poeira diante de minha lanterna que continua se apagando. Inalo... e exalo quase tão rapidamente. Não consigo desacelerar. Já estou sentindo vertigens. *Não, não desmaie. Fique calmo*, imploro. Não tenho chance. Olho para o detector de oxigênio, mas antes de conseguir olhar, meu pé fica preso em uma pedra e torço o tornozelo. Caio para a frente, deixo cair o detector e estendo as mãos para conter a queda. Caio e escorrego pelo chão. Minha boca se enche de terra e sinto uma ferroada no pulso esquerdo. Ainda posso movê-lo. Apenas uma torção. A luz de minha lanterna torna-se âmbar, e perco mais dois metros e meio de campo visual. Ergo-me e nem me incomodo em procurar o detector. Se não sair daqui agora... nem pense nisso.

Acelero minha corrida e procuro o cartão branco da academia mais adiante. Essas migalhas de pão são minha única saída. Minha luz parece a de uma vela mortiça. Mal consigo ver seis metros adiante. Neste passo, não creio ter mais de trinta segundos.

Concentro-me no cartão da academia. Não há tempo a perder: ainda há três metros a percorrer antes de atingir a passagem em arco que ele demarca. Se conseguir fazê-lo, ao menos poderei olhar para a próxima migalha de pão e ver a direção em que aponta. A luz da vela tremula, e faço de tudo para ignorar a dor em meu peito. Estou quase lá...

Para facilitar as coisas, prendo a respiração, olhos fixos na passagem em arco. *Não a perca. Não a deixe passar.* A luz esmorece, inclino-me para a frente. Ainda não estou lá. No momento em que estendo as mãos para a abertura diante de mim, toda a caverna e tudo dentro dela fica completa... absolutamente... às escuras.

43

— Bem-vindos ao Duas Codornas — disse o *maître* com as mãos em concha. — Vocês têm...
— Deve estar sob o nome de *Holcomb* — interrompeu Barry com perfeita elegância. — Duas pessoas...
— Holcomb... Holcomb... — repetiu o *maître*, mantendo o olhar um segundo a mais do que devia no olho de vidro de Barry. — É claro, senhor. A mesa da janela, certo? Por aqui. — O *maître* estendeu o braço para a esquerda e apontou para Barry uma mesa cuidadosamente posta, localizada em um canto pequeno e isolado na parte da frente do restaurante. Barry voltou a cabeça, mas não deu um passo.
— Senhor, devo...?
— Estamos bem — disse Dinah, segurando o cotovelo de Barry e levando-o em direção à mesa. — Obrigado por oferecer.
Enquanto Barry tateava com a bengala, Dinah olhou ao redor do restaurante, decorado para lembrar um lar eclético, embora abastado. Talheres de prata e móveis antigos que não combinavam entre si davam muito charme ao lugar. Já a sua localização, tão perto do Capitólio a ponto de se poder ir a pé, garantia-lhe muitos lobistas como clientes.

Com um rápido apalpar da mesa e de suas duas cadeiras — uma poltrona de encosto, a outra *art déco* —, Barry sinalizou para que Dinah se sentasse, e então ocupou o lugar oposto ao dela.

— O garçom já virá atendê-los — acrescentou o *maître*. — E se precisarem de privacidade adicional... — Em seguida, deu um puxão forte em uma corda ao longo da parede e uma cortina de veludo vermelho se fechou, isolando a mesa das demais do restaurante.
— Bom apetite.

— Então, o que acha? — perguntou Barry.

Dinah voltou a cabeça para olhar através de uma pequena abertura na cortina. Não costumava comer em lugares assim. Não com um salário de funcionária pública.

— Como descobriu este lugar? — perguntou ela.

— Na verdade, li a respeito dele em um livro.

Dinah se calou.

— Por quê, não gostou? — acrescentou Barry.

— Não... é bom... é ótimo... só que eu... depois do Matthew...

— Dinah...

— *Ele* devia estar sentado aqui.

— *Dinah*...

— Não consigo evitar... Nossas mesas eram tão próximas que quase subiam uma por cima da outra... toda vez que olho para as coisas dele, eu... eu o vejo. Fecho os olhos e...

— ...e ele está ali, curvado e coçando a cabeleira loura. Acha que não sinto o mesmo? Falei com a mãe dele no dia em que aconteceu. Depois, Pasternak. Só isso... não durmo há três noites, Dinah. Foram meus amigos durante anos... desde... — a voz de Barry falseia e ele se cala.

— Barry...

— Talvez devêssemos ir embora — diz ele, levantando-se para sair.

— Não, por favor... — Ela agarrou-lhe a manga com força.

— Foi você quem disse.

— Apenas sente-se — implorou ela. — Por favor... apenas sente-se.
Lenta, cautelosamente, Barry voltou para o seu lugar.
— É difícil — disse ela. — Ambos sabemos. Vamos apenas dar um tempo... e tentar ter um bom almoço.
— Está certa disso?
— Absolutamente — diz ela, pegando o copo de água. — Não nos esqueçamos... mesmo com tudo isso, ainda temos um longo dia pela frente.

44

Quando caem as trevas, mantenho o braço esticado para a frente a fim de evitar bater na parede. Nunca vou conseguir chegar lá. Meu pé afunda na lama, e me desequilibro. Caio no chão com os joelhos de encontro às pedras pontudas do chão. Pelo ruído de rasgado e a súbita dor nos joelhos, pressinto outro buraco em minhas calças. Novamente estendo as mãos para evitar a queda, mas o impulso é muito forte. Caio de cara contra o cascalho e as pedras arranham o meu peito. Quando abro os olhos, volto a sentir a boca cheia de poeira e terra, mas desta vez, não consigo ver. Não consigo ver coisa alguma. *Nada*.

Tossindo violentamente e ainda tentando recuperar o fôlego, sinto um último pedaço de queijo frito de ontem atravessar meu esôfago e bater em meus dentes. Eu o cuspo e o ouço cair no chão. Fico deitado no chão até a respiração se normalizar, olhos fechados, tentando me incentivar com a idéia de que ao menos fui esperto o bastante para deixar migalhas de pão pelo caminho. Não adianta. A escuridão é esmagadora. Estendo a mão, mas não há nada diante de mim. Trago-a para perto a ponto de roçar minhas sobrancelhas. Nada ainda. Não é como desligar as luzes do quarto e esperar os olhos se acostumarem. Mexo a mão para frente e para trás. É como se ela não existisse. Insisto, fecho os olhos, volto a abri-los. Nenhuma diferença.

A luz se foi. Mas o som é outra história.

— *Viv!* — grito através dos túneis. — *Viv, pode me ouvir?!*

Minha voz ecoa pela câmara e some a distância. A pergunta fica sem resposta.

— *Viv! Preciso de ajuda! Você está aí?*

Novamente, minha pergunta se perde no vazio. Acho que ela pegou o elevador e voltou lá para cima.

— *Tem alguém aqui?!* — grito o mais alto que posso.

O único som que ouço é o da minha respiração e o ruído de pedras quando me movo. Cresci em uma cidade rural de menos de quinhentas pessoas, mas nunca ouvi o mundo tão silencioso como agora, dois mil quatrocentos e cinqüenta metros abaixo da superfície. Se quiser sair daqui, terei de fazê-lo por conta própria.

Instintivamente, começo a me erguer, mas logo mudo de idéia e me sento de novo. Estou certo de que a passagem em arco que me levará de volta à parte inicial do túnel está à minha frente, mas a não ser que eu esteja certo, é melhor não ficar vagando a esmo no escuro. A única coisa que tenho como orientação é o cheiro amargo de fezes que vem do vagão aqui perto. Sigo o cheiro e descubro que vem da esquerda. Estou engatinhando e apalpando o chão como se estivesse procurando por lentes de contato perdidas. O cheiro é tão ruim que meus olhos lacrimejam, mas aquela pilha de merda fedorenta é o único ponto de referência que tenho.

Engatinho com uma mão esticada para a frente, apalpando o ar em busca do vagão. Se conseguir encontrá-lo, ao menos saberei onde é a saída. Ou ao menos, este é o plano. As pontas de meus dedos atingem as bordas afiadas de uma rocha úmida, mas ao estender a mão para sentir melhor, descubro que sobe indefinidamente. Não é uma pedra. É uma parede.

Apalpo o chão cuidadosamente em busca do vagão, mas não o encontro. Estava à minha direita quando entrei, portanto, para sair, mantenho a esquerda, apalpando o caminho. Sobre meu ombro, ouço um ruído metálico quando meus pés colidem com algo atrás de mim. Ainda de quatro, recuo e apalpo o caminho pelo chão até sentir os aros das rodas do vagão vermelho. Aquilo não faz sentido.

Paro imediatamente, ambas as mãos espalmadas no chão. O vagão teria de estar à minha esquerda. Estendo a mão e sinto-o novamente. Está à minha direita. Estou completamente ao contrário. Pior que tudo, estou indo na direção errada, aprofundando-me no túnel em vez de sair dele. Fecho os olhos, já estonteado pela escuridão. O cheiro parece vir de toda parte. Dez passos e já estou perdido.

Voltando-me em busca de segurança, apalpo o caminho à medida que avanço. Estendo a mão adiante e sinto o resto do vagão vermelho. As extremidades encrostadas de metal lascado. As curvas arredondadas das rodas. Embora não possa ver, minha mente junta as peças do quebra-cabeça, dando-me uma visão perfeita de tudo. Para a minha surpresa, emito uma risada de ansiedade. Meus dedos sentem cada canto abrupto, cada curva denteada, acariciam a base do vagão e sentem entre o polegar e o indicador as bordas puídas da cortina de chuveiro. É muita coisa para se perceber com o tato — e não consigo evitar pensar que é assim que Barry sente as coisas.

Ansioso para sair, apalpo ao longo do vagão até encontrar a parede irregular. Minha mão esquerda acompanha a parede, enquanto a direita balança para frente e para trás, como um detector de metal humano, varrendo o chão e certificando-se de não cair em nenhum outro desnível. Ainda engatinhando, viro à esquerda em direção à passagem em arco da entrada da caverna. Se quisesse, podia seguir os trilhos que correm pelo meio do túnel, mas no momento a parede me parece mais estável e segura.

Oito metros adiante, meus joelhos doem, o fedor diminui e uma abertura à direita leva a um túnel paralelo no qual posso ir para a direita ou para a esquerda. Há aberturas assim em todas as direções, mas estou certo de que esta é a que me trouxe até aqui. Apalpo as bordas curvas, grosseiras e enlameadas da passagem e sigo-a até o chão, procurando o pedaço de papel que deixei para trás. A lista de filmes que queria alugar está em algum lugar no chão. Se puder achá-la, terei uma chance de seguir o resto de minhas migalhas de pão.

Usando apenas as pontas dos dedos, apalpo a terra repleta de cascalho, esquadrinhando sistematicamente a base da passagem. Trabalho da direita para a esquerda da abertura. Estou tão curvado de encontro ao chão que o sangue começa a subir à minha cabeça. A pressão se acumula no centro da testa. Não encontro a lista de filmes. Durante cinco minutos, meus dedos apalpam as pedras enquanto espero ouvir um som de papel amassado. Não ouço. Além disso, não preciso de um pedaço de papel para saber que dobrei à direita nesta parte do túnel. Seguindo o caminho, apalpo a parede, encontro a borda da passagem em arco e sigo à esquerda.

Desço o corredor engatinhando diagonalmente através dos trilhos, buscando a parede da direita em meio à escuridão. Tem de estar bem diante de mim... Estendo o braço... procuro... procuro... mas, por algum motivo, a parede não está ali. Paro de engatinhar e agarro os trilhos. Se peguei o caminho errado...

— *Viv!* — grito.

Ninguém responde.

Lutando para não perder a cabeça, fecho os olhos na esperança de que assim eu me sinta menos tonto. Continuo a dizer para mim mesmo que é um túnel curto, mas nessa escuridão, sinto-me engatinhando dentro de um ataúde interminável. Cravo as unhas na terra do chão apenas para me convencer de que não há ataúde algum e que não estou preso. Mas estou.

— *Viv!* — grito outra vez, implorando por ajuda.

Ainda nada.

Recusando-me a entrar em pânico, apóio-me sobre as nádegas e lentamente estendo a perna. A parede tem de estar aqui em algum lugar. Tem de estar. Estico os dedos do pé para fora dos trilhos. Milhares de pedrinhas rangem debaixo de mim. Que eu saiba, estou esticando minha perna em direção ao vazio. Mas se a parede de fato estiver aqui — e estou certo de que está — minha perna vai... *Tuc.*

Aí está.

Mantenho o pé apoiado contra a parede, mas continuo deitado de costas. Afasto-me dos trilhos, inclino-me para frente e abraço a umidade da parede com as mãos. Continuo apalpando-a apenas para me certificar de que está ali. Está exatamente onde pensei que estivesse — não consigo crer no quanto minhas relações espaciais estão aguçadas. Ainda zangado e bufando, deixo escapar um profundo suspiro, mas minha boca está tão perto da parede que sinto um redemoinho de água suja ricochetear em meu rosto. Tossindo incontrolavelmente, volto a cabeça, tirando a sujeira dos olhos e cuspindo o resto da boca.

Novamente de joelhos, levo dois minutos para engatinhar pelo cascalho, a mão direita apalpando a parede, a esquerda esquadrinhando o chão em busca de alguma surpresa. Mesmo quando sei o que esperar — mesmo sabendo que é outra pilha de pedras soltas — cada movimento é como fechar os olhos e subir uma escada, sem nunca saber qual é o último degrau. E mesmo quando o encontra, você continua tateando pelo chão — não apenas por segurança, mas porque não confia plenamente em seus sentidos neste momento de pavor.

Finalmente sinto a curva arredondada da passagem em arco à medida que o túnel se abre à minha direita. Apalpo o chão em busca de meu cartão Triplo-A. Como antes, não encontro — mas, diferente da outra vez, não sei mais para onde virar. Esta é a caverna com cinco túneis diferentes a escolher. Se eu pegar o túnel errado este lugar certamente será o meu ataúde.

— Viv! — grito, arrastando-me no chão. O mundo é um breu.
— *Por favor, Viv... você está aí?!*

Prendo a respiração e ouço minhas súplicas ecoarem pelos túneis. Ecoa por todos os lados. Som *surround* natural. Ainda prendendo a respiração e cravando as unhas no chão, espero por uma resposta. Não importa de quão distante venha, não quero perdê-la. Mas à medida que minha própria voz reverbera e desaparece no labirinto, vejo-me outra vez enterrado em silêncio subterrâneo. Olho em torno, mas a visão não muda. Apenas aumenta minha tontura. Tudo começa a rodar e eu não consigo fazer parar.

— *Viv!* — grito novamente na direção oposta. — *Alguém! Por favor!* — O eco se esvai como a cauda diáfana de um fantasma em meus pesadelos de infância. Engolido pelas trevas. Assim como eu.

Não há em cima, embaixo, esquerda ou direita. O mundo gira enquanto a tontura torna-se vertigem. Estou de quatro, mas ainda assim não consigo manter o equilíbrio. Minha testa está a ponto de explodir.

Caio ruidosamente para o lado. Minha face rola sobre o cascalho. É a única coisa que me diz onde é o chão. Nada além de escuridão em todas as direções — então, com o canto do olho, vejo um pequeno, muito pequeno, rebrilhar de luz prateada. Dura apenas um segundo. É um surto de luz, como quando fechamos os olhos com muita força. Mas ao mover a cabeça para segui-lo, sei que é apenas imaginação. Ouvi falar nisso antes: acontece quando os seus olhos são privados de luz durante muito tempo. Miragens de mineiro.

— *Harris...?* — murmura uma voz a distância.

Imagino ser outro truque de minha imaginação. Ou seja, até voltar a ouvi-lo.

— Harris, não estou escutando você! — grita. — Diga outra coisa!
— Viv?
— *Diga algo mais!* — sua voz ecoa no túnel. É difícil identificar a origem.
— *Viv, é você?!*
— Continue falando! Onde você está?
— No escuro... minha luz apagou!

Há uma pausa de um segundo, como se houvesse um atraso na voz dela.

— Você está bem?
— Você precisa vir me buscar!
— O quê?
— Venha me buscar! — grito.

A pausa continua.

— Não posso! — grita. — Siga a luz!

— Não há luz! Fiz muitas voltas... Vamos, Viv, não consigo enxergar!

— Então siga minha voz!

— Viv!

— Apenas siga minha voz! — implora.

— Está ouvindo!? Sua voz ecoa por todos os túneis! — Faço uma pausa, encurtando minhas frases para que o eco não as altere. Ela precisa ouvir o que estou dizendo. — Está muito escuro! Se fizer a volta errada, você nunca vai me encontrar!

— Então, devo me perder com você?! — indaga ela.

— Você tem uma lanterna!

— Harris...

— Você tem uma lanterna! Nosso tempo está se esgotando!

A pausa é ainda maior. Ela sabe o que quero dizer. Se ela esperar demais, logo não estaremos mais a sós aqui. Tivemos sorte até agora, mas no que diz respeito a Janos, isso não pode durar muito tempo.

— Não tenha medo, Viv! É apenas um túnel!

Desta vez, a pausa é ainda mais longa.

— Se for um truque...

— Não é! Preciso de ajuda...

Ela sabe que não estou brincando. Além disso, como o senador sempre disse ao se referir aos nossos melhores doadores: "Mesmo quando dizem que o poço está seco, se você cavar um pouco mais fundo, sempre têm alguma coisa guardada como reserva".

— Realmente precisa que eu vá aí? — ela pergunta com a voz trêmula.

— Não consigo me mexer — repito. — Viv... Por favor...

Enquanto estou deitado na escuridão, a caverna volta a ficar silenciosa. Apenas a idéia de se meter na escuridão... principalmente sozinha... já vi o medo em seus olhos antes. Ela está aterrorizada.

— Viv, ainda está aí?!

Ela não responde. Não é bom sinal. O silêncio persiste e não consigo pensar em outra coisa além de que as reservas já se esvaíram há muito. Provavelmente está enroscada no chão e...

— Quais destes túneis devo seguir?! — ela grita, voz ecoando pela caverna.

Sento-me com as mãos apoiadas no chão.

— Você é a maior, Viv Parker!

— Não estou brincando, Harris! Que caminho devo seguir?

Sua voz está distante, mas não há como deixar de notar o tom desesperado. Não é fácil para ela.

— O que tiver a lama mais fresca! Siga minhas pegadas! — Minha voz ecoa pela câmara, esvaindo-se ao longe. — Encontrou? — pergunto.

Novamente minha voz se perde ao longe. Tudo se resume a uma jovem de dezessete anos com uma lanterna na cabeça.

— Você tem pés pequenos! — grita.

Tento rir, mas ambos sabemos que há um longo caminho a percorrer. Junto à gaiola, há a grande lâmpada industrial no teto. Não por muito tempo. Aquela luz vai desaparecer do caminho dela a qualquer...

— Harris...

— Você consegue, Viv! Finja estar em uma casa mal-assombrada!

— Detesto casas mal-assombradas! Elas me apavoram!

— E quanto ao carrossel? Todo mundo gosta de carrosséis!

— Harris, está muito escuro! — A conversa fiada não está funcionando. — Mal consigo enxergar...

— Seus olhos vão se acostumar!

— O teto...! — grita. Sua voz se cala. Dou-lhe um segundo, mas nada ouço. — Viv, tudo bem?

Sem resposta.

— Viv...? Está aí?

Silêncio mortal.

— *Viv!* — grito o mais alto que posso, apenas para me certificar de que ela está me ouvindo.

Ainda nada.

Trinco os dentes, o silêncio toma conta de tudo, e pela primeira vez desde que parti, começo a imaginar se somos os únicos aqui. Se Janos pegou um vôo diferente...

— Apenas continue a falar, Harris! — Sua voz volta a ser ouvida. Ela deve ter entrado no setor principal do túnel. Sua voz é clara... com menos eco.

— Você está...?

— Apenas continue falando! — ela grita, gaguejando um pouco. Algo definitivamente está errado. Digo a mim mesmo que é apenas medo de ficar presa no subsolo, mas à medida que o silêncio volta a cair, não consigo deixar de pensar que é algo pior. — Fale-me de seu trabalho... seus pais... qualquer coisa... — implora. Seja lá o que esteja acontecendo, ela precisa de algo para distrair a mente.

— N-no meu primeiro dia no senado — digo —, eu estava no metrô indo para o trabalho e, ao entrar no vagão, havia um anúncio, não me lembro de que, mas que dizia: *Supere-se*. Lembro-me de ter olhado para...

— Não me venha com este papo... vi o filme *Rudy*! — ela grita. — Diga-me alguma coisa real!

É um pedido simples, mas me surpreende o quanto demoro a responder.

— Harris...

— Preparo o café do senador Stevens todas as manhãs! — digo abruptamente. — Quando estamos em sessão, vou à casa dele às sete da manhã, entro e preparo para ele cereais com amoras frescas...

Há uma breve pausa.

— Está falando sério? — pergunta Viv. Ainda está com a voz trêmula, mas consigo ouvir a risada contida.

Sorrio para mim mesmo.

— O cara é tão inseguro que tenho de acompanhá-lo sempre que vota no plenário, no caso de ser acuado por outro membro. E é tão mesquinho que não sai mais para jantar sem um lobista a tiracolo. Desse modo, não tem de pagar a conta...

Após uma pausa, ouço uma única palavra de Viv:

— Mais...

— No mês passado, Stevens fez sessenta e três anos... fizemos quatro festas de aniversário diferentes para ele... cada uma cobrando mil dólares por cabeça para levantamento de fundos de campanha. Para todos dissemos que era a única festa que ele teria. Gastamos sessenta e três mil em salmão e alguns bolos de aniversário... conseguimos arrecadar duzentos mil. — Apóio-me sobre os joelhos, gritando na escuridão. — Em seu escritório, há a bola de beisebol de um *homerun* do jogo em que o Atlanta Braves ganhou a World Series há alguns anos. Foi assinada por Jimmy Carter, mas o senador não devia tê-la com ele. Pediram que a assinasse e devolvesse, coisa que nunca fez.

— Você está inventando tudo isso...

— Há dois anos, durante uma coleta de fundos, um lobista me deu um cheque para dar ao senador. Eu o devolvi e disse: *"Não é o bastante"*. Bem, na cara dele.

Viv ri. Ela gostou dessa.

— Quando me formei, era tão idealista que cheguei a entrar e sair logo a seguir de um programa de graduação teológica. Nem mesmo Matthew sabia disso. Queria ajudar as pessoas, mas aquela história de Deus atrapalhava um bocado...

Pelo silêncio, sei que tenho a atenção dela. Basta trazê-la até aqui.

— Ajudei a redigir a lei de falências, mas embora ainda esteja pagando meus empréstimos, tenho cinco diferentes cartões de crédito. Minha lembrança mais marcante da infância foi ter pegado meu pai chorando no setor infantil da Kmart por ser obrigado a comprar camisetas com marca da loja em vez de camisetas da marca Fruit of the Loom. — Minha voz começa a ceder. — Passo tempo demais me preocupando com o que os outros pensam a meu respeito...

— Todo mundo faz isso — responde Viv.

— Quando estava na faculdade, trabalhava em uma sorveteria e, quando os clientes estalavam os dedos para chamar a minha atenção, eu quebrava o fundo de suas casquinhas com o dedo mindinho, de modo que, quando estivessem a um quarteirão de distância, o sorvete começasse a pingar em suas roupas...

— Harris...

— Meu nome verdadeiro é *Harold*. No colegial passaram a me chamar de *Harry* e, na faculdade, mudei para *Harris* por me fazer soar mais como um líder... No mês que vem, caso ainda tenha emprego, embora não deva ter, provavelmente deixarei vazar o nome do novo candidato à Suprema Corte para o *Washington Post* só para provar que sou parte do sistema... E na última semana, apesar de meus melhores esforços para ignorar isso, realmente estou sentindo o fato de que, com Matthew e Pasternak mortos, após dez anos de Congresso, não há ninguém... não tenho amigos de verdade...

Ao dizer isso, estou de joelhos, abraçando o estômago e me curvando em direção ao chão. Minha cabeça baixa tanto que sinto o cascalho tocar minha testa. Um cascalho mais afiado toca rente à linha de meu cabelo, mas não sinto dor. Não sinto nada. Ao cair em mim, estou completamente insensível... vazio desde o dia em que fecharam a tumba de minha mãe. Junto à de meu pai.

— Harris...? — grita Viv.

— Perdão, Viv... é tudo o que tenho — respondo. — Apenas siga o som.

— Estou tentando — insiste. Mas ao contrário de antes, sua voz não ecoa pelo ambiente. Vem diretamente da minha direita. Erguendo a cabeça, sigo o som no exato instante em que a escuridão cede. Adiante, a entrada do túnel volta à existência com um brilho pálido — como um farol iluminando-se no meio do oceano. Tenho de forçar a vista para me acostumar.

Das profundezas do túnel, a luz volta-se em minha direção, iluminando-me.

Viro o rosto apenas tempo o bastante para reorganizar os pensamentos. Ao me voltar, abro um sorriso. A luz de Viv brilha diretamente sobre mim, e sei o que ela está vendo.

— Harris, lamento muito...

— Estou bem — insisto.

— Não perguntei se estava. — Seu tom é tranqüilo e confiante. Sem qualquer sinal de censura.

Olho para ela. A luz brilha no topo de sua cabeça.

— O que foi, nunca viu um anjo da guarda com cabelo afro? Deve haver uns catorze de nós no céu.

Ela vira a cabeça de modo que a luz não me cegue. É a primeira vez que fazemos contato visual. Não consigo evitar sorrir.

— Doce Mocha...

— ...ao resgate — diz ela, completando meus pensamentos. De pé diante de mim, ela ergue os braços como um halterofilista, flexionando os músculos. Não é apenas a pose. Seus ombros são quadrados. Seus pés estão bem plantados. Não poderia derrubá-la com uma bola de demolição. Esqueça as reservas: o poço está transbordando. — Agora, quem se candidata a voltar a Viv-íssima? — pergunta.

Ela estende a mão para me ajudar a levantar. Nunca fui avesso a aceitar a ajuda de alguém, mas quando ela estende a mão para me erguer, penso em todas as possíveis conseqüências. *O que devo a ela? Do que ela precisa? Quanto isso vai me custar?* Após dez anos em Washington, suspeito até mesmo do caixa do supermercado quando ele me pergunta: *papel* ou *plástico*. No Congresso, uma oferta de ajuda geralmente quer dizer outra coisa. Olho para a mão estendida de Viv. Não mais.

Sem hesitar, estendo a mão. Viv a agarra e me puxa com força para que eu volte a ficar de pé. Exatamente o que eu precisava.

— Nunca contarei para ninguém, Harris.

— Não achei que o fizesse.

Ela pensa a esse respeito um instante.

— Você realmente fazia aquilo com as casquinhas de sorvete?

— Apenas com os babacas.

— Então... ahn... hipoteticamente, se eu trabalhasse em uma certa lanchonete e uma mulher com um bronzeado artificial e um penteado da moda que ela viu na *Cosmopolitan* entrasse na loja e me ferrasse, dizendo que eu trabalharia ali pelo resto da vida apenas porque sua comida estava demorando um pouco... se eu fosse para os fundos e teoricamente escarrasse em sua Diet Coke e então misturasse aquilo com um canudo, isso me tornaria uma pessoa má?

— Hipoteticamente? Digo que você ganha pontos por usar o canudo, mas ainda assim seria uma coisa tremendamente nojenta.

— É — diz ela com orgulho. — Foi mesmo. — Ela ergue o rosto para mim e acrescenta: — Ninguém é perfeito, Harris. Mesmo que todo mundo pense que você é.

Meneio a cabeça, ainda segurando a mão dela. Há apenas uma luz entre nós, mas enquanto estivermos juntos, é mais do que suficiente.

— Então, está pronta para ver o que estão cavando aqui? — pergunto.

— Tenho escolha?

— Você sempre tem uma escolha.

Ela põe os ombros para trás e vejo uma nova confiança em sua silhueta. Não apenas pelo que fez por mim... pelo que fez por si mesma. Ela olha para o túnel à minha esquerda e sua luz atravessa as trevas.

— Apenas se apresse antes que eu mude de idéia.

Avançamos sobre o cascalho, nos aprofundando na caverna.

— Obrigado, Viv... sinceramente... obrigado.

— É, falou, valeu.

— Estou falando sério — acrescento. — Você não vai se arrepender.

45

Caminhando sobre o cascalho do estacionamento da mina Homestead, Janos contou duas motocicletas e um total de dezessete carros, a maioria caminhonetes. Chevrolet... Ford... Chevrolet... GMC... Todas feitas nos EUA. Janos balançou a cabeça. Entendia fidelidade a um carro, não a um país. Se os alemães comprassem os direitos de produzir o Shelby Series One e mudassem a fábrica para Munique, o carro ainda seria o mesmo. Uma obra de arte.

Metendo as mãos nos bolsos, da jaqueta *jeans*, olhou novamente para as caminhonetes no estacionamento, atentando aos detalhes: rodas cobertas de lama... pára-lamas traseiros amassados... frentes batidas. Até mesmo nas caminhonetes em melhor estado, os pneus gastos denunciavam o uso. De todo o estacionamento, as únicas duas caminhonetes que pareciam ter sido lavadas algum dia era o Explorer de Janos... e o Suburban preto estacionado no outro lado.

Janos lentamente dirigiu-se ao carro. Placa de Dakota do Sul como todos os demais. Mas pelo que pôde ver, o pessoal do lugar não comprava carros pretos. O sol estragava a pintura. Já os carros executivos eram uma outra história. O presidente sempre andava em carros pretos. O mesmo se aplicava ao vice-presidente e ao serviço secreto. Às vezes, se fossem poderosos o bastante, alguns senadores. E seus funcionários.

Janos pousou a mão na porta do lado do motorista, acariciando o acabamento polido. Deu com o próprio reflexo na janela, mas pelo que podia ver, não havia ninguém ali dentro. Atrás dele, ouviu o cascalho ranger e, em um piscar de olhos, voltou-se para seguir o som.

— Opa, perdão... não pretendia assustá-lo — disse o homem com a camiseta *Spring Break '94*. — Só queria saber se precisa de ajuda.

— Estou procurando meus colegas de trabalho — disse Janos. — Um tem a minha altura mais ou menos...

— Com uma garota negra... é claro... mandei-os para dentro — disse Spring Break. — Então você também é da Wendell?

— Dentro de onde? — perguntou Janos, a voz calma como sempre.

— Dali — disse o homem, apontando com o queixo para o prédio de tijolos vermelhos. — Siga o caminho... não há como se perder.

O homem levou a mão ao capacete, acenou um até-logo e voltou aos *trailers* de construção. Janos dirigiu-se diretamente ao prédio de tijolos vermelhos.

46

Recorrendo meus passos, levo Viv em um rápido passeio para mantê-la atualizada.
— Têm uma linha telefônica aqui embaixo, mas não podem fazer um banheiro? — pergunta ao passarmos pelo vagão vermelho. A cada passo, ela tenta manter a expressão corajosa, mas pelo modo como sua mão está transpirando ao apertar a minha... o modo como ela está sempre meio passo atrás, fica evidente que o efeito da adrenalina passa rápido. Ao pegar o detector de oxigênio do chão e olhar para o marcador, espero que ela fique paralisada de medo. Não fica. Mas desacelera as passadas.
— 18.8? — pergunta. — O que aconteceu com os 19.6 do elevador?
— A gaiola está ligada à superfície... forçosamente a leitura teria de ser mais alta por lá. Acredite em mim, Viv, não vou a lugar algum que possa nos colocar em perigo.
— É mesmo? — desafia. Cansou-se de confiar na minha palavra. — Onde estamos agora... é o mesmo que passear pelo Jefferson Memorial, tirando fotos das flores das cerejeiras?
— Se isso a faz se sentir melhor, as cerejeiras só florescem em abril.
Ela olha ao redor em meio às trevas, paredes pegajosas salpintadas de lama. Então, ilumina meu rosto. Decido não forçar. Durante cin-

co minutos, continuamos a atravessar as trevas lentamente. O chão inclina-se ligeiramente para baixo. À medida que o buraco interminável nos leva ainda mais para baixo, a temperatura aumenta. Viv está atrás de mim, tentando manter silêncio, mas devido ao ar quente e pegajoso, ela volta a respirar pesadamente.

— Está certa de que...
— Apenas continue — insiste.

Durante sessenta metros, não digo uma palavra. Está ainda mais quente do que quando começamos, mas Viv não reclama.

— Tudo bem aí atrás? — pergunto afinal.

Ela meneia a cabeça atrás de mim e a luz adiante de nós reproduz o movimento. Na parede, lê-se outra inscrição pintada com *spray*: *Elevador*, com uma seta apontando para um túnel à nossa direita.

— Tem certeza de que não estamos andando em círculos? — pergunta.

— Estamos baixando — respondo. — A maioria desses lugares precisa ter um segundo elevador como precaução... assim, se algo der errado com um, ninguém fica preso aqui embaixo.

É uma bela teoria, mas não diminui o ofegar de Viv. Antes que eu possa dizer outra coisa, ouvimos um ruído familiar a distância.

— Torneira pingando? — murmura Viv.
— Sem dúvida, é água corrente... — O som é muito tênue para ser seguido. — Acho que vem de lá — acrescento, enquanto ela aponta sua luz a distância.

— Está certo disso? — pergunta, verificando atrás de nós.
— Com certeza é para lá — digo, apressando-me atrás do som.
— Harris, espere...

Começo a correr. Então, ouvimos uma série de apitos ensurdecedores. O som é altíssimo, como um alarme de ataque nuclear. Paro e olho ao redor. Se disparamos algum alarme...

No fundo do túnel, acende-se um farol e um motor ganha vida. Estava ali todo o tempo, oculto nas trevas. Antes que possamos fazer qualquer coisa, arremete contra nós como um trem de carga.

Viv tenta escapar. Eu a puxo pelo pulso. A coisa se move muito rápido. Jamais conseguiremos escapar. É melhor não parecermos culpados.

O veículo freia a um metro diante de nós. Sigo a luz de Viv e dou com um carro amarelo bastante usado e um homem sentado dentro dele. O carro parece uma miniatura de locomotiva sem teto. Há um grande refletor no capô. Atrás do volante, há um homem barbado de meia-idade vestindo um macacão amarrotado. Ele desliga o motor e o apito finalmente pára.

— Desculpem o calor... vamos consertar em algumas horas — diz ele.

— Consertar?

— Acha que gostamos disso? — pergunta, usando sua lanterna para mostrar as paredes e o teto. — Estamos perto de 55° C... — Ele ri consigo mesmo. — Mesmo para dois mil quatrocentos e cinqüenta metros de profundidade, é muito quente.

Rapidamente reconheço o sotaque de Dakota do Sul do homem que desceu na gaiola antes de nós. Garth, acho. Sim, Garth, com certeza. Mas o que me chama atenção não é o seu nome... é o seu tom de voz. Ele não está atacando. Está se desculpando.

— Não se preocupe — acrescenta. — É prioridade.

— I-isso é ótimo — respondo.

— Com o ar-condicionado e a exaustão consertados, recuperarão o fôlego logo. E não vão transpirar mais assim — acrescenta, apontando para nossas camisas encharcadas.

— Obrigado — respondo com um sorriso, ansioso para mudar de assunto.

— Não, *obrigado, digo eu*. Não fossem vocês, este lugar ainda estaria fechado. Sem o ouro, não achávamos que teríamos alguma chance.

— É, bem... felizes por ajudar, Garth. — Digo o seu nome para atrair-lhe a atenção... e para que ele deixe de olhar para Viv. Como sempre, funciona.

— Afora isso, como vão as coisas? — pergunto quando ele se volta para mim.

— Dentro do prazo. Você verá quando chegar lá. Está tudo no lugar — explica. — Mas realmente preciso voltar... temos outro carregamento chegando. Só queria me certificar de que havia espaço.

Com um aceno, ele retorna ao carro e liga o motor. O apito volta a ecoar pelo túnel. É apenas um sistema de advertência enquanto ele dirige no escuro... como o bipe que se ouve quando um caminhão muito grande anda de marcha a ré. Ao se distanciar de nós, o apito desaparece aos poucos.

— O que acha? — pergunta Viv ao vê-lo desaparecer na escuridão.

— Não faço idéia. Mas pelo que entendi, não há ouro aqui...

Viv meneia a cabeça e avança mina adentro. Olho para o carro, para me certificar de que realmente se foi.

— Por falar nisso, como lembrou do nome dele? — acrescentou Viv.

— Não sei... sou bom com nomes.

— Olha, ninguém gosta de gente assim.

Atrás de mim, ouço seus pés fazendo o cascalho ranger. Ainda estou de olho no carro. Quase se foi.

— Ei, Harris... — chama Viv.

— Espere, quero me certificar de que ele...

— Harris, acho que você devia dar uma olhada nisso...

— Ora, Viv... só um instante.

Sua voz é seca e sem entonação.

— Harris, acho que devia ver isso *agora*...

Volto-me revirando os olhos. Se ela ainda está preocupada com... Oh, meu Deus.

Adiante... no fim do túnel... tenho de forçar a vista para me certificar de que estou vendo direito. O carro as estava bloqueando, mas agora que se foi, vemos claramente. Na parte mais baixa do túnel, duas portas de metal novas em folha brilham a distância. Há janelas de vidro circulares em cada uma delas e, embora estejamos muito longe para vermos o que há lá dentro, não há como ignorar a luz que vaza através das janelas. Duas cabeças de alfinete nas trevas — como os dois olhos brancos e irascíveis do gato de Cheshire.

— Vamos... — chama Viv, correndo para as portas.

— Espere! — grito. Já é tarde demais. Sua lanterna balança enquanto ela corre, e corro atrás daquele vaga-lume enquanto ela se aprofunda na caverna.

A verdade é que não quero detê-la. Por isso vim até aqui. Para ver a verdadeira luz ao fim do túnel.

47

Viv empurra as portas duplas de metal polido com ambas as mãos. Usa toda a sua força, mas as portas não se movem. Atrás dela, fico na ponta dos pés para olhar pelas janelas, mas o vidro é opaco. Não conseguimos ver lá dentro. O letreiro na porta diz: *Aviso: Somente Pessoal Autorizado.*

— Deixe-me tentar — digo. Viv afasta-se e eu dou com os ombros no centro das portas. A da direita cede ligeiramente, mas é só. Quando me afasto para tentar de novo, vejo meu reflexo nos rebites. Essas coisas são novas em folha.

— Espere um pouco — diz Viv. — Que tal tocar a campainha?

À minha direita, embutida na rocha, há uma placa de metal com um botão preto. Estava tão concentrado na porta que nem mesmo me dei conta. Viv faz menção de apertar o botão.

— Não... — advirto.

Novamente, tarde demais. Ela aperta o botão com a palma da mão.

Ouve-se um tremendo sibilar e ambos pulamos para trás. As portas duplas estremecem, o sibilar diminui lentamente e dois cilindros pneumáticos de ar comprimido se abrem. A porta esquerda abre-se em minha direção. A da direita abre-se na direção oposta.

Volto a cabeça para olhar melhor.

— Viv...

— Estou aqui — diz ela, apontando a luz de sua lanterna para dentro. Mas a única coisa que encontramos a uns três metros mais adiante é outro par de portas duplas. E outro botão preto. Como as portas atrás de nós, têm um par de janelas opacas. Seja lá o que produz esta luz, está lá dentro.

Meneio a cabeça para Viv, que novamente aperta o botão preto. Desta vez, porém, nada acontece.

— Aperte novamente — digo.

— Eu estou apertando... está travado.

Atrás de nós, ouvimos outro sibilar altíssimo e as portas começam a se fechar. Ficaremos presos. Viv volta-se, pronta para correr. Eu fico onde estou.

— Está tudo bem — digo.

— O que está dizendo? — pergunta, em pânico. — As portas estão a ponto de se fecharem. É nossa última chance de sair.

Olho para as paredes e para o teto exposto da caverna. Nenhuma câmera de vídeo ou outro dispositivo de segurança. Uma pequena placa no canto esquerdo da porta diz: *Porta de trava pneumática*. Lá vamos nós.

— *O quê?* — pergunta Viv.

— É uma eclusa de ar.

Faltam três centímetros para as portas se fecharem.

— Uma o quê?

Com um baque surdo, as portas se fecham e os cilindros voltam ao lugar. Ouve-se um sibilar final, prolongado, como o de um trem antigo chegando à estação.

Estamos presos entre duas portas duplas. Voltando-se para o botão preto, Viv o aperta o mais forte possível.

Ouve-se um sibilar mecânico ainda mais alto e as portas diante de nós estremecem. Viv olha para mim. Espero que fique aliviada. Mas pelo modo como seus olhos estão arregalados... está escondendo bem, mas ela está morrendo de medo. Não a culpo.

Quando as portas se abrem, a luz explode em nossos olhos e sentimos um vento frio no rosto. Faz meu cabelo voar para trás e ambos fechamos os olhos. O vento acaba quando ambos os ambientes se equalizam. Já sinto a diferença do ar. Mais doce... quase posso senti-lo com a língua. Em vez de aspirar milhões de partículas de poeira, sinto uma onda de ar fresco refrigerar meus pulmões. É como beber de uma poça de lama e depois beber um copo de água filtrada. Quando finalmente abro os olhos, são necessários alguns segundos até eu me acostumar. A luz é muito clara. Abaixo os olhos e pisco até a visão se adaptar.

O chão é de linóleo branco. Em vez de um túnel estreito, estamos em uma sala ampla e branca maior que um ringue de patinação. O teto deve ter pelo menos uns seis metros de altura e a parede da direita está coberta com interruptores de circuito novinhos em folha — sistema elétrico de primeira. Pelo chão, centenas de fios vermelhos, pretos e verdes estão enfeixados em cabos elétricos mais grossos do que o meu pescoço. À minha esquerda, há uma câmara aberta com a inscrição *Estação de Troca,* com compartimentos para botas sujas e capacetes de mineiro. No momento, porém, a alcova está repleta de mesas de laboratório, meia dúzia de *hubs* e roteadores de computador cuidadosamente embrulhados em lâminas de plástico-bolha, e dois servidores de computador de última geração. Seja lá o que a Mineração Wendell estiver fazendo aqui embaixo, ainda estão em fase de montagem.

Volto-me para Viv. Seus olhos estão fixados nas caixas de papelão empilhadas pelo ambiente imaculadamente branco. Na lateral de cada caixa, uma única palavra escrita com pincel atômico: *Laboratório.*

Ela olha para o detector de oxigênio.

— 21.1 por cento.

Ainda melhor do que no topo.

— O que diabos está acontecendo? — pergunta.

Balanço a cabeça, incapaz de responder. Não faz o menor sentido. Olho ao redor para o cromo polido e para os topos de mármore das mesas e refaço a pergunta em minha cabeça: o que um laboratório de muitos milhões de dólares está fazendo a dois mil quatrocentos e cinqüenta metros abaixo da superfície da Terra?

48

No subsolo do prédio de tijolos vermelhos, Janos parou na estação de recarga de bateria de lanternas. Já estivera ali outra vez — pouco depois de Sauls tê-lo contratado, havia seis meses. Desde então, nada mudara. O mesmo corredor deprimente, o mesmo teto baixo, o mesmo equipamento enlameado.

Olhando cuidadosamente, contou dois espaços vagos na estação de recarga — um de cada lado. Sem saber o que fazer, apostaram, deu-se conta. É sempre assim, sobretudo quando as pessoas estão em pânico. Todo mundo joga.

Janos avançou pelo corredor, passou pelos bancos de madeira e entrou na sala ampla do poço do elevador. Evitando o poço, foi até o painel com o interfone e o alarme. Ninguém desce sem antes ligar.

— Operadora...

— Oi... estava pensando se podia me ajudar — disse Janos ao apertar o fone contra o ouvido. — Estou procurando alguns amigos... dois... e estava pensando se desceram na gaiola ou se ainda estão aqui em cima?

— Da rampa do nível 1 baixei um cara, mas estou certa de que estava sozinho.

— Com certeza? Certamente tinha de estar com alguém...

— Querido, tudo o que faço é transportá-los para cima e para baixo. Talvez tenham embarcado no topo.

Janos olhou através do poço do elevador para o nível diretamente acima. É por onde a maioria das pessoas entrava... mas Harris e Viv... estariam tentando passar despercebidos. Por isso teriam seguido o túnel até aqui...

— Tem certeza de que não desceu só? — perguntou a operadora.

Mas quando Janos estava a ponto de responder, ele se conteve. Sua primeira esposa chamava isso de *intuição*. A segunda chamava de *instinto de leão*. Nenhuma das duas estava certa. Sempre foi muito mais cerebral do que isso. Não apenas *siga* a sua presa. *Pense* como ela. Harris e Viv estavam acuados. Estavam procurando uma rede de segurança... e procurariam em toda parte até encontrá-la...

Janos pôs a mão atrás do painel, onde encontrou um quadrado de madeira com cinqüenta e dois pregos. Olhou para as duas plaquetas de metal com os números *15* e *27*. Duas plaquetas. Ainda estavam juntas.

Tirou ambas as plaquetas do quadro e olhou-as em sua mão. Todo mundo joga, disse para si mesmo... porém, o mais importante é lembrar que, a certa altura, todo mundo também perde.

49

— Acha que sabem onde estamos? — pergunta Viv, desligando a lanterna.

Olho ao redor, verificando os cantos do laboratório. As braçadeiras estão afixadas nas paredes e há fios expostos pendurados, mas as câmeras de vigilância ainda não estão instaladas.

— Acho que não.

Mas ela não me leva mais a sério.

— Olá... alguém em casa? — grita.

Ninguém responde.

Entrando mais no laboratório, aponto para a trilha de pegadas enlameadas no chão branco. Levavam a um corredor no extremo esquerdo da sala. Só havia um caminho a seguir...

— Pensei que tivesse dito que Matthew autorizou a transferência para a Wendell há alguns dias — ressaltou Viv ao caminharmos para o corredor no fundo da sala. — Como construíram isso tão rápido?

— Estão trabalhando no pedido desde o ano passado... acho que era apenas uma formalidade. Em uma cidade como esta, aposto que acharam que ninguém iria se importar com a venda de uma mina exaurida.

— Tem certeza? Pensei que você tinha dito que o prefeito estava... que ele estava possesso.

— Possesso?

— Furioso — esclarece. — Danado da vida.

— Ele não estava furioso... não... estava apenas aborrecido por não ter sido consultado... mas para o resto das pessoas, a coisa trouxe vida à cidade. Ao que eu saiba, e mesmo que não conheçam a completa extensão da coisa, a Wendell nada fez de ilegal.

— Talvez — diz Viv. — Depende do que estão construindo aqui...

Ao avançarmos pelo corredor, vemos uma sala à esquerda. Lá dentro, há um grande quadro de escrever apoiado contra um arquivo de quatro gavetas e um armário de fórmica. Há também uma mesa de metal novinha em folha. Há algo de estranhamente familiar naquilo.

— O quê? — pergunta Viv.

— Já viu esses móveis antes?

Ela os olha por um bom tempo.

— Não sei... são um tanto padrão.

— Muito padrão.

— Do que está falando?

— São idênticos aos dos nossos escritórios. Cada assistente legislativo tem móveis assim. Estas mesas... são do governo.

— Harris, estas escrivaninhas estão em todos os escritórios dos EUA.

— Estou dizendo, são do governo — insisto.

Viv olha para a mesa. Deixo que o silêncio trabalhe a meu favor.

— Por favor, me dê um tempo... tempo, tempo, tempo... então agora acha que o governo construiu tudo isso?

— Viv, olhe ao redor. A Wendell disse que estava aqui por causa do ouro, e não há ouro. Disseram que estavam aqui para garimpar, e não há o que garimpar. Disseram ser uma pequena empresa de Dakota do Sul, e eles montaram uma maldita Bat-caverna aqui embaixo. Está aí, bem diante de você: por que acreditar que são o que dizem ser?

— Isso não quer dizer que sejam uma fachada para o governo.

— Não estou dizendo isso — respondo, voltando ao corredor. — Não ignoremos todo esse equipamento: as mesas de laboratório, os servidores de computadores de quarenta mil dólares, isso para não mencionar o custo de construir uma instalação imaculadamente limpa a dois mil quatrocentos e cinqüenta metros de profundidade... Esses caras não estão ajoelhados no chão, passando areia pelas suas peneiras. Seja lá o que for a Wendell, evidentemente estão procurando algo maior do que algumas pepitas de ouro, coisa que, caso não tenha notado...

— ...não existem mais aqui. Eu sei. — Viv me segue de perto corredor acima. — Então, o que acha que estão procurando?

— O que a faz crer que estão procurando alguma coisa? Olhe ao redor... têm tudo o que precisam por aqui. — Aponto para a pilha de caixas e tambores que se alinhavam em ambos os lados do corredor. Os tambores parecem tanques industriais de hélio. Cada um chega à altura de meu queixo e tem inscrições em letras vermelhas escritas em suas laterais ao longo do comprimento. Uns dez estão marcados com a palavra *Mercúrio*. Nos outros, lê-se: *Tetracloretileno*.

— Acha que estão construindo algo? — pergunta Viv.

— Ou isso ou estão querendo arrebentar na feira de ciências do ano que vem.

— Alguma idéia?

Vou direto para as caixas empilhadas até o teto ao longo do corredor. Há ao menos duzentas delas — cada uma etiquetada com um pequeno adesivo e um código de barras. Decido abrir uma para ter uma melhor visão. Sob o código de barras, lê-se a palavra *Fotomultiplicador* impressa em letras de fôrma. Mas ao abrir a caixa para ver o que de fato é um fotomultiplicador, surpreendo-me ao descobri-la vazia. Chuto uma caixa ali perto, apenas para me certificar O mesmo: vazia.

— Harris, talvez devêssemos sair daqui...

— Ainda não — digo, avançando. Mais adiante, os passos enlameados terminam, embora o corredor prossiga, curvando-se para a esquerda. Corro entre as caixas de fotomultiplicadores. Uns trinta metros diante de mim, o corredor termina em uma porta metálica. É pesada, como a de um cofre de banco e está fechada com um trinco. Junto à porta há um *scanner* de identificação de digitais. Pelos fios soltos em toda parte, ainda não está ligado.

Corro até a porta e forço o trinco, que se abre com um estalo. A moldura da porta é revestida de borracha preta para mantê-la hermeticamente fechada. Lá dentro, correndo perpendicularmente a nós, o ambiente é longo e estreito como uma arena de boliche com duas pistas que parecem seguir indefinidamente. No centro da sala, em uma mesa de laboratório, há três caixas vermelhas abertas repletas de fios. Seja lá o que estejam construindo aqui, ainda não terminaram. À direita, há uma escultura de metal de uns três metros com a forma de um "O" gigante. A placa no topo diz: *Cuidado: não se aproxime quando o ímã estiver ligado.*

— Para que precisam de um ímã? — pergunta Viv atrás de mim.

— Para que precisam deste túnel? — rebato, apontando para os canos de metal que correm ao longo da sala, além do ímã.

Em busca de respostas, leio as laterais de todas as caixas empilhadas ao nosso redor. Novamente, estão todas rotuladas com a palavra *Laboratório*. Em um canto, há uma grande caixa de madeira com a inscrição: *Tungstênio*. Nada disso ajuda — isso até eu ver a porta do outro lado do corredor estreito. Mas não é apenas mais uma porta. Esta é alta e oval, como a do tipo que se encontra em submarinos. Há um segundo *scanner* biométrico que parece ainda mais complexo do que o outro pelo qual passamos. Em vez de uma lâmina de vidro, este tem uma caixa retangular que parece repleta de gelatina. Ouvi falar sobre isso: você põe a mão na gelatina e eles medem o contorno de sua palma. A segurança está ficando mais rígida. Mas, assim como antes, há fios por toda parte.

Ao correr para a porta, Viv está bem atrás de mim — mas pela primeira vez desde que estamos juntos, ela agarra a manga de minha camisa e me puxa para trás. Agarra com força.

— O que foi? — pergunto.

— Pensei que você fosse o adulto. Pense primeiro. E se não for seguro entrar aí?

— Viv, estamos a dois quilômetros e meio abaixo da superfície... nossa segurança não pode ficar pior que isso.

Ela me olha como um estudante do segundo grau avaliando um professor substituto. Quando vim para D.C., fazia essa cara todo dia. Mas vê-la fazer... Há anos que ninguém me olha assim.

— Olhe para a porta — diz ela. — Pode ter radioatividade ou algo assim do outro lado.

— Sem uma placa de advertência? Não importa que ainda estejam montando a loja... até mesmo esses caras não são assim tão burros.

— Então, o que acha que estão construindo?

É a segunda vez que faz a mesma pergunta. Novamente a ignoro. Não creio que deseje ouvir a resposta.

— Você acha que é algo ruim, não é? — pergunta Viv.

Livrando-me de sua mão, encaminho-me para a porta.

— Pode ser qualquer coisa, certo? Quero dizer, não parece ser um reator, parece? — pergunta Viv.

Continuo a marchar, sem diminuir o ritmo das passadas.

— Acha que estão construindo uma arma, não é? — grita Viv.

Paro no mesmo instante.

— Viv, podem estar fazendo qualquer coisa, desde nanotecnologia até trazer dinossauros de volta à vida. Mas seja lá o que for, Matthew e Pasternak foram mortos por isso, e agora querem as nossas cabeças. Agora, você tanto pode esperar aqui ou entrar... não vou pensar mal de você seja lá qual for a sua escolha. Mas a não ser que queira viver dentro de um carro pelo resto da vida, temos de entrar nesta sala e descobrir o que diabos está atrás da terceira cortina.

Voltando-me para a porta de submarino, agarro a trava e giro com força. Roda com facilidade, como se tivesse sido lubrificada recentemente. Ouve-se um *tunc!* e as rodas param de girar. A porta abre-se ligeiramente.

Viv está bem atrás de mim. Quando olho para trás, não faz piada ou comentário engraçado. Apenas fica ali, parada.

Tenho de empurrar a porta com ambas as mãos para abri-la. Lá vamos nós. Quando a porta se escancara, novamente somos atingidos por outro cheiro: ácido e azedo. Atravessa minhas narinas.

— Ai, cara... — diz Viv. — O que é isso? Cheira a...

— ...lavagem a seco — digo. Ela concorda. — Será que é isso o que há naqueles tanques lá fora? Fluido de lavagem a seco?

Atravessamos a passagem oval, olhamos ao redor em busca de respostas. O lugar parece ainda mais impecável do que aquele de onde viemos. Não encontro uma partícula de sujeira. Mas não é a limpeza que me chama a atenção. Bem diante de nós, há uma grande cratera de cinqüenta metros de comprimento escavada no chão. Dentro da cratera, há uma enorme concha de metal do tamanho de um balão de ar quente cortado ao meio. É como uma piscina gigante que, em vez de estar cheia de líquido, tem em suas paredes internas ao menos cinco mil lentes de câmeras, uma junto da outra, cada uma apontada para o centro da esfera. O efeito final é que os cinco mil telescópios perfeitamente alinhados formam a sua própria lâmina de vidro dentro da esfera. Pendendo do teto, sustentada por uns dez cabos de aço, está a outra metade da esfera. Assim como a metade inferior, está coberta por milhares de lentes. Quando as duas metades se juntarem, teremos uma câmara esférica perfeita, mas por enquanto, o topo ainda está suspenso no ar, esperando ser baixado.

— Que diabos...? — exclama Viv.

— Não faço idéia, mas creio que essas coisas são o fotomultiplicador...

— O que pensam que estão fazendo? — grita alguém à esquerda da sala. A voz é áspera, como se estivesse sendo transmitida através de um interfone.

Sigo o som, mas quase caio ao ver o que se aproxima.

— Ai, meu Deus... — murmura Viv.

Correndo em nossa direção surge um homem vestindo um traje completo para manuseio de materiais perigosos, com um visor de plexiglas e máscara. Se ele está usando isso...

— Estamos em apuros... — murmura Viv.

50

— Têm alguma idéia do que fizeram? — grita o homem, correndo em nossa direção com o traje cor de laranja. Quero correr, mas as minhas pernas não se movem. Não consigo crer que nos metemos nessa... até mesmo a menor quantidade de radiação pode...

O homem leva a mão à nuca, arranca o capuz à prova de radiação e joga-o no chão.

— Aqui é um ambiente de limpeza total. Sabem quanto tempo e dinheiro isso vai nos custar!? — grita ele, avançando. Se eu tivesse de adivinhar a origem de seu sotaque, diria que é da Europa Oriental, mas há algo que não bate. Tem olhos fundos cercados de olheiras, bigode preto e óculos de aros prateados. Também é muito mais magro do que parecia com o capuz.

— Não há radiação? — pergunta Viv.

— Como chegaram aqui?! — grita o sujeito. Ignorando nossos coletes cor de laranja, olha para as nossas roupas. Calças de terno e camisas sociais.

— Nem mesmo são mineiros, certo?

Na parede há um interfone. Ao lado, um botão vermelho. O sujeito vai direto naquela direção. Conheço um alarme ao vê-lo.

— Harris...

Já estou em ação. O sujeito de bigode corre para o alarme. Agarro-o pelo pulso e puxo-o para trás. É mais forte do que esperava. Usando meu próprio peso contra mim, ele me roda e me atira contra a parede branca de concreto. Minha cabeça projeta-se para trás e meu capacete atinge a parede com tanta força que chego a ver estrelas. Ele me dá um soco leve na barriga, esperando que isso me tire de combate. Ele não me conhece.

Sua cabeça está exposta. *Eu* uso um capacete inquebrável com uma lanterna na ponta. Eu o agarro pelos ombros, projeto a cabeça para frente com toda a força e o atinjo. A borda do capacete atinge-lhe a parte superior do nariz. Enquanto ele cambaleia para trás, olho para Viv.

Ela me olha sem expressão, incerta sobre o que fazer.

— Saia daqui! — digo.

— Vão matá-lo por isso! — grita o sujeito de bigode.

Agarro-o com força pelos ombros e preparo-me para golpear novamente. Debatendo-se para livrar-se de mim, crava os dedos em meu pulso. Ao soltá-lo, tenta fugir. Corre em direção a Viv, mas, antes de alcançá-la, eu o agarro pelas costas pelo traje e puxo-o o mais forte que posso. Pode não ter sido ele quem matou Matthew e Pasternak, mas, no momento, é o único saco de areia que tenho. Enquanto ele cambaleia, desequilibrado, dou-lhe outro empurrão — diretamente em direção à borda da cratera.

— Não...! — grita. — Isso vai...

Ouve-se um ruído alto de vidro quebrado quando ele cai pela borda e tomba sobre meia dúzia de tubos fotomultiplicadores. Ao cair de cabeça dentro da esfera, quebra cada tubo que atinge como um trenó humano, abrindo uma trilha até o fundo. Os tubos quebram facilmente, mal desacelerando a sua queda... isso até ele bater contra o poste de metal na base da esfera. O sujeito ergue a cabeça pouco antes do impacto. Tenta desviar, mas acaba batendo com a escápula no poste. Ouve-se o som abafado de algo se quebrando. Osso contra metal. Quando o ombro bate, o corpo se enrosca estranhamente ao redor do poste — mas o sujeito não se move. Está inconsciente, rosto para baixo, caído na base da esfera.

— Hora de ir! — diz Viv, puxando-me para a entrada.

Olho ao redor da sala. Do outro lado da esfera, há outras duas portas de submarino. Ambas estão fechadas.

— Harris, vamos! — implora Viv, apontando para o cientista lá embaixo. — Quando acordar, vai berrar! Temos de sair daqui agora!

Sabendo que ela está certa, eu me volto e atravesso a porta de submarino. Corremos de volta através do laboratório, refazendo o caminho de volta passando pelo mercúrio, pelo tetracloretileno, pelas mesas de laboratório e pelos servidores de computador. Atrás dos servidores, vejo uma pequena estante repleta de fichários e pranchetas vazias. Do ângulo em que entramos, não tínhamos como ver.

— Harris...

— Só um instante.

Afasto o servidor do caminho e vasculho as prateleiras o mais rapidamente possível. Como as pranchetas, estão todas vazias. Menos uma. Na prateleira de cima há um fichário de capa preta com uma etiqueta impressa que diz: *Projeto Midas*. Arranco-o da prateleira e folheio as primeiras páginas. Repletas de números e datas. Tudo incompreensível. Mas no canto superior direito da página, vejo as palavras: *Chegadas/Neutrino*. Ao continuar a folhear, é o mesmo em cada página: *Neutrino. Neutrino. Neutrino*. Não tenho idéia do que é um neutrino, mas não preciso de um Ph.D. para saber do que se trata.

— Harris, temos de sair daqui...

Fecho o livro, meto-o debaixo do braço e sigo Viv.

Ao chegarmos à primeira eclusa de ar, jogo o livro para Viv e agarro um extintor de incêndio que encontrei encostado na parede. Se alguém estiver nos esperando no túnel, precisaremos ao menos de uma arma.

Viv aperta o botão preto junto à porta e esperamos o sibilar hidráulico. Quando as portas se abrem, entramos na eclusa, de frente para as outras duas portas mais adiante. Viv novamente aperta o botão preto.

— Acenda a sua lanterna — digo.

Ela liga um interruptor e sua lanterna volta à vida. Atrás de nós, as portas do laboratório se fecham, mas ao contrário de antes, a porta à nossa frente não se abre. Estamos presos. Esperamos mais um segundo.

— Por que não...

Ouvimos outro sibilar. As portas diante de nós abrem-se lentamente.

— Acha que tem alguém lá fora? — pergunta.

Tiro o pino de segurança do extintor de incêndio.

— Já saberemos.

Contudo, quando as portas finalmente se abrem, nada vemos além da escuridão do túnel. Não vai demorar. No momento em que alguém achar o cara de bigode, o alarme vai soar. O melhor que podemos fazer agora é correr.

— Vamos... — digo, correndo pelo túnel.

— Sabe para onde vamos?

— Encontrar a gaiola. Ao chegarmos no topo, é bom irmos embora.

51

Em pé diante do poço do elevador vazio, Janos fixou o olhar nos cabos do elevador, esperando que começassem a ranger.
— Tentou achar seu homem lá embaixo? — disse ao celular.

— Estou tentando desde de manhã cedo. Sem resposta — responde Sauls.

— Bem, então não me culpe se não conseguir o que quer — disse Janos. — Você deveria ter acionado a segurança no momento em que disse que estavam vindo para cá.

— Já disse dezesseis vezes: esses moradores locais lá embaixo... podem estar animados por voltarem ao trabalho, mas não sabem a extensão de tudo isso... Se começarmos a pôr guardas armados, é bom metermos o microscópio no rabo. Acredite, quanto mais tempo acharem que é um laboratório de pesquisa, melhor para todos nós.

— Desculpe decepcioná-lo, mas é um laboratório.

— Sabe o que quero dizer — rebateu Sauls.

— Ainda assim não quer dizer que deva arriscar tudo por...

— Escute aqui, não me diga como operar. Eu o contratei porque...

— Você me contratou porque, há dois anos, um vendedor de sedas de Formosa, baixinho e piolhento, com um cabelo tingido à Andy Warhol, surpreendentemente conhecia mais arte do que você imaginava. Por incrível que pareça, justo quando ligava para o inspetor de polícia para denunciá-lo por causa daquele Pissarro grosseiramente falsificado, o que, tem de admitir, nada tem da exuberância do original, aquele homenzinho desprezível simplesmente desapareceu. Que coincidência, não acha? — perguntou Janos.

— É verdade — respondeu Sauls, surpreendentemente calmo. — E para ser claro, o Pissarro era *o* original. O museu é que tem a réplica. Nem você e nem o senhor Lin foram espertos o bastante para perceberem isso, estou certo?

Janos não respondeu.

— Faça seu trabalho — exigiu Sauls. — Compreende? Ficou clara a questão da mina agora? Quando o sistema estiver montado e limparmos o lixo local, esse lugar vai ficar mais fechado do que a uretra de uma pulga. Mas quanto a chamar a segurança, sabe do que mais? Eu já o fiz. É você. Agora, resolva o problema e pare com o maldito sermão. Encontrou o carro deles. suas plaquetas... é só uma questão de esperar na mina.

Janos ouviu o clique e voltou-se para o poço do elevador. Estava tentado a chamar a gaiola e baixar ao túnel, mas também sabia que podia perder Harris e Viv caso eles estivessem em outro nível. Desta vez, Sauls estava certo. Tudo o que desce tem de subir. Tudo o que tinha a fazer era esperar.

52

O portão de segurança de metal enferrujado deixa escapar um uivo agudo quando eu o abaixo. Os rolamentos de metal rodam até o portão se encaixar no lugar. Estamos no nível 1.478 da mina e finalmente nos acomodando no elevador que nos levará o resto do caminho até o topo. Como antes, ignoro a água que pinga e molha o interfone.

— Gaiola parada — anuncio ao apertar o botão coberto de musgo. — Estamos dentro. Vamos para o nível um-três.

— Nível um-três — repete a operadora. O mesmo nível onde começamos.

— Içar gaiola — digo.

— Içar gaiola — repete a operadora.

Há um puxão forte vindo lá de cima. O cabo de metal se retesa, a gaiola sobe e, ao subirmos à superfície, meus testículos descem até meus tornozelos.

Diante de mim, os olhos e os maxilares de Viv estão fechados com força. Não de medo mas, sim, por pura obstinação. Ela se deixou levar uma vez e não quer deixar que aconteça de novo. A gaiola bate contra o madeiramento do poço, fazendo chover ainda mais água no topo de nossos capacetes. Lutando para manter o equilíbrio, ela se encosta nas paredes cheias de graxa, mas a impressão é a de que estamos surfando no topo de um elevador em movimento. Afora uma rápida olhada no detector de oxigênio — "20.4" —, fica em absoluto silêncio.

Ainda respiro com dificuldade, mas certas coisas não podem esperar. Sem perda de tempo, abro o fichário do *Projeto Midas*.

— Pode iluminar aqui? — peço, tentando distrair sua atenção da subida.

Embora ela tenha a única lanterna, sua luz está voltada para o chão de metal. Para Viv, até estarmos fora daqui, esta caixa não é apenas um ataúde móvel cheio de goteiras. É uma montanha. Uma montanha a ser conquistada.

A única boa notícia é que, ao dispararmos rumo à superfície, não podemos ir muito longe. Os números da leitura de oxigênio continuam a subir: *20.5... 20.7...* Ar fresco e liberdade estão a apenas um minuto de nós.

53

No momento em que o cabo de aço começou a se mover, Janos pegou o interfone.

— Operadora... — respondeu a voz do outro lado.

— Esta gaiola que está subindo agora... pode se certificar de trazê-la diretamente para a Rampa? — perguntou Janos, lendo o nome do lugar no cartaz.

— Claro, mas por que você...

— Escute, temos uma emergência aqui. Apenas traga a gaiola o mais rápido que puder.

— Tudo bem com o pessoal por aí?

— Ouviu o que eu...

— Ouvi... a Rampa.

Janos desabotoou o colete e observou a água que caía e o vento frio que soprava da boca do poço. Meteu as mãos nos bolsos da jaqueta *jeans*, apalpou a caixa em busca do interruptor e ligou-o. Devido ao barulho da gaiola que se aproximava, nem mesmo ouviu o rumor elétrico do dispositivo.

Atrás dele, os bancos de madeira começaram a tremer. As lâmpadas fluorescentes do túnel começaram a tremelicar. O trem-bala estava a caminho, e pelo rumor ensurdecedor, não demoraria muito.

Com um chiado final, o cofre de metal emergiu do abismo.

Janos correu para a trava da porta de metal amarela e corroída. Não lhes dê chance de respirar. Agarre-os e mantenha-os encurralados.

Deu um puxão forte na trava e abriu a porta. Um esguicho de água do poço atingiu-o no rosto. Quando a porta se chocou contra a parede, Janos moveu o queixo para a direita e ele trincou ainda mais os dentes.

— Filhos-da-puta...

Dentro da gaiola, a água pingava do teto e escorria pelas paredes de metal cheias de graxa. Afora isso, a gaiola estava vazia.

54

— Rápido... corra...! — grito para Viv ao abrir a porta da gaiola e correr pela sala ampla que se abre diante de nós. De acordo com a placa, estamos no nível 1-3 — o mesmo no qual começamos. A única diferença é que usamos outro poço para sair. Não foi difícil achar: tudo o que tivemos de fazer foi seguir as inscrições pintadas em *spray* pelas paredes. Dois mil quatrocentos e cinqüenta metros depois, estávamos de volta ao topo.

— Ainda não sei por que pegamos o outro poço — diz Viv, seguindo-me enquanto corro.

— Você já encontrou com Janos uma vez... quer ter outro encontro?

— Mas será que ele está esperando por nós...?

— Olhe para o seu relógio, Viv. É quase meio-dia. Há tempo de sobra para ele ter nos alcançado. E se já está perto, não devemos facilitar as coisas para ele.

Como os túneis lá embaixo, a sala aqui em cima tem trilhos de metal pelo chão. Há ao menos meia dúzia de carros de mineiro, duas miniescavadeiras, um pequeno enxame de triciclos ATV e até mesmos alguns vagões-toalete vermelhos. Todo o lugar fede a gasolina. Com certeza esta é a garagem, mas, no momento, tudo o que me importa é a saída.

Desvio de dois carrinhos de mineiro e continuo a correr em direção à enorme porta corrediça na parede do outro lado. Contudo, ao chegar lá, vejo o cadeado e a corrente que a mantém fechada.

— Trancada! — grito para Viv.

Olho ao redor, sem ver uma saída. Não há nem mesmo uma janela.

— Ali! — grita Viv, apontando para a direita, além dos vagões vermelhos.

Eu a sigo enquanto ela corre em direção a uma porta de madeira estreita que parece um armário.

— Tem certeza? — grito.

Ela não se importa em responder.

Ao me aproximar, finalmente vejo o que a deixou tão entusiasmada: não apenas a porta pequena, mas a fresta de luz que se vê por baixo dela. Depois de todo esse tempo no subterrâneo, conheço luz do dia ao vê-la.

Estou dois passos atrás de Viv quando ela abre a porta. É como sair de um cinema e dar de cara com o sol. A luz me ofusca mais do que posso tolerar. O mundo inteiro se ilumina em cores outonais — folhas alaranjadas e vermelhas, o céu azul-bebê — que parecem néon comparadas à lama lá de baixo. Até mesmo o ar. Esqueça a porcaria reciclada lá de baixo. Enquanto seguimos a estrada de terra diante de nós, o doce aroma das ameixeiras toma conta de meu nariz.

— E, no décimo dia, Deus criou os doces — cantarola Viv, cheirando o ar. Ela se volta para senti-lo plenamente, mas eu a agarro pelo pulso.

— Não pare agora — digo, puxando-a. — Não até sairmos daqui.

A uns duzentos metros à esquerda, acima das árvores, vê-se o perfil triangular do prédio principal da mina Homestead contra o céu. Demora um segundo para eu me localizar, mas, pelo que vejo, estamos do lado oposto ao estacionamento.

No topo do edifício em forma de cabana irrompe uma sirena, altíssima. Foi dado o alarme.

— Não corra — diz Viv, nos atrasando ainda mais.

Ela está certa. Nos degraus de um dos *trailers* de construção um sujeito parrudo com macacão e cabeça raspada olha para nós. Olho casualmente para ele e aceno levando a mão à borda do capacete de mineiro. Ele acena de volta. Podemos não estar de macacão, mas com os capacetes e os coletes cor de laranja, ao menos estamos vestindo parte da fantasia.

Cerca de meia dúzia de homens correm em direção à entrada da mina. Seguimos o caminho depois dos *trailers*, na direção oposta, voltando ao estacionamento. Uma rápida olhada ao redor indica que tudo está como deixamos. Velhas caminhonetes, duas Harleys clássicas e... espere... algo de novo...

Um Ford Explorer limpinho.

— Espere um segundo — digo para Viv, que já embarca em nosso Suburban.

— O que vai fazer?

Sem responder, olho pela janela lateral. Há um mapa com o logotipo da Hertz no banco do carona.

— Harris, vamos! O alarme...

— Em um minuto — grito. — Só quero verificar uma coisa...

55

— Operadora... — respondeu a voz no interfone. — Pedi que trouxesse a gaiola diretamente para cá! — gritou Janos.
— F-foi o que eu fiz.
— Tem certeza? Não parou em nenhum outro lugar?
— Não... em lugar nenhum — respondeu. — Não havia ninguém dentro, por que eu iria pará-la?
— Se não havia ninguém dentro, por que estava se *movendo*?! — rosnou Janos, olhando ao redor para o espaço vazio do subsolo.
— F-foi o que ele me pediu para fazer. Disse que era importante.
— Do que está falando?
— Disse que eu deveria trazer as duas gaiolas até o topo...
Janos fechou os olhos ao ouvi-la. Como pôde ter ignorado isso?
— Há *duas* gaiolas? — perguntou.
— Claro, uma para cada poço. É preciso haver duas... por segurança. Ele disse ter material a transportar de uma para a outra.
Janos agarrou o interfone com mais força ainda.
— Ele quem?
— Mike... disse que seu nome era Mike — explicou a mulher. — Da Wendell.

Janos trincou os dentes, voltou-se ligeiramente e olhou para trás em direção ao túnel por onde entrou. Seus olhos atenciosos mal piscavam.

— Perdão — disse a operadora. — Imaginei que, se ele era da Wendell, devia...

Janos bateu o interfone no gancho e correu para as escadas. Um alarme agudo irrompeu no subsolo, ecoando pelo poço. Em um piscar de olhos, Janos se foi.

Janos subiu as escadas de dois em dois degraus, saiu do edifício de tijolos vermelhos e correu para o estacionamento. No passeio de concreto, o homem com a camiseta com a inscrição *Spring Break* era a única coisa em seu caminho. Por causa do alarme que soava lá em cima, o homem olhou detidamente para Janos.

— Posso ajudá-lo em algo? — perguntou, acenando com a prancheta.

Janos ignorou-o.

O homem se aproximou, tentando interceptá-lo.

— Senhor, fiz uma pergunta. Ouviu o que eu...

Janos arrancou-lhe a prancheta das mãos e empurrou-a com toda a força contra o pescoço do sujeito. Quando Spring Break se curvou, agarrando a garganta, Janos olhou para o estacionamento, onde o Suburban preto deixava a sua vaga.

— Shelley...! — gritou outro mineiro, correndo para ajudar Spring Break.

De olhos fixos na caminhonete preta, Janos correu para o estacionamento, mas, quando chegou, o Suburban acabava de sair, levantando um rastro de cascalho. Janos correu para seu Explorer. Harris e Viv mal tinham dez segundos de vantagem. Em uma estrada de mão dupla. Acabaria logo. Mas ao chegar ao Explorer, quase bateu com a cabeça ao entrar. Havia algo de errado. Recuando, olhou para a lateral de seu carro. Então olhou para os pneus. Estavam vazios.

— Droga! — gritou Janos, espatifando o espelho lateral com um soco.

Ouviu o cascalho ranger.

— Foi ele — disse alguém.

Ao voltar-se, Janos viu quatro mineiros furiosos que o acuavam contra dois carros. Atrás deles, o homem com a camiseta *Spring Break'94* ainda recuperava o fôlego.

Aproximando-se de Janos, os mineiros sorriam com malícia.

Janos sorriu-lhes de volta.

56

De olho no espelho retrovisor, dobro à direita, pego a estrada e sigo as placas para o aeroporto de Rapid City. Há um Toyota marrom diante de nós que trafega em uma velocidade muito baixa, mas ainda estou de olho na retaguarda. Faz quase duas horas que saímos do estacionamento da mina, mas até estarmos de volta ao avião e o trem de aterrissagem ser recolhido, Janos ainda tem chance de nos pegar. Bato o polegar sobre o volante e buzino para o carro marrom.

— Vamos lá, *ande!* — grito.

Ele não se move. Irritado, vou para o acostamento, acelero e deixo o Toyota para trás. Junto a mim, Viv nem mesmo ergue a cabeça. Desde o momento em que partimos, ela lê cada palavra do *Projeto Midas*.

— E...?

— Nada — diz. Ela fecha o livro e verifica o retrovisor de seu lado. — Duzentas páginas de nada além de datas e números de dez dígitos. De vez em quando, lançam as iniciais de alguém: *JM*... *VS*... alguns *SC*s... mas afora isso, acho que é só uma tabela de datas de entrega.

Viv segura o livro para que eu veja. Tiro os olhos da estrada e verifico as datas eu mesmo.

— Qual a data mais antiga? — pergunto.

Viv volta o livro ao seu colo e vai até a primeira página.

— Há quase seis meses. Quatro de abril, 07:36... item número 1015321410 — ela lê na tabela. — Você está certo ao dizer que estão trabalhando nisso há algum tempo. Acho que pensavam que ser acrescentados ao projeto de dotação orçamentária seria mera formalidade.

— É, bem... graças a mim e a Matthew, quase foi.

— Mas não foi.

— Mas quase foi.

— Harris...

Não estou com espírito para discussões. Apontando de volta para o livro, acrescento:

— Então, não há lista mestra que ajude a decifrar o código?

— Por isso os chamam de códigos. 1015321410... 1116225727... 1525161210...

— São os tubos dos fotomultiplicadores — interrompo.

Ela ergue a cabeça do livro.

— O quê?

— Os códigos de barras. No laboratório. O último era o código de barras das caixas de fotomultiplicadores.

— E como você lembra disso?

Tiro do bolso o adesivo que peguei mais cedo e colo-o no painel do carro.

— Não estou certo? — pergunto enquanto Viv verifica os números.

Ela meneia a cabeça, olha para baixo e se cala. Então, enfia a mão no bolso da calça onde vejo o volume retangular de crachá do Senado. Ela o tira dali um instante e olha para a mãe. Viro o rosto, fingindo não estar vendo.

Evito a entrada principal para o aeroporto, vou para o terminal aéreo privativo e entro no estacionamento do lado de fora de um enorme hangar azul. O nosso é o único carro ali. Considero isso um bom sinal.

— Então para que você acha que servem os tubos, o mercúrio e o cheiro de lavagem a seco? — pergunta Viv quando saímos do carro.

Fico em silêncio enquanto caminhamos sob um dossel vermelho-claro e seguimos a placa que diz *Saguão*. Lá dentro, há uma sala de espera executiva com móveis de carvalho, um grande aparelho de TV com tela plana e um tapete nativo americano. Parecido com o que Matthew tinha em seu escritório.

— Chegou o pessoal do senador Stevens? — perguntou uma loura de cabelos curtos por trás do balcão.

— Somos nós — respondo. Apontando para trás, acrescento: — Não sabemos onde devolver o carro...

— Está tudo bem. Pediremos que venham buscá-lo.

Uma coisa a menos com que me preocupar, mas nem chega perto de aliviar a minha carga de pendências.

— O avião está pronto para partir?

— Direi ao piloto que estão aqui — diz ela, erguendo o fone do gancho. — Não deve demorar mais que alguns minutos.

Olho para Viv, depois baixo os olhos para o livro em suas mãos. Precisamos descobrir o que está acontecendo. E, pelo modo como deixei tudo em D.C., ainda há um lugar no qual preciso saber como as coisas estão indo.

— Você tem um telefone que eu possa usar? — pergunto à mulher na recepção. — De preferência, algum lugar com privacidade?

— Claro, senhor... escada acima, dobrando à direita, encontrará nossa sala de reunião. Por favor, fique à vontade.

Olho para Viv.

— Estou bem atrás de você — diz Viv enquanto subimos a escada.

A sala de reunião tem uma mesa octogonal e um móvel da mesma madeira, sobre o qual repousa um aquário de água salgada. Viv vai até o aquário. Eu vou até a janela, que dá para a frente do hangar. Tudo limpo. Por enquanto.

— Você não respondeu à minha pergunta — diz Viv. — Para que acha que serve a esfera?

— Não faço idéia. Mas certamente tem algo a ver com neutrinos.

Ela meneia a cabeça, lembrando as palavras no canto de cada página.

— E um neutrino é...

— Creio que seja um tipo de partícula subatômica.

— Como um próton ou um elétron?

— Eu acho... — digo, olhando pela janela. — Além disso, esta não é a minha especialidade.

— Então é isso? É tudo o que temos?

— Podemos pesquisar mais quando voltarmos.

— Mas não sabemos... talvez seja uma coisa boa, certo? Deve ser boa.

Finalmente tiro os olhos da janela.

— Não creio que seja.

Ela não gosta da resposta.

— Como pode estar certo?

— Realmente acha que é uma coisa boa?

— Não sei... Talvez seja apenas pesquisa... como um laboratório do governo ou algo assim. Ou talvez estejam tentando transformar coisas em ouro. Isso não pode fazer mal a ninguém, pode?

— Transformar coisas em ouro?

— O projeto se chama *Midas*.

— Realmente crê ser possível transformar coisas em ouro?

— Está perguntando para mim? Como posso saber? Tudo é possível, certo?

Não respondo. Nos últimos dois dias, ela reaprendeu a resposta para esta pergunta. Mas, pelo modo como balança sobre os calcanhares, ainda não está completamente convencida.

— Talvez tenha a ver com algo mais na história de Midas — acrescenta. — Quero dizer, ele transformou a filha em uma estátua, certo? Será que ele fez algo mais além de dar para a filha a última palavra em termos de dentaduras de ouro?

— Esqueça a mitologia... temos de falar com alguém que conheça ciência — afirmo. — Ou com uma pessoa que possa pelo menos nos explicar por que alguém faria um laboratório de neutrinos em um gigantesco buraco debaixo da terra?

— Lá vamos nós... agora estamos fazendo progresso...

— Podemos ligar para a Fundação Científica Nacional. Eles nos ajudaram com alguns assuntos relacionados à ficção científica quando fizemos audiências sobre o projeto de lei sobre clonagem no ano passado.

— É... bom. Perfeito. Ligue para eles agora.

— Vou ligar — digo enquanto pego o telefone na mesa octogonal. — Mas não antes de fazer outra ligação.

Enquanto o telefone toca do outro lado, olho pela janela em busca do carro de Janos. Ainda estamos a sós.

— Centro de Recursos do Legislativo — responde uma mulher.

— Oi, estou procurando pelo Gary.

— Qual deles? Temos dois Garys.

— Típico do Congresso.

— Não estou certo. — Tento lembrar seu último nome, mas nem mesmo eu sou tão bom assim. — O que cuida dos formulários dos lobistas.

Viv meneia a cabeça. Estava esperando por essa. Se quisermos saber o que está acontecendo na Wendell, devemos ao menos encontrar quem é o seu lobista. Quando falei com ele na semana passada, Gary disse para eu voltar a ligar dali a alguns dias. Nem mesmo estou certo de termos algumas horas.

— Gary Naftalis — responde uma voz masculina.

— Oi, Gary, aqui é Harris do escritório do senador Stevens. Você me pediu para voltar a ligar a respeito dos formulários dos lobistas...

— Mineração Wendell — interrompe. — Eu me lembro. Você estava com pressa. Deixe-me dar uma olhada.

Ele me põe em espera e meus olhos voltam-se para o aquário de água salgada. Há alguns peixinhos pretos e um grande, vermelho e laranja.

— Vou dar uma pista de quais desses peixes somos nós — diz Viv. Antes que eu possa responder, a porta da sala de reunião se abre.

Viv e eu nos voltamos ao ouvir o som. Quase engulo a língua.

— Desculpe... não queria assustá-los — diz um homem de camisa branca e quepe de piloto. — Só queria dizer que estamos prontos para voar quando quiserem.

Volto a respirar. É apenas nosso piloto.

— Descemos em um segundo — diz Viv.

— Fiquem à vontade — responde o piloto.

É muito gentil da parte dele, mas não temos tempo a perder. Novamente olho pela janela. Estamos aqui há muito tempo. Mas justo quando estou a ponto de desligar, ouço uma voz familiar e monótona.

— Hoje é seu dia de sorte — diz Gary do outro lado da linha.

— Achou?

Viv volta-se para mim.

— Bem aqui — diz Gary. — Devemos ter acabado de processar.

— O que diz?

— Mineração Wendell Sociedade Anônima...

— Qual é o nome do lobista? — interrompo.

— Estou verificando agora — diz ele. — Tudo bem... de acordo com os registros que temos aqui, começando em fevereiro do ano passado, a Mineração Wendell vem trabalhando com uma firma chamada Pasternak e Associados.

— O que disse?

— E com base no que diz aqui, o lobista encarregado... cara, o nome dele está em toda parte ultimamente... — Meu estômago queima quando ouço o nome pelo telefone. — Já ouviu falar em um sujeito chamado Barry Holcomb?

57

— Todo mundo sorrindo — disse o deputado Cordell abrindo um sorriso longamente treinado e abraçando os estudantes da oitava série que estavam em ambos os lados de sua mesa de trabalho. Os primeiros seis meses de sua carreira Cordell passou treinando o sorriso perfeito, e qualquer um que dissesse que aquilo não era uma forma de arte, claramente nada sabia de impressionar quando as câmeras pipocavam. Sorria muito largamente, e você é um palerma; muito fechado, e você é um arrogante. Com certeza, rir sem dentes era perfeito para discussões políticas e diversão sofisticada, mas se for tudo o que tem, você nunca ganhará as mamães que fazem revesamento de carros para buscar os filhos no colégio. Para isso, precisa mostrar o esmalte dos dentes. No fim das contas, é uma questão de manter-se dentro de uma faixa: deve ser mais entusiástico do que um sorriso afetado, mas se fizer brilhar todos os dentes, você foi longe demais. Como seu primeiro chefe de gabinete lhe dissera certa vez, nenhum presidente sorria com os dentes.

— Quando eu disser três, digam: *"Presidente Cordell"*... — brincou o deputado.

— *Presidente Cordell*... — disseram rindo os trinta e cinco estudantes da oitava série. Quando o *flash* espocou, cada estudante na sala estufou o peito um pouquinho. Mas ninguém o ergueu tanto quanto o próprio Cordell. Outro sorriso perfeito.

— Muito obrigado por isso... significa mais do que o senhor imagina — disse a Sra. Spicer, cumprimentando o deputado com as duas mãos. Como qualquer outra professora da oitava série dos EUA, ela sabia que este era o ponto alto de todo um ano escolar: um encontro particular com um deputado. Que outra maneira melhor de dar vida à idéia de governo?

— Há algum lugar onde podemos comprar camisetas? — perguntou um dos estudantes ao se encaminharem para a porta.

— Estão indo muito cedo — disse Cordell. — Deviam ficar mais tempo...

— Não queremos incomodar — disse a Sra. Spicer.

— Incomodar? Para quem vocês pensam que eu trabalho? — brincou Cordell. Voltando-se para Dinah, que acabava de entrar no escritório, perguntou: — Podemos atrasar um pouco a nossa reunião?

Dinah balançou a cabeça, sabendo perfeitamente bem que Cordell não falava a sério. Ou, ao menos, ela achava que não.

— Perdão, deputado... — respondeu. — Temos de...

— Você já foi incrível — interrompeu a Sra. Spicer. — Obrigada novamente. Por tudo. As crianças... foi incrível — acrescentou, fixando o olhar em Cordell.

— Se quiserem entradas para a Galeria da Câmara, peçam à minha assistente, na recepção. Ela cuidará de tudo — acrescentou Cordell, fazendo as contas mentalmente. De acordo com um estudo que ele lera sobre a taxa de disseminação de informação e boatos, se você conseguir impressionar alguém, na verdade estará impressionando quarenta e cinco pessoas, o que quer dizer que ele acabara de impressionar 1.620 pessoas. Com meros três minutos de sessão de fotografia.

Dando-lhes um sorriso com dentes, mas sem mostrar a linha da gengiva, Cordell acenou enquanto o grupo deixava seu escritório. Mesmo quando a porta se fechou, o sorriso prosseguiu. A essa altura, era puro instinto.

— Então, como nós estamos? — perguntou Cordell para Dinah enquanto caía sobre a poltrona.

— Na verdade, não muito mal — respondeu Dinah, em pé diante de sua mesa e atentando para o uso da palavra "nós". Ele sempre usava isso quando o assunto em pauta era potencialmente desagradável. Se fosse algo legal — como uma sessão de fotos com escolares —, era sempre "eu".

— Só me diga onde eles vão nos ferrar — acrescentou.

— Já disse, nada demais — começou Dinah, entregando-lhe o memorando final para a conferência do projeto de dotação orçamentária doméstica. Agora que a pré-conferência e as pechinchas com Trish haviam terminado, os Quatro Finais — um senador e um deputado de cada partido — passariam os próximos dois dias cuidando da finalização para que o orçamento pudesse ir para a Assembléia, que aprovaria os fundos para todos os projetos ali inseridos.

— Temos cerca de uma dúzia de assuntos de parlamentares, mas tudo o mais correu como sempre — explicou Dinah.

— Então, todas as nossas coisas foram inseridas? — perguntou Cordell.

Dinah meneou a cabeça, sabendo que ele sempre cobria seus projetos primeiro. Típico de um cardeal.

— E as coisas de Watkins e Lorenson?

Novamente, Dinah meneou a cabeça. Como membros do Congresso, Watkins e Lorenson não apenas ganhariam centros de visitação novos em folha para seus distritos, como também eram cardeais dos subcomitês de, respectivamente, transporte, energia e água. Financiando seus pedidos no projeto, Cordell garantia receber oito milhões de dólares em fundos de estrada de rodagem para construir um desvio na Hoover Dam e dois milhões de dólares para pesquisas com etanol na Universidade do Estado do Arizona, que por acaso ficava em seu distrito.

— O único entrave serão as reformas estruturais na Casa Branca — explicou Dinah. — Apelbaum zerou o projeto, o que em verdade pouco importa, mas se a Casa Branca se aborrecer...

— ...vão passar todos os nossos projetos pelo pente fino. Eu me encarrego disso. — Cordell olhou para o memorando e declarou: — Quanto ofereceu?

— Três milhões e meio. O pessoal de Apelbaum disse que ele vai aceitar... ele só quer fazer barulho para seu nome aparecer no *USA Today.*

— Algo mais?

— Nada relevante. Provavelmente tenha de ceder no assunto de O'Donnell no Oklahoma... nós recusamos todos os outros pedidos dele, de modo que isso o fará pensar que tem alguma coisa. A propósito, também há aquela questão da transferência de terra em Dakota do Sul, a velha mina de ouro. Acho que foi a última coisa que Matthew tirou do saco de doces.

Cordell meneou a cabeça, dizendo a Dinah que não fazia idéia do que ela estava falando. Mas ao trazer o assunto da mina à baila — e associá-lo ao nome de Matthew —, sabia que Cordell nunca desprezaria aquilo durante a conferência.

— A propósito — disse Cordell — sobre Matthew...

— Sim?

— Seus pais pediram que eu discursasse no funeral.

Dinah fez uma pausa, mas era tudo que o chefe diria. Como sempre, porém, ela sabia o que ele queria. Os funcionários sempre sabem.

— Escreverei uma homenagem, senhor.

— Ótimo. Será ótimo. Como colegas de trabalho, achei que quisesse fazer o primeiro esboço. — Voltando-se para o memorando, acrescentou: — Agora, quanto a essa coisa que o Kutz quer para a Iditarod Trail...

— Marquei como pediu — disse Dinah reajustando sua pochete e encaminhando-se para a porta. — Tem um *M* ao lado, que quer dizer *Manter*. Se tivesse um *D*, significaria que podemos *Dispensar*. Este, porém, foi um ano muito fácil.

— Então temos o que queremos?

Quando estava a ponto de sair do escritório, Dinah voltou-se e sorriu. Com todos os dentes.

— Temos tudo e ainda mais, senhor.

Voltando à área de recepção do escritório de seu chefe, Dinah disse um rápido olá para a jovem recepcionista de camisa denim e gravata, então pegou o último doce que restava no jarro sobre a mesa da recepcionista.

— Os malditos estudantes da oitava série fizeram a limpa — explicou a recepcionista.

— Precisa ver quando o pessoal da AARP vem visitar... — Sem reduzir o ritmo das passadas, ela ziguezagueou pela recepção, saiu pela porta e ganhou o corredor. Mas ao olhar para a esquerda e para a direita no corredor de mármore, não viu a pessoa que esperava ver... não até ele sair de trás da grande bandeira do estado do Arizona que ficava no lado de fora do escritório de Cordell.

— Dinah? — chamou Barry, apoiando a mão em seu ombro.

— O quê... — disse ela, voltando-se. — Não me assuste assim!

— Perdão — disse ele oferecendo o cotovelo e seguindo-a corredor acima. — Então, tudo certo?

— Certo.

— Tudo certo mesmo?

— Confie em mim... resolvemos o caça-palavras sem nem mesmo ter de comprar uma vogal.

Nenhum dos dois disse outra palavra até entrarem no elevador vazio.

— Obrigado novamente por me ajudar com isso — disse Barry.

— Se for importante para você...

— Na verdade, era importante para Matthew. É o único motivo de eu estar envolvido.

— De qualquer modo... se é importante para você, é importante para mim — insistiu Dinah quando as portas do elevador se fecharam.

Com um balançar da bengala, Barry tateou ao redor.

— Estamos a sós, não estamos?

— Sim — disse ela, aproximando-se.

Barry novamente apoiou a mão sobre o ombro de Dinah, desta vez tocando o limiar da alça de seu sutiã.

— Então deixe-me agradecer-lhe adequadamente — acrescentou quando o elevador balançou levemente e começou a descer para o subsolo. Escorregando a mão pela nuca de Dinah e por seu curto cabelo louro, ele se inclinou e deu-lhe um longo e profundo beijo.

58

— Última chamada para o vôo 1.168 da Northwest Airlines para Mineápolis-St. Paul — anunciou uma voz feminina no terminal do aeroporto de Rapid City. — Todos os passageiros devem embarcar.

Desligando o interruptor do microfone, a atendente voltou-se para Janos, verificando seu talão de embarque e carteira de motorista. *Robert Franklin.*

— Tenha um bom dia, Sr. Franklin.

Janos ergueu a cabeça, mas apenas porque seu celular começou a vibrar no bolso do paletó. Ao tirar o telefone, a atendente sorriu e disse:

— Espero que seja uma chamada breve... estamos a ponto de decolar.

Janos olhou feio para ela e caminhou para o túnel de embarque. Ao voltar a sua atenção para o telefone, não precisou verificar no identificador de chamadas para saber quem era.

— Sabe quanto dinheiro seu desleixo me custou? — perguntou Sauls do outro lado da linha. Sua voz estava mais tranqüila do que Janos jamais ouvira, o que quer dizer que era ainda pior do que ele imaginava.

— Agora não — advertiu Janos.

— Ele jogou nosso técnico dentro da esfera. Sessenta e quatro tubos fotomultiplicadores completamente destruídos. Sabe quanto custa cada um? Os componentes vêm da Inglaterra, França e Japão... depois precisam ser montados, testados, embarcados e remontados em condições de total assepsia. Agora teremos de refazer isso sessenta e quatro malditas vezes.

— Já terminou?

— Não creio que tenha me ouvido. Você estragou tudo, Janos.

— Vou cuidar disso.

Sauls ficou em silêncio.

— É a terceira vez que diz isso — rosnou afinal. — Mas deixe-me prometer desde já, Janos: se não cuidar disso logo, vamos contratar alguém para cuidar de você.

Com um clique suave o telefone emudeceu.

— Prazer em vê-lo hoje à noite — disse uma aeromoça quando Janos embarcou no avião.

Ignorando-a, foi direto para seu assento na primeira classe e olhou para a pista de concreto através da janela oval. Sauls estava certo quanto a uma coisa: ultimamente ele andava desleixado. Desde que ficara preso no aeroporto no primeiro vôo até o problema do segundo elevador — deveria ter antecipado as coisas. Era uma das regras mais básicas da perseguição: cubra cada saída. Claro, ele subestimara Harris: mesmo com Viv atrasando-o, e apesar do pânico que deveria estar sentindo, ele ainda conseguia planejar alguns lances adiante. Sem dúvida, todos aqueles anos no Senado serviram-lhe bem. Mas, como Janos sabia, aquilo era bem mais sério do que política. Apoiando a cabeça na poltrona, ouvindo o ruído das turbinas, Janos fechou os olhos e analisou mentalmente as peças no tabuleiro. Hora de voltar ao básico. Sem dúvida, Harris jogava xadrez muito bem. Mas mesmo os grandes mestres sabem que não existe o jogo perfeito.

59

— Papai vai trabalhar agora — disse Lowell Nash para a filha de quatro anos, cedinho na manhã seguinte.

Olhando para a TV, ela não respondeu.

Como representante do procurador geral, Lowell não estava acostumado a ser ignorado, mas no que dizia respeito à família... família era uma história completamente diferente. Não conseguiu deixar de rir.

— Diga tchau para o papai — acrescentou a mulher de Lowell da sala de estar de sua casa em Bethesda, Maryland.

Sem tirar os olhos do programa *Vila Sésamo*, Cassie Nash, que sugava a ponta de um de seus rabos-de-cavalo trançados, ergueu a mão e acenou para o pai.

— Tchau, Elmo...

Lowell sorriu e acenou para a esposa. Em eventos formais, seus colegas do Departamento de Justiça o chamavam de *representante geral Nash* — ele trabalhara vinte e cinco anos para ganhar este título —, mas desde que sua filha soube que a voz de Elmo era feita por um negro alto que lembrava seu pai *(o melhor amigo de Elmo*, de acordo com Cassie), o nome de Lowell mudou. *Elmo* superava *representante geral* a qualquer hora.

Lowell saiu de casa alguns minutos depois das sete da manhã, fechou a porta e girou a maçaneta três vezes para se certificar de que estava trancada. Acima dele, o céu estava acinzentado e o sol escondido por trás das nuvens. Com certeza, choveria logo. Quando chegou à garagem ao lado da velha casa colonial de estuque, seu sorriso desapareceu — mas o ritual ainda era o mesmo. Como fez todos os dias na semana anterior, verificou cada arbusto, árvore e moita à vista. Verificou os carros estacionados na rua. E, mais importante, ao apertar um botão e destravar as portas de seu Audi prateado, verificou também o lado do motorista. A fratura em forma de raio ainda estava fresca na janela lateral, mas Janos se fora. Por enquanto.

Lowell ligou o carro, ganhou a rua Underwood e varreu com o olhar o resto do quarteirão, incluindo o telhado de cada casa próxima. Desde o dia em que se formara na Faculdade de Direito de Colúmbia, sempre fora cuidadoso com sua vida profissional. Pagava a faxineira com dinheiro vivo, aconselhava seus contadores a não serem gananciosos ao declararem o imposto, e em uma cidade de mordomias, declarou cada presente que ganhou dos lobistas. Sem drogas... sem bebedeiras... sem ter feito nada estúpido em qualquer evento social a que tenha comparecido ao longo dos anos. Pena que o mesmo não pudesse ser dito de sua esposa. Foi apenas uma noite idiota — mesmo para a jovem universitária que ela era na época. Alguns drinques a mais... o táxi que demoraria muito... se fosse de carro, estaria em casa em alguns minutos em vez de uma hora...

Quando tudo acabou, havia um menino paralítico. O carro o atingiu com tanta força que destroçou seu quadril. Os advogados agiram com rapidez, fizeram algumas manobras legais que custaram muito dinheiro e deram um sumiço em sua ficha. Mas de algum modo, Janos a encontrara. O PRÓXIMO COLLIN POWELL? dizia a manchete do *Legal Times*. *Não se isso vier à tona,* advertiu Janos na primeira noite que apareceu.

Lowell não se importava com aquilo. E não hesitou em dizê-lo a Janos. Não chegou a ser o segundo homem da justiça fugindo e se escondendo de cada ameaça política. Cedo ou tarde, as notícias a respeito de sua mulher seriam divulgadas — portanto, se fosse mais cedo, bem... não havia por que ele prejudicar Harris por causa daquilo.

Foi quando Janos começou a aparecer no jardim de infância da filha de Lowell. E no *playground* onde a levavam nos fins de semana. Lowell o viu imediatamente. Nada fazia de ilegal, apenas ficava ali. Com aqueles olhos escuros e ameaçadores. Para Lowell, era o que bastava. Ele sabia muito bem que família era uma outra história.

Janos não pediu muito: mantê-lo informado quando Harris ligasse — e ficar fora daquilo.

Lowell pensou que seria fácil. Era pior do que imaginava. Toda noite, aumentava o tempo em que ficava rolando na cama. Na noite anterior ficara acordado até tão tarde que ouviu quando jogaram o jornal à sua porta, às cinco da manhã. Ao dobrar na avenida Connecticut e dirigir-se ao centro, mal conseguia manter o carro reto na estrada. Uma gota de água caiu no pára-brisa. E mais outra. Estava começando a chover. Lowell nem notou.

Sem dúvida, Lowell fora cuidadoso. Cuidadoso com seu dinheiro... com sua carreira... e com seu futuro. Mas justo agora, enquanto a chuva caía com força sobre o pára-brisa, ele lentamente se dava conta de que havia uma linha tênue entre *cuidado* e *covardia*. À sua esquerda, um Acura azul-marinho passou por ele. Lowell voltou-se ligeiramente para olhar, mas a única coisa que viu foi a fratura no vidro lateral. Voltou a olhar para a rua, mas aquilo não saía de sua cabeça.

Elmo superava *representante geral*, lembrou-se. Mas quanto mais pensava naquilo, mais achava que não podia esperar. Erguendo o celular, discou o número de seu escritório.

— Escritório do representante do procurador geral. Fala William Joseph Williams — respondeu a voz do outro lado. Durante a entrevista para conseguir o emprego, William disse que a mãe escolhera aquele nome porque parecia nome de presidente. No momento, ainda era o assistente de Lowell.

— William, sou eu. Preciso de um favor.

— Claro. Diga.

— Na gaveta superior à esquerda de minha mesa estão as impressões digitais que tirei da porta do meu carro na semana passada.

— Dos meninos que quebraram o seu vidro, certo? Pensei que já tivesse visto isso.

— Decidi não fazê-lo — disse Lowell.

— E então?

— Mudei de idéia. Ponha-as no sistema. Faça uma verificação completa: cada banco de dados que temos, incluindo os estrangeiros — disse Lowell acionando os limpadores de pára-brisa. — E diga a Pilchick que vou precisar de um destacamento para cuidar de minha família.

— O que está acontecendo, Lowell?

— Não sei — disse ele, olhando para a estrada. — Depende do que encontrarmos.

60

— Harris, vá devagar — implorou Viv, correndo atrás de mim enquanto atravesso a rua Um e limpo a chuva do rosto.

— Harris, estou falando com você...

Mal a ouço enquanto avanço sobre uma poça de água suja em direção ao edifício de tijolos de quatro andares no meio do quarteirão.

— O que você disse quando aterrissamos na noite passada? Tenha calma, não foi? Não era esse o plano? — grita Viv.

— Isso *é* ter calma.

— Isso *não* é calma! — diz ela, tentando evitar que eu faça algo estúpido. Mesmo que eu não esteja ouvindo, estou feliz por ela estar usando a cabeça.

Abro as portas de vidro e entro no prédio. São sete e pouquinho. O pessoal da segurança do turno da manhã ainda não chegou. Barb não está.

— Posso ajudar? — pergunta um guarda com algumas cicatrizes de acne no rosto.

— Trabalho aqui — insisto com firmeza bastante para que ele não pergunte de novo.

Ele olha para Viv.

— Prazer em vê-lo novamente — acrescenta ela, sem parar. Ela nunca o viu na vida. Ele acena em resposta. Estou impressionado. Ela está ficando melhor a cada dia.

Quando chegamos ao elevador, Viv está a ponto de me bater na cabeça. A boa notícia é que ela é esperta o bastante para esperar as portas se fecharem.

— Não devíamos estar aqui — diz ela quando as portas fecham e o elevador começa a subir.

— Viv, não quero ouvir isso.

Cedo pela manhã, peguei um terno novo no armário da minha academia. Na noite passada, após jogarmos nossas camisas na máquina de lavagem a seco do avião e passarmos meia hora cada um no chuveiro de bordo, passamos todo o vôo usando o sistema de telefone por satélite do avião para encontrar gente da Fundação Científica Nacional. Devido aos fusos horários, não conseguimos falar com nenhum dos cientistas, mas, graças a um assistente agitado e à promessa de levarmos o próprio deputado, conseguimos arranjar um encontro.

— Na primeira hora da manhã — lembra-me Viv pela quinta vez.

A FCN pode esperar. Isso é mais importante.

Quando as portas se abrem no terceiro andar, passo pela pintura moderna do corredor e me dirijo à porta de vidro jateado com teclado numérico. Digito o código de quatro dígitos o mais rápido possível, entro e abro caminho pelo labirinto de cubículos e escritórios.

Ainda é muito cedo para o pessoal de apoio ter chegado, de modo que todo o lugar está silencioso. Um telefone toca ao longe. Em um ou dois escritórios há gente bebericando café. Afora isso, os únicos sons que ouvimos são os nossos passos sobre o tapete, que se aceleram à medida que corremos.

— Ao menos está certo de onde estamos...?

Dois passos depois da foto em preto-e-branco da Casa Branca, dobro à direita em um escritório aberto. Na mesa laqueada, há um teclado em braile, sem *mouse*. Não se precisa de *mouse* quando se é cego. Há também um *scanner* de alta definição, que converte correspondência em texto, que a seguir é lido em voz alta pelo computador. Em caso de dúvida, o diploma de Michigan pendurado na parede diz que estou na sala certa: Barrett W. Holcomb. Onde diabos está você, Barry?

Não estava em casa quando passamos por lá na noite passada. Durante o dia, ele "pesca" no Capitólio. Passamos as últimas horas nos escondendo em um motel a alguns quarteirões daqui, mas achei que, se chegássemos cedo o bastante, talvez...

— Por que você não marca um encontro com ele pelo *pager*? — pergunta Viv.

— E dizer para ele onde estou?

— Mas vindo aqui... Harris, isso é estupidez! Se ele trabalha com Janos, eles podem...

— Janos não está aqui.

— Como pode estar certo disso?

— Justamente pelo que você disse: de fato *é* uma estupidez estar aqui.

Pela sua expressão, ela parece confusa.

— Do que você está falando?

Ouvimos um som atrás de nós. Volto-me quando ele entra pela porta.

— Harris? — diz Barry. — É você?

61

— Seu patife de merda...! — grito, avançando contra ele. Barry me ouve e instintivamente tenta desviar de mim. Muito tarde. Já estou em cima dele, balançando-o pelo ombro e forçando-o para trás.

— V-você está louco? — pergunta Barry.

— Eram nossos amigos! Você conhecia Matthew desde a faculdade! — grito. — E Pasternak... ele o aceitou quando ninguém o teria aceito!

— Do que está falando?

— Foi isso que aconteceu? Fez algum negócio com Pasternak que deu errado? Ou ele apenas o recusou como sócio e esse foi o modo mais fácil de se vingar dele?! — Eu o balanço novamente e ele tropeça, desequilibrado. Ele luta para conseguir chegar à sua mesa. Sua canela esbarra no cesto de papéis, que cai no chão.

— Harris! — grita Viv.

Ela está preocupada porque ele é cego. Eu não.

— Quanto pagaram?! — grito, mantendo-me bem atrás dele.

— Harris, por favor... — implora Barry, ainda tentando se equilibrar.

— Valeu a pena? Conseguiu tudo o que queria!?

— Harris, nunca fiz coisa alguma para feri-los.

— Então, por que seu nome estava lá? — pergunto.
— O quê?
— Seu nome, Barry! Por que estava lá?!
— Onde?
— *No maldito formulário de discriminação da Mineração Wendell!* — grito com um último empurrão.

Barry cambaleia para o lado e bate na parede. Seu diploma cai no chão e o vidro se estilhaça. Ele pressiona as costas contra a parede, então palmeia a superfície em busca de estabilidade. Lentamente, ele ergue o queixo para me olhar.

— Acha que fui eu? — pergunta.
— Seu nome está lá, Barry!
— Meu nome está em todos os formulários... cada cliente do escritório. É o que se ganha sendo o último peixinho na cadeia alimentar.
— Do que está falando?
— Estes formulários, preenchê-los, é trabalho de soldado raso, Harris. Todos os formulários são feitos pelo pessoal de apoio. Mas desde que fomos multados em dez mil dólares porque um sócio não preencheu o seu há alguns anos, decidiram pôr alguém para cuidar disso. Algumas pessoas estão no comitê de recrutamento... outros cuidam dos benefícios dos sócios e das diretrizes de pessoal. Recolho todos os formulários de discriminação e assino no final, autorizando-os. Sorte a minha.

Olho para os olhos dele. Um é feito de vidro. O outro é enevoado, mas está voltado para mim.

— Então está me dizendo que a Mineração Wendell não é cliente seu?
— Sem chance.
— Mas todas as vezes que liguei... você estava sempre lá, com Dinah...
— E por que não estaria? Ela é minha namorada.
— Sua o quê?
— Namorada. Você ainda sabe o que é uma namorada, não sabe? — Ele volta-se para Viv. — Quem mais está aqui?

— Uma amiga... apenas uma amiga — digo. — Está saindo com Dinah?

— Estamos começando... faz menos de duas semanas. Mas não pode dizer nada...

— Por que não nos contou?

— Está brincando? Um lobista saindo com a escriturária-chefe da dotação orçamentária? Ela supostamente julgaria todo projeto a favor dele... Se isso vazar, Harris, vão nos ferrar só por diversão. Sua reputação... estaria acabada.

— Como pôde não me contar? Ou para Matthew?

— Não queria dizer coisa alguma... principalmente para Matthew. Você sabe como ele era comigo... Dinah enche... Dinah enchia o saco dele o dia inteiro.

— E-eu não consigo acreditar que você esteja saindo com ela.

— O quê? Agora não posso ser feliz?

Mesmo agora, ele só consegue ver a si mesmo.

— Então, esta ajuda que estão dando a Wendell...

— Dinah disse que era uma coisa que Matthew queria... Eu só... eu só achei que seria legal ele ter o seu último desejo realizado.

Olho para Barry. Seus olhos enevoados não se movem, mas vejo tudo na cova de dor entre as suas sobrancelhas. A tristeza tomou conta de seu rosto.

— Juro para você, Harris... não são meus clientes.

— Então são clientes de quem? — pergunta Viv.

— Por que vocês estão tão...?

— Apenas responda à pergunta — exijo.

— A Mineração Wendell? — pergunta Barry. — Estão conosco há um ano, mas ao que eu saiba, só trabalhavam com uma pessoa: Pasternak.

62

— A Mineração Wendell trabalhava com *Pasternak*? — pergunto.

A frase me atinge como uma bala de canhão na boca do estômago. Se Pasternak estava nisso desde o começo...

— Ele sabia todo o tempo — murmuro.
— Sabia o quê? — pergunta Barry.
— Espere aí — diz Viv. — Você acha que ele o envolveu nisso?
— T-talvez... eu não sei...
— Do que estão falando? — insiste Barry.

Volto-me para Viv. Barry não pode nos ver. Balanço a cabeça para ela.

Não diga uma palavra.

— Harris, o que está havendo? — pergunta Barry. — Ele o envolveu em quê?

Ainda tonto, olho para a porta de Barry, para o resto do escritório. Ainda está vazio — mas não por muito tempo. Viv lança-me outro olhar. Está pronta para ir embora. Não posso dizer que discordo. Ainda assim, estive no Congresso tempo bastante para saber que não se lançam acusações a não ser que se possa provar que são verdadeiras.

— Temos de ir — diz Viv. — Agora.

Balanço a cabeça. Não até termos alguma prova.

— Barry, onde a firma mantém um registro de suas contas? — pergunto.

Viv está a ponto de dizer algo, mas se detém. Ela sabe aonde quero chegar.

— O quê? — pergunta Barry.

— Registro de contas... planilha de horário... qualquer coisa que mostre que Pasternak trabalhava com a Wendell.

— Por que você...

— Barry, escute: não creio que Matthew tenha sido atropelado acidentalmente. Agora, por favor... estamos sem tempo... Onde estão os registros?

Barry estremece. Volta a cabeça ligeiramente, sentindo o medo em minha voz.

— E-estão na rede — murmura.

— Pode encontrar para nós?

— Harris, devíamos chamar...

— Apenas encontre, Barry. Por favor.

Ele tateia o ar, procurando sua cadeira. Ao sentar-se, suas mãos vão ao teclado do computador, que parece um teclado comum a não ser pela fina tira de plástico de cinco centímetros bem abaixo da barra de espaço. Graças à centena de pontos em forma de pinos que sobressaem desta tira, Barry pode correr os dedos por ali e ler o que está na tela. É claro, também pode usar o leitor de tela.

— *JAWS para Windows pronto para uso* — diz uma voz feminina computadorizada através dos alto-falantes do computador. Lembro-me do programa de leitura de tela da universidade. O computador lê tudo o que está na tela. A melhor parte é que você pode escolher a voz: *Paul* é uma voz masculina. *Shelley* é uma voz de mulher. Quando conhecemos Barry, gostávamos de brincar com o tom e a velocidade para fazê-la soar mais vulgar. Todos crescemos. Agora, não é diferente da voz de uma secretária robotizada.

— *Digitar nome de usuário? Editar* — pergunta o computador.

Barry digita sua senha e tecla *Enter*.

— *Área de trabalho* — diz o computador. Se o monitor de Barry estivesse ligado, veríamos a área de trabalho de seu computador. O monitor está desligado. Não precisa dele.

Algumas teclas ativam *scripts* de computador previamente digitados levando-o diretamente onde deseja.

— *Barra de menu de arquivos. Menu ativo.* — Finalmente, ele tecla a letra B.

— *Registro de contas* — diz o computador. — *Use F4 para maximizar todas as janelas.*

Fico atrás de Barry, olhando sobre seus ombros. Viv está na porta, olhando para o corredor.

— *Deixando a barra de menu. Procurar por...* — Barry toca a tecla de tabulação. — *Nome da empresa? Editar* — pergunta o computador.

Ele digita as palavras: *Mineração Wendell*. Quando ele toca a barra de espaço, o computador diz cada palavra digitada, mas seus dedos movem-se tão rapidamente que ouvimos apenas *Minera... Wendell*.

O computador emite um bipe, como se algo estivesse errado.

— *Cliente não encontrado* — diz o computador. — *Nova busca? Editar.*

— O que houve? — pergunta Viv.

— Tente apenas *Wendell* — acrescento.

— *Wendell* — repete o computador à medida que Barry digita a palavra e aperta a tecla *Enter*. Ouve-se outro bipe.

— *Cliente não encontrado. Nova busca? Editar.*

— Isso não faz sentido — diz Barry. Suas mãos em movimento são um borrão indefinido.

A voz não consegue acompanhar.

— *Ne... Sis... Wen... Min... Procurando no banco de dados...*

Ele está ampliando a busca. Olho intensamente para a tela do computador embora esteja desligada. É melhor do que olhar para Viv em pânico junto à porta.

— Harris, ainda está aí? — pergunta Barry.

— Bem aqui — respondo enquanto o computador procura.

— *Cliente não encontrado no sistema* — informa a voz mecanizada.
Barry insiste.
— *Cliente não encontrado no sistema.*
— Qual é o problema? — pergunto.
— Espere um pouco.
Barry aperta o *W* e a seta para baixo.
— *Waryn Empreendimentos* — diz o computador. — *Washington Mutual...* Washington Post... *Weiner & Robinson...* — Está procurando alfabeticamente. — *Wong Pharmaceuticals... Wilmington Trust... Xerox... Zuckerman International... fim da lista* — diz o computador afinal.
— Está brincando comigo? — diz Barry, ainda procurando.
— Onde estão? — pergunto.
— *Fim da lista* — repete o computador.
Barry volta ao teclado.
— *Fim da lista.*
— Não compreendo — diz Barry. Seus dedos movem-se mais rápido ainda.
— *Comple... Sis... Procurando...*
— Barry, o que diabos está acontecendo?
— *Erro na busca* — interrompe a voz feminina robotizada. — *Nome do cliente não está no sistema.*
Olho para a tela apagada. Barry olha para o teclado.
— Sumiu — diz Barry. — A Mineração Wendell sumiu.
— Do que está falando? Como pode ser?
— Não está aqui.
— Talvez alguém tenha esquecido de acrescentar no sistema.
— Já *estava* no sistema. Verifiquei eu mesmo quando fiz os formulários.
— Mas se não está agora...
— Alguém tirou... ou apagou o arquivo — diz Barry. — Digitei a palavra Wendell de todas as maneiras possíveis... Verifiquei todo o banco de dados. É como se nunca tivessem sido nossos clientes.

— Bom dia... — diz para Viv um homem baixinho vestindo um terno risca de giz caríssimo enquanto entra no escritório de Barry.

Ela olha para mim. As pessoas estão começando a chegar.

— Harris, quanto mais ficarmos aqui...

— Eu sei — digo para Viv. Meus olhos estão fixos em Barry. — E quanto aos arquivos impressos? Existe algo que possa provar que Pasternak trabalhava com a Wendell?

Barry é cego desde que eu o conheço. Ele reconhece pânico ao ouvi-lo.

— E-eu acho que há um arquivo de clientes de Pasternak...

Um apito toma conta do ambiente e é tão agudo que nós três estreitamos os olhos ao ouvi-lo.

— Que droga...

— Alarme de incêndio! — grita Viv.

Damos alguns segundos para que pare de tocar. Não temos tanta sorte assim.

Viv e eu novamente trocamos olhares. O alarme continua a berrar. Se Janos estivesse aqui, seria o modo ideal para esvaziar o edifício.

— Harris, por favor... — ela implora.

Balanço a cabeça. Ainda não.

— Os arquivos de Pasternak ainda estão no escritório dele? — grito para Barry.

— Sim... por quê?

É tudo de que preciso.

— Vamos — grito para Viv, acenando para o corredor.

— Espere...! — diz Barry, erguendo-se da cadeira e nos seguindo.

— Continue — digo para Viv, que está alguns passos diante de mim. Se Barry não está envolvido, a última coisa que quero é metê-lo nisso.

Quando Barry sai no corredor, olho para ver se ele está bem. O sujeito baixinho com terno risca de giz vem ajudá-lo a sair. Barry o afasta e corre atrás de nós.

— Harris, espere!

Ele é mais rápido do que eu pensava.

— Ai, droga — grita Viv ao virar no corredor. Ao passarmos pelo saguão dos elevadores, podemos ver que aquilo não é um exercício.

As três portas dos elevadores estão fechadas, mas ouve-se um coro de três alarmes de elevador competindo com o alarme de incêndio. Um homem de meia-idade abre a porta de emergência que dá para a escada, e uma baforada de fumaça cinza-escura invade o corredor. O cheiro diz o resto. Certamente há algo queimando.

Viv vira para trás e me olha.

— Você acha que Janos...

— Vamos — insisto, ultrapassando-a.

Corro para a porta de metal que leva às escadas, mas, em vez de descer, subo em direção à origem da fumaça.

— O que está fazendo? — grita Viv.

Ela sabe a resposta: não vou sair daqui sem os arquivos de Pasternak.

— Harris, não vou mais fazer isso...

Uma senhora mais velha com cabelos pintados de preto e usando óculos de leitura ao redor do pescoço desce as escadas do quarto andar. Ela não está correndo. Seja lá o que esteja queimando lá em cima, faz mais fumaça do que fogo.

Sinto um puxão forte na minha camisa.

— Como sabe que não é uma armadilha? — pergunta Viv.

Novamente fico em silêncio, afasto-me de Viv e continuo a subir as escadas. A idéia de Pasternak trabalhando contra nós... foi por isso que o mataram? Já estaria envolvido? Seja qual for a resposta, preciso saber.

Subindo dois degraus por vez, chego rapidamente ao topo, onde cruzo com dois outros lobistas no momento em que saem na escadaria.

— Oi, Harris — diz um com um sorriso amistoso. — Vamos tomar o café da manhã?

Irreal. Mesmo em um incêndio, os lobistas não conseguem deixar de fazer política.

Volto-me e sigo o corredor em direção ao escritório de Pasternak. A fumaça agora é uma nuvem escura que toma todo o estreito corredor. Pisco o mais rapidamente possível, mas ainda queima meus olhos. No entanto, faço esse caminho há tanto tempo que poderia percorrê-lo num breu total.

Dobro à direita e sinto o ar estalar. Uma onda de calor atinge o meu rosto, mas não chega nem perto da força da mão que agarra meu braço. Mal consigo vê-lo em meio à fumaça.

— Caminho errado — insiste uma voz grave.

Rapidamente, livro o braço com um safanão. Meu punho está fechado, pronto para golpear.

— Senhor, esta área está fechada. Precisa descer pela escada — diz ele fazendo-se ouvir acima do alarme que ainda soa. Em seu peito brilha um distintivo dourado e azul onde se lê: *Segurança*. É apenas um guarda.

— Senhor, não ouviu o que eu disse?

Meneio a cabeça, mal dando-lhe atenção. Estou ocupado demais olhando sobre seus ombros para a fonte do incêndio. Corredor acima... além da grossa porta de carvalho... eu sabia... sabia no momento em que o alarme disparou. Uma pequena labareda lambe o teto do escritório de Pasternak. Sua mesa de trabalho... a cadeira de couro... as fotos presidenciais na parede — tudo em chamas. Não paro. Se o arquivo for à prova de fogo, ainda posso...

— Senhor, precisa deixar o prédio — insiste o guarda.

— Preciso entrar lá! — grito, tentando ultrapassá-lo.

— *Senhor!* — grita. Ele estende o braço à altura de meu peito, bloqueando-me o caminho. Ele tem dez centímetros e quarenta e cinco quilos a mais que eu. Não cedo. Nem ele. Ao afastá-lo, ele puxa a pele da lateral de meu pescoço e belisca impiedosamente. A dor é tão intensa que quase caio de joelhos.

— Senhor, está me ouvindo?!

— O-os arquivos...

— Não pode entrar aí, senhor. Não consegue ver o que está acontecendo? — Ouve-se um estrondo. Corredor abaixo, a porta de carvalho do escritório de Pasternak solta-se das dobradiças, revelando os gabinetes de arquivos na parede ao fundo. São três gabinetes altos postos lado a lado. Pela aparência, todos são à prova de fogo. O problema é que todos estão com as gavetas escancaradas.

Os papéis lá dentro estalam e queimam, carbonizados de modo irrecuperável. A cada segundo, ouve-se um estalo e alguns fiapos de fuligem erguem-se no ar. Mal consigo respirar com tanta fumaça. O mundo fica fora de foco através das chamas. Tudo o que resta são cinzas.

— Estão destruídos, senhor — diz o guarda. — Agora, por favor... desça a escada.

Ainda não me movo. A distância, ouço a orquestra de sirenes se aproximando. Ambulâncias e carros de bombeiro estão a caminho. A polícia não deve estar muito atrás.

O guarda estende a mão para me voltar em direção à escada. É quando sinto uma mão às minhas costas.

— Senhora... — diz o guarda.

Atrás de mim, Viv olha para os gabinetes de arquivos em chamas no escritório de Pasternak. As sirenes aumentam lentamente.

— Vamos — diz ela. Meu corpo ainda está em choque e quando me volto para encará-la, ela entende no mesmo instante. Pasternak era meu mentor. Eu o conhecia desde meus primeiros dias no Congresso.

— Talvez não seja o que você pensa — diz ela, puxando-me pelo corredor em direção às escadas.

As lágrimas correm por meu rosto e digo a mim mesmo que é por causa da fumaça. As sirenes continuam a uivar ao longe. Pelo som, estão bem do lado de fora do prédio. Com um puxão forte, Viv me conduz através da neblina escura e acinzentada. Tento correr, mas é muito difícil. Não consigo enxergar. Minhas pernas parecem de gelatina. Não consigo mais. Minha corrida se resume a um caminhar arrastado.

— O que está fazendo? — pergunta Viv.

Mal consigo olhá-la nos olhos.

— Desculpe, Viv...

— O quê? Está desistindo?

— Eu pedi desculpa.

— Não é bom o bastante! Acha que isso o redime da culpa? Você me meteu nisso, Harris; você e esse seu egoísmo de garoto de fraternidade estudantil que se acha dono do mundo! *Você* é o motivo de eu estar correndo para salvar a minha vida, por estar usando as mesmas roupas íntimas há três dias e chorando antes de dormir todas as noites, imaginando se aquele psicopata vai estar em cima de mim quando eu abrir os olhos de manhã! Lamento que seu mentor o tenha enganado e que sua existência no Congresso seja tudo o que lhe resta, mas tenho uma vida inteira pela frente e eu a quero de volta! Agora! Portanto, é bom ir começando a se mexer para cairmos fora daqui. Precisamos descobrir o que diabos vimos no laboratório subterrâneo, e temos um encontro com um cientista para o qual você está me atrasando!

Atordoado com a explosão, mal consigo me mover.

— Você realmente tem chorado antes de dormir? — pergunto afinal.

Viv me fulmina com um olhar sombrio e me dá a resposta. Seus olhos marrons brilham através da fumaça.

— Não.

— Viv, você sabe que eu nunca...

— Não quero ouvir isso.

— Mas eu...

— Você fez isso, Harris. Você fez isso e está feito. Agora, vai dar um jeito nisso ou não?

Fora do prédio, alguém grita instruções através de um megafone. A polícia está aqui. Se quiser desistir, é o lugar ideal para fazê-lo.

Viv segue corredor acima. Eu fico parado.

— Adeus, Harris — diz ela. As palavras me ferem quando ela as diz. Quando pedi ajuda a Viv, prometi que ela não iria se ferir. Assim como prometi a Matthew que aquele jogo era uma diversão inofensiva. E prometi a Pasternak, quando o vi pela primeira vez, que seria a pessoa mais honesta que ela jamais contratara. Todas essas palavras... quando eu as disse... cada sílaba era verdadeira — mas, sem dúvida, eram palavras que falavam por mim. Eu, eu, eu, eu. É o melhor lugar para se perder no Capitólio: dentro de si mesmo. Mas ao ver Viv desaparecer em meio à fumaça, sei que é hora de parar de olhar para o espelho e olhar em volta.

— Espere — grito, buscando-a em meio à fumaça. — Este não é o melhor caminho.

Ela pára, sem sorrir ou facilitar as coisas para mim. E não deve mesmo.

Preciso que uma garota de dezessete anos me ensine a agir como adulto.

63

— Então como estamos? — perguntou Lowell assim que o assistente entrou em seu escritório no quarto andar do prédio central do Departamento de Justiça na avenida Pensilvânia.

— Digamos assim — começou William, afastando o cabelo negro e despenteado de seu rosto gorducho e juvenil. — Não existe Papai Noel e nem coelhinho da Páscoa, você não namorou nenhuma animadora de torcida na escola, seu 401K é de papel higiênico, você não se casou com a rainha da formatura, sua filha engravidou de um canalha, e sabe aquela bela vista que você tem do Monumento a Washington? — perguntou William, apontando pela janela atrás de Lowell. — Vamos pintar de preto e substituí-la por arte moderna.

— Você disse arte moderna?

— Sem brincadeira — disse William. — E essas são as boas novas.

— É assim tão ruim? — perguntou Lowell, apontando para o arquivo de capa vermelha nas mãos do assistente. Fora do escritório de Lowell, do outro lado da sala de reuniões anexa, duas recepcionistas atendiam telefones e organizavam a agenda. William, porém, sentava-se bem junto à porta do escritório de Lowell. Ele era o "assistente confidencial" de Lowell, o que queria dizer que tinha autorização para lidar com os mais importantes assuntos profissionais e, após três anos, também com os assuntos pessoais de Lowell.

— Em uma escala de um a dez, é Watergate — disse William.

Lowell forçou um sorriso. Estava tentando pegar leve, mas o arquivo de capa vermelha já lhe dizia que a coisa estava piorando. Vermelho quer dizer FBI.

— As impressões pertencem a Robert Franklin, de Hoboken, Nova Jersey — começou William, lendo o arquivo.

Lowell fez uma careta, imaginando se o nome Janos era falso.

— Então, ele é fichado? — perguntou.

— Não, senhor.

— Então, como têm suas impressões?

— Eles as têm internamente.

— Não entendi.

— No departamento de pessoal — explicou William. — Aparentemente, esse cara se candidatou a um emprego há alguns anos.

— Você está brincando, não é?

— Não, senhor. Ele se candidatou.

— Ao FBI?

— Ao FBI — confirmou William.

— Então por que não o contrataram?

— Não dizem. É informação além das quais tenho acesso. Mas quando implorei por uma pista, meu camarada lá dentro disse achar que o pedido dele era falso.

— Acharam que estava tentando se infiltrar? Por conta própria ou como pistoleiro contratado?

— Isso importa?

— Temos de tirá-lo do sistema... veja se ele...

— O que acha que tenho feito na última hora? — Lowell forçou outro sorriso e agarrou-se ao braço da poltrona, segurando-se para não levantar. Trabalhavam juntos há tanto tempo que William sabia o que aquele agarrar significava. — Apenas diga o que descobriu — insistiu Lowell.

— Verifiquei com algumas de nossas conexões no exterior... e de acordo com o sistema deles, as impressões pertencem a um certo Martin Janos, também conhecido como Janos Szasz.
— Robert Franklin — disse Lowell.
— Bingo! Era o nome dele. O mesmo.
— Então por que têm as impressões dele lá?
— Ah, chefe, essa é a cereja no topo do sorvete. Ele trabalhava no Cinco.
— Do que está falando?
— Martin Janos... ou seja lá qual for o seu nome verdadeiro, é... foi do MI-5. Serviço Secreto da Inteligência Britânica.

Lowell fechou os olhos, tentando lembrar-se da voz de Janos. Se era inglês, o sotaque se fora há muito. Ou estava bem escondido.

— Quando entrou, era quase um menino, havia acabado de sair da faculdade — acrescentou William. — Aparentemente, tinha uma irmã que foi morta por um carro bomba. Isso o deixou aborrecido o bastante. Entrou como recruta.
— Então não tem passado militar?
— Se tem, não falaram.
— Não pode ter subido muito na hierarquia.
— Apenas analista no Diretório de Planejamento Futuro. Soa-me como se ele ficasse olhando para um computador, grampeando pilhas de papel. Seja lá o que fosse, ficou dois anos ali e acabou demitido.
— Algum motivo?
— Insubordinação. Que surpresa. Foi designado para uma tarefa. Ele se recusou a fazê-la. Quando um de seus superiores foi tirar satisfações, a discussão ficou mais acalorada até que o jovem Janos pegou um grampeador que estava por perto e começou a bater no superior com aquilo.
— Estouradinho, não é?
— Os mais espertos são assim — disse William. — Embora me pareça que ele era um barril de pólvora. Assim que saiu, ficou por conta própria, trabalhando para quem pagasse mais...

— Agora ele está de volta ao negócio — concordou Lowell.
— Certamente é uma possibilidade — disse William, a voz trêmula.
— O quê? — perguntou Lowell.
— Nada... é só que... após servir a Sua Majestade, Janos desapareceu quase cinco anos, então reapareceu um dia por aqui, candidatou-se ao FBI com uma nova identidade, foi rejeitado por estar tentando se infiltrar, e voltou ao abismo, nunca mais ouviu-se falar dele... até alguns dias atrás, quando aparentemente usou as habilidades aprendidas no treinamento para... ahn... quebrar a janela de seu carro.

Deixando o silêncio prevalecer, William olhou fixo para o patrão. Lowell devolveu-lhe o olhar. O telefone em sua mesa começou a tocar. Lowell não atendeu. E quanto mais observava o assistente, mais se dava conta de que aquilo não era um argumento. Era uma oferta.

— Senhor, se quiser alguma coisa de mim...
— Gostaria, William. Realmente. Mas antes de metê-lo nisso, vamos ver o que mais descobrimos.
— Mas eu posso...
— Acredite, você foi inestimável neste caso, William... não vou me esquecer. Agora, vamos continuar caçando.
— Com certeza, senhor — disse William com um sorriso. — É no que estou trabalhando.
— Alguma pista que mereça ser mencionada?
— Apenas uma — disse William, apontando para o arquivo, onde via-se no topo um fax da Rede de Crimes Financeiros. — Verifiquei todas as identidades de Janos com os rapazes do FinCEN. Levantaram uma conta no exterior que nos remete a Antígua.
— Achei que não tínhamos acesso a isso...
— É, bem, desde o episódio de onze de setembro, alguns países têm cooperado mais que outros... principalmente quando você está ligando do escritório do procurador geral.

Agora era Lowell quem sorria.

— De acordo com eles, é uma conta de quatro milhões de dólares com depósitos feitos por um tal de Grupo Wendell. Até agora, tudo o que sabemos é que é uma empresa de gaveta, com um conselho de diretores falso.

— Acha que pode descobrir quem é o dono?

— Este é o objetivo — disse William. — Basta procurar nos lugares certos, mas vi esses caras trabalhando antes... Se eu lhes der seu último nome, vão descobrir uma conta poupança de doze dólares que sua mãe abriu quando você tinha seis anos de idade.

— Então, estamos em boas mãos?

— Digamos, senhor: pode ir tomar um café e comer uns *cookies* do McDonald. Quando voltar, teremos a Wendell, ou seja lá quem eles forem, sentada no seu colo.

— Realmente agradeço o que está fazendo — disse Lowell, olhando fixamente para o assistente. — Eu lhe devo essa.

— Você não me deve um centavo canadense — disse William. — Tudo isso tem a ver com aquilo que você me ensinou certo dia: não se meta com o Departamento de Justiça.

64

— É isso aí? — pergunta Viv erguendo a cabeça assim que desceu do táxi no centro de Arlington, Virgínia. — Eu estava esperando um grande complexo científico.

Um moderno prédio comercial de doze andares ergue-se diante de nós, enquanto centenas de pessoas saem da estação do metrô de Ballston e passam apressadas pelas lojas de café e de comidas finas que têm tanto estilo quanto o subúrbio. O edifício não é maior que outros ao redor, mas as três palavras entalhadas na fachada de pedra cor de salmão imediatamente o destacam entre os demais: *Fundação Científica Nacional*.

Ao nos aproximarmos da entrada principal, abro uma das pesadas portas de vidro e verifico a rua uma última vez. Se Janos estivesse aqui, não nos deixaria entrar. Mas isso não quer dizer que não esteja por perto.

— Bom dia, queridos... como posso ajudá-los hoje? — pergunta uma mulher por trás da mesa da recepção vestindo um suéter verde-oliva. À nossa direita há um segurança negro e atarracado cujos olhos se detêm alguns segundos a mais sobre nós.

— É... Estamos aqui para falar com o Dr. Minsky — digo, tentando me concentrar na recepcionista. — Temos um compromisso. Deputado Cordell — acrescento, usando o nome do chefe de Matthew.

— Que bom! — diz a mulher, como se realmente estivesse feliz por nós. — Identidades com fotos, por favor?

Viv me lança um olhar. Temos tentado evitar usar nossos nomes reais.

— Não se preocupe, Teri, estão comigo — interrompe uma voz feminina cheia de vida.

Junto aos elevadores, uma mulher alta, vestida com um terno feito por um estilista, nos acena como se fôssemos velhos amigos.

— Marilyn Freitas... do escritório do diretor — anuncia, apertando minha mão e sorrindo com um sorriso de apresentadora de programa de auditório. O crachá que pende de seu pescoço me diz por quê: *Diretora de Assuntos Legislativos e Públicos*. Ela não é uma secretária. Estão nos empurrando seu pessoal de alto escalão. E embora eu nunca tenha visto esta mulher na vida, conheço a dança. A Fundação Científica Nacional ganha mais de um bilhão de dólares do comitê de dotação orçamentária. Se eu trouxer aqui um dos dotadores, vão nos estender o tapete vermelho mais brilhante que tiverem. Por isso, usei o nome do chefe de Matthew em vez do meu.

— Então, o deputado já chegou? — pergunta, sorriso ainda armado.

Olho para as portas de vidro. Ela pensa que estou procurando meu chefe. Na verdade, estou procurando por Janos.

— Deve se juntar a nós em breve... mas disse que podíamos começar sem ele — explico. — Só se for necessário.

Seu sorriso esmorece um tanto, mas não muito. Mesmo preferindo ver o deputado, ela é esperta o bastante para reconhecer a importância de sua equipe.

— Seja lá quando vier, será bem-vindo — diz ela enquanto nos leva aos elevadores. — Ah, por falar nisso, bem-vindos à FCN!

Enquanto o elevador sobe ao décimo andar, minha mente retorna ao passeio de elevador da véspera: a gaiola batendo contra as paredes e a água pingando em nossos capacetes cobertos de lama. Inclinando-me contra o corrimão de bronze polido, sorrio para Viv. Ela ignora o meu sorriso, de olho nos números digitais vermelhos que marcam a nossa subida. Está cansada de fazer amizade. Ela só quer sair disso.

— Então estão aqui para falar sobre neutrinos com o Dr. Minsky — diz Marilyn, tentando manter a conversa.

Eu meneio a cabeça e Viv sonda:

— Todos dizem que ele é um especialista — diz ela, tentando fazer aquilo soar como uma pergunta.

— Ah, com certeza — responde Marilyn. — Foi onde começou a trabalhar: partículas subatômicas. Seu primeiro trabalho com os léptons... claro, hoje pode parecer básico, mas naquela época estabeleceu o padrão.

Ambos meneamos a cabeça como se ela estivesse falando das palavras cruzadas do *Guia da TV*.

— Ele faz suas pesquisas aqui? — acrescenta Viv.

A mulher deixa escapar uma risada que geralmente acompanha um afago na cabeça.

— Tenho certeza de que o Dr. Minsky adoraria voltar ao laboratório — explica. — Mas já não faz parte do trabalho dele. Aqui em cima, nós nos preocupamos com financiamento.

É uma boa descrição, mas é também uma versão muito branda da realidade. Eles não estão apenas *preocupados* com o financiamento. Eles o controlam. No ano passado, a Fundação Científica Nacional financiou mais de dois mil estudos e instalações de pesquisa no mundo inteiro. Como resultado, tem influência em toda grande experiência científica do planeta — de um radiotelescópio capaz de ver a evolução do universo até uma teoria que possa nos ajudar a controlar o clima. Se você é capaz de sonhar, a FCN considerará dar apoio financeiro ao seu sonho.

— E aqui estamos nós — anuncia Marilyn quando as portas do elevador se abrem.

À nossa esquerda, na parede, escrito em letras prateadas, lemos: *Diretoria de Matemática e Ciências Físicas*. A placa é tão grande que quase não há espaço para o logotipo da FCN, mas isso é o que acontece quando se é a maior das onze divisões da FCN.

Passamos por outra recepção e por um lugar que tinha o charme de uma sala de espera de hospital. Marilyn não volta a falar. À nossa esquerda e direita, as paredes estão cobertas de cartazes científicos: um com uma fileira de pratos de satélites alinhados sob um arco-íris, outro com uma foto de uma galáxia espiral tirada pelo observatório nacional de Kitt Peak. Ambos os cartazes têm a função de acalmar visitantes ansiosos. Nenhum dá conta do recado.

Atrás de mim, as portas do elevador se abrem a distância. Volto-me para ver quem está ali. Se podemos encontrar o maior especialista em neutrinos do país, Janos também pode. Junto aos elevadores, um homem com óculos grossos e um suéter amarrotado entra no saguão. Pelo modo como se veste, evidentemente trabalha ali.

Vendo meu alívio, Viv volta-se para a área de espera, que é cercada por seis portas. Todas têm o número *1.005*. A que está diretamente à nossa frente tem um rótulo adicional *.09*. Apenas a Fundação Científica Nacional é capaz de numerar salas com frações decimais.

— Doutor Minsky? — chama Marilyn, batendo ligeiramente à porta e girando a maçaneta.

Quando a porta se abre, vejo um senhor distinto com bochechas salientes que se levanta de sua cadeira e aperta a minha mão ao mesmo tempo em que olha por cima de meus ombros. Está procurando Cordell.

— O deputado deve chegar em breve — explica Marilyn.

— Disse que devíamos começar sem ele — acrescento.

— Perfeito... perfeito — responde, finalmente fazendo contato visual. Minsky me examina com olhos cinzentos enevoados e coça o lado da barba que, assim como o cabelo frágil e fino, é mais branca do que preta. Tento sorrir, mas seu olhar continua sobre mim. Por isso detesto me encontrar com acadêmicos. Suas habilidades sociais sempre deixam a desejar.

— Nunca o vi antes — deixa escapar afinal.
— Andy Defresne — digo, apresentando-me. — E esta é...
— Catherine — diz Viv, recusando minha ajuda.
— Uma de nossas estagiárias — intervenho, assegurando-me de que não olharão duas vezes para ela.
— Dr. Arnold Minsky — diz ele, apertando a mão de Viv. — Minha gata chamava-se Catherine.

Viv meneia a cabeça do modo mais agradável possível, desviando o olhar para o resto do escritório em uma tentativa de evitar mais conversa.

Ele tem um sofá acolchoado, um par de cadeiras de canto que combinam entre si e, das janelas que ocupam toda a parede direita de seu escritório, temos uma vista impressionante do centro de Arlington. Sempre acadêmico, Minsky vai diretamente para a sua mesa, coberta de papéis cuidadosamente empilhados em ordem de tamanho, livros e matérias de revista. Assim como seu trabalho, cada molécula é levada em conta. Eu ocupo a cadeira diante dele e Viv senta-se junto à janela. Tem uma visão perfeita da rua lá embaixo. Ela está procurando por Janos.

Olho para as paredes, procurando algo que me dê alguma leitura. Para minha surpresa, ao contrário dos santuários do ego de D.C., as paredes de Minsky não estão cobertas de diplomas, fotos de pessoas famosas, nem mesmo recortes de jornal emoldurados. Esta não é a moeda do lugar. Ele não precisa provar nada para ninguém.

No entanto, todo universo tem a sua moeda. As paredes em ambos os lados da mesa de Minsky estão cobertas de estantes do chão ao teto, recheadas com centenas de livros e textos acadêmicos. As lombadas dos livros são todas ornamentadas, e eu rapidamente me dou conta do porquê. No Congresso, o ideal é fama e *status* social. Na ciência, é conhecimento.

— Quem está com você nesta foto? — pergunta Viv, apontando para uma fotografia emoldurada em prata de Minsky ao lado de um homem mais velho com cabelo encaracolado e uma expressão zombeteira.

— Murray Gell-Mann — responde Minsky. — Ganhador do Prêmio Nobel... — Enrolo a língua dentro da boca. A fama prevalece em toda parte. — Então, no que posso ajudá-los hoje? — pergunta Minsky.
— Na verdade, estávamos pensando se poderíamos lhe fazer algumas perguntas a respeito de neutrinos...

65

— Você os viu? — perguntou Janos, celular em uma das mãos, a outra agarrada ao volante do sedã preto. O trânsito pela manhã não estava ruim, mesmo para Washington, mas, àquela altura, até mesmo um atraso momentâneo era o bastante para deixá-lo furioso. — Como estavam? — perguntou.

— Perdidos — disse o sócio. — Harris mal conseguia dizer uma frase e a garota...

— Viv.

— Furiosa. Dava para sentir no ar. Estava pronta para cortar a cabeça dele.

— Harris disse alguma coisa?

— Nada que você já não saiba.

— Mas estiveram aí? — perguntou Janos.

— Estiveram. Chegaram a subir ao escritório do patrão... não que tenha adiantado grande coisa.

— Então você se encarregou de tudo?

— Tudo.

— E eles acreditaram?

— Até mesmo no caso com Dinah. Ao contrário de Pasternak, eu vejo as coisas até o fim.

— Você é um verdadeiro herói — disse Janos com ironia.

— É, bem... não se esqueça de dizer isso ao seu chefe. Entre os empréstimos, as cirurgias e todas as outras dívidas que tenho...

— Estou a par de sua situação financeira. É por isso que...

— Não é pelo dinheiro... dane-se o dinheiro, é mais que isso. Pediram por isso. Pediram. As afrontas... o desprezo... As pessoas pensam que eu não noto.

— Como eu estava dizendo, entendo perfeitamente. Foi por isso que me aproximei de você.

— Bom, porque eu não quero que pense que todo lobista está nisso por dinheiro. É um estereótipo que machuca.

Janos ficou em silêncio. Seu colega não era diferente do sedã brilhante que dirigia: exagerado e inadequado. Mas como pensou quando pegou o carro, algumas coisas precisam ser misturadas em Washington.

— Disseram para onde iam? — perguntou Janos.

— Não, mas tenho idéia...

— Eu também — disse Janos, dobrando à direita e entrando em uma garagem subterrânea. — Prazer em vê-lo — disse ele acenando para o segurança na entrada do estacionamento dos funcionários. O guarda sorriu calorosamente em resposta.

— Está onde eu falei? — perguntou o colega pelo telefone.

— Não se preocupe com o lugar onde estou — rebateu Janos. — Apenas concentre-se em Harris. Se ele ligar, fique de olhos e ouvidos bem atentos.

— Com os ouvidos posso ajudar — disse Barry com a voz rouca do outro lado da linha. — Já com os olhos, sempre tive problemas.

66

— Então, para que é isto mesmo? — perguntou o Dr. Minsky, desdobrando um clipe e batendo com ele ligeiramente na borda da mesa.

— Apenas para nosso conhecimento — digo, esperando manter a discussão. — Temos este projeto que estamos analisando...

— Um novo experimento com neutrinos? — interrompe Minsky, claramente entusiasmado. Ainda é seu assunto predileto, de modo que se houver novidades por ali, quer ser o primeiro a mexer nos brinquedos.

— Não chamaria assim — respondo. — Ainda estão no início.

— Mas se estão...

— Na verdade, é um amigo do deputado — interrompo. — Não é para consumo público.

O sujeito tem dois Ph.D.s. Ele entende. Deputados fazem favores para os amigos todos os dias. Por isso é que as notícias verdadeiras do Congresso nunca estão nos jornais. Se Minsky quiser mais favores de nós, sabe que tem de ajudar nisso.

— Então querem falar sobre neutrinos, hein? — diz afinal.

Sorrio. Viv também. Mas, ao voltar-se novamente para a janela, sei que ela procura por Janos. Não vamos conseguir superá-lo sem alguma vantagem.

— Então, vamos pensar da seguinte maneira — diz Minsky, rapidamente mudando para um tom professoral. Segura o clipe desdobrado como um indicador e o aponta para o teto. — Enquanto estamos sentados aqui, cinqüenta bilhões, não falei milhões e, sim, cinqüenta *bilhões* de neutrinos estão escapando do Sol, atravessando seu crânio, seu corpo, seus pés e os nove andares abaixo de nós. Mas não param aí. Continuam através do concreto das fundações do edifício, através do centro da Terra, através da China, voltando finalmente à Via Láctea. Vocês pensam que estão apenas sentados aqui comigo, mas estão sendo bombardeados agora mesmo. Cinqüenta bilhões de neutrinos. A cada segundo. Vivemos em um mar de neutrinos.

— Mas são como prótons? Elétrons? O que são?

Ele abaixa a cabeça, tentando não fazer uma careta. Para um sábio, não há nada pior que um leigo.

— No mundo subatômico, há três tipos de partículas que têm massa. As primeiras e as mais pesadas são os *quarks*, constituídos de prótons e nêutrons. Depois, há os elétrons e seus parentes, que são ainda mais leves. Finalmente, vêm os neutrinos, que são tão incrivelmente leves que ainda há quem pense que não possuem massa alguma.

Meneio a cabeça, mas ele sabe que ainda estou perdido.

— Eis a significância disso — acrescenta. — Você pode calcular a massa de tudo o que vê em um telescópio, mas quando soma toda a massa que existe, essa massa ainda é apenas dez por cento da massa do Universo. Onde estão os noventa por cento que faltam? Como os físicos vêm perguntando há décadas: onde está a massa que falta no Universo?

— Neutrinos? — murmura Viv, acostumada com o papel de estudante.

— Neutrinos — diz Minsky, apontando o clipe em direção a ela. — É claro, provavelmente não são a totalidade desses noventa por cento, mas são os principais candidatos a uma boa parte disso.

— Então, se alguém estuda neutrinos, está tentando...

— ...abrir a última arca de tesouro — diz Minsky. — Os neutrinos nos quais nadamos agora foram produzidos no *big bang*, em supernovas e, até mesmo, pela fusão no centro do Sol. Alguma idéia do que essas três coisas têm em comum?

— Grandes explosões?

— Criação — insiste ele. — Por isso os cientistas os estão estudando, e por isso deram o Nobel a Davis e Koshiba há alguns anos. Desencadeie os neutrinos e você potencialmente desencadeará a natureza da matéria e da evolução do universo.

É uma bela resposta, mas não chega nem perto da minha pergunta. Hora de se fazer de idiota.

— Poderiam ser usados para fazer uma arma?

Viv desvia o olhar da janela. Minsky inclina a cabeça ligeiramente, desvendando-me com seus olhos de cientista. Posso estar sentado diante de um gênio, mas não é preciso ser um gênio para saber que aqui tem coisa.

— Por que alguém usaria neutrinos como uma arma? — pergunta ele.

— Não estou querendo dizer que estejam usando... queremos saber se podem.

Minsky deixa cair o clipe e pousa as mãos espalmadas sobre a mesa.

— Exatamente que tipo de projeto é esse mesmo, Sr. Defresne?

— Talvez deva deixar isso a cargo do deputado — digo, tentando amenizar a tensão. Tudo o que consigo é encurtar o pavio.

— Talvez fosse melhor me mostrar a proposta do projeto — diz Minsky.

— Adoraria, mas no momento é confidencial.

— Confidencial?

— Sim, senhor.

O pavio está nas últimas. Minsky não se mexe.

— Ouça, posso ser honesto com você? — pergunto.

— Que idéia original.

Ele usa o sarcasmo como estímulo mental. Propositalmente me remexo na cadeira dando-lhe a impressão de que está no controle. Finjo que é ele quem comanda. Ele pode ter vinte anos a mais que eu, mas joguei esse jogo com os maiores manipuladores do mundo. Minsky é apenas um sujeito que tirou A em Ciências.

— Tudo bem — começo. — Há quatro dias, nosso escritório recebeu uma proposta preliminar para uma espetacular instalação de pesquisa de neutrinos. Foi entregue ao deputado em seu endereço residencial. — Minsky pega o clipe de volta, achando que está sabendo dos bastidores da história.

— Quem fez a proposta? O governo ou os militares? — pergunta.

— O que o faz presumir isso?

— Ninguém mais pode pagar. Tem idéia de quanto custam essas coisas? Empresas privadas não têm dinheiro para isso.

Viv e eu trocamos um olhar, novamente reavaliando a Wendell, ou seja lá quem forem de verdade.

— O que pode me dizer sobre o projeto? — pergunta Minsky.

— De acordo com eles, tem apenas propósito de pesquisa, mas quando alguém constrói um laboratório novinho em folha a dois quilômetros e meio terra abaixo, costuma chamar a atenção. Devido às partes envolvidas, queremos nos certificar de que daqui a dez anos isso não vai nos assombrar. Por isso, no caso de acontecer o pior, precisamos saber quais os danos potenciais que podem causar.

— Então vão ocupar uma velha mina, hein? — pergunta Minsky.

Ele não parece surpreso.

— Como sabe? — pergunto.

— É o único modo de fazê-lo. O laboratório Kamioka, no Japão, ocupa uma velha mina de zinco... Sudbury, Ontário, ocupa uma mina de cobre... Sabe quanto custa cavar um buraco assim tão fundo? E depois testar todo o suporte estrutural? Se não usar uma velha mina, está acrescentando de dois a dez anos ao projeto e mais alguns bilhões de dólares.

— Mas, para começo de conversa, por que tem de ser feito no subterrâneo? — pergunta Viv.

Minsky parece se aborrecer com a pergunta.

— É o único modo de proteger os experimentos de raios cósmicos.

— Raios cósmicos? — pergunto com ceticismo.

— Bombardeiam a Terra o tempo todo.

— E o que são raios cósmicos?

— Sei que pode soar um tanto ficção científica — diz Minsky —, mas pense desta maneira: quando você atravessa os EUA de costa a costa em um avião, isso é o equivalente a uma ou duas chapas de raios X do tórax. É por isso que as empresas aéreas regularmente examinam suas comissárias de bordo para verificar se estão grávidas. Neste exato instante, estamos nadando em todo tipo de partículas. Então, para que fazer seu experimento no subterrâneo? Para evitar ruído de fundo. Aqui em cima, o mostruário de seu relógio de pulso está emanando rádio, mesmo protegido pelo melhor escudo de chumbo. Há interferência em toda parte. É como fazer uma cirurgia cardíaca durante um terremoto. Abaixo da superfície da Terra não existe esse ruído radioativo, motivo pelo qual é um dos poucos lugares onde os neutrinos são detectáveis.

— Então, o fato do laboratório ser subterrâneo...

— ...é uma necessidade — diz Minsky. — É o único lugar onde se pode realizá-lo. Sem mina, não há projeto.

— Localização, localização, localização — murmura Viv, olhando para mim. Pela primeira vez em três dias, as coisas começam a fazer sentido. Todo esse tempo, achamos que queriam a mina para ocultar o projeto, porém na verdade, precisam da mina para levar o projeto adiante. Por isso precisavam de Matthew para acrescentar a mina ao projeto. Sem a mina, ficam sem nada.

— É claro que aquilo que importa é o que estão fazendo lá embaixo — destaca Minsky. — Vocês têm uma planta?

— Sim... é que... está com o deputado — digo, farejando a brecha. — Mas lembro-me bem: havia aquela grande esfera de metal repleta daquelas coisas chamadas tubos fotomultiplicadores.

— Um detector de neutrinos — diz Minsky. — Você enche o tanque com água pesada de modo a poder parar e, portanto, detectar os neutrinos. O problema é que, enquanto os neutrinos voam e interagem com outras partículas, eles na verdade mudam de identidade, formando diferentes "sabores" de neutrinos: algo ao estilo de Dr. Jekyll e Mr. Hyde. É o que os torna tão difíceis de detectar.

— Então os tubos servem para observação?

— Pense neles como um grande microscópio fechado. É uma coisa muito cara. Existem poucos assim no mundo.

— E quanto ao ímã?

— Que ímã?

— Havia um corredor estreito com um imenso ímã e longos canos de metal que percorriam toda a extensão da sala.

— Têm um acelerador lá embaixo? — pergunta Minsky, confuso.

— Não faço idéia. A única outra coisa que havia lá era aquela caixa grande de madeira com uma inscrição que dizia: *Tungstênio*.

— Um bloco de tungstênio. Isso definitivamente me parece ser um acelerador, mas... — ele se interrompe, ficando inesperadamente silencioso.

— O quê? O que há de errado?

— Nada... é só que, se há um detector, geralmente não há um acelerador. O ruído de um... interferiria no outro.

— Tem certeza?

— No que diz respeito a neutrinos... é um campo de pesquisa tão novo que ninguém tem certeza de nada. Mas, até agora, ou você estuda a existência de neutrinos ou estuda o seu movimento.

— O que acontece se você juntar um detector e um acelerador?

— Não sei — diz Minsky. — Nunca ouvi falar de algo assim.

— Mas se o fizer... qual a aplicação potencial?

— Intelectualmente ou...

— Por que o governo ou os militares iriam querer algo assim? — pergunta Viv, indo diretamente ao ponto. Às vezes, é preciso um jovem para deixarmos a conversa fiada de lado. Minsky não parece abalado. Ele sabe o que acontece quando o governo se mete com ciência.

— Certamente existem algumas aplicações potenciais — diz ele. — Não requer um acelerador, mas se você quiser saber se um país em particular tem armas nucleares, basta sobrevoar o seu território com um avião-robô, recolher uma amostra de ar e então usar a *calma* da mina para medir a radioatividade da amostra.

É uma boa teoria. Mas se fosse assim tão simples, a Wendell — ou seja lá quem forem — teria simplesmente requerido a mina para o subcomitê de defesa. Ao tentarem fazer aquilo passar através de Matthew e do subcomitê doméstico, estavam jogando sujo — o que quer dizer que haviam metido as mãos em algo que não queriam que viesse a público.

— E quanto à fabricação de armamento... ou ganhar dinheiro? — pergunto.

Perdido em seus pensamentos, Minsky usa a ponta do clipe para roçar a própria barba.

— Armamento certamente seria possível. Mas quanto a ganhar dinheiro... quer dizer literal ou figurativamente?

— Repita.

— Remete à natureza dos neutrinos. Você não pode ver um neutrino como vê um elétron. Ele não é visível sob o microscópio. É como um fantasma. A única maneira de vê-lo é observar a sua interação com outras partículas atômicas. Por exemplo, quando um neutrino atinge o núcleo de um átomo, gera um certo tipo de radiação como uma onda de choque. Tudo o que vemos é a onda de choque, que nos diz que o neutrino estava ali.

— Então você mede a reação quando ambas as coisas colidem — diz Viv.

— Exato. O problema é que, quando um neutrino o atinge, o átomo também muda. Alguns dizem que é porque o neutrino está constantemente mudando de identidade. Outros sugerem que é o átomo que muda quando há uma colisão. Ninguém sabe a resposta... ao menos, ainda não.

— O que isso tem a ver com fazer dinheiro? — pergunto.

Para nossa surpresa, Minsky sorri. A barba grisalha oscila com o movimento.

— Já ouviu falar em transmutação?

Viv e eu mal nos movemos.

— Como o rei Midas? — pergunto.

— Midas... todos sempre falam em Midas — diz Minsky, sorrindo. — Não é incrível quando a ficção é o primeiro passo da ciência?

— Então pode usar os neutrinos para fazer alquimia? — pergunto.

— Alquimia? — Minsky retruca. — A alquimia é uma filosofia medieval. A transmutação é uma ciência: transformar um elemento em outro por meio de uma reação subatômica.

— Não compreendo. Com os neutrinos...

— Pense. Jekyll e Hyde. Os neutrinos começam com um sabor, então mudam. Por isso nos falam sobre a natureza da matéria. Aqui... — acrescenta, abrindo a gaveta superior direita de sua mesa. Ele a revira um instante, então a fecha e abre a gaveta de baixo.

— Ótimo, aqui está.

Minsky tirou dali uma folha de papel plastificado e a colocou sobre a mesa, revelando uma grade que me era familiar. A tabela periódica.

— Imagino que devam ter visto isso antes — diz ele, apontando para os elementos numerados. — Um, hidrogênio... dois, hélio... três, lítio.

— É a tabela periódica. Sei como funciona — insisto.

— Ah, é mesmo? — ele olha para baixo novamente, escondendo o sorriso. — Encontre o cloro — acrescenta afinal.

Viv e eu nos inclinamos para frente, observando a tabela. Viv, que está mais perto que eu da ciência do segundo grau, aponta as letras *Cl*. Cloro.

17
Cl

— Número atômico dezessete — diz Minsky. — Peso atômico 35.453(2)... classificação não-metálica... cor amarelo-esverdeada... grupo halogênio. Ouviram falar nisso, certo?

— É claro.

— Bem, há anos, eles encheram o tanque de um dos primeiros detectores de neutrinos com trezentos e oitenta mil litros de cloro. O cheiro era horroroso.

— Como o de uma lavanderia a seco — diz Viv.

— Exato — diz Minsky, agradavelmente surpreso. — Agora, lembre-se: só vemos os neutrinos quando colidem com outros átomos: é o momento mágico. Portanto, os físicos subitamente se deram conta de que, quando os neutrinos atingiam um átomo de cloro...

— Minsky aponta para a tabela periódica, pressionando o clipe contra a caixa perto do cloro. Número atômico dezoito.

17	18
Cl	Ar

— Argônio — diz Viv.

— Argônio — Minsky repete. — Símbolo atômico *Ar*. Dezessete para dezoito. Um próton a mais. Uma casa para a direita na tabela periódica.

— Então, está me dizendo que quando um neutrino colide com átomos de cloro, todos mudam para argônio? — pergunto.

— Todos? Antes fosse... Não, não, não... apenas um pequeno átomo de argônio. Um. A cada quatro dias. É um momento incrível... e completamente ao acaso. Deus abençoe o caos. O neutrino atinge o cloro e, bem ali, dezessete vira dezoito... Jekyll se torna Hyde.

— E isso está acontecendo no ar ao nosso redor agora? — pergunta Viv. — Quero dizer, você não disse que os neutrinos estão em toda parte?

— Você não poderia ver as reações com tanta interferência. Mas quando isoladas em um acelerador... e se o acelerador estiver suficientemente fundo no subterrâneo... e você direcionar um feixe de neutrinos... bem, ninguém ainda chegou perto disso, mas pense no que aconteceria se pudéssemos controlar o processo. Você escolhe o elemento com o qual quer trabalhar e o empurra uma casa para a direita na tabela periódica. Se puder fazer isso...

Meu estômago dá voltas.

— ...você pode transformar chumbo em ouro.

Minsky balança a cabeça e volta a rir.

— Ouro? — pergunta. — Por que faria ouro?

— Pensei que Midas...

— Midas é uma história infantil. Pense na realidade. Quanto custa o ouro? Dez... quinze dólares o grama? Dá para comprar um colar e um belo bracelete, certamente muito bonitos... bonitos e limitados.

— Não estou certo se...

— Esqueça a mitologia. Se você realmente tiver o poder de transmutar, seria um tolo se fizesse ouro. No mundo de hoje, há elementos muito mais valiosos. Por exemplo... — Minsky novamente aponta para a tabela periódica com o clipe. Símbolo atômico *Np*.

```
┌──────┐
│  93  │
│  Np  │
└──────┘
```

— Isso não é nitrogênio, é? — pergunto.
— Netúnio.
— Netúnio?
— Em menção ao planeta Netuno — explica Minsky, sempre professoral.
— E o que é? — pergunto, interrompendo-o.

— Ah, mas você está seguindo o caminho errado — diz Minsky. — O importante não é o que *isso é*. O importante é o que *pode vir a ser*... — Minsky move o clipe até o elemento da direita.

93	94
Np	Pu

— *Pu?*
— Plutônio — diz Minsky, já sem sorrir. — No mundo de hoje, é o elemento mais valioso da tabela. — Ele ergue a cabeça para ter certeza de ter sido compreendido. — Diga olá para o novo toque de Midas.

67

Enquanto lavava as mãos no banheiro do quarto andar, Lowell olhou de lado para a primeira página da sessão *Estilo* do *Washington Post* caído no chão de azulejos e que se projetava para fora do reservado mais próximo. Nada de novo naquilo: toda manhã, um colega ainda não identificado começava o dia com a sessão *Estilo*, e então deixava-a para trás, para que alguém mais a lesse.

Para Lowell, que geralmente só lia o *clipping* preparado pelo seu pessoal, era um ritual que beirava a tênue linha que separa conveniência da falta de higiene. Isso por que, embora o jornal estivesse bem ali, ele nunca se inclinou para pegá-lo. Nenhuma vez. Sabia o que o outro estava fazendo ao lê-lo. E onde aquelas mãos estiveram. *Repugnante,* decidira há muito.

É claro, algumas coisas tinham precedência. Como dar uma olhada na infame coluna de fofocas do *Post*, *Fonte Confiável*, para se certificar de que seu nome não estava ali. Fizera menção de dar uma olhada naquela manhã, mas não tivera tempo. Havia quase três dias desde que vira Harris pela última vez. Contara ao menos quatro repórteres no restaurante naquela noite. Até agora, tudo estava tranqüilo, mas qualquer um deles poderia ter comentado sobre o encontro entre ele e Harris. Só por isso, já valia dar uma espiada.

Usando a ponta do sapato para prender a extremidade superior do jornal, Lowell puxou a seção para fora do reservado. A página de trás estava molhada, fazendo com que o jornal agarrasse um pouco enquanto ele o puxava. Lowell tentou não pensar a respeito, concentrado em usar o lado do pé para virar a primeira página. Mas assim que meteu o pé ali, a porta do banheiro se abriu, batendo contra a parede. Lowell voltou-se, fingindo estar ocupado com o secador de mãos. Atrás dele, seu assistente entrou às pressas, quase sem fôlego.

— William, o que...?

— Você tem de ler isso — insistiu o outro, empurrando o arquivo de capa vermelha para Lowell.

Lowell olhou para o assistente, enxugou as mãos nas calças, pegou o arquivo e abriu-o. Demorou um instante para ler a folha de rosto oficial. Os olhos de Lowell arregalaram-se. E, em trinta segundos, a coluna de fofocas não mais importava.

68

— Espere aí — digo. — Está me dizendo que é possível jogar alguns neutrinos contra um pouco de...
— Netúnio — diz Minsky.
— ...netúnio, e subitamente criar um lote de plutônio?
— Não estou dizendo que foi feito... ao menos, ainda não. Mas não me surpreenderia se alguém estivesse trabalhando nisso... ao menos no papel.

Fala com a calma de alguém que pensa que aquilo ainda é teoria. Viv e eu sabemos que não é. Vimos com nossos olhos. A esfera... o acelerador... até mesmo o tetracloretileno... é isso que a Wendell está construindo lá embaixo — por isso querem abafar as coisas. Se ouvissem dizer que estavam pretendendo fabricar plutônio... não poderiam terminar o projeto.

— Mas ninguém pode fazer isso ainda, certo? — pergunta Viv, tentando se convencer. — Não é possível...
— Não diga isso nesses corredores — provoca Minsky. — Teoricamente, qualquer coisa é possível.
— Esqueça se é possível — digo. — Supondo que possa fazê-lo, quão factível é a coisa? Netúnio é algo fácil de se encontrar?
— Esta é a questão vital — diz Minsky, cutucando-me com o clipe. — Para a maioria, é um metal terrestre raro, mas netúnio-237

é um subproduto de reatores nucleares. Como não reprocessamos nosso combustível nuclear usado, é difícil conseguir netúnio aqui nos EUA. Mas na Europa e na Ásia, eles reprocessam grandes quantidades.

— E isso é ruim? — pergunta Viv.

— Não, o ruim é que o controle mundial de netúnio só começou em 1999. Isso nos deixa com décadas de netúnio sem registro. Quem sabe o que aconteceu nessa época? Qualquer um pode estar com esse material agora.

— Então, está por aí?

— Com certeza — diz Minsky. — Se souber onde procurar, há grandes quantidades de netúnio sem controle à sua disposição.

Quando me dou conta do que isso significa, me retorço na cadeira, enxugando as mãos suadas contra o assento. Há alguns minutos, estava fingindo estar desconfortável. Não estou mais fingindo. Seja qual for o ramo do governo ao qual a Mineração Wendell pertença, as notícias não serão boas.

— Posso apenas fazer uma pergunta? — diz Viv. — Ouvi o que disse... sei que é possível e dou-me conta de que se pode obter netúnio... mas só por um segundo, podemos falar de probabilidades? Quero dizer, o estudo de neutrinos... é um campo limitado, certo? Só deve haver alguns poucos homens capazes de fazer algo assim... portanto, somando tudo isso, e se você pensar na comunidade de pessoas que trabalham com neutrinos... se algo assim estivesse de fato acontecendo, você não ficaria sabendo?

Minsky voltou a coçar a barba. Suas habilidades sociais são muito reduzidas para ele intuir o pânico de Viv, mas ele entende a pergunta.

— Já ouviram falar do Dr. James A. Yorke? — perguntou ele afinal. Ambos balançamos a cabeça em negativa. Mal consigo ficar sentado. — É o pai da teoria do caos... chegou a cunhar o termo — prosseguiu Minsky. — Você já ouviu a metáfora que diz que uma borboleta batendo as asas em Hong Kong pode provocar um furacão na Flórida? Bem, como diz Yorke, isso quer dizer que se houver uma única borboleta de cuja existência você não saiba, será impossível prever o clima a longo prazo. Uma pequena borboleta. E, como ele diz, *sempre* haverá uma borboleta.

As palavras me atingem como um saco cheio de maçanetas. Falei para Matthew sobre bater asas... e agora Viv e eu estamos rodopiando em um furacão.

— O mundo é grande — acrescenta Minsky, olhando para Viv.
— Não conheço todo mundo em minha área. Isso faz sentido, senhorita... Perdão, como é mesmo o seu nome?

— Precisamos ir — digo, erguendo-me.

— Pensei que o deputado estivesse a caminho — disse Minsky quando nos dirigimos à porta.

— Já temos o que precisamos.

— Mas o *briefing*...

É mesmo incrível. Acabamos de deixar pistas muito mal disfarçadas sobre um projeto do governo para fabricar plutônio e ele ainda está preocupado com conversa fiada. Deus, o que há de errado com esta cidade?

— Não me esquecerei de dizer quão útil você foi para nós — acrescento, abrindo a porta para Viv sair.

— Por favor, envie-lhe os meus cumprimentos — grita Minsky.

Diz algo mais, mas já estamos correndo para os elevadores.

— Então, para onde vamos? — pergunta Viv.

A um lugar onde Janos pensa que jamais irei.

— Para o Capitólio.

69

— Não compreendo — disse William enquanto descia a escadaria circular às pressas. — Para onde vamos?
— O que você acha? — perguntou Lowell, passando do primeiro andar e continuando a descer em direção ao subsolo.
— Não. Estou me referindo *depois* da garagem. Para onde vamos? Não deveríamos falar com alguém?
— E dizer o quê? Que sabemos quem de fato está por trás da Wendell? Que não são quem dizem que são? Claro, estão ligados a Janos, mas até termos o resto, isso não nos serve de nada. Não há o que dizer.
— Então, para onde isso nos leva?
— *Nós* não — disse Lowell. — *Eu*.
Ele pulou os últimos degraus, abriu a porta e entrou na garagem. Não teve de ir muito longe. O representante do procurador geral tem uma vaga logo na frente. Se quisesse, poderia estar em seu carro em quatro segundos, mas ainda assim faz uma pausa, tentando se assegurar de que Janos não estava esperando por ele.

O Audi prateado estava vazio.

Lowell apertou um botão, destravou o carro e entrou.

— O que vai fazer? — perguntou William enquanto Lowell tentava fechar a porta do motorista.

— Vou ver um amigo — disse Lowell, ligando o motor.

Não era mentira. Conhecia Harris há mais de dez anos — desde que ambos trabalharam no escritório do senador Stevens. Por isso Janos o procurou.

Já procurara Harris no trabalho, em casa e em ambos os celulares. Se Harris estivesse se escondendo, havia apenas um lugar onde poderia estar, o lugar que ele melhor conhecia. E neste momento, encontrar Harris era o único meio de saber o resto da história.

— Por que ao menos não leva reforços? — perguntou William.

— Para quê? Para que interroguem meu amigo? Confie em mim, sei como Harris pensa. Queremos que ele fale, não que entre em pânico.

— Mas, senhor.

— Até mais, William. — Com um puxão, Lowell bateu a porta e pisou no acelerador. O carro arrancou. Recusando-se a pensar demais no assunto, Lowell lembrou-se com quem estava lidando. Se aparecesse com agentes armados no Capitólio, sem mencionar o tumulto que isso provocaria, Harris jamais iria aparecer.

Lowell ligou o rádio e perdeu-se em conversa de rádio. Sua avó adorava conversa de rádio, e até hoje Lowell ainda gostava daquilo. De acordo com as palavras da avó, *acalma a gente*. Quando o carro foi tomado pelas notícias do dia, Lowell finalmente respirou. Durante um minuto inteiro, esqueceu Harris, a Wendell e o resto do caos que circulava em seu cérebro. Mas justo por isso, não viu o sedã preto que o seguia a uns cem metros de distância quando saiu do estacionamento em plena luz do dia.

70

— *Acredite, eu sei como Harris pensa. Queremos que ele fale, não que entre em pânico.*
— *Mas, senhor.*
— *Até mais, William.*

Metido em meio à fileira de carros e oculto por nada mais que uma vaga ali perto, Janos observou o diálogo do banco da frente de seu sedã preto. A dobra na testa de Lowell... o desespero em seu rosto... até mesmo os ombros arriados do assistente. Lowell pedira a William para ficar quieto, mas este ainda protestava. Janos forçou a vista, observando intensamente os ombros caídos de William. Daquela distância era difícil ver. O vinco de sua camisa social amarrotada dizia que ele ainda usava as camisas duas vezes para economizar dinheiro. Mas o cinto novo... Gucci... presente de papai e mamãe. O garoto é de boa família... o que quer dizer que seguirá as instruções do patrão.

— Eu lhe disse que Lowell não ficaria quieto... Ele só pensa em si mesmo — disse Barry ao telefone celular.

— Cale-se — advertiu Janos. Não gostava de falar com Barry: a paranóia era demais, mesmo sendo o botão perfeito a ser apertado. No entanto, tinha de admitir, Barry estava certo quanto a Lowell.

A distância, Lowell bateu a porta do carro. Os pneus cantaram quando saiu de sua vaga. Durante alguns segundos, William ficou ali, inclinando a cabeça até ver o chefe desaparecer. Então, finalmente, dirigiu-se à escada.

Janos girou a chave na ignição. O sedã voltou à vida, mas Janos rapidamente olhou para baixo, apoiando a mão aberta sobre o painel. Típico, pensou. Marcha lenta ruim. Precisava regular a caixa de transmissão.

— Devia ter me procurado antes — disse Barry do outro lado da linha. — Se tivesse vindo a mim antes de procurar Pasternak...

— Não fosse por Pasternak, Harris nunca entraria no jogo.

— Não é verdade. Ele é mais exausto do que você imagina. Ele só quer que você pense que...

— Continue acreditando nisso — disse Janos, dando a Lowell uma pequena vantagem. Quando o Audi prata dobrou a esquina, Janos acelerou e lentamente foi atrás dele.

— Alguma idéia para onde ele vai? — perguntou Barry.

— Ainda não — disse Janos, deixando o estacionamento e ganhando a rua. Bem adiante dele havia um fusca clássico cor de laranja. Quatro carros mais adiante, o Audi de Lowell avançava em meio ao tráfego. Uns dois quilômetros mais à frente, ao fim da avenida Pensilvânia, a cúpula do Capitólio arqueava-se para o céu.

— Não me preocuparia com isso — disse para Barry. — Não vai muito longe.

71

— Próximo grupo, por favor! Próximo grupo! — grita o policial do Capitólio, chamando-nos para a entrada de visitantes na frente oeste do Capitólio. Arrastando os pés atrás do grupo de vinte colegiais usando bonés de beisebol com a inscrição *Futuro presidente*, Viv e eu mantemos a cabeça abaixada e nossos crachás governamentais ocultos sob nossas camisas. Em média, a frente oeste recebe quatro milhões de visitantes por ano, tornando-a uma confusão permanente de turistas portando câmeras e mapas. Na maioria dos dias, os funcionários evitam este lugar. Exatamente por isso estamos aqui.

Enquanto o grupo entra, novamente sou lembrado de que o Capitólio é o único prédio sem fundos do mundo. Ambas as frentes — a oeste, voltada para o Mall, e a leste, voltada para a Suprema Corte — reclamam para si o título de frente verdadeira. Isso se dá porque, com tanta gente que se acha importante reunida em um mesmo lugar, todos querem pensar que sua bela vista é a melhor. Até mesmo o lado norte e o lado sul entram na dança, chamando-se, respectivamente, de *Entrada do Senado* e *Entrada da Câmara*. Um edifício de quatro lados, e nenhum desses lados é os fundos. Só mesmo no Congresso.

Perdidos em meio ao grupo de turistas, estamos em um lugar onde ninguém verifica nossos crachás ou nos olha durante mais de um segundo. Com toda essa gente entrando, tudo o que podemos fazer é nos misturar à multidão.

— Ponham todas as câmeras e telefones no raio X — diz um dos guardas para o grupo. É um pedido simples, mas os estudantes transformam aquilo nos momentos finais do *Titanic*. Falam, gritam, agitam-se... tudo uma confusão. Enquanto os jovens fazem a sua cena de sempre, Viv e eu passamos pelo detector de metal sem olhar duas vezes.

Ficamos com o grupo enquanto caminha sob a grande abóbada da rotunda até chegar à cripta, a sala circular que agora serve como área de exposição para projetos, desenhos e outros documentos históricos do Capitólio. O guia explica que o formato circular da cripta apóia estruturalmente não apenas a rotunda como também a cúpula do Capitólio diretamente acima de nós. Ao ouvirem isso, todos olham para cima enquanto eu e Viv saímos pela direita, atravessando o portal perto da estátua de Samuel Adams. Após descermos uma larga escadaria de arenito, meto a mão dentro da camisa e coloco o crachá para fora. Atrás de mim, ouço Viv mexendo com o seu. De turistas a funcionários em um minuto, ou menos.

— Tiras... — murmura Viv quando chegamos no último degrau. Aponta para a nossa direita. No fim do corredor, dois policiais do Capitólio caminham em nossa direção. Ainda não nos vêem mas não quero dar-lhes essa chance. Seguro o pulso de Viv e puxo-a para trás da balaustrada de mármore, tirando-a do corredor principal. Em um pedestal há uma placa que diz: *Nenhum turista além daqui*. Passo correndo pela placa, quase derrubando-a. Já estive aqui atrás antes. Ainda está aberto aos funcionários. O corredor termina em um portão de metal trabalhado com um pequeno arco no topo.

— Não é incrível? — pergunto a Viv, pondo algum vigor em minha voz.

— Incrível — diz ela, seguindo a minha pista. Atrás do portão, sob um estojo de vidro retangular, há um longo tecido negro cobrindo aquilo que parece ser um ataúde. A placa à nossa direita, porém, nos diz que aquilo é o catafalco de madeira sobre o qual repousaram os corpos de Lincoln, Kennedy, Lyndon B. Johnson, e todos aqueles presidentes que foram velados no Capitólio.

Atrás de mim, o ruído de botas no chão me diz que os policiais do Capitólio estão a ponto de passar. Tentando parecer funcionários, mas nos sentindo como prisioneiros, Viv e eu agarramos as barras, olhando dentro da pequena cela de concreto. Localizado no centro exato do Capitólio, aquele recinto pequeno e úmido foi projetado originalmente para ser uma tumba para George e Martha Washington. Hoje, já que seus corpos estão em Mount Vernon, este recinto serve apenas para guardar o catafalco. Fecho os olhos. A polícia do Capitólio está se aproximando. Tento me concentrar, mas mesmo sem conter os restos mortais de Washington, este espaço exíguo ainda cheira à morte.

— Harris, eles estão vindo... — murmura Viv.

No corredor, os passos estão bem atrás de nós. Um deles pára. Ouve-se um ruído no rádio. Junto a mim, ouço Viv rezando.

— Está bem, vamos para aí — diz um dos policiais.

Os passos aceleram. Sem dúvida estão chegando perto. Então, subitamente, desaparecem.

Como sempre, Viv é a primeira a reagir. Voltando-se, ela lentamente verifica o corredor.

— Acho que estamos bem — diz ela. — Sim... eles se foram.

Recusando-me a me virar, mantenho-me agarrado às barras.

— Harris, temos de nos apressar...

Sei que ela está certa — estamos quase lá —, mas ao olhar para o manto negro... observando-o inerte sobre um suporte de ataúde com quase cento e cinqüenta anos de idade... Não consigo deixar de pensar que, se não formos cuidadosos, os próximos corpos por aqui serão os nossos.

— Tem certeza de que é este o caminho? — pergunta Viv, correndo à minha frente, embora eu supostamente devesse estar liderando.

— Continue — digo enquanto ela segue à direita pelo corredor, metendo-nos ainda mais profundamente nos corredores cor de areia do subsolo de concreto. Ao contrário do restante do Capitólio, os corredores aqui são estreitos e apertados, um labirinto de voltas ao acaso que nos leva além da sala de lixo, do depósito de tinta, de equipamentos dos sistemas de aquecimento, ventilação e ar condicionado e todo tipo de oficina de reparos de eletricidade, encanamentos e elevadores. Pior de tudo, quanto mais avançamos, mais o teto parece baixar, seu espaço ocupado por dutos, canos e fios. Quando trazia Matthew aqui embaixo, ele reclamava porque tinha de se abaixar para andar. Viv e eu não temos esse problema.

— Tem certeza de que isso aqui lhe parece familiar? — pergunta Viv à medida que o teto fica cada vez mais baixo.

— Com certeza — digo. Não a culpo por estar nervosa. Nos lugares mais trilhados, há placas nas paredes para que os parlamentares e funcionários não se percam. Olho para as rachaduras ao longo das paredes. Não vemos uma placa há três minutos. Além disso, quanto mais descemos, o corredor parece se encher cada vez mais de pilhas de equipamento descartado: gabinetes de arquivo quebrados, antigas cadeiras acolchoadas, rolos industriais de cabos elétricos, latões de lixo, até mesmo uma pilha de canos velhos e enferrujados.

Não vemos outro ser humano desde que passamos pela última placa dos elevadores. De fato, o único sinal de vida é o rumor das salas de máquina ao redor. Viv ainda está à minha frente, mas, ao dobrar à direita, pára. Escuto seus sapatos derraparem no chão empoeirado. Ao segui-la, vejo que as pilhas de móveis, fios e canos estão reunidos em pilhas ainda mais altas.

Não é difícil ler seus pensamentos. Como em qualquer vizinhança perigosa, quanto mais avançamos, menos deveríamos estar a sós.

— Realmente não creio que isso esteja certo — insiste.

— E nem deveria.

Ela acha que estou sendo espirituoso. Não estou.

Correndo, passo por meia dúzia de portas fechadas. A maioria delas, assim como 90 por cento das portas do Capitólio, tem uma placa que diz exatamente o que há por trás delas: *Subestação elétrica. Daily Digest do Senado*. Até mesmo uma que diz *Área reservada a fu-*

mantes. Uma não tem placa. É para lá que vou. Sala ST-56, uma porta sem descrição ou placa a meio caminho do corredor à minha esquerda.

— É isso? — pergunta Viv. — Parece um armário de vassouras.

— Verdade? — pergunto, metendo a mão no bolso e tirando um chaveiro. — Quantos armários de vassouras que você conhece têm um duplo par de dobradiças?

Após introduzir as chaves nas respectivas fechaduras, giro a maçaneta com força. A porta é mais pesada do que parece e eu tenho de usar o ombro para abri-la. Quando cede, ligo o interruptor de luz e deixo Viv dar uma boa olhada no que há lá dentro.

A primeira coisa que ela percebe é o teto. Diferente do teto baixo repleto de dutos do corredor, o teto lá dentro ergue-se ao menos seis metros sobre a sala longa e espaçosa. Contra uma parede cor de vinho, há um sofá de couro marrom-chocolate, flanqueado por cômodas de mogno imperial. Na parede do sofá, há uma coleção de antigos barcos em miniatura. Aumentando o toque de clube masculino, há também um peixe de quatro metros — acho que é um marlim — na parede da esquerda, um saco de tacos de golfe perto da porta e, à direita, um enorme mapa náutico da costa do Atlântico da baía de Chesapeake até a enseada Júpiter, datado de 1898.

Viv olha para a sala por cerca de trinta segundos.

— Esconderijo? — pergunta.

Meneio a cabeça e sorrio.

Algumas pessoas dizem que não há mais segredos em Washington. É uma frase de efeito. Mas certamente foi dita por alguém que não tinha um esconderijo.

Nos escalões do poder, alguns parlamentares têm grandes equipes de trabalho. Outros têm grandes escritórios para seu pessoal. Alguns têm preferência para estacionar fora do Capitólio. E alguns poucos têm motorista para que pareçam superimportantes. Há também aqueles que têm esconderijos.

São os segredos mais bem preservados do Capitólio — santuários privativos para que um senador possa se afastar de seu pessoal, dos lobistas e dos temidos grupos de turistas que querem "apenas uma foto por favor, viemos de tão longe". Quão privativos são? Bem, até mesmo o arquiteto do Capitólio, que administra todo o prédio, não tem uma lista completa de quem está em cada um. Muitos nem mesmo estão na planta baixa, que é como os senadores gostam.

— Então, para que Steven usa esse lugar? — pergunta Viv.

— Digamos assim... — e aponto sobre os ombros dela para o interruptor de luz redondo.

— Um interruptor com resistência? — pergunta Viv, já enojada.

— Mandou instalar na primeira semana. Aparentemente, é uma opção muito popular... vem logo depois de vidros elétricos e freios a vácuo.

Ela nota que estou tentando acalmá-la. Só a faz ficar mais nervosa.

— Como sabe que o senador não vai aparecer aqui a qualquer momento?

— Ele não usa mais este esconderijo... não depois que conseguiu um com lareira.

— Espere aí... ele tem mais de um esconderijo?

— Ora, vamos, realmente acha que esses caras jogam limpo? Quando Lyndon B. Johson era líder da maioria, tinha sete. Naquele tempo era uma economia. Não haveria como...

Meus olhos param sobre a mesa de café entalhada à mão. Há um chaveiro com uma chave que me é familiar sobre o tampo da mesa.

Ouvimos a descarga no banheiro. Viv e eu nos voltamos para a esquerda, em direção ao banheiro. Há uma luz sob a porta. Em seguida se apaga. Antes que nós dois possamos correr, a porta do banheiro se abre.

— Não me olhe com tanta surpresa — diz Lowell, saindo do banheiro. — Agora, quer ou não quer saber no que está metido?

72

— O que está fazendo? — pergunto, minha voz ecoando pelo ambiente.
— Calma — diz Viv.
— Ouça-a — diz Lowell, tentando parecer preocupado. — Não estou aqui para feri-lo.

Lowell meneia a cabeça para Viv, tentando fazer parecer que ela está tendendo para o lado dele. Ele tem sido representante do procurador geral tempo demais. Tudo o que lhe resta são velhos truques. Ensinou-me esse no primeiro ano em que trabalhei para ele no escritório do senador.

— Como chegou aqui? — pergunto.
— Do mesmo modo que você. Quando era chefe de gabinete, deram-me uma chave.
— Deveria ter devolvido quando foi embora.
— Só se a pedissem de volta — diz Lowell, tentando parecer brincalhão. Com essa são duas. Pode ter sido um grande amigo, mas isso acabou no momento em que me fez sair correndo daquele restaurante.
— Sei no que está pensando, Harris... mas você não compreende a posição em que eu estava. Ele ameaçou minha família... veio até o *playground* de minha filha... chegou a bater em minha cabeça

por eu tê-lo deixado fugir naquela noite — diz ele, mostrando-me o curativo na parte de trás da cabeça.

Agora está tentando ser simpático. Na terceira ele está fora.

— Dane-se, Lowell! Entendeu? *Dane-se!* O único motivo de Janos estar lá naquela noite foi porque você *disse para ele! Você armou aquilo!*

— Harris, por favor...

— Então, qual será a próxima faca que você vai me enfiar nas costas? Também disse para ele que eu estava escondido aqui, ou estava guardando essa para a sobremesa?

— Juro, Harris... não trabalho com ele.

— Ah, eu supostamente devo acreditar em você agora?

— Harris, vamos embora — diz Viv, agarrando meu braço.

— Deu-se conta de quão estúpido foi ter vindo até aqui? — pergunto. — Acha que Janos não o seguiu?

— Se tivesse seguido, estaria aqui agora — destaca Lowell. Nisso ele tem razão.

— Então, pode ao menos me ouvir um segundo? — implora.

— Como assim? Quer que eu confie? Desculpe, Lowell, já tivemos bastante disso esta semana.

Ao dar-se conta de que não está progredindo, olha para Viv e encontra um novo alvo.

— Senhorita, poderia...

— Não fale com ela, Lowell!

— Harris, está tudo bem — diz Viv.

— Afaste-se dela, Lowell! Ela não é parte de... — paro de falar subitamente, tentando manter o controle. *Não o perca*, digo para mim mesmo. Mordo a parte interna da bochecha para conter a raiva. Nosso tempo está se esgotando. Abro a porta e digo:

— Adeus, Lowell.

— Poderia ao menos...

— *Adeus.*

— Mas eu...

— Saia, Lowell. *Agora!*

— Harris, eu sei quem são — diz ele afinal.

Observando-o cuidadosamente, verifico a posição das sobrancelhas e a curvatura ansiosa de seu pescoço. Convivi com Lowell Nash durante a maior parte de minha vida profissional. Ninguém é capaz de mentir tão bem assim.

— Do que está falando? — pergunto.

— Sei sobre o Grupo Wendell... ou seja lá como chamam a si mesmos. Eu os investiguei. À primeira vista, parecem sólidos como a Sears: são registrados em Delaware, trabalham com importação de móveis... mas quando se investiga mais a fundo, logo se vê que são uma subsidiária de uma empresa de Idaho, que tem uma sociedade em Montana, que é parte de uma *holding* registrada em Antígua... A coisa continua, camada sobre camada, mas é tudo fachada.

— Para o governo, certo?

— Como sabe?

— Basta ver o laboratório. Apenas um governo teria tanto dinheiro.

— Que laboratório? — pergunta Lowell.

— Na mina.

Pela expressão de seu rosto, isso é novidade para ele.

— Em Dakota do Sul... têm um laboratório inteiro escondido em uma velha mina de ouro — explico. — Basta ver o maquinário que...

— Estão construindo alguma coisa?

— É por isso que nós...

— Diga-me o que estão construindo.

— Vai soar um tanto maluco...

— Apenas diga, Harris. O que estão fazendo?

Olho para Viv. Ela sabe que não temos escolha. Se Lowell estivesse metido nisso, não estaria fazendo aquela pergunta.

— Plutônio — digo. — Achamos que estão fabricando plutônio... do nível atômico para cima.

Lowell parece paralisado. Seu rosto empalidece. Eu já o vi nervoso antes, mas nunca assim.

— Temos de avisar alguém — murmura. Mete a mão no bolso para pegar o celular.

— Aqui não vai conseguir linha.

Ao dar-se conta de que tenho razão, ele olha ao redor do lugar.

— Há algum...

— Na cômoda — digo, apontando para o telefone.

Os dedos de Lowell correm sobre as teclas.

— William, sou eu... É — diz ele, após uma pausa. — Apenas ouça. Preciso que ligue para o procurador. Diga-lhe que estarei lá em dez minutos. — Pára novamente. — Não me importo. Tire-o de lá.

Lowell bate o telefone e corre para a porta.

— Ainda não faz sentido — diz Viv. — Por que o governo dos EUA quer plutônio quando já o tem de sobra? O máximo que pode acontecer é esse plutônio cair em mãos erradas...

Lowell pára e vira-se.

— O que disse?

— Q-que isso não faz sentido...

— Depois disso.

— Por que o governo dos EUA...?

— O que a faz pensar que é o *nosso* governo? — pergunta Lowell.

— Como? — pergunto.

Viv está tão confusa quanto eu.

— Pensei que tivesse dito...

— Vocês não fazem idéia de quem é dono da Wendell, não é? — pergunta Lowell.

A sala está tão silenciosa que ouço o sangue fluindo em meus ouvidos.

— Lowell, o que diabos está acontecendo? — pergunto.

— Nós rastreamos tudo, Harris. Está bem escondido: Idaho, Montana... todos os estados onde é difícil fazer uma boa pesquisa de registro de empresas. Seja lá quem armou isso, conhecia todos os truques. Depois de Antígua, pulou para um falso quadro de diretores na Turquia e Caicos, o que, obviamente, também não esclareceu coisa alguma. Mas também listaram um agente registrado com um endereço local em Belize. Naturalmente, o endereço era falso, mas o nome... era o de uma empresa estatal de concreto em Sana'a.

— Sana'a?

— Capital do Iêmen.

— Iêmen? Está me dizendo que a Mineração Wendell é uma empresa de fachada do Iêmen? — pergunto, a voz trêmula.

— É o que dizem os registros... e você tem alguma idéia do que aconteceria se eles começassem a fabricar plutônio e o vendessem para quem pagasse melhor? Sabe quantos lunáticos entrariam na fila?

— Todos.

— Todos — repete Lowell. — E se apenas um deles conseguir... já fomos à guerra por menos que isso.

— M-mas é impossível... eles deram dinheiro... estavam na lista de pedidos... todos os nomes.

— Acredite em mim, andei procurando nomes árabes na lista. Esses caras geralmente só contratam gente deles, mas o modo como se escondem... acho que trouxeram alguém até aqui para terem uma imagem pública e molhar as mãos certas... alguém do tipo alto executivo de modo que tudo pareça limpo. Estamos atrás desse sujeito, André Saulson, cujo nome consta de uma das contas bancárias da Wendell. Provavelmente o nome é falso, mas um de nossos rapazes percebeu que o endereço batia com o de uma velha listagem que tínhamos de alguém chamado Sauls. Vai demorar algum tempo para podermos confirmar, mas ele se encaixa no papel. Faculdade de Economia de Londres... Universidade Sófia, em Tóquio. Estivemos atrás dele há alguns anos, por tráfico de obras de arte... parece que tentava transportar o Vaso de Varca quando este foi roubado do Museu Nacional do Iraque, ocasião em que os iemenitas certamente o descobriram. Trapaças de alto nível. O Iêmen o contrata para conseguir credibilidade. Então Sauls contrata Janos para amaciar o caminho, e talvez alguém mais para ajudá-lo a manobrar dentro do sistema...

— Pasternak... foi assim que entraram no jogo.

— Exato. Envolvem Pasternak, que podia até mesmo não saber quem realmente são... e têm um dos melhores jogadores da cidade.

Tudo o que precisam fazer é pegar sua mina de ouro. Precisa dar-lhes crédito. Por que se arriscar à fúria dos inspetores no Oriente Médio quando podem construir sua bomba em nosso próprio quintal sem ninguém desconfiar? Faça a coisa certa, e o Congresso é capaz até de lhe dar a terra de graça.

Meu estômago se revira. Mal consigo ficar em pé.

— O que faremos agora? — pergunta Viv, o rosto já molhado de suor.

Não estamos apenas fora de nossa categoria... nós nem mesmo sabemos que esporte estamos jogando.

Lowell corre para o corredor.

— Feche as portas quando eu sair: ambas as fechaduras. Hora de ligar para o rei.

Já ouvi o termo antes. Assim que estiver com o procurador geral, vão ligar para a Casa Branca.

Quando Lowell sai da sala, Viv percebe que ele deixou as chaves na mesa de café.

— Lowell, espere...! — Viv agarra as chaves e o segue.

— Viv, não! — grito. Tarde demais. Ela sai no corredor.

Enquanto corro para a porta, ouço Viv gritar. Saio no corredor no mesmo instante em que ela volta em minha direção. Corredor abaixo, Janos aperta o antebraço contra o pescoço de Lowell, mantendo-o preso contra a parede. Antes que eu possa fazer qualquer coisa, Janos tira a sua caixa preta do peito de Lowell. O corpo de Lowell se contorce ligeiramente, e então cai inerte no chão. Seu corpo tomba com dois baques surdos que ecoam pelo corredor vazio: primeiro os joelhos, depois a testa.

É um som que jamais esquecerei. Olho para meu amigo. Seus olhos ainda estão abertos, olhando-nos sem nos ver.

Janos não diz uma única palavra. Apenas avança contra nós.

73

— *Corra!* — grito para Viv, agarrando-a pelos ombros e empurrando-a pelo corredor, para longe de Janos.

Janos investe contra mim com um sorriso intimidador. Quer que eu corra. Por isso não me movo. Esse lunático matou três amigos meus. Não vai pegar o quarto.

— Continue correndo! — grito para Viv, certificando-me de que ela tem uma boa vantagem.

Do ângulo que Janos está, ele não pode ver para o que estou olhando. Dentro do esconderijo, vejo o saco de golfe do senador encostado à parede. Tento alcançar os tacos, mas Janos move-se rápido demais.

Justo quando minha mão alcança o taco número nove, ele cai sobre mim, empurrando-me de costas contra o batente da porta. Minhas costas estalam, mas não deixo cair o taco. Imobilizando-me como fez com Lowell, ele tenta cravar a caixa preta em meu peito. Afasto o seu braço com a ponta do taco. Antes que ele se dê conta do que está acontecendo, projeto a cabeça para a frente, atingindo-o o mais forte que posso no nariz. No mesmo lugar onde atingi o cientista na mina. *O ponto macio*, dizia meu tio. Um filete de sangue escorre da narina esquerda de Janos, sobre seu lábio superior. Seus olhos de cão de guarda arregalam-se um tanto. Está verdadeiramente surpreso. Hora de tirar vantagem disso.

— Sai...! — grito, aproveitando a oportunidade e empurrando-o para trás. Antes que consiga se equilibrar, ergo o taco de golfe como se fosse de beisebol e desfiro um golpe em sua direção. Às vezes, deve-se jogar xadrez com rapidez. Ele protege a caixa preta, apertando-a contra o peito. Ele pensa que vou atingi-lo em cima. Por isso eu o atinjo embaixo, com toda força, na lateral do joelho.

É como atingir um pedregulho. Ouve-se um estalo e o taco vibra em minha mão. Ainda assim não o deixo escapar. No último segundo, ele desvia, mas o impacto é o suficiente para fazê-lo se curvar. Como antes, ele mal emite um grunhido. Não estou impressionado. Achando estar indo bem, me aproximo para desferir outro golpe. É o meu erro. Enquanto cai, Janos não tira os olhos de meu taco. Antes que eu possa voltar a erguê-lo, ele arranca o taco número nove das minhas mãos. É tão rápido que mal vejo acontecer. É uma rápida advertência de que não posso vencê-lo de igual para igual. Ainda assim, consegui o que queria. Viv já sumiu corredor acima. Agora temos uma vantagem.

Janos cai sobre o chão de concreto. Eu me volto e corro o mais que posso. Ao dobrar a esquina, praticamente trombo com Viv.

— O que está fazendo? — pergunto, desviando-me dela. Ela está bem atrás de mim. — Disse para correr.

— Queria me certificar de que você estava bem — diz ela, tentando parecer forte. Não está funcionando.

Atrás de nós, ouvimos o taco de golfe arranhar o chão de concreto. Janos está se erguendo. Quando ele começa a correr, ouvimos que seus passos estão descompassados. Definitivamente, está mancando, mas suas passadas ficam cada vez mais rápidas. Ele se recupera depressa.

Vasculhando freneticamente as pilhas de móveis velhos espalhadas em ambos os lados do corredor, procuro uma saída. Aqui, a maioria das portas está fechada e não tem placas.

— E quanto a esta aqui? — pergunta Viv, apontando para uma porta onde se lê: *Sargento em armas*. Agarro a maçaneta, que não gira. Droga. Trancada.

— Esta também — diz Viv, tentando uma porta à nossa direita. Eu a ouço ofegar atrás de mim. O corredor está acabando e, diferente da outra vez, a polícia do Capitólio está muito longe de nós. Temos uma pequena dianteira, mas não é o bastante... a não ser que façamos alguma coisa logo.

Adiante, à nossa esquerda, ouvimos um barulho mecânico. É a única porta aberta. A placa diz:

> *Perigo*
> *Casa de máquinas.*
> *Somente pessoal autorizado.*

Olho para trás para ver como estamos indo. Como um tigre ferido, Janos surge no outro extremo do corredor. Traz o taco de golfe em uma das mãos e a caixa preta na outra. Mesmo mancando, ainda move-se com rapidez.

— Ande! — grito, empurrando Viv porta adentro. Tudo para sair de sua linha de visão.

A sala é estreita embora comprida. Nem mesmo vejo onde termina. Está ocupada por fileira após fileira de exaustores industriais de três metros de altura, ventiladores e compressores de ar, todos interligados por um emaranhado de ductos em espiral que serpenteiam em todas as direções como os tentáculos de um robô de 1950. Acima de nós, encanamentos de gás, tubos de cobre e instalações elétricas misturam-se a diversos canos e dutos no teto, que bloqueiam a pouca luz fluorescente que ilumina o lugar.

Perto da porta, há uma parede repleta de indicadores de pressão que não são usados há anos, assim como dois latões de lixo, uma caixa de filtros de ar vazia e um balde sujo com algumas ferramentas metidas dentro. No chão, atrás dos latões de lixo, há um cobertor verde-oliva amarrotado, mal cobrindo uma fileira de seis tanques metálicos de propano.

— Rápido, venha aqui! — murmuro para Viv, agarrando-a pelos ombros e empurrando-a em direção aos tanques.

— O que você...

— Shhhh. Apenas se abaixe.

Empurrando-a, agarro o cobertor e ajeito-o sobre sua cabeça.

— Harris, isso não é...

— Ouça-me.

— Mas eu...

— *Droga, Viv... ao menos uma vez, me escute.* — Ela não gosta do tom de voz. Mas agora ela precisa disso. — Espere até que ele passe — digo. — Quando ele se for, vá buscar ajuda.

— Mas assim, você... — ela se interrompe. — Você não pode com ele, Harris.

— Vá buscar ajuda. Eu estarei bem.

— Ele irá matá-lo.

— Por favor, Viv, apenas consiga ajuda.

Nossos olhares se cruzam e ela me encara. Quando Viv me viu pela primeira vez, falando para sua turma de mensageiros, e, depois, quando ouviu a história sobre O Gato, pensou que eu era invencível. Eu também pensava. Agora, sei que não sou. Ela também. Dando-se conta do que estou pedindo, ela começa a chorar. Após tudo o que passamos juntos, ela não quer me abandonar.

Eu me ajoelho e dou-lhe um beijo na testa.

— Viv...

— Shhh — diz ela, recusando-se a ouvir.

— Reze comigo.

— O quê? Agora? Sabe que não acredito em...

— Só uma vez — ela implora. — Uma pequena prece. Um último favor.

Sem escolha, baixo a cabeça. A de Viv já está abaixada. Ela agarra a minha mão e eu fecho os olhos. Não adianta. Minha mente está a mil, e então... quando o silêncio...

Deus, por favor, cuide de Viv Parker. É tudo o que peço. Estou arrependido de tudo o mais... Minha mente se esvazia e meus olhos permanecem fechados.

— Então, foi assim tão ruim? — pergunta Viv, quebrando o silêncio.

Balanço a cabeça.

— Você é uma pessoa incrível, Vivian. E será uma grande senadora.

— É, bem... ainda assim vou precisar de um bom chefe de gabinete.

É uma doce brincadeira, mas não facilita as coisas. Não me sinto tão mal desde a morte de meu pai. Um nó aperta a minha garganta.

— Estarei bem... eu prometo — digo forçando um sorriso.

Antes que Viv possa argumentar, puxo o cobertor sobre sua cabeça e ela some de vista. Apenas outro tanque de propano escondido. Convencido de que ela está a salvo, vou até o balde de ferramentas, procurando uma arma. Alicate de bico... fita isolante... fita métrica... e uma caixa de lâminas industriais. Agarro a caixa, mas, ao abri-la, vejo que está vazia. Então, que seja o alicate de bico.

Entrando ainda mais na sala de máquinas, bato com o alicate em toda peça metálica que encontro, procurando fazer o maior barulho possível. Tudo para fazer Janos passar por Viv. Continuo dizendo para mim mesmo que esta é a melhor maneira de protegê-la. Vou parar e deixá-la saltar. Ao fazer a volta ao redor de uma enorme unidade de ar condicionado, ouço um som perto da porta: sapatos italianos escorregando no chão de concreto antes de pararem subitamente.

Janos está aqui. Viv está escondida. E eu estou agachado atrás de uma grade de metal que vai até a altura de meu queixo. Bato na grade, fingindo ser por acidente. Janos começa a correr. *Vamos, Viv,* digo para mim mesmo, fazendo uma última prece silenciosa. *Esta é a sua chance...*

74

O cobertor militar era áspero, manchado e fedia a uma mistura de serragem e querosene, mas ao enfiar a cabeça entre os joelhos e fechar os olhos, o cheiro era a menor de suas preocupações. Escondida debaixo do tecido verde-oliva, Viv ouviu o ruído dos sapatos de Janos quando ele entrou na sala. Pelo barulho que Harris estava fazendo — batendo em algo que, a distância, soava como metal laminado — imaginou que Janos correria. E ele correu, embora apenas alguns passos. Então parou. Bem diante dela.

Prendendo o fôlego, Viv fez o que pôde para manter-se imóvel. Instintivamente abriu os olhos, mas a única coisa que conseguia ver era a ponta de seu pé direito fora do cobertor. Estaria coberta ou seria para ela que Janos olhava? Janos resmungou baixinho e virou-se ligeiramente, arrastando os pés no chão de concreto. Viv agarrou os próprios joelhos, enterrando as unhas na pele.

— *Rápido...!* — murmurou Harris ao longe, sua voz ecoando pelo corredor de concreto.

Janos voltou-se para onde vinha o som.

Viv sabia que era o jeito capenga que Harris achara para distrair Janos. Contudo, ao ouvi-lo começar a correr, viu que estava funcionando.

Viv foi cautelosa e não saiu correndo imediatamente. *Não mova uma sobrancelha até ele ir embora.* Mais uma vez ela conteve a respiração — não apenas para se esconder, mas também para ouvir cada som. O rumor das unidades de ar condicionado, o zumbir das lâmpadas no teto... e, mais importante, o leve rumor das passadas de Harris sumindo ao longe... e as passadas rápidas de Janos enquanto corria atrás dele.

Mesmo quando deixou de ouvi-las, Viv ainda esperou alguns segundos, apenas para se certificar. Finalmente, ainda embaixo do cobertor, olhou para a porta de entrada. Nada em lugar nenhum. Apenas algumas latas de lixo e os tanques de propano. Com um puxão, ela tirou o cobertor dos ombros e atirou-o na lixeira.

Correndo para a porta, Viv irrompeu no corredor e virou à esquerda.

— Socorro! — gritou. — Alguém... precisamos de ajuda! — Como antes, as pilhas de móveis de escritório descartadas eram as únicas coisas a ouvirem o seu chamado. Voltando em direção à polícia do Capitólio, ela correu para o breve lance de escada à sua direita — mas assim que dobrou a esquina, deu de encontro ao peito de um homem alto vestindo um vistoso terno risca de giz. O impacto foi forte — seu nariz deu de encontro a uma gravata Zegna da cor magenta, pressionando-a contra o peito dele. Para a surpresa de Viv, o sujeito conseguiu dar um passo atrás e amenizar o choque. Quase como se a tivesse ouvido se aproximar.

— Socorro... preciso de ajuda — disse Viv, a voz acelerada.

— Acalme-se — respondeu Barry, o olho de vidro olhando diretamente para a esquerda quando pousou a mão em seu braço. — Agora conte-me o que está acontecendo...

75

Corro pela tortuosa passagem entre dois compressores de ar e tento ouvir os passos de Janos, mas o barulho do equipamento abafa qualquer outro ruído. Na entrada, era barulhento. Aqui é ensurdecedor. É como correr por um corredor de caminhões de dezoito rodas. As máquinas aqui são dinossauros superdimensionados. A única coisa boa é que, se eu não posso ouvi-lo, ele também não pode me ouvir.

Ao fim da passagem, sigo o caminho à minha direita. Para minha surpresa, a sala prossegue, um labirinto de dutos e maquinário de ventilação que parece não ter fim. À minha esquerda, há uma fileira de tanques ovais que parecem aquecedores de água industriais. À minha direita, há um compressor retangular ainda maior, com um motor gigantesco em cima. Há três caminhos diferentes, que podem me levar em qualquer direção: direita, esquerda, em frente. Para quem não conhece, máquina após máquina e todos esses dutos bloqueando a linha direta de visão, é fácil se perder e se confundir. É por isso que há uma linha amarela desbotada pintada no chão. Acho que é isso que o pessoal da manutenção usa para entrar e sair. Uso a linha com o mesmo propósito, mas em vez de me ater a ela e dar a Janos uma pista fácil de seguir, propositalmente eu a evito, sempre tomando um caminho alternativo.

A meio caminho, agacho-me sob uma seção de dutos e sigo uma passagem adjacente, aprofundando-me ainda mais na sala escura, que cada vez se parece mais com um porão de verdade. Paredes de tijolos mofados... chão úmido e sujo de barro... e nenhuma janela à vista. O teto de gesso rachado é baixo como o teto de uma caverna e então se alteia cerca de seis metros, perdendo-se na escuridão.

Quanto mais avanço, há menos maquinário à vista e tudo fica mais silencioso. Sinto uma brisa fria em meu rosto, o que me faz lembrar dos túneis de vento na mina de ouro. Tem de haver uma porta aberta em algum lugar. Em ambos os lados, os dutos ainda bloqueiam a minha visão, mas posso ouvir passadas pesadas. Janos se aproxima. O som ecoa à minha direita, logo ouço-o à minha esquerda. Não faz sentido. Ele não pode estar em dois lugares ao mesmo tempo.

Volto-me para seguir o ruído. Meu cotovelo bate em um dos dutos e um som metálico reverbera pela sala. Fecho os olhos e me abaixo tão rápido que meus cotovelos batem contra o concreto. Então ouço um rumor metálico ecoar atrás de mim. Bem atrás. Ergo uma das sobrancelhas e olho para o teto escuro. Um assobio agudo ecoa lá em cima. Hum. De joelhos, dou um peteleco em um duto. Ouve-se um suave retinir, seguido de um eco a uns dez metros atrás de mim. É o equivalente sonoro de uma sala de espelhos.

Quando o Capitólio foi construído, não existia ar-condicionado, de modo que, quando os parlamentares reclamavam das altas temperaturas no Senado e na Câmara, construiu-se um elaborado sistema de túneis de ar no subsolo. Vindo de fora, o ar fluía por túneis subterrâneos, entrava no prédio e, dali, serpenteava por túneis internos que lembravam dutos de ar condicionado revestidos de pedra, que acabavam trazendo o ar fresco para dentro das salas cavernosas do prédio que não tinham o benefício de janelas externas. Até hoje, embora obviamente tenha sido atualizado, o sistema ainda está ativo, recolhendo o ar fresco que entra diretamente nas unidades de ar condicionado e, então, é bombeado pelos dutos e algumas passagens remanescentes.

Rapidamente dou-me conta de que não estou apenas em um porão. O modo como o vento passa por mim... o eco... pensei que os túneis de ar corriam acima e abaixo de mim. Mas ao olhar em torno e ver a curvatura das paredes... vejo que toda a sala é um túnel gigantesco. Estava em um túnel todo o tempo. Daí a brisa que sinto em meu rosto. E é por isso que todas as unidades de ar condicionado estão aqui. Os túneis subterrâneos dão neste túnel e alimentam as máquinas com ar fresco. Olhando para os arcos escuros do teto, vejo que, além da escuridão, há passagens que sobem ao Capitólio. Este é o ponto central que alimenta todos os terminais do prédio. Como dutos de ar condicionado, os túneis são interligados. É por isso que as passadas de Janos ecoam à minha esquerda e à minha direita. Bata na grade de metal à sua direita e ouvirá um eco atrás de si. É bom saber disso... principalmente agora.

Agachado, corro entre dois dutos de ar paralelos e ouço os passos de Janos vindo de três direções diferentes. Os três sons ficam cada vez mais altos, mas devido ao assobiar do túnel de ar e ao rumor das máquinas ao longe, ainda é impossível dizer qual é o verdadeiro. A única coisa boa é que Janos está tendo o mesmo problema.

— A ajuda já está vindo! — grito, ouvindo o eco atrás de mim. — A polícia do Capitólio está a caminho! — falo voltado para a esquerda. Com ajuda do eco, Janos ouvirá a voz vindo da direita. Não é o melhor truque do mundo, mas agora tudo o que preciso é protelar. Ganhar algum tempo e deixar que Viv procure ajuda.

— Ouviu o que eu disse, Janos? Estão a caminho! — acrescento, tentando confundi-lo enquanto minha voz ecoa pelo lugar.

Ele continua em silêncio. É esperto demais para responder. Por isso decido levar para o lado pessoal.

— Você não me parece um fanático, Janos... então, o que o fez entrar nessa? Algo contra os EUA ou foi uma decisão puramente financeira?

Ouço nitidamente ele se voltar e recuar. O som vem de trás dele. Definitivamente, está perdido.

— Ora vamos, Janos... mesmo para um sujeito como você tem de haver limites. Só porque tem de comer, isso não quer dizer que pegue qualquer chiclete jogado na calçada.

Os passos ficam mais próximos e, depois, voltam a se distanciar quando ele pensa novamente. Agora ele está aborrecido.

— Não me entenda mal — continuo, abaixado sob uma saída de ar e escondido atrás de um dos aquecedores ovais. — Sei que temos de escolher um lado na vida, mas esses caras... Sem querer estereotipar, mas eu já o vi, Janos. Você não é exatamente da laia deles. Podem querer que *nós* morramos agora, mas você não está muito longe na lista.

As passadas diminuem.

— Acha que estou errado? Eles não apenas vão enfiar uma faca nas suas costas, eles saberão exatamente entre quais vértebras enfiá-la, de modo que sinta cada centímetro da lâmina. Ora, Janos, pense em quem estamos falando... Aquilo é o Iêmen...

Ele pára.

Ergo a cabeça e olho ao redor. Incrível.

— Não lhe disseram, não é mesmo? — pergunto. — Você não tinha idéia.

Novamente, silêncio.

— O quê? Pensa que estou inventando? É o Iêmen, Janos. Você está trabalhando para o Iêmen! — Saio de trás do aquecedor e volto-me na direção de Janos, ainda agachado. Bato levemente com o alicate em outra máquina. Quanto mais eu me mover, mais difícil será para ele me pegar.

— Mas como esconderam isso de você? Deixe-me adivinhar: contrataram algum sujeito com jeitão de executivo de alto escalão para fazer parecer que era uma empresa norte-americana, e em seguida o sujeito o contratou. Como estou? Quente? Frio? Pelando?

Ele ainda não responde. Pela primeira vez, está verdadeiramente balançado.

— Nunca viu *O poderoso chefão*? Os pistoleiros contratados não conhecem seus verdadeiros patrões.

Esta última parte é só para fazê-lo ficar com raiva. Não ouço passos em lugar algum. Ou ele está prestando atenção ou tentando seguir o som da minha voz. De qualquer modo, não há chance de ele estar pensando claramente.

Curvado e em perfeito silêncio, esgueiro-me por trás de um ventilador de três metros com a grade de metal mais empoeirada que já vi. Conectado à grade há um longo duto de alumínio que se estende por uns seis metros em direção à porta lá atrás. Diante de mim, as lâminas do ventilador giram lentamente, de modo que posso ver ao longo do duto até a outra extremidade. Olho e quase engulo a língua quando vejo a parte de trás de uma cabeça grisalha com cabelo à escovinha que me é familiar.

Agacho-me e me oculto sob a grade do ventilador. Do lugar onde estou, tenho uma clara visão da parte de baixo do longo duto. Não há como deixar de ver os sapatos Ferragamo do outro lado. Janos está bem à frente e, pelo modo como está parado, paralisado de frustração, não tem idéia de que estou atrás dele.

Agarrando o alicate em meu punho suado, continuo agachado e me preparo para avançar. Dentro de três segundos, digo para mim mesmo. Já vi suficientes continuações de *Sexta-feira 13* para saber como esta termina. O sujeito é um assassino. Tudo o que tenho de fazer é ficar escondido. Tudo o mais é risco de filme de terror barato. O problema é que, quanto mais tempo fico aqui, maiores as chances de ele se voltar e olhar diretamente para mim. Ao menos assim, terei a surpresa do meu lado. E depois do que fez com Matthew, Pasternak e Lowell... algumas coisas valem o risco.

Agachado, inspiro profundamente uma última vez e avanço devagar. Uma mão corre sobre a lateral do duto de metal, a outra agarra o alicate de bico. Me agacho ainda mais para olhar por baixo do duto de ar. Janos ainda está do outro lado, tentando descobrir onde estou. Deste lado da sala, o rumor de máquinas torna as coisas ainda mais difíceis. Ainda assim, vou o mais lentamente possível, cauteloso com cada passo.

Estou a cerca de três metros. Do meu ponto de vista, o corpo de Janos está oculto da cintura para cima pelo duto de ar. Vejo a ponta de seu ombro. Aproximando-me um pouco mais, vejo sua nuca e o resto de seu braço. Menos de um metro e meio. Ele olha ao redor. Está definitivamente perdido. Em sua mão direita está a caixa preta, que parece um antigo *walkman*. Na direita, o taco número nove do senador. Se estou certo, estas são as únicas armas que ele tem. Trouxesse algo mais — uma faca ou arma de fogo —, nunca passaria pelo detector de metal.

Ele está a poucos centímetros de distância. Trinco os dentes e ergo o alicate. O vento sopra pelo túnel, quase como se ganhando velocidade. Sob meu pé, ouve-se um pequeno estalido. Um pedaço de gesso se parte em dois. Eu gelo. Janos não se move.

Ele não ouviu. Está tudo bem. Preparo-me para atacar.

Estou tão perto que posso ver a costura de suas calças e o cabelo espetado em sua nuca. Quase me esqueci de quão grande ele é. Daqui de baixo, é um gigante. Ergo o alicate ainda mais. Em três: um... dois...

Ergo-me diretamente sobre ele e direciono o alicate para a sua nuca. Em um piscar de olhos, Janos volta-se, usando o cabo do taco de golfe para tirar o alicate de minha mão. O alicate voa longe. Antes que eu possa reagir, ele já ergueu o outro braço. Em um rápido movimento, ele golpeia para baixo. E a caixa preta move-se em direção ao meu peito.

76

— Rápido... temos de pedir ajuda! — insiste Viv, agarrando a manga do paletó de Barry.

— Relaxe, já pedi — diz Barry, olhando atentamente para o corredor. — Devem estar aqui a qualquer momento. Agora, onde está Harris?

— Ali... — disse ela, apontando para a sala de máquinas.

— Para onde está apontando? Para a porta?

— Pode ver? — perguntou Viv.

— Apenas contornos e sombras. Leve-me até lá... — Barry agarra o cotovelo de Viv e a força em direção à porta.

— Está louco? — pergunta Viv.

— Pensei que tivesse dito que ele estava aí dentro com Janos.

— Sim, mas...

— Então, o que prefere fazer... ficar aqui à espera da polícia do Capitólio ou entrar e talvez salvar a vida dele? Ele está sozinho contra Janos. Se Harris não tiver ajuda agora, não vai importar.

— M-mas você é cego...

— E daí? Tudo de que precisamos aqui são corpos. Janos é esperto... se duas pessoas entrarem, ele não arriscará um confronto. Ele vai fugir. Agora, você vem ou não vem?

Confusa, Viv conduziu Barry enquanto ele tateava o corredor com a bengala. Olhando para trás, mais uma vez procurou a polícia do Capitólio. Barry estava certo. Seu tempo estava se esgotando. Ela acelerou as passadas, conduzindo-o. Não deixaria Harris sozinho.

A meio caminho do corredor, passaram pelo corpo inerte de Lowell, ainda esparramado no chão.

Viv olhou para Barry. Seus olhos olhavam para a frente. Não podia ver.

— Lowell está morto — disse ela.

— Tem certeza?

Ela olhou para o corpo estático. A boca de Lowell estava escancarada, congelada em um grito final.

— Tenho — disse ela. E voltando-se novamente para Lowell, acrescentou: — Foi ele quem ligou para você?

— O quê?

— Lowell. Foi ele quem ligou para você? Foi por isso que veio?

— É — disse Barry. — Lowell ligou.

A bengala de Barry colidiu com a base da porta. Viv agarrou a maçaneta e, ao abrir a porta, um bafo de ar frio soprou em seu rosto.

— Como estamos? — murmurou Barry.

Viv olhou para dentro, certificando-se de que estava tudo bem. Nada mudara. O balde. Os tanques de propano. Até mesmo o cobertor estava ali onde ela o deixara. No fundo da sala, porém, ouviu um grunhido gutural. Como alguém gemendo.

— Harris...! — gritou, puxando Barry para dentro. Quanto mais rapidamente se movia, mais ele apertava o seu braço. Pensou em deixá-lo para trás, mas Barry estava certo a respeito de uma coisa: ainda havia força nos números.

— Tem certeza de que consegue me acompanhar? — perguntou enquanto corriam. Para sua surpresa, mesmo tendo de acompanhar Barry, era mais fácil correr do que pensou.

— Claro — disse Barry. — Estou bem atrás de você.

Viv meneou a cabeça. Obviamente ele já fizera isso antes. Mas justo quando tirou os olhos de Barry e voltou a se concentrar na sala, sentiu-o agarrar seu cotovelo com mais força. A princípio era apenas um incômodo, mas então...

— Barry, está machucando.

Ele apertou ainda mais. Ela tentou livrar o braço, mas ele não soltou.

— Barry, não ouviu o que eu...?

Ela se voltou para encará-lo, mas ele já estava em meio ao golpe. No momento em que Viv voltou-se para ele, Barry a atingiu com um soco no rosto. Foi um golpe forte, atingindo-a no lábio superior, que abriu com o impacto. Ao perder o equilíbrio e cair no chão, pôde sentir o gosto acre de seu próprio sangue.

Estendeu as mãos para frente para evitar a queda, mas ainda assim caiu com os joelhos no chão. De quatro, tentou afastar-se.

— O que foi, agora você está tão quieta... — disse Barry atrás dela.

— Harris... *Harris*... — tentou gritar. Mas antes de pronunciar as palavras, Barry a agarrou pelo pescoço e apertou o mais forte que podia. Viv tossiu incontrolavelmente, incapaz de respirar.

— Perdão... você disse alguma coisa? — perguntou Barry. — Às vezes não ouço muito bem.

77

A caixa preta de Janos investe contra meu peito. Meus olhos estão fixos nas duas agulhas na extremidade. Vão direto para o meu coração — mesmo lugar onde eu o vi cravá-las em Lowell. Tento desviar, mas Janos é implacavelmente rápido. Gostaria de crer que sou mais rápido do que ele. Estou errado. As agulhas erram o alvo em meu peito, mas ainda assim atravessam a manga da camisa e afundam profundamente em meu braço.

A dor da picada desce até a ponta dos dedos. Logo, sinto o choque. Um fedor rançoso que me lembra plástico queimado preenche o ar. São minha carne e meus músculos queimando.

— Rrruhh! — grito, golpeando violentamente o ombro de Janos com o braço livre. Ele está tão preocupado em proteger a caixa preta que quase não nota quando arranco o taco de golfe de sua outra mão. Furioso, ele ergue a caixa para outro ataque. Golpeio com força, tentando mantê-lo afastado. Para a minha surpresa, a ponta do taco atinge a borda da caixa. Não é um golpe direto, mas é o bastante para Janos deixá-la escapar. A caixa roda no ar, cai no chão e se abre.

Fios, agulhas e oito pilhas AA espalham-se pelo chão. Enquanto as pilhas rolam para baixo de uma tubulação de ar, olho para Janos. Seus olhos implacáveis me atingem como uma faca e estão mais escuros do que nunca. Movendo-se em minha direção, ele não diz uma palavra. Aquilo era o bastante.

Novamente ergo o taco como um bastão. Da última vez, eu o surpreendi. O problema é que Janos não é pego de surpresa duas vezes. Tento bater com o taco em sua cabeça, mas ele desvia e atinge o osso da parte de dentro de meu pulso com o nó de seu dedo médio. Um choque de dor toma conta de minha mão e meu punho abre-se involuntariamente, deixando cair o taco. Tento fechar o punho, mas mal consigo mover os dedos. Janos não tem esse problema.

Golpeando como um preciso boxeador, atinge a dobra de meu lábio superior com o nó dos dedos. O surto de dor é diferente de qualquer coisa que eu já tenha sentido, e meus olhos se enchem de lágrimas. Mal posso ver. Mas não estou aqui para ser o saco de pancadas dele.

Quase incapaz de fechar a mão, ataco bruscamente. Janos se inclina para a esquerda e agarra meu pulso quando este passa perto de seu queixo. Tomando plena vantagem de meu impulso, ele me puxa em sua direção e, em um rápido movimento, ergue meu braço e enfia dois dedos profundamente em minha axila. Sinto uma dor como a de uma picada de abelha, mas antes mesmo de eu poder assimilá-la, meu braço fica inteiramente flácido. Ainda sem largar meu pulso, Janos o puxa ainda mais para a sua esquerda, e então usa a mão livre para forçar meu cotovelo para a direita. Ouve-se um estalo. Meu cotovelo se distende. Enquanto meus músculos continuam a rasgar, fica claro que, mesmo que eu volte a senti-lo, meu braço jamais voltará a funcionar do mesmo modo novamente. Ele está me desmontando peça por peça: desligando sistematicamente cada parte de meu corpo.

Ajoelhando-se ligeiramente, ele emite um grunhido gutural e me dá outro soco, que me atinge exatamente entre a virilha e a barriga. A metade inferior de meu corpo se convulsiona para trás, arrojando-me para um canto da sala. Quando minhas panturrilhas colidem com uma seção de respiradouros de sessenta centímetros de altura, o impulso novamente me trai. Tombando para trás, tropeço nos respiradouros e caio de costas atrás de uma enorme unidade de ar condicionado que facilmente deve ter o tamanho de um caminhão de lixo. Ao lado da máquina, uma esteira de borracha preta põe-se a funcionar agitando-se com rapidez e, então, subitamente parando, completa o seu curto ciclo. Mas quando Janos investe contra mim, pulando sobre o respiradouro e dando com os pés no chão com um baque surdo, seus olhos não estão fixados na esteira, nem mesmo em mim. Seja lá o que for que esteja olhando, está diretamente atrás de mim. Ainda no chão, volto-me, seguindo o seu olhar.

A menos de seis metros, uma parede curva de tijolos corroídos marca o fim do túnel de ar, mas o foco da atenção de Janos está mais embaixo: um buraco escuro mais largo e, pela aparência, tão profundo quanto um poço de elevador. Já ouvi falar a respeito disso. É um dos túneis subterrâneos que correm sob o prédio. É dali que vem o ar fresco do subterrâneo, embaixo do Capitólio... alimentando-se de uma das áreas de admissão de ar. Alguns dizem que esses buracos têm dezenas de metros de profundidade. Pelo eco que ouço emanar dali com uma lufada de ar fresco, não me parece exagero.

Junto ao buraco há uma grade de metal retangular encostada à parede. Normalmente, a grade serve como cobertura protetora, mas agora, a única coisa em cima do buraco é uma fina fita policial amarela e preta com a palavra *Cuidado* escrita nela. Seja lá o que estejam fazendo aqui, certamente ainda está em obras. É claro, o Capitólio tomou as precauções de segurança habituais: duas placas de *Cuidado: chão escorregadio* estão dispostas na borda do buraco. As placas não são capazes de deter um espirro. Janos se abaixa e me pega pelo colarinho da camisa.

Ele me ergue e me empurra de costas para o buraco. Minhas pernas parecem ser feitas de mingau. Mal consigo ficar em pé.

— N-não faça isso — imploro, tentando me aprumar.

Como sempre, ele está silencioso como uma pedra. Faço o possível para ficar em pé. Ele novamente empurra o meu peito. O impacto parece a onda de choque de uma explosão. Tento agarrar sua camisa, mas não consigo... Tombando para trás, caio em direção ao buraco.

78

Com o braço firmemente apertado ao redor do pescoço de Viv, Barry trincou os dentes e inclinou-se para trás, apertando o mais forte que podia. Enquanto Viv lutava para respirar, Barry mal conseguia contê-la. Pela largura de seus ombros, ela era maior do que ele lembrava. Mais forte, também. Esse era o problema de julgar pelas sombras: você nunca tinha certeza até pôr suas mãos em alguém e sentir por conta própria.

O corpo de Viv se contorcia em todas as direções. Suas unhas cravaram-se no antebraço dele. Ainda tentando respirar, cuspiu um jato de saliva em seu pulso exposto. *Nojenta*, pensou Barry. Isso só o fez apertar com mais força, puxando-a para perto. Mas ao fazê-lo, Viv levou as mãos ao rosto dele visando os olhos.

Barry voltou a cabeça para o lado, a fim de proteger o rosto. Era tudo que Viv precisava. Agarrou um tufo do cabelo de Barry e puxou com toda a força.

— Aaahh...! — urrou Barry. — Filha da...! — Ao se inclinar para a frente no intuito de evitar a dor, ficou na ponta dos pés. Viv curvou-se ainda mais, fazendo-o sentir cada centímetro de sua altura. Barry finalmente estava desequilibrado. Jogando o corpo para trás, Viv arrojou-se contra a parede. As costas de Barry chocaram-se com força contra os tijolos, mas ainda assim ele não a soltou. Tropeçando incontrolavelmente, arremeteram sobre os tanques de propano, que tombaram como pinos de boliche. Barry tentou puxar Viv pelas costas, mas, ao rodarem, ela usou todo o peso do corpo para projetá-lo contra um aquecedor de água que estava ali perto. Barry bateu com as costas em um cano exposto, que atingiu em cheio sua espinha.

Uivando de dor, Barry caiu de joelhos, incapaz de continuar segurando-a. Em seguida, ouviu os passos de Viv sobre o concreto, afastando-se em direção ao fundo da sala. Não muito. Apenas o bastante para se esconder.

Esfregando as costas, Barry engoliu a dor e olhou ao redor. Não havia muita luz, o que fazia as sombras flutuarem diante dele como massas amorfas marrons. A distância, ouviu uma série de grunhidos ásperos e gemidos anasalados. Harris e Janos. Não demoraria muito para Janos terminar aquilo, o que queria dizer que bastava a Barry concentrar-se em Viv.

— Ora vamos... realmente acha que posso vê-la? — gritou, seguindo o arrastar de seus sapatos e esperando que o blefe a fizesse se expor. Lá em cima, conseguia ver as bordas dos dutos de ar, mas, ao olhar para o chão, os detalhes desapareciam.

À sua esquerda, ouviu um arrastar de pedras contra o concreto. Viv estava se movendo. Barry voltou a cabeça, mas nada viu. O mesmo borrão marrom de antes. Teria se movido? *Não... concentre-se. Principalmente agora,* disse Barry para si mesmo. Se descobrissem tudo... estaria ferrado. Mas se conseguisse pegar Viv... tudo ficaria bem.

Um segundo depois, ouviu um retinir agudo atrás de si. Um dos tanques de propano. Voltou-se para o som, mas o tom era muito agudo. Como se ela tivesse atirado uma pedrinha contra uma peça de metal.

— Agora está me testando? — gritou Barry, voltando-se para as máquinas. Tentava soar forte, mas, ao vasculhar a sala — esquerda e direita... em cima e embaixo —, as sombras... não... nada se movia. Nada se moveu, insistiu.

Ao seu redor, as máquinas zumbiam sua monótona sinfonia. À direita, as chamas da fornalha se agitaram, emitindo um som sibilante. À esquerda, um compressor barulhento terminava seu ciclo e desligava-se. O vento soprava diretamente sobre ele. Mas ainda não havia sinal de Viv.

Procurando ouvir a respiração arfante de Viv, Barry isolou cada som, cada retinir, assobio, crepitação e chiado. À medida que se aprofundava na sala, definitivamente ficava mais difícil de ver, mas ele sabia que Viv estava com medo. Perdera o equilíbrio. Acabaria cometendo um erro.

O problema é que, quanto mais Barry entrava na sala, mais os sons pareciam dançar ao redor dele. Ouvia um retinir à esquerda... ou terá sido à direita? Parou a meio caminho e ficou estático.

Ouviu um farfalhar de panos atrás de si. Voltou-se para a porta, mas o som parou imediatamente.

— Viv, não seja estúpida... — advertiu com a voz trêmula.

A sala estava silenciosa.

Ouviu-se um pequeno estalo, como um graveto em uma fogueira de acampamento.

— Viv...

Ainda nenhuma resposta.

Barry novamente voltou-se para o fundo da sala, observando o perfil de cada máquina. O borrão estava igual. Nada se movia...

— Viv, você está aí?

Por um instante, Barry sentiu um aperto familiar no peito, mas logo lembrou-se de que não havia motivo para pânico. Viv não iria a lugar algum. Enquanto estivesse com medo, não se arriscaria a tentar qualquer...

Um barulho penetrante ecoou pela sala. Sapatos atravessavam o chão a pleno galope. Atrás dele... Viv corria para a porta.

Barry voltou-se bem a tempo de ouvir o balde bater contra a parede. Ouviu um arrastar de metal contra concreto quando ela pegou um dos tanques de propano. Barry imaginou que ela o estivesse afastando para poder chegar à porta, mas quando conseguiu vê-la, surpreendeu-se com o fato de sua sombra não estar diminuindo. Na verdade, aumentava. Ela não estava fugindo. Estava vindo em sua direção.

— Olhe bem para isso, seu babaca! — gritou Viv, golpeando-o com toda a força com o tanque de propano. Ela segurou o tanque com firmeza quando este se chocou contra a lateral da cabeça de Barry. Só o som valeu o impacto — um estalo pouco natural, como um bastão de alumínio chocando-se contra um melão. A cabeça de Barry projetou-se violentamente para o lado e seu corpo logo seguiu a tendência.

— Está vendo? Está claro o bastante para você? — gritou Viv enquanto Barry caía no chão. Tivera de se defender desde o primeiro dia em que se mudaram para aquela casa no limiar do subúrbio. Finalmente, encontrara uma utilidade para tanta briga de socos.

Barry tentou pegar-lhe a perna, mas seu mundo já estava começando a rodar. Viv arremessou o tanque de propano em seu peito. Sem fôlego, ele mal conseguia se mover.

— Realmente achava que tinha alguma chance? — gritou enquanto gotas de saliva escapavam de sua boca. — Você não enxerga! O que achou?... Que podia me vencer só porque eu era uma garota?!

Olhando para cima, Barry viu a longa sombra de Viv sobre ele. Ela ergueu o pé sobre a sua cabeça, pronta para chutar. Foi a última coisa que Barry viu antes de tudo ficar escuro.

79

Tropeçando de costas em direção ao buraco aberto ao final do túnel de ar, não perco tempo tentando parar de me mover. Usando tudo o que tenho, giro para o lado tentando me virar.

Quando consigo ver a profundidade do poço, estou a apenas alguns passos da borda. Mas ao menos estou me movendo com rapidez. Meu pé toca a borda do buraco e eu uso a velocidade para dar um grande salto para a direita, na diagonal. A inércia me conduz a maior parte do caminho. Consegui escapar do buraco — o que é bom —, mas agora estou indo em direção a uma parede de tijolos — o que é mau.

Estendo as palmas das mãos e bato na parede com força. Meus braços absorvem a maior parte do impacto, mas quando meu peso prevalece, o cotovelo cede. A dor é muita. Janos o feriu bastante. Caindo no chão, rolo de costas, apóio-me no cotovelo bom e olho para o buraco. Pedras soltas e partículas de sujeira caem lá dentro. Ouço para ver quanto tempo demoram para chegar ao fundo, mas antes de eu me dar conta do que está acontecendo, sinto um puxão forte na frente de minha camisa. Olho para cima no exato momento em que Janos tenta me erguer.

Em pânico e incapaz de lutar, arrasto-me para trás, como um caranguejo. Mas Janos puxa com muita força. Segurando-me com a mão direita, usa a esquerda para me golpear na testa. Mais uma vez, ele sabe exatamente onde bater. Seu punho abre meu supercílio. O sangue vem rápido, escorrendo pela lateral de meu rosto e cegando-me ainda mais do que antes. Está tentando me imobilizar para a luta, mas quando o impacto me projeta de costas no chão, ataco com a única coisa que me resta. Chutando para cima, mirando suas pernas, dou com a ponta do sapato diretamente em seus testículos.

Janos trinca os dentes para esconder o grunhido, mas o mal está feito. Curvado, ele agarra a virilha. Mais importante, ele finalmente larga a minha camisa. Arrastando-se desordenadamente para trás, preciso só de alguns segundos. Mas ainda assim não é o bastante. Antes mesmo de eu conseguir me levantar, Janos se ergue e arremete contra mim. Pela sua expressão, tudo o que consegui fazer foi deixá-lo ainda mais furioso.

Bato de costas contra a lateral do ar-condicionado perpendicular à parede. Estou sem espaço para fugir.

— Você não tem de fazer isso — digo.

Como sempre, ele mantém silêncio. Seus olhos se estreitam, e um leve sorriso de escárnio toma conta de seus lábios. Daqui em diante, ele está agindo por conta própria.

Janos agarra minha orelha com força e torce. Nada posso fazer a não ser erguer o queixo. Ele aperta ainda mais, e eu olho para o teto. Meu pescoço está completamente exposto. Preparando-se para o golpe final...

...a cabeça de Janos estala para a esquerda e ele perde o equilíbrio. Um baque surdo ecoa pelo ar. Algo o atingiu na nuca. A parte mais incrível é que, no último segundo, ele conseguiu fazer menção de se desviar do golpe — quase como se sentisse o que estava vindo. Ainda assim, foi golpeado com força... e quando ele segura a cabeça e cambaleia para o lado em direção ao muro de tijolos, finalmente vejo o que está atrás dele. Viv está segurando o taco de golfe número nove que eu larguei.

— Saia de perto de meu amigo — ela adverte.

Janos olha para ela, incrédulo. Mas não dura muito. Enquanto olha para Viv, sua testa se enche de dobras e ele cerra o punho. Se está sentindo alguma dor, não a demonstra. Em vez disso, está furioso. Os olhos estão negros — dois pequenos pedaços de carvão em órbitas profundas.

Lançando-se para frente como um cão raivoso, ele voa em direção a Viv. Ela segura o taco, esperando dar outra pancada na cabeça dele. Tentei o mesmo antes. Ela não tem a menor chance.

Janos agarra o bastão em meio ao golpe, dobra-o com força e o empurra para frente contra Viv, como um taco de bilhar. A ponta cega do taco atinge-a na garganta. Balançando para trás, Viv agarra o pescoço, incapaz de respirar. No impulso, ela tenta tirar o taco de golfe das mãos dele, mas não consegue. Janos deixa-o cair no chão, já que não precisa daquilo. Enquanto Viv tosse violentamente, ele bloqueia o caminho dela e avança para matá-la.

— F-fique longe de mim — ofega Viv.

Janos agarra a frente da camisa dela, puxa-a para si e, em um movimento muito rápido, golpeia o rosto de Viv com o cotovelo. Ele a atinge na sobrancelha, exatamente como fez comigo — mas desta vez, mesmo quando o sangue aparece, Janos não a larga. Ele golpeia outra vez com o cotovelo. E ainda outra vez. Todas no mesmo lugar. Ele não está tentando apenas nocauteá-la...

— *Não toque nela...!* — grito, arremessando-me para frente. Meu braço está tão inchado que mal o sinto. Minhas pernas estão tremendo, mal me mantêm em pé. Não me importo. Ele não vai pegá-la também.

Ignoro a dor, corro e choco-me contra ele por trás, enlaçando seu pescoço com o braço. Ele ergue uma das mãos sobre o próprio ombro, tentando pegar a minha cabeça. Nossa única chance é dois contra um. Ainda assim não é o bastante.

Viv tenta arranhar o rosto dele, mas Janos está preparado. Erguendo ambos os pés, ele a chuta no rosto. Viv voa para trás, batendo na parte de metal do ar-condicionado. Sua cabeça bate primeiro.

Ela cai inconsciente. Recusando-se a desistir, Janos joga a cabeça para trás, atingindo meu nariz. Um estalo me diz que está quebrado.

Largo Janos e cambaleio para trás, rosto cheio de sangue.

Janos não pára e caminha em minha direção... um tanque ambulante. Golpeio com a esquerda, mas ele abafa o golpe. Tento erguer a direita, mas está bamba como uma meia cheia de areia.

— P-por favor... — imploro.

Janos me atinge novamente no nariz, fazendo soar um nauseante barulho de osso triturado. Enquanto cambaleio, ele olha para trás de mim. Como antes, olha para o buraco.

— Não... por favor, não...

Ele me empurra para trás e eu caio no chão, esperando que isso ao menos me impeça de me mover. Ao olhar para cima, ele agarra a minha cabeça e me ergue. O buraco está bem atrás de mim. Ao contrário de antes, não me dá espaço de fuga.

Janos me puxa para dar mais um empurrão. Meu braço direito está morto. Minha cabeça arde. A única coisa que meu cérebro processa é o cheiro de alcaçuz no hálito dele.

— Você não pode vencer — gaguejo. — Não importa o que faça... acabou.

Janos pára. Seus olhos se estreitam com um sorriso malicioso.

— Concordo — diz ele.

Ele me empurra pelo peito. Cambaleio em direção ao buraco. Da última vez, cometi o erro de tentar agarrar a sua camisa. Desta vez, tento pegar o corpo dele. Usando seu próprio truque, agarro com força a orelha de Janos.

— *O que você...* — Antes que ele sequer possa terminar a pergunta, ambos estamos caindo em direção ao buraco.

Meu pé resvala na borda. Ainda assim não solto. Janos joga a cabeça para trás. Enquanto escorrego pela borda, Janos agarra meu braço, tentando diminuir a dor que sente. Continuo agarrando com força. Ele cai sobre o próprio peito. Isso dificulta nossa descida, mas estou me movendo muito rápido. A parte inferior de meu corpo já está no buraco... e escorregando rápido. Enquanto deslizo, o cascalho fere a minha barriga. O concreto faz o mesmo com o peito de Janos. Ele está me seguindo, de cabeça. Enquanto continuamos a escorregar, ele larga meu braço e luta para recuar, agarrando-se ao concreto. Eu chuto a parte interior das paredes do buraco, procurando um apoio para evitar nossa queda. Janos fecha os olhos, agarrando-se com toda a força que tem. Há uma veia enorme na sua testa. Seu rosto está da cor de uma sopa de tomate. Ele não quer me deixar segurando sua orelha. Então, sem mais nem menos... paramos.

Uma nuvem final de poeira e terra cai da borda sobre o meu rosto. Estou pendurado por meu braço esquerdo, a única parte do meu corpo que não está no buraco. Minha axila está na borda, que é onde me apóio, mas minha mão agarra a orelha de Janos com toda a força que me resta. É o único motivo para ele estar segurando meu pulso. De bruços, e dando-se conta de que paramos, ele continua a segurar com força. Se soltar, eu cairei no buraco, mas levarei parte — senão tudo — dele comigo.

Graças à pressão no seu ouvido, Janos mal consegue erguer a cabeça. Seu rosto está pressionado contra o concreto. Mas não por muito tempo. Voltando-se ligeiramente, ele olha para mim, certificando-se de que não posso sair. Estou dentro do buraco, com o queixo e o braço à borda. Ele está pronto a arremessar lá embaixo o restante de mim.

— Janos, não...

Tentando fazer com que eu o largue, ele aperta meu pulso e muda de posição. Está perdendo o equilíbrio. Escorregamos novamente, mais para dentro do buraco. Então, sinto outra parada brusca. Em vez da axila, desta vez estou com o cotovelo à borda, que agora contém parte de meu peso. Janos ainda está de bruços. Seu rosto arrasta no chão e, pelo modo como se mexeu, um de seus ombros já está na borda. Meus olhos mal vêem além do limiar do buraco. Recuso-me a largar. Estou agarrando sua orelha com tanta força que está ficando roxa. Se eu cair, ele virá atrás.

Abaixo de mim, ouço o ecoar das pedrinhas que caem. Sem dúvida, é fundo. Ignorando o risco, Janos crava as unhas no interior de meu pulso. A dor é indescritível. Não consigo segurar mais. Meu dedo mínimo escorrega do lobo de sua orelha. Ele puxa a cabeça para trás, tentando livrar-se. O anular escapa a seguir. Ele está quase lá. Pelo modo como agarra meu pulso, sinto como se estivesse a ponto de perfurar a pele. Tento agarrar o concreto com a mão livre, mas estou muito fundo. Não há como me agarrar. A dor é muita. Tenho de...

— Janos, se você o deixar cair, cairá também — adverte uma voz feminina familiar. Ela apóia um dos pés no quadril dele, ameaçando empurrá-lo para baixo.

Janos fica paralisado... e agarra meu braço. Meu peso já não está todo em sua orelha, mas eu ainda a agarro com firmeza. Ele nem mesmo tenta voltar a cabeça para a voz. Não o culpo. Perto como está da borda, um movimento em falso e caímos os dois.

Olho sobre os ombros de Janos. Viv está logo atrás, o taco de golfe em posição de ataque.

— Falo sério — diz Viv. — Se você o deixar cair, dou uma porrada na sua cabeça e o mando para Nashville.

80

— Isso mesmo... segure-o firme — diz Viv para Janos quando ele agarra meu pulso. Ela acha que ele a está ouvindo, mas, deitado de bruços, ele ainda está tentando proteger o ouvido e ganhar algum tempo.
— Viv, cuidado com ele! — grito. Meus pés continuam a balançar sobre o buraco escuro, mas posso ver pela dobra entre suas sobrancelhas: mesmo com dor, Janos está armando o bote final.
— Exato... assim mesmo — diz Viv, o taco armado sobre os ombros. — Agora puxe-o.
Janos não se move. Está segurando meu pulso e mantendo-me à tona, mas só porque estou segurando sua orelha
— Ouviu o que eu disse? — pergunta Viv.
Ele não se move. Embora esteja suportando a maior parte do meu corpo, não pode agüentar tudo. Mantenho a pressão em sua orelha. Seu rosto se arrasta contra o concreto e sua cabeça está voltada desajeitadamente para o buraco. Seu rosto está mais vermelho do que antes. Janos me segura, mas a dor começa a vencê-lo. Ele fecha os olhos, aperta os lábios, então respira pelo nariz. A dobra entre as sobrancelhas se distende, mas não muito.
— Janos...
— Largue o taco de golfe — diz Janos.

— O quê? — pergunta Viv. Para ela, ele não está em condições de fazer exigências.

— Solte o taco de golfe — repete. — Não faça nenhuma gracinha, Vivian. Largue isso ou eu largo Harris.

— Não o ouça! — grito.

Viv olha para baixo, tentando avaliar melhor a situação.

— Vai ouvi-lo gritar até lá embaixo — diz Janos. — Acha que pode agüentar isso?

A boca de Viv se entreabre. Para qualquer um, isso é duro. Para uma garota de dezessete anos...

— Pensa que estou brincando? — pergunta Janos. Volta a cravar as unhas em meu pulso.

Grito de dor.

— *Harris...!* — grita Viv.

Janos pára e volta a segurar meu pulso.

— Harris, você está bem? — pergunta Viv.

— A-arranca a cabeça dele — digo. — Bata.

— Faça isso e eu o deixo cair! — adverte Janos.

— Ele vai me deixar cair de qualquer jeito — acrescento.

— Não é verdade — diz ela, recusando-se a crer. — Puxe-o para cima! — grita ela. — Quero Harris aqui em cima *agora*!

Apesar da dor, Janos lentamente move a cabeça. Está farto de negociar. Não o culpo. No instante em que eu estivesse de volta ao chão, ele seria atirado no buraco. Não apenas isso, seriam dois contra um.

Pendurado pelo braço, acordo para a realidade. Ele não vai me puxar para cima, o que torna a minha decisão muito fácil de ser tomada.

— Viv, escute-me! — grito. — Bata nele agora, enquanto tem a chance!

— Não, Vivian — adverte Janos, a voz incrivelmente calma. — Faça isso e Harris cai comigo.

— Viv, não o deixe influenciá-la!

Muito tarde. Ela está prestando atenção nele, não em mim.

— Preciso que se concentre! Está se concentrando? — grito. Ela se volta para mim, mas seu olhar é vago. Está paralisada pela escolha. — *Viv, você está concentrada?!*

Ela finalmente meneia a cabeça.

— Bom... preciso que entenda uma coisa. Não importa o que faça, vou cair no final. Ou Janos me solta, ou você bate nele e Janos e eu caímos juntos. Compreende? Vou cair de qualquer jeito.

Minha voz fica trêmula enquanto digo isso. Ela sabe que é verdade — e é esperta o bastante para intuir as conseqüências: ela viu o quão rápido Janos se move. Se ela não agir agora, ele estará sobre ela em um instante.

Sinto Janos apertar meu pulso. Está pronto para me soltar e voltar-se para Viv.

— Bata agora! — grito.

— Ora, Vivian... está realmente pronta para matar seu amigo? — pergunta Janos.

Com o taco erguido, Viv olha para baixo... os olhos indo de Janos para mim, depois de volta a Janos. Tem apenas alguns segundos para decidir. Ela afasta o taco ainda mais. Suas mãos começam a tremer e as lágrimas rolam por seu rosto. Ela não quer fazê-lo, mas quanto mais pensa, mais se dá conta de que não tem outra escolha.

81

— Bata nele, Viv! *Bata agora!* — grito.

Viv mantém o taco erguido. Ainda não arma o golpe.

— Seja esperta, Vivian — acrescenta Janos. — O remorso é o pior fardo a se carregar.

— Tem certeza, Harris? — ela pergunta uma última vez.

Antes que eu possa responder, Janos aperta meu pulso, tentando me fazer soltá-lo. Não conseguirei segurar sua orelha durante muito tempo.

— B-bata! — exijo.

De costas para Viv, Janos concentra-se em meu pulso, afundando seus dedos. Ele nem se importa em olhar para ela. Como todos os jogadores, está apostando no acaso. Se Viv não golpear agora, não vai golpear nunca.

— Viv, por favor...! — imploro.

Todo seu corpo estremece e as lágrimas correm mais rapidamente... Ela começa a soluçar, completamente atarantada... mas o taco de golfe ainda está erguido acima de sua cabeça.

— Harris... — diz ela. — Não quero...

— Você pode fazer isso — digo. — Está tudo bem.

— T-tem certeza...?

— Juro, Viv... está tudo bem... prometo.

Janos aperta seus dedos em meu pulso ainda mais. Eu o largo, mas, ao escorregar para dentro do buraco, ele não me deixa cair. Em vez disso, agarra meus dedos, apertando-os. Um sorriso selvagem toma conta de seu rosto. Gosta de estar no controle... principalmente quando pode usar isso em seu favor.

Fico pendurado pelo braço, observando Viv cuidadosamente.

— Por favor... por favor, bata! — imploro.

Viv engole em seco, quase incapaz de falar.

— Q-que... Deus me perdoe — acrescenta.

Janos pára. Ele pressente algo na voz dela. Voltando-se ligeiramente, olha para Viv.

Seus olhos se cruzam e Janos a observa. O ofegar de seu peito... o modo como ajusta a pegada no taco... até mesmo o modo como molha o lábio inferior. Afinal, Janos deixa escapar uma risada quase inaudível. Não crê que ela seja capaz.

Está errado.

Meneio a cabeça para Viv. Ela funga com o nariz cheio de lágrimas e diz *Adeus*. Voltando-se para Janos, ela se firma sobre a planta dos pés.

Vamos, Viv... é você ou ele.

Viv afasta o taco. Janos novamente ri. Ao nosso redor, os compressores de ar continuam a fazer barulho. É um momento gélido. Então... quando uma gota de suor escorre por seu nariz... Viv põe todo o peso do corpo no taco e golpeia. Janos imediatamente solta minha mão e volta-se para saltar sobre ela.

Janos esperava que eu caísse para a morte. Mas ele não vê o pequeno apoio sobre o qual eu vinha me equilibrando nos últimos minutos — uma depressão escavada na parte interna do buraco. A ponta de meu sapato se agarra à saliência de seis centímetros. Flexiono as pernas. E antes que os dois se dêem conta do que está acontecendo, pulo o bastante para agarrar a parte de trás da camisa de Janos. Investindo contra Viv, ele está completamente desequilibrado. Este é o seu erro — e o último que cometerá em nossa pequena partida de xadrez. Em qualquer jogo, sobretudo na política, nada funciona melhor do que uma boa distração. Incapaz de segurar a borda do buraco com a mão direita, eu o puxo para trás com a esquerda. Ele não faz idéia do que está acontecendo. Puxo-o com força para o buraco, me abaixo e deixo que a gravidade se encarregue do resto.

— O que você... — Não termina a frase. Tropeçando fora de controle, Janos cai de costas dentro do buraco. Ao passar, toca meus ombros... minha cintura... minhas pernas... até mesmo a lateral de meu sapato. Mas está movendo-se rápido demais para conseguir se agarrar.

— *Nããoo...!* — grita. Sua palavra final ecoa pelo poço enquanto ele some na escuridão. Ouço-o bater em uma das paredes laterais... e novamente. Ouvimos um som seco e arrastado enquanto ele ricocheteia nas paredes ao cair. O grito não pára. Não até ouvirmos o baque surdo no fim.

Um segundo depois, ouvimos o som de uma sirene subir das profundezas do poço. Não estou surpreso. É o sistema de entrada de ar do Capitólio. Claro que tem um alarme. A polícia do Capitólio não vai demorar.

Enquanto a sirene continua a uivar, agarro a saliência de concreto e tento recuperar o fôlego. Olho para baixo, analisando a profundidade e a escuridão. Nada se move. Com exceção do alarme, tudo está calmo como uma lagoa negra. Quanto mais olho, mais hipnótico aquilo se torna.

— Harris, você está bem? — pergunta Viv, ajoelhando-se à borda.

— Afastem-se do buraco! — grita uma voz autoritária. Atrás dela, três policiais do Capitólio entram na sala, as armas apontadas para nós.

— Stewie, preciso que feche todas as entradas de ar! — diz ao rádio o policial mais alto.

— Não é o que vocês...

Em um piscar de olhos, os outros dois policiais agarram-me pelas axilas e tiram-me do buraco. Jogando-me de cara no chão, tentam me algemar às costas.

— Meu braço... ! — grito quando eles o dobram.

— Você o está machucando! — grita Viv quando o policial mais alto a põe de costas e a algema. — O braço dele está quebrado!

Nossos rostos estão ensangüentados. Eles não ouvem uma palavra.

— Entradas de ar fechadas — diz uma voz pelo rádio. — Algo mais?

— Há um cadáver no corredor e um sujeito inconsciente aqui em cima! — acrescentou o policial com o rádio.

— Barry tentou me matar! — gritou Viv.

Barry?

— Fomos atacados! — diz ela. — Verifiquem nossos crachás... trabalhamos aqui!

— Ela diz a verdade... — murmuro, quase incapaz de erguer a cabeça. Meu braço parece estar quebrado em dois.

— Então, onde está o agressor? — pergunta o policial mais baixo.

— Lá embaixo! — grita Viv, apontando com o queixo. — Veja o buraco!

— S-seu corpo... — acrescento. — Vocês.... vocês encontrarão um corpo...

O policial mais baixo acena para o mais alto, que ergue o rádio.

— Reggie, já chegou aí?

— Quase... — diz uma voz que soa simultaneamente no rádio e pela abertura do buraco. Ele está no fundo. — Oh, cara... — diz afinal.

— O que tem aí? — pergunta o policial com o rádio.

— Há algumas manchas de sangue aqui...

— Eu disse! — gritou Viv.

— ...todos os detectores de explosivos estão quebrados... a trilha prossegue... pelo que parece, ele rompeu a grade do portão de segurança...

Oh, não.

— É uma queda de doze metros — diz o policial com o rádio.

— Ah, ele certamente se feriu — diz Reggie pelo rádio. — Mas olhe... não vejo corpo algum.

Ergo o queixo do chão. Meu braço é a menor de minhas preocupações.

— Jeff, certifique-se de que a equipe da manutenção feche essas entradas de ar e dê algum reforço para Reggie — diz o policial mais baixo. — E Reggie...! — acrescenta, debruçando-se à borda do buraco e gritando o mais alto possível. — Saia daí agora e siga essas manchas de sangue! Ele está ferido, com as pernas quebradas. Não pode ter ido longe.

82

Ainda não o encontraram. Nunca encontrarão.
Não estou surpreso. Janos foi contratado por um motivo. Como todo grande mágico, ele não apenas sabe preservar um segredo — também sabe o valor de uma boa desaparição.

Passaram-se sete horas desde que deixamos as profundezas do porão e dos túneis de ar do Capitólio. Para se certificarem de que o sistema de ventilação não estava comprometido, evacuaram todo o prédio, o que não era feito desde a ameaça de antraz, há alguns anos. Também fomos tirados dali.

Muita gente sabe que se o Capitólio estiver sob um ataque terrorista generalizado, os figurões serão transportados para um lugar secreto longe dali. Se o ataque for em pequena escala, vão para o Forte McNair, no sudoeste de D.C. Mas se o ataque for ainda menor e contível — como um cilindro de gás jogado nos corredores —, eles vêm para cá, do outro lado da rua, para a Biblioteca do Congresso.

Em pé do lado de fora da sala de leitura de obras européias, no segundo andar, sento-me no chão de mármore. Meu ombro acaba se acomodando ao pé de um enorme mostruário de vidro que toma toda uma parede do corredor e está repleto de artefatos históricos.

— Senhor... por favor, não sente aí — diz um agente do FBI com cabelos grisalhos e nariz pontudo.

— O que isso importa? — ameaça o meu advogado, Dan Cohen, passando a mão sobre sua cabeça raspada. — Não seja chato... deixe o pobre rapaz se sentar.

Velho amigo de meus tempos da faculdade de Direito de Georgetown, Dan é meio judeu, meio italiano, um sujeito metido em um terno barato e amarrotado. Após se formar, enquanto a maioria de nós foi trabalhar em empresas ou no Congresso, Dan voltou à sua velha vizinhança em Baltimore, abriu um escritório honesto aos olhos de Deus e passou a aceitar casos que a maioria dos advogados desprezavam. Dan, que orgulhosamente remontava a árvore genealógica de sua família ao seu tio-bisavô, o gângster Meyer Lansky, sempre gostou de uma boa briga. Mas como ele mesmo admitiu, não tinha mais contatos em Washington. Foi exatamente por isso que eu o chamei. Estou farto desta cidade.

— Harris, temos de ir — diz Dan. — Você está caindo aos pedaços, mano.

— Estou bem — digo.

— Está mentindo.

— Estou bem — insisto.

— Ora vamos... não seja idiota. Passou cinco horas e tanto sob interrogatório... até mesmo os agentes disseram que você tinha de dar um tempo. Olhe para si mesmo... você mal consegue ficar de pé.

— Você sabe o que estão fazendo ali — digo, apontando para as portas fechadas.

— Não importa...

— Sim, *importa!* Para mim importa. Então, me dê alguns minutos a mais.

— Harris, já estamos aqui há duas horas... é quase meia-noite, precisa dar um jeito no nariz e engessar o braço.

— Meu braço está bem — digo, ajustando a tipóia que os paramédicos me deram.

— Mas se você...

— Dan, sei que suas intenções são boas... e eu gosto de você por isso. Mas ao menos uma vez tenha humildade e reconheça que esta é uma parte do problema que você não pode resolver.

— Humildade? — pergunta, fazendo uma careta. — Detesto humildade. E odeio ainda mais a humildade em você.

Olhando para baixo por entre os joelhos, vejo meu reflexo no chão de mármore.

— É, bem... às vezes não é tão ruim quanto parece.

Ele diz algo, mas não ouço. Arriado, olho outra vez para as portas fechadas. Após tudo pelo que passei, é a única coisa que me importa agora.

Quarenta minutos depois, sinto o pulsar de meu coração ao longo de todo o meu braço. Mas quando as portas da sala de leitura se abrem, cada grama de dor se esvai... e uma dor completamente nova se instala em meu peito.

Viv sai da sala com dois curativos na sobrancelha. O lábio inferior está cortado e inchado, e ela mantém um saco de gelo azul-claro sobre o outro olho.

Ergo-me e tento fazer contato, mas um terno trespassado rapidamente se interpõe entre nós.

— Por que não a deixa em paz um instante? — pergunta o advogado dela, pondo a mão espalmada sobre meu peito. É um negro alto, com um bigode basto. Quando fomos trazidos para cá, disse para Viv que ela poderia usar Dan, mas seus pais rapidamente trouxeram o advogado deles. Não os culpo. Desde então, o FBI e o advogado têm se certificado de que Viv e eu não nos víssemos, ouvíssemos ou falássemos um com o outro. Não os culpo. É uma jogada esperta. Afaste seu cliente. Nunca vira aquele advogado antes, mas só pelo terno vejo que dará conta do recado. E embora não tenha certeza se a família de Viv pode pagar por ele, considerando toda a imprensa que isso vai suscitar, não creio que ele esteja preocupado.

— Ouviu o que eu disse, filho? Ela teve uma longa noite.

— Quero falar com ela — digo.

— Para quê? Para complicar a vida dela mais do que já complicou?

— Ela é minha amiga — insisto.

— Está tudo bem, Sr. Thornell — diz Viv, afastando-o com o cotovelo. — Eu posso... estarei bem.

Olhando mais uma vez para ter certeza, Thornell decide concordar com Viv e afasta-se cerca de um metro. Viv olha novamente para ele, que se dirige aos mostruários onde estão Dan e outro agente do FBI. Por enquanto, temos o canto daquele corredor nobre só para nós.

Olho para Viv, mas ela evita meu olhar, baixando os olhos. Faz oito horas desde que nos falamos pela última vez. Passei as últimas três tentando entender exatamente o que queria dizer. Não me lembro de uma única palavra.

— Como está seu olho?
— Como está seu braço?
Falamos ao mesmo tempo.
— Vou sobreviver — respondemos os dois.

É o bastante para extrair um pequeno sorriso de Viv, mas ela rapidamente o esconde. Ainda sou o sujeito que a meteu nesta confusão. Seja lá o que está sentindo, certamente está pesando agora.

— Sabe, você não precisava ter feito o que fez — diz ela afinal.
— Não sei do que está falando.
— Não sou estúpida, Harris... eles me disseram o que você disse...
— Viv, eu nunca...
— Quer que eu repita? Que você me obrigou a isso... que, quando Matthew morreu, você me ameaçou para que eu o ajudasse... que você disse que ia "quebrar a minha cara" se eu não entrasse no jato e dissesse para todos que eu era sua estagiária. Como pôde dizer isso?
— Está fora de contexto...
— Harris, eles me mostraram a declaração que você assinou!

Volto-me para os murais clássicos da parede, incapaz de encará-la. Há quatro murais, cada um com uma guerreira com armadura antiga, representando um diferente estágio no desenvolvimento da nação: *Aventura*, *Descoberta*, *Conquista* e *Civilização*. Deveriam ter feito outra chamada *Arrependimento*.

Minha resposta é um sussurro.

— Não queria que você afundasse com o navio. Sabe como são essas coisas... quem se importa se salvamos a pátria? Apostei em questões legislativas... desapropriei um jato privativo... e teria contribuído com a morte de meu melhor amigo... Mesmo que você estivesse ali pelo melhor dos motivos e, acredite, você era a única pessoa inocente na multidão, eles irão cortar sua cabeça só porque estava ao meu lado. Assassinato por associação.

— Então você simplesmente muda a verdade e assume toda a culpa?

— Acredite em mim, Viv... depois do tanto que eu a comprometi, mereço coisa pior do que isso.

— Não se faça de mártir.

— Então não seja tão ingênua — rebato. — No momento que pensarem que estava agindo por conta própria, será exatamente o momento em que a colocarão na catapulta e a demitirão.

— E daí?

— O que quer dizer com "e daí"?

— Quero dizer, e daí? E daí se eu perder o emprego? Grandes coisas. Isso não vai queimar a minha ficha. Sou apenas uma mensageira de dezessete anos que perdeu a bolsa. Não posso considerar isso o fim de minha carreira. Além disso, há coisas mais importantes do que um emprego idiota. Como família. E amigos.

Olhando-me com um dos olhos, aperta o saco de gelo contra o outro.

— Concordo — digo. — Eu só... só não queria que a demitissem.

— Obrigada pela consideração.

— Então, como foi lá? — pergunto.

— Eles me demitiram — diz ela casualmente.

— O quê? Como eles...

— Não me olhe assim. No fim das contas, quebrei todas as regras básicas de um mensageiro: saí do *campus* sem autorização e passei a noite fora sem permissão. Pior, menti para meus pais e para o diretor, e fui até Dakota do Sul.

— Mas eu disse para eles...

— É o FBI, Harris. Podem ser uns cabeças-duras, mas não são completos idiotas. Claro, talvez você pudesse me obrigar a entrar em um avião, ou cuidar de uma ou outra pequena incumbência, mas e quanto a me levar para o motel e, depois, para a mina, poço abaixo, até o laboratório? Depois, pegar o vôo de volta... você é muitas coisas, Harris, mas *seqüestrador* não está na lista. Realmente achava que eles acreditariam nisso?

— Quando contei, soou perfeito.

— Perfeito, hein? *Quebrar a minha cara*. Francamente...!

Não consigo evitar a risada.

— Exatamente — diz ela. Viv faz uma pausa, finalmente tirando o saco de gelo do rosto. — Mas ainda assim gostei da tentativa, Harris. Você não precisava ter feito isso.

— Não. Mas fiz.

Ela recusa-se a argumentar.

— Posso perguntar uma última coisa? — diz ela, apontando para o chão. — Quando estávamos lá com Janos... e você estava metido no buraco... Você estava apoiado naquela saliência todo o tempo?

— Só no fim... meu pé tocou ali.

Ela se cala um instante. Sei o que ela quer saber.

— Então, quando disse para eu bater com o taco de golfe...

Aí vamos nós. Ela está tentando saber se eu me sacrificaria ou se fiz aquilo apenas para distrair Janos.

— Isso importa? — pergunto.

— Não sei... talvez.

— Bem, se a faz se sentir melhor, teria pedido para bater de qualquer modo.

— É fácil dizer isso agora.

— Claro que sim, mas não encontrei o apoio a não ser no último segundo, quando ele conseguiu se livrar de mim.

Ela faz uma pausa, pensando nas conseqüências do que falei. Não é mentira. Teria feito o que fosse necessário para salvá-la. Com ou sem apoio para o pé.

— Considere isso um cumprimento — acrescento. — Você vale o sacrifício, Viv Parker.

Seu rosto se ilumina involuntariamente. Ela não sabe o que dizer. No fundo do corredor, um celular começa a tocar. O advogado de Viv atende. Ele meneia a cabeça algumas vezes, fecha o aparelho e olha para nós.

— Viv, seus pais acabaram de dar entrada no hotel. Hora de irmos embora.

— Num segundo — diz ela. E acrescenta, voltando-se para mim: — Nenhum sinal de Janos?

Balanço a cabeça.

— Não vão encontrá-lo, vão?

— Sem chance.

— Acha que virá atrás de nós?

— Não creio. O FBI me disse que Janos era pago para manter as coisas na moita. Agora que a notícia se espalhou, acabou seu trabalho.

— E você acredita neles?

— Viv, já contamos a nossa história. As câmeras de segurança têm a imagem dele entrando no Capitólio. Não precisam de nós como testemunhas ou para reconhecê-lo. Sabem quem ele é e têm tudo de que precisam. Janos nada ganhará nos matando.

— Vou me lembrar disso quando espiar atrás de cada cortina de banheiro pelo resto da vida.

— Se isso a faz se sentir melhor, disseram que designaram proteção policial para nós dois. Além disso, estamos aqui há oito horas. Se quisesse nos matar, ele já teria conseguido.

Não é uma grande garantia, mas de certo modo, é o melhor que temos.

— Então é isso? Acabou?

Olho para meu advogado. Após uma década no Congresso, a única pessoa que está do meu lado é aquela a quem paguei para estar aqui.

— É... acabou.

Ela não gosta do tom em minha voz.

— Veja da seguinte maneira, Harris... ao menos nós ganhamos.

Os agentes do FBI me disseram o mesmo: tínhamos sorte de estar vivos. É um belo consolo, mas não me devolve Matthew, Pasternak ou Lowell.

— Ganhar não é tudo — digo

Ela fica me observando. Não precisa dizer coisa alguma.

— Senhorita Parker... seus pais...! — grita o advogado dela.

Ela o ignora.

— Então, para onde vai depois daqui? — ela me pergunta.

— Depende do tipo de acordo que Dan fizer com o governo. No momento, a única coisa que me preocupa é o funeral de Matthew. Sua mãe me pediu para escrever um discurso. Eu e o deputado Cordell.

— Não deve ser difícil... já vi você falar. Tenho certeza de que lhe fará justiça.

É a única coisa que ouço nas últimas horas que me faz sentir verdadeiramente bem.

— Ouça, Viv, desculpe-me novamente por tê-la...

— Não diga isso, Harris.

— Mas ser uma mensageira...

— ...não é nada perto do que fizemos nesses últimos dias. Nada. Toda a correria... encontrar aquele laboratório... até mesmo as coisas mais tolas — eu tomei uma ducha em um jato particular!... Acha que trocaria tudo isso só para levar água com gás para algum senador? Nunca ouviu o que nos dizem na orientação? A vida é uma escola. *Tudo* é uma escola. E se alguém vier me dizer que estou demitida... bem, quando foi a última vez que eles pularam de um despenhadeiro quando um amigo precisou de ajuda? Deus não me pôs aqui para recuar.

— É um ótimo discurso... deveria guardá-lo.

— Vou fazer isso.

— Estava falando sério: você será uma grande senadora algum dia.

— Senadora? Você tem algum problema com uma negra enorme como presidente?

Rio alto desta piada.

— Também falava a sério — acrescenta. — Ainda preciso de um bom chefe de gabinete.

— Então, temos um acordo. Eu até voltaria a Washington para isso.

— Ah, então agora vai nos deixar? O que vai fazer? Escrever um livro? Voltar a praticar advocacia com seu amigo Dan? Ou apenas ir para uma praia em algum lugar, como no fim de toda história de suspense?

— Não sei... estava pensando apenas em ir passar um tempo em casa.

— Adorei! O garoto de cidade pequena volta ao lar... eles lhe fazem uma parada da vitória... todos comem torta de maçã...

— Não, não na Pensilvânia — digo. Durante a maior parte de uma década, estive certo de que o sucesso nas primeiras divisões de algum modo enterraria o meu passado. A única coisa que enterrei foi a mim mesmo. — Na verdade, estive pensando em ficar por aqui mesmo. Dan disse que há um colégio em Baltimore que precisa de um bom professor de educação cívica.

— Espere um instante... vai lecionar?

— E isso é tão ruim assim?

Ela pensa um instante. Há uma semana, como qualquer outro mensageiro, teria dito que havia coisas melhores a fazer da vida. Agora, ambos sabemos que não. Ela abre um largo sorriso.

— Na verdade, soa perfeito.

— Obrigado, Viv.

— Embora deva saber que essas crianças vão comê-lo vivo.

Sorrio.

— Espero que sim.

— Senhorita Parker...! — grita o advogado uma última vez.

— Cuide-se... olha, preciso ir — diz ela, abraçando-me brevemente. Sinto o saco de gelo nas minhas costas. Ela aperta tão forte que meu braço começa a doer. Não importa. O abraço vale cada segundo.

— Acabe com eles, Viv.

— Quem, meus pais?
— Não... com o resto do mundo.

Ela se afasta com o mesmo sorriso cheio de dentes que deu quando nos conhecemos.

— Sabe, Harris... quando você me pediu ajuda da primeira vez... eu fiquei gamada em você.

— E agora?

— Agora... não sei — provoca. — Acho que devo procurar um terno que me caiba. — Caminhando de costas pelo corredor, ela acrescenta: — A propósito, sabe qual é a melhor parte de ser professor?

— Qual?

— A excursão anual para Washington.

Desta vez, sou eu quem sorri.

— Gostou dessa, não gostou, Rei Midas? — acrescenta.

Ela se volta, dá as costas para mim e caminha em direção ao advogado.

— Estava falando sério sobre aquele emprego de chefe de gabinete, Harold — ela grita com a voz ecoando pelo longo corredor. — Faltam só dezoito anos para eu ter a idade necessária. Eu o espero lá, na primeira hora.

— Tudo o que disser, senhora Presidente. Não perderia isso por nada deste mundo.

83

Londres

— Tenha uma boa tarde, Sr. Sauls — diz o motorista ao abrir a porta de trás do Jaguar preto e segurar um guarda-chuva sobre a cabeça do patrão.
— Para você também, Ethan — responde Sauls, saindo do carro e caminhando para a porta da frente do prédio de seis andares de apartamentos exclusivos na Central Park Lane, em Londres. Lá dentro, um porteiro por trás de uma escrivaninha de nogueira diz olá e entrega a Sauls a correspondência. Dentro do elevador, Sauls passa o resto da subida folheando o sortimento habitual de contas e solicitações.

Ao entrar em seu apartamento, já separou a correspondência que não lhe interessa, que rapidamente atirou em uma lixeira de cerâmica atrás de uma secretária antiga com tampo de couro, sobre a qual joga as chaves. Caminhando em direção ao armário do corredor, pendura o sobretudo de caxemira em um cabide de cerejeira. Ao entrar na sala, liga um interruptor, e luzes direcionais se acendem sobre as estantes embutidas que se alinham na parede esquerda da sala.

Na copa-cozinha onde tomava o desjejum, voltada para o Speaker's Corner no Hyde Park, Sauls foi direto para a geladeira inox, onde podia ver seu próprio reflexo. Pegou um copo do balcão, abriu a geladeira e serviu-se de suco de uva-do-monte. Quando as portas se fecharam, voltou a ver o seu reflexo na geladeira... mas, desta vez, havia alguém mais atrás dele.

— Belo lugar — disse Janos.

— Ahhhhhh! — gritou Sauls, voltando-se tão rápido que quase deixou cair o copo. — Não me assuste assim! — exclamou, apertando o peito e apoiando o copo sobre o balcão. — Deus... pensei que tivesse morrido!

— Por que pensou isso? — perguntou Janos aproximando-se, uma mão metida no bolso do sobretudo preto, a outra agarrada à ponta de metal escovado de uma bengala de alumínio. Ergueu um pouco o queixo, mostrando os cortes e ferimentos — sobretudo nos pontos onde os ossos do rosto foram esmagados. Seu olho esquerdo estava vermelho-sangue, havia uma cicatriz em seu queixo e seu fêmur esquerdo estava quebrado em tantos pedaços que tiveram de introduzir um bastão de titânio em sua perna para estabilizar os ossos e evitar que os músculos e os ligamentos se tornassem um saco de sangue e tecidos flácidos. Oito centímetros abaixo, as únicas coisas que mantinham seus joelhos juntos eram os pinos que atravessavam a pele para fixar os fragmentos de osso. A queda fora pior do que imaginara.

— Tentei falar com você... não recebi resposta durante uma semana — disse Sauls afastando-se. — Sabe o que está acontecendo? O FBI descobriu tudo... Tiraram tudo da mina.

— Eu sei. Li nos jornais — disse Janos, mancando. — Por falar nisso, desde quando tem motorista?

— O que você... Você me seguiu? — perguntou Sauls, afastando-se ainda mais.

— Não seja paranóico, Sauls. Algumas coisas podem ser vistas da janela de seu quarto... como meu carro parado bem em frente. Viu ele lá fora? O MGB azul...

— O que quer, Janos?

— ...modelo 1965... primeiro ano em que mudaram o botão das maçanetas das portas. Difícil de passar a marcha com esses pinos na perna, mas realmente é um belo carro...

— Se é dinheiro, pagamos o combinado...

— ...ao contrário de meu velho Spitfire, esse carro é confiável... seguro...

— Você pegou o dinheiro, não pegou?

— ...pode-se dizer, até, *digno de confiança.*

De costas contra o balcão da cozinha, Sauls parou.

Ainda com uma mão no bolso, Janos olhou para o parceiro.

— Você mentiu para mim, Marcus.

— E-eu não menti! Juro! — insistiu Sauls.

— Esta é outra mentira?

— Você não compreende...

— Responda — advertiu Janos. — Era Iêmen, ou não?

— Não é o que pensa... Quando começamos...

— Quando começamos, você me disse que a Wendell era uma empresa privada sem ligações com o governo.

— Por favor, Janos... você sabia o que estávamos fazendo lá embaixo... Nunca escondemos...

— Uma empresa privada sem ligações, Marcus!

— Dava no mesmo!

— Não, não dava no mesmo! Uma é especulação. A outra é suicídio! Tem idéia de quanto tempo vão nos caçar por causa disso? Agora, quem assinou o maldito cheque... foi o Iêmen ou não foi?

— Janos...

— *Foi o Iêmen ou não foi?*

— Por favor, acalme-se...

Janos tirou um revólver do bolso e apontou-o para Sauls, encostando-o em sua testa.

— Foi o Iêmen ou não foi?

— P-por favor, não... — Sauls implorou, as lágrimas já aflorando aos seus olhos.

Janos puxou o cão do revólver e pôs o dedo no gatilho. Cansou-se de perguntar.

— Iêmen! — gaguejou Sauls, rosto constrito e olhos fechados. — Foi o Iêmen... Por favor, não me mate...

Sem uma palavra, Janos baixou a arma e guardou-a novamente no bolso.

Quando sentiu o revólver ser tirado de sua testa, Sauls abriu os olhos.

— Perdão, Janos... desculpe... — continuou a implorar.

— Recupere o fôlego — disse Janos, entregando a Sauls o copo de suco.

Sauls tomou a bebida de um só gole, mas isso não lhe trouxe a calma que buscava. Suas mãos estavam trêmulas ao baixar o copo, que retiniu contra o balcão.

Janos balançou a cabeça, apoiou-se na perna boa e voltou-se para sair.

— Adeus, Sauls — disse ele ao sair da cozinha.

— E-então você não vai me matar? — perguntou Sauls, forçando um sorriso petrificado.

Janos voltou-se com um olhar sombrio.

— Quem disse isso?

Uma pausa longa reinou entre ambos. Em seguida Sauls começou a tossir. Pouco, a princípio. Depois mais forte. Em segundos, sua garganta começou a emitir um som sibilante de tosse úmida. Era como o estourar do escapamento de um carro velho. Sauls agarrou o pescoço. Sentia a traquéia se fechar.

Janos olhou para o copo vazio de suco e nada disse.

Entre uma e outra tossida, Sauls mal conseguiu pronunciar as palavras.

— Seu filho da...

Novamente Janos apenas olhou. A essa altura, um ataque cardíaco induzido por uma caixa preta estava manjado. Uma traquéia inchada temporariamente, porém, pareceria apenas mais um acidente de cozinha.

Sauls agarrou a própria garganta, depois segurou o balcão para se firmar, mas acabou caindo de joelhos. O vidro de suco se espatifou no chão preto e branco e Janos se foi antes de começarem as convulsões.

De qualquer modo, era tempo de tirar umas férias.

Epílogo

Olhando através da divisória de vidro no Centro de Detenção de Washington, D.C., nada posso fazer além de ouvir conversas pela metade ao meu redor: *Rosemary está bem... Não se preocupe, ele não vai usar seu carro... Logo, disseram que seria logo, querido...* Diferente dos filmes, o saguão de visitas não tem reservados para a privacidade dos internos. Aqui é D.C. Prisão com orçamento de D.C. Não se permitem esbanjamentos. O resultado é um coro de vozes, cada um tentando falar baixo, mas alto o bastante para se fazer ouvir sobre todo aquele barulho. Acrescente a isso o murmúrio habitual dos prisioneiros que se ouve através do vidro e teremos um orelhão gigantesco em ambiente fechado. A única boa notícia é que as pessoas com macacões cor de laranja estão do outro lado do vidro.

— Aí vem ele — diz para mim o guarda perto da porta.

Ao dizer isso, cada visitante na sala, da negra de cabelo alourado até o homem bem vestido com uma Bíblia no colo, volta a cabeça imperceptivelmente para a direita. Isso ainda é Washington, D.C. Sempre querem saber se vale a pena olhar para alguém. No meu caso, vale.

Com braços e pernas algemados, Barry arrasta-se para frente, a bengala substituída pelo guarda que o segura pelo braço e o guia em direção ao assento de plástico laranja diante de mim.

— *Quem?* — leio nos lábios de Barry.

O guarda diz meu nome.

No momento em que Barry o ouve, faz uma pausa, depois mascara a expressão do rosto com um sorriso. É um truque típico de lobista — fingir estar feliz em ver todo mundo. Mesmo quando não consegue ver.

O guarda faz Barry sentar e lhe dá o interfone que estava pendurado no vidro. Em seu pulso, há uma pulseira de identificação que parece um bracelete de hospital. Seus tênis não têm cadarço. Mas Barry não parece estar incomodado com nada disso. Ele cruza as pernas e ajeita o tecido da calça do macacão laranja como se fosse a perna da calça de seu terno de dois mil dólares.

— Atenda — grita o guarda através do vidro, apontando para eu pegar o interfone.

Um oceano de acidez se agita em meu estômago quando levo o fone ao ouvido. Esperei duas semanas para fazer isso, mas não quer dizer que esperava ansiosamente pela oportunidade.

— Ei — murmuro.

— Cara, você soa como se estivesse acabado — responde Barry, já tentando agir como se estivesse dentro de minha cabeça. Ele se inclina como se pudesse ver minha expressão. — É mesmo... como se alguém tivesse chutado o seu rosto.

— Alguém chutou — digo, encarando-o.

— É para isso que está aqui? — pergunta. — Uma última cutucada?

Continuo em silêncio.

— Não sei como pode reclamar — acrescenta. — Leu algum jornal ultimamente? Pelo modo como a imprensa vem contando a história, você está se saindo bem.

— Isso vai mudar quando divulgarem a parte sobre o jogo.

— Talvez sim, talvez não. Certamente você não vai mais conseguir trabalhar no governo e será um pária durante alguns anos... mas vai passar.

— Talvez sim, talvez não — devolvo, tentando mantê-lo interessado. Qualquer coisa para fazê-lo continuar falando.

— E quanto ao senador Stevens? — pergunta Barry. — Já está arrependido de tê-lo demitido?

— Ele não tinha outra escolha.

— Fala como um verdadeiro funcionário — diz Barry.

— Está tentando me dizer que estou errado?

— Completamente. Ele sabe que você fez um acordo com o governo... era toda a cobertura de que ele precisava. Em vez disso, você passou quase dez anos se esfalfando para o sujeito e ele lhe dá um pé na bunda quando você mais precisa. Sabe o quanto isso é ruim para ele? Escreva o que estou dizendo... vai custar-lhe a reeleição.

— Ele se sairá bem.

— Como eu disse, você fala como um verdadeiro funcionário.

— Ex-funcionário — rebato.

— Não me sacaneie — diz Barry. — Quero dizer, veja da seguinte maneira... ao menos você tem os seus cadarços. — Ele mexe com o tornozelo que está sobre o joelho. Tenta parecer calmo, mas está mexendo com a pulseira.

— A propósito, viu a matéria no *Post* de hoje? — acrescenta. Ele sorri, mas coça a pulseira com mais força. Não consegue mais manter a expressão de coragem. — Eles me chamaram de *terrorista*.

Mais uma vez me calo. Ele está sentindo a sua derrocada pública. Embora o escritório de Lowell tenha conseguido encontrar o nome de Sauls e ligá-lo à Wendell, demoraram semanas até descobrirem o que aconteceu. Hoje, com a morte de Sauls e o desaparecimento de Janos, precisam de um pescoço para o nó. E o de Barry é o pescoço da vez.

— Ouvi dizer que contratou Richie Rubin. É um bom advogado — destaco.

Ele pressente conversa fiada a quilômetros de distância. Trabalhava com isso. Agora está aborrecido. O sorriso se esvai.

— O que quer, Harris?

Lá vamos nós... dois minutos inteiros para voltar à realidade. O sujeito não é idiota. Ele sabe como me sinto. Eu mijaria em sua garganta caso ele estivesse com os pulmões em chamas. Se estou sentado aqui, é porque preciso de alguma coisa.

— Deixe-me adivinhar — diz Barry. — Está louco para saber por que fiz isso.

— Sei porque o fez — rebato. — Quando se é desleal e tão paranóico, a gente pensa que o mundo inteiro está contra nós...

— O mundo *está* contra mim! — grita, inclinando-se em direção ao vidro. — Olhe onde estou sentado! Está me dizendo que estou errado?!

Balanço a cabeça, recusando-me a entrar nessa. Seja qual for a desconsideração da qual ele pensa ter sido vítima, esta certamente esmaece diante desta realidade.

— Não me julgue, Harris. Nem todos nós temos sorte o bastante para viver a sua vida encantadora.

— Então, agora a culpa é minha?

— Pedi sua ajuda ao longo dos anos. Nunca me deu. Nenhuma vez.

— Então *eu* levei você a fazer tudo isso?

— Apenas diga o que faz aqui. Se não sou eu, e se não é para saber de alguma coisa...

— Pasternak — deixo escapar.

Um largo sorriso abre-se em seu rosto. Sentado, Barry cruza os braços e prende o interfone entre o queixo e o ombro. Como se estivesse voltando a vestir a máscara de Barry. Não está mais remexendo a pulseira.

— Isso o está corroendo por dentro, não é? — diz ele. — Você e eu... sempre fomos amigos competitivos. Mas você e Pasternak...? Supostamente, ele era seu mentor. A pessoa para quem você se voltava quando tinha uma emergência e precisava de ajuda. É isso que o faz ficar rolando na cama todas as noites... imaginar como o seu radar pessoal poderia estar tão redondamente enganado?

— Só queria saber por que ele fez isso.

— Claro. Sauls teve o dele... eu estou a ponto de ter o meu... mas Pasternak... este o frustrará pelo resto da vida. Não pode socá-lo, gritar com ele ou ter a grande cena final de confronto com gosto agridoce. É a maldição de quem consegue mais do que pode ter: você não pode administrar um problema insolúvel.

— Não quero resolvê-lo. Só quero uma resposta.

— Mesma coisa, Harris. O problema é, se espera que eu subitamente coce as suas costas... bem... sabe como é o clichê...

Sempre lobista, Barry se faz entender sem sequer pronunciar as palavras. Não vai me dar qualquer informação a não ser que consiga algo em troca. Deus, eu detesto esta cidade.

— O que quer? — pergunto.

— Nada por enquanto — responde. — Digamos apenas que me deve uma.

Mesmo vestindo um macacão cor de laranja e estando por trás de quinze centímetros de vidro, Barry ainda precisa crer que tem a vantagem.

— Tudo bem. Devo-lhe uma — digo. — E quanto a Pasternak?

— Bem, se isso o faz se sentir melhor, não creio que ele soubesse quem estava por trás de tudo. É bem verdade que tirou vantagem de você com o jogo, mas isso foi apenas para conseguir incluir o pedido no projeto.

— Não compreendo.

— O que há para entender? Era um pedido sem importância de uma mina de ouro exaurida em Dakota do Sul. Ele sabia que Matthew jamais aprovaria aquilo a não ser que tivesse uma boa razão — diz Barry. — Pasternak apenas usou o jogo.

— Então Pasternak era um dos grandes mestres?

— O quê?

— Um dos grandes mestres... os caras que escolhiam os temas das apostas e recolhiam o dinheiro. Foi assim que o pedido da mina entrou no jogo? Ele era um dos sujeitos que administravam o jogo?

— De que outro modo poderia fazê-lo? — pergunta Barry.

— Eu não sei... só que... durante todos esses meses que jogamos... todas as pessoas contra quem apostávamos... Pasternak estava sempre tentando descobrir quem mais estava jogando. Quando o recibo de táxi chegava, ele verificava um por um, esperando encontrar alguma caligrafia conhecida. Chegou a fazer uma lista de pessoas que estavam trabalhando em um assunto em particular... Mas se ele era um grande mestre... — eu me interrompo quando compreendo as conseqüências disso.

Barry inclina a cabeça. Seu olho enevoado olha diretamente para mim. O olho de vidro olha para a esquerda. De repente, ele começa a rir.

— Está brincando comigo, certo?

— O quê? Se ele era um grande mestre, não conheceria todos os outros jogadores?

Barry pára de rir, dando-se conta de que não estou de brincadeira.

— Você não sabe, não é?

— Não sei o quê?

— Seja honesto, Harris... ainda não descobriu?

Faço o possível para parecer informado.

— É claro... sei a maior parte... de que parte está falando?

Seu olho enevoado volta-se diretamente para mim.

— Não há jogo. Nunca houve. — Seu olho não se move. — Quero dizer, você sabe que era tudo mentira, certo? Fumaça e espelhos.

Quando ouço ele dizer isso meu corpo inteiro fica dormente. Sinto como se a gravidade do mundo tivesse dobrado a força. Afundo quase atravessando o assento cor de laranja de minha cadeira. Peso mil quilos.

— Que arremate, hein? — pergunta Barry. — Quase caí para trás quando me contaram. Pode imaginar isso? Todo esse tempo perdido olhando para colegas de trabalho, tentando imaginar quem mais está apostando, e as únicas pessoas que realmente estavam jogando eram você e Matthew.

— Dois minutos — anuncia o guarda atrás de Barry.

— É brilhante — acrescenta Barry. — Pasternak conta para você sobre o jogo. Você acredita porque confia nele... então, enviam-lhes algumas páginas, preenchem alguns recibos de táxi e vocês acreditam estar metidos no maior segredo do Congresso. É como aqueles simuladores de vôo na Disney World, onde mostram o filme na tela e balançam o carro um pouco... você pensa estar subindo e descendo em uma montanha-russa, mas na verdade não se moveu um centímetro.

Forço uma risada, o corpo ainda estático.

— Cara, apenas pense nisso — acrescenta Barry, a voz acelerando-se. — Dezenas de funcionários fazendo apostas sobre assuntos legislativos sem importância sem ninguém saber? Por favor, que delírio...! Como se alguém aqui conseguisse manter a boca fechada por mais de dez segundos — debocha. — Mas temos de dar o crédito a Pasternak. Você pensou estar fazendo uma grande brincadeira com o sistema e, todo o tempo, era ele quem estava brincando com você.

— É... não... é realmente incrível.

— E estava funcionando como um relógio até acontecer aquilo com Matthew. Quando isso aconteceu, Pasternak quis sair fora. Quero dizer, ele pode ter mentido para convencê-lo, faz parte do trabalho de qualquer lobista, mas ele não queria ferir ninguém.

— Não é... não é o que ouvi dizer — blefo.

— Então ouviu errado. A única razão de ele ter feito isso foi a mesma razão que move a todos nesta cidade. Já teve um pequeno país como cliente? Pequenos países rendem pequenas fortunas — coisa que pequenas empresas buscam desesperadamente... sobretudo quando suas contas caíram trinta e seis por cento só neste ano. Após um ano sem conseguir transferir a mina, Pasternak acabou decidindo apelar para a criatividade. Diga olá para o Jogo... o modo mais inofensivo de introduzir um item em um projeto de dotação orçamentária. Mas então, Matthew ficou curioso e Janos entrou no assunto, e, bem... foi aí que o trem saiu dos trilhos...

O guarda nos olha.

Estamos quase sem tempo, mas Barry não demonstra o menor sinal de parar de falar. Depois de todo esse tempo na cadeia, ele finalmente está se divertindo.

— Deve ter adorado o nome, também: o Jogo do Zero... tão melodramático. Mas é verdade: em qualquer equação, quando se multiplica alguma coisa por zero, você sempre termina sem nada, certo?

Meneio a cabeça, perplexo.

— Então, quem lhe contou? — pergunta. — O FBI, ou você descobriu sozinho?

— Não... eu mesmo descobri. Eu... ahn... me dei conta sozinho.

— Bom para você, Harris. Bom sujeito.

Deixo-me ficar ali sentado, olhando para ele. É como descobrir que um ano de sua vida foi uma produção teatral. E sou o único idiota ainda vestindo a fantasia.

— Acabou — diz o guarda.

Barry continua falando.

— Estou tão feliz que você...

— Eu disse, *acabou* — interrompe o guarda. Ele tira o interfone do ouvido de Barry, mas ainda ouço sua consideração final.

— Sabia que gostaria, Harris! Sabia! Até mesmo Pasternak se alegraria com isso!

Ouço um clique em meu ouvido quando o guarda bate com o interfone no gancho. Ele cutuca a nuca de Barry e o puxa da cadeira. Tropeçando pela sala, Barry dirige-se à porta de ferro.

Mas enquanto estou sentado diante da divisória de vidro olhando para o outro lado, não resta dúvida: Barry está certo. Pasternak disse isso no primeiro dia em que me contratou. É a primeira regra da política: você só se machuca quando se esquece de que tudo é um jogo.

Agradecimentos

Há um nome na capa deste livro, mas eu sempre digo que é preciso muito mais do que isso para se transformar uma idéia em realidade. Por esse motivo, gostaria de agradecer às seguintes pessoas: sempre em primeiro lugar, meu amor, Cori. Parafraseando alguém bem mais esperto do que eu: as palavras não são reais até Cori as ler. Ela sempre foi minha primeira editora e conselheira, mas, no caso deste livro, como advogada no Congresso, ela foi também meus olhos e ouvidos no complexo mundo do Capitólio. O que ela não sabe é como eu me sinto humilde ao vê-la fazer o seu trabalho. Sempre lutando a boa luta, pensou estar me ensinando os mecanismos da política. O que ela realmente conseguiu foi me fazer lembrar de que é feito o idealismo. Eu a amo por isso e por muito mais. Há infinitos motivos para eu não ter conseguido fazer isso sem você, C. Jill Kneerim, minha agente e amiga, cuja percepção e intuição me desafiaram a trazer a honestidade à linha de frente de minha escrita. Sua orientação está entre as primeiras que busco, mas é a sua amizade que valorizo (ainda mais do que ela imagina). Elaine Rogers, pelo trabalho incrível que fez desde o começo. Ike Williams, Hope Denekamp, Elizabeth Dane, Seana McInerney e todas essas pessoas incríveis da Agência Kneerim & Williams.

Agora, mais do que nunca, gostaria de agradecer aos meus pais, cujo amor incondicional me fez estar aqui hoje. Eles me criaram, apoiaram-me e sempre me fizeram lembrar onde é o meu verdadeiro lar. Tudo o que sou, tudo o que tenho, começou com eles. Minha irmã, Bari, uma das pessoas mais fortes que conheço, por compartilhar esta força comigo sempre que preciso. Obrigado, Bari, por tudo o que você é. Dale e Adam Flam, que me ajudaram a bolar o jogo. Bobby Flam, e Ami e Matt Kuttler, que leram os primeiros esboços. Seu amor e apoio me ajudaram ao longo de todo o processo. Steve "Scoop" Cohen, colega sonhador, irmão em criatividade e cientista maluco, pelos momentos de heureca que levaram a este livro. As idéias são divertidas; a amizade vale ainda mais. Obrigado, Cheese! Noah Kuttler, cuja ajuda impediu que eu ficasse completamente perdido. Noah é a primeira opinião de peso que procuro após a da minha mulher. Ele tem esse talento. Ele sabe que faz parte da família — só espero que saiba quão abençoado me sinto por tê-lo em minha vida. Ethan e Sarah Kline, que me ajudaram a desenvolver o jogo. Ethan sempre me incentivou a me tornar escritor desde meu primeiro manuscrito. Paul Brennan, Matt Oshinsky, Paulo Pacheco, Joel Rose, Chris Weiss e Judd Winick, meus *alter egos,* cujas reações e inesgotável amizade são uma fonte interminável de inspiração.

Em todo romance, o objetivo é fazer com que algo completamente imaginário pareça fato real. O único modo de conseguir isso é armar-se de detalhes. Devo muito às seguintes pessoas por terem fornecido esses detalhes: sem dúvida alguma, quando se trata de explicar como o governo realmente funciona, ninguém como Dave Watkins. Ele foi meu mestre sobre o Congresso — um professor incrível que teve paciência o bastante para responder a todas as minhas perguntas sem sentido. Desde as primeiras elucubrações até a verificação final dos capítulos, obtive dele cada detalhe. Ele nunca me decepcionou. Scott Strong foi o Indiana Jones do Capitólio dos EUA, guiando-me por passagens inexploradas e túneis abandonados. Sua amizade e confiança foram indispensáveis para criar esta realidade. Tom Regan, que me fez lembrar a dois quilômetros e meio abaixo da superfície da Terra e me lembrou exatamente como este país foi construído. Só espero que saiba o impacto que a sua generosidade me causou. Sean Dalton, por passar dias explicando cada pequeno detalhe do processo de dotação orçamentária, o que não é pouca coisa. Sua maestria com minúcias foi vital para este livro. Andrea Cohen, Chris Guttman-McCabe, Elliot Kaye, Ben Lawsky e Carmel Martin, por estarem disponíveis sempre que deles precisei. A melhor parte é que, como estão entre meus amigos mais chegados, pude lhes fazer as perguntas mais idiotas. Dick Baker é uma instituição em si mesmo. Sua generosidade e conhecimento histórico deu vida à instituição do Capitólio. Julian Epstein, Perry Apelbaum, Ted Kalo, Scott Deutchman, Sampak Garg e todos do comitê judiciário da Câmara foram o máximo. Eles me apresentaram às pessoas, deram-me explicações e me ajudaram sempre que necessário. Michone Johnson e Stephanie Peters, por terem sido as maravilhosas amigas que deram vida a Viv. Luke Albee, Marsha Berry, Martha Carucci, Jim Dyer, Dan Freeman, Charles Grizzle, Scott Lilly, Amy McKennis, Martin Paone, Pat Schroeder, Mark Schuermann, Will Smith, Debbie Weatherly e Kathryn Weeden, que me introduziram em seus mundos e responderam a pergunta após pergunta. Sua ajuda não pode ser subestimada. Os deputados John Conyers, Harold Ford Jr. e Hal Rogers foram generosos o bastante para me convidarem a visitar a Câmara — esses foram alguns dos melhores dias de todo o processo. Loretta Beaumont, Bruce Evans, Leif Fonnesbeck, Kathy Johnson, Joel Kaplan, Peter Kiefhiaber, Brooke Livingston e Chris Topik, que me deram uma visão em primeira mão do incrível trabalho que é feito no departamento de dotação orçamentária doméstica. Mazen Basrawi, por me deixar *ver* através dos olhos de um cego. Lee Alman, David Carle, Bruce Cohen, George Crawford, Jerry Gallegos, Jerry Hartz, Ken Kato, Keith Kennedy, David Safavian, Alex Sternhill, Will Stone e Reid Stuntz, por descreverem de modo tão realista a vida no Capitólio. Chris Gallagher, Rob Gustafson, Mark Laisch, William Minor e Steve Perry, meus especialistas na arte do *lobby*. Michael Brown, Karl Burke, Steve Mitchell e Ron Waterland, da Barrick Gold, pela ajuda que me deram ao me levarem às profundezas da mina. Michael Bowers, Stacie Hunhoff, Paul Ordal, Jason Recher, Elizabeth Roach e Brooke Russ, que me levaram de volta à juventude e compartilharam comigo a emoção de ser um mensageiro. Bill Allen, David Angier, Jamie Arbolino, Rich Doerner e James Horning, que forneceram os detalhes físicos do Capitólio. David Beaver, Terry Catlain, Deborah Lanzone, John Leshy, Alan Septoff e Lexi Shultz, por me ajudarem com assuntos de mineração e permuta de terras. Dr. Ronald K. Wright, por seus conselhos jurídicos sempre surpreendentes. Keith Nelson e Jerry Shaw, que me ensinaram todas as técnicas de luta. Dr. Ron Flam e Bernie Levin, que compartilharam comigo de sua cidade natal. Edna Farley, Kim de L.A., Jon Faust, Jo Ayn "Joey" Glanzer, Harvey Goldschmid, Bill Harlan, Paul Khoury, Daren Newfield, Susan Oshinsky, Adam Rosman, Mike Rotker, Greg Rucka e Matthew Weiss, que me forneceram o restante dos detalhes. Brian Lipson, Phil Raskind e Lou Pitt, cuja amizade e trabalho árduo foram imensamente bem-vindos. Kathleen Kennedy, Donna Langley, Mary Parent e Gary Ross, que, por sua tremenda fé, vêem o invisível. Rob Weisbach, por ter sido o primeiro a dizer sim, e o restante de minha família e amigos, cujos nomes para sempre habitam estas páginas.

Por fim, deixe-me agradecer a todo mundo na Warner Books: Larry Kirshbaum, Maureen Egen, Tina Andreadis, Emi Battaglia, Karen Torres, Martha Otis, Chris Barba, a melhor e mais esforçada equipe de vendas do *show business*, e todas as outras pessoas incríveis que me fizeram sentir parte da família. São eles que fazem o trabalho pesado, e são a razão deste livro estar em suas mãos. Também gostaria de enviar um enorme agradecimento para minha editora, Jamie Raab. Desde o momento em que nos conhecemos, estive sob os cuidados dela, mas este é o primeiro livro do qual ela é a única editora. Tenho sorte. Suas observações sobre os personagens me levaram a aprofundá-los ainda mais, e suas sugestões deixaram estas páginas muito melhores do que ela as encontrou. Todo escritor deveria ser abençoado assim. Obrigado novamente, Jamie, por sua amizade, seu incansável entusiasmo e, acima de tudo, por sua fé.

Este livro foi composto na tipologia Stone Serif,
em corpo 10,5/15, e impresso em papel
off-white 80g/m² no Sistema Cameron da
Divisão Gráfica da Distribuidora Record.

Seja um Leitor Preferencial Record
e receba informações sobre nossos lançamentos.
Escreva para
RP Record
Caixa Postal 23.052
Rio de Janeiro, RJ – CEP 20922-970
dando seu nome e endereço
e tenha acesso a nossas ofertas especiais.

Válido somente no Brasil.

Ou visite a nossa *home page*:
http://www.record.com.br